SF

断絶への航海

ジェイムズ・P・ホーガン
小隅 黎訳

早川書房

5563

VOYAGE FROM YESTERYEAR

by

James P. Hogan

Translated by
Rei Kozumi

Published 2005 in Japan by
HAYAKAWA PUBLISHING, INC.
This book is published in Japan by
arrangement with
SPECTRUM LITERARY AGENCY
through JAPAN UNI AGENCY, INC., TOKYO.

本書と同時に生誕へスタートし
本書よりも先に生まれた
アレグザンダー・ジェイムズに捧げる

目次

プロローグ　9
第一部　〈メイフラワー二世〉の旅　19
第二部　ケイロン人　133
第三部　フェニックス　373
エピローグ　543
解説／山本弘　547

断絶への航海

プロローグ

「……では紳士淑女諸君、今宵の主賓——ヘンリー・B・コングリーヴ氏です」紹介を終えた司会者が一歩脇へ寄って、ブラック・タイにタキシード姿のがっしりした白髪の人物に演壇への道をあけた。ワシントンDC西郊に位置するヒルトン会議センターの一室に集まった三百人の来客たちのあいだから、熱狂的な拍手が湧き起こった。会場の照明が落ち、聴衆の姿は、白いシャツの胸もと、きらめくのどもとと指先、それに仮面のような顔だけを残して闇の中に沈んだ。一対のスポットライトが、拍手の静まるのを待っている講演者の姿をとらえた。そのすぐ脇の暗がりで、司会者が自分の席に戻っていった。

六十八年の人生との戦いを経てもなお、コングリーヴのがっしりした体軀は、いささかの衰えも見せていなかった。いかつく張りだした両肩の上にのった頭は、髪を短く刈りこみ、荒削りな彫りの深い顔は依然として堅く引き締まり、会場内を見わたす目は快活なきらめきをたたえている。かくも生気にあふれ、多くのものを内に秘めた人物が、これから引退の挨拶をするということに、参会者の多くは、何かそぐわない気配を感じていた。

若手の宇宙飛行士、科学者、技術者、そして北米宇宙開発機構《ノース・アメリカン・スペース・デヴェロプメント・オーガニゼーション》行政部の人々——彼らの中に、NASDOとその総裁コングリーヴの名を切り離して考えられる人間は少ない。その人々みんなにとって、以後はすべてが、従来とまったく同じではなくなるのだ。

「ありがとう、マット」コングリーヴのざらざらしたバリトンの声が、場内各所のスピーカーから流れだした。聴衆全体を端から端まで見まわしながら、「わたしは——その、もう少しでここに来そこなうところでした」言葉を切ると、会場内の私語はすっかり退《ひ》いていった。「表のホールにこの上の一二〇三号室で化石の展示があるという掲示が出ていたのです」ちょうどこの週、ヒルトン会議センターでは、全米考古学会の年次総会が開かれていたのである。コングリーヴは肩をすくめ、「わたしのいくべきところはそこじゃないかという気がしたのです。でも幸い、途中でマットとばったり出会いまして、彼がちゃんとここまで連れてきてくれました」笑い声がさざ波のように場内の暗闇の中にひろがり、その中でいくつかのテーブルから抗議を叫ぶ声があがった。それが静まるのを待ってから、彼はややまじめな口調に戻って語をついだ。「まずわたしは、ここに来られた皆さんひとりひとりと、また今夜来られなかったNASDOのかたがたみんなに、わたしを招んでくださったことに対し、お礼を申しあげなければなりません。またもちろん、これに対し、またそれにもましてそこにこめられた思いやりに対し、感謝を表明したい。皆さんありがとう——本当にありがとう」

話しながらコングリーヴは、メイン・テーブルの彼の席の前にあるチーク材の台座の上にのった長さ十八インチの、まだ名前もつけられず打ちあげられてもいないSP3恒星探査船の銀とブロンズで作られた模型をさし示していた。

それから、さらにあらたまった声になると、「わたしはここに、個人的な逸話や思い出話などを持ちだすつもりはありません。こういうさいには、その種の話をするのが通例のようですが、それはいわば些末のことで、わたしはＮＡＳＤＯの代表としての最後のこの機会を些事で埋めたくはない。いや、そんな贅沢をしている時間がない。代わりにわたしは、現在この惑星上に生きているひとりひとりの人間と、そしてむしろこれから生まれてくる世代——未来というものがあるとしたらですが——に関係のある地球的規模のことについてお話ししたい」言葉を切り、「わたしがお話ししたいのは、生き残ること——人類の存続に関することです」

すでに会場内は静まりかえっていたが、この言葉が静寂をいっそう深いものにした。聴衆はそこここで顔を見あわせ、たがいに好奇の視線を交わしあった。明らかに、これは月なみな引退の挨拶ではないのだ。コングリーヴは続けた。「人類はすでに第三次世界大戦の瀬戸際に追いつめられ、かろうじてその崖っぷちにぶらさがっている状態です。合衆国軍とソヴィエト軍のバルチスタンにおける戦術核兵器による衝突からすでに二十三年を経過した二〇一五年現在、核融合を基盤とする経済の急速な普及によりその衝突の原因だったエネルギー問題もようやく解決の目途が立ったにもかかわらず、当時われわれを戦争の一歩手前まで駆り立てた嫉妬、不信、疑念など、人類史上その宿痾《しゅくあ》ともいうべき感情は、従来にもまして目立ちはじめています。

今日、われわれの工業を維持するための必需品は、石油ではなく無機鉱物です。あと五十年もすれば、制御下核融合過程の研究によって、この資源涸渇の問題も過去のものとなるでしょうが、かくするうちにも近視眼的な政治的思惑が、またもや、前世紀末における石油問題を左右したのと同じ緊張と対立の風潮を生みだしています。当然かかる情勢下においては、南アフリカの重要性が勢力拡大工作の台風の目を形成し、また東西衝突の発火点はやはりイラン－パキスタン国境地帯と予測されることから、わが方の戦略家たちは、ソヴィエト側が、南アフリカに対するいわゆるブラック・アフリカ解放戦争の支援に備えるため、インド洋進出に優位を占めようという競争に出てくるだろうと予測しています」

コングリーヴはひと呼吸いれ、会場を一方の端から他方までずっと見わたすと、お手あげだというように両手をあげてみせた。「どうやらわれわれ個人としては、もはやなすすべもなく手をこまねいて傍観しながら、いっしょくたに押し流されていくほかなさそうです。この事態をさらに複雑にしたのは、中国－日本共栄圏の出現とその急速な経済的・軍事的成長で、これがわれわれやヨーロッパと手を握れば難攻不落の勢力ブロックが形成され、モスクワを脅やかすことになります。そうした同盟が結ばれていない今のうちこそ、西欧側と最終的に決着をつけるぎりぎりの駆けひきだと見ているクレムリンの政治分析家も少数ではありません。言葉をかえれば、現在ほど人類の未来が大きな危機に直面したことはないと言っても、嘘ではないでしょう」

コングリーヴは両腕で講演机から体を押し離すようにしてまっすぐ身を起こした。ふたたび話しはじめたとき、その声は、心もち明るくなっていた。「ここにいるわれわれの日々の生活に関する分野では、この二十年間、宇宙開発ペースの加速ぶりが大きな興奮を呼び起こしてきました。人々を奮い立たせ、他方面の暗いニュースを相殺する役割を果たした業績もありました――月と火星にはすでに恒久的基地が設営され、宇宙植民地の建設が開始され、有人宇宙船一隻が木星の諸衛星に到達し、無人探査機は太陽系の外縁や、さらにその彼方を探査に出ています。が」――コングリーヴは歎息するように両腕をひろげてみせた――「そうした事業は国家規模のもので、国際的なものではありませんでした。積年の希望や協約にもかかわらず、いたるところで探査には軍事目的がつきまとい、ひとたび戦争がはじまれば、その火の手はただちに地球表面を越えてひろがり、いたるところで人類を絶滅の危機に陥れることは避けられません。今後しばらくわれわれを脅やかす危険が、まさにこのようなものであるという事実を、われわれは直視しなければなりません――」

彼は頭をめぐらして、しばしかたわらのテーブルの上に燦然《さんぜん》と輝くSP3の模型を見つめ、やおらそれを指さすと、「今から五年後、この自動探査船は太陽に別れを告げ、居住可能惑星を求めて近隣の恒星を歴訪する旅に出ます……地球をあとにして、地球上のあらゆる紛争や、課題や、危難をあとにしていってしまうわけです。そして万事順調に進めば、最終的には地球と同じような、ただし〝闘争〟という言葉を地球上における人類の長い長い成長の物語の根深い切り離せない一部にしてしまった必然の要因からは、想像を絶する距離によって隔離された場所へ、いき着くことでしょう」模型を見つめるコングリーヴの表情には、あたかもその心はすでに船とともにはるかな宇宙を翔けているかのような、放心の色が浮かんでいた。「そこは新天地となるでしょう」夢みるような口調で、「新規な、新鮮な、活気にみちた、人間が野獣の域からみずからを高めるための苦闘の痕跡を残していない世界、われわれの種族が版図をひろげて生きのびるための、おそらくは唯一の機会を与えてくれる場所、しかもそこでは、もし新規まきなおしが必要になったとき、過去の教訓が指針となってくれる……」

ささやき交わす声が暗流となって、急速に会場を包んだ。コングリーヴは、そんな異議は承知のうえだというように、うなずいてみせた。片手をあげて静聴を求めると、騒ぎは徐々に静まっていった。

「いや、わたしは決してSP3が無人探査機から有人型に改造できると言っているのではありません。今ごろになって設計の変更などできるわけがない。最初から考えなおさなければならない事項が多すぎて、その仕事には数十年を要するでしょう。とはいえ、このSP3に比肩できるものは、建造中はもとより設計段階においてすら、今のところどこにも見あたりません。これは唯一無二の機会であり、なんとしても逃がすわけにはいかない。しかし同時に、その機会を利用するために必要な時間の猶予も許されない。このディレンマを解決する道はないものでしょうか？」彼は応答を求めるように周囲を見まわしたが、声はなかった。

「われわれはこの問題について少し前から研究してきており、解決の方法はあるものと考えています。この船に人間の大人を乗せるのは、活動中のままにせよ仮死状態にせよ、実現不可能でしょう。基本設計のパラメーターを変更するには、もう建造が進みすぎているのです。しかし、そもそもなぜ人間の大人を送るというのか？」訴えるように両手をひろげ、「結局のところ、目的は単に、この地球でわれわれに降りかかるかもしれない災厄から安全な場所にわが種族の新たな版図を求めることであり、しかもそういう場所が発見されれば、旅は終わりになるのです。航行中および調査の段階では、関連するあらゆる作業を機械が完璧に遂行するので、人手は要りません。人間が関与してくるのは、そういった段階が成功裡に完了したあとのことになります。というわけで、われわれはありきたりな恒星間旅行の概念を排除し、まったく新しい手法を採用することによって、人間をのせる場合につきもののあらゆる困難を回避することができるのです——目的地に到着してから、船に人間を創造させればよろしい！」

コングリーヴはふたたび言葉を切ったが、今回は静寂を破るささやき声すらなかった。

本題に入ったコングリーヴの声は熱気を帯び、態度にも迫力と自信が加わった。「遺伝子工学と発生学の進歩により、人間の遺伝情報を電子工学的に船のコンピュータに蓄えておくことが可能になりました。わずかなスペースと重量を割くだけで、予備的な地表および大気テストの条件を充たすような惑星が発見されたとき、第一世代となるべき数百人かそこらの完全な人間の胚を創造し育成するために必要なあらゆるものを、船の搭載品目に加えることができるのです。彼らは特別仕様のロボットによって哺育され保護され、そのため船のコンピュータには、プログラムの可能なかぎり、われわれの文化の知識と歴史が用意されます。高度な社会を建設し維持していくための資源は、すべてその惑星自体に求められます。すなわち、第一世代の人々が軌道上で幼年期を過ごすあいだに、他の機械装置が金属その他の原料加工施設、製造工場、農場、輸送システム、および居住に適した基地などを建設するわけです。数世代で、このコロニーは成長し自立できるようになると予想され、かくて地球にどんな事態が発生しようと、人類は存続できることになります。この計画のいいところは、今もし承認が得られれば、現在進んでいるSP3の建造スケジュールに必要な変更を組みいれて、しかも計画どおり五年後には発進させられるという点にあります」

このときには聴衆も、少しずつ活気を取り戻しかけていた。大部分はまだこの提案に茫然自失のていで、目立った反応を示すどころではなかったが、あちこちでうなずく顔や、会場を駆けめぐるささやきは、肯定的なもののようだった。コングリーヴは大きくうなずくと、いちばんいいところを最後にとっておいた気分を賞味するかのように、微笑を浮かべた。

「第二に今夜申しあげておかなければならないのは、その承認がすでになされたということです。さきほども申したとおり、この課題は、かなりの期間にわたって研究されてきましたが、今ここにご報告いたします。三日前、合衆国大統領と東亜共栄圏議長は、先刻ざっとご説明しました計画を両勢力共同の基盤で遂行するという協約に調印し、即時発効しました。この事業に参加する予定の数多くの国立および私立研究所その他諸機関の活動は、宇宙《スターヘイヴン》の避

「プロジェクト難所計画の名のもとに、北米宇宙開発機構および中国と日本のその協力機関に統合されることとなります」

ここでコングリーヴは満面に笑みをひろげた。「第三のご報告は、結局わたしは今夜かぎり第一線を退くわけではないということです。わたしは、この計画の枢要国であるアメリカ合衆国の代表者として宇宙の避難所計画《スター・ヘイヴン・プロジェクト》にたずさわるようにという大統領からの要請をお受けしました。NASDOにおける職を辞したのは、この新たな任務に専念するためにほかなりません。わたしのおかげで苦労が絶えなかったとお考えのかたがたには、申しわけないが、わたしはあとしばらくお近くにいて、プロジェクトが終わるまでいっそうのご苦労をおかけすることをおことわりしておきたい」

会場の後方で数人が立ちあがり、手をたたきはじめた。拍手の波はたちまちひろがり、聴衆は総立ちとなって喝采を送った。コングリーヴは悠然たる微笑でその熱狂に応え、しばし立ったまま拍手が静まるのを待って、やおら講演机の両端をぎゅっとつかんだ。

「昨日、われわれは中国代表と第一回目の正式会合を開き、すでに最初の公式決定をいたしました」彼はふたたび恒星間自動探査船の模型にちらりと目を走らせた。「SP3に名前がついたのです。この計画の守護神としてふさわしい中国神話の女神にちなんだその名前は〈クワン・イン《観音》〉——子宝をもたらす女神の名です。来たるべき時代に、彼女がその子供らをあまねく見守ってくれることを祈ろうではありませんか」

第一部 〈メイフラワー二世〉の旅

1

丘の稜線から二百フィートほど下った斜面の、つながりあった雑草と灌木に囲まれた凹地に、D中隊第三小隊は戦術拠点を設置しおえていた。そこは低い岩壁が二方向を区切った角にあたる場所で、第三の辺は大きな岩山でふさがれ、正面にはそれより小さい平らな岩で胸壁が築かれている。頭上に張られた熱シールドが、そこにいる人間の体温を、四六時中監視を怠らぬ敵の偵察衛星の検出装置《センサー》から遮蔽している。

コールマンは、天蓋《キャノピー》の端からなるべく顔をひっこめたままフラップをあげ、外をうかがったが、そこには嘘のような静寂がひろがっているばかりだった。陣地から少し下ったところで、斜面は急な崖になっているが、弱い星明かりでは、眼下の何もない真黒な渓谷へ落ちこむ手前のあたりの輪郭すら見分けられない。月はなく、空は水晶のように晴れている。目が闇に慣れたころを見はからって、コールマンは手前の地面に視点を定め、そこから順を追って小隊員二十五名が過去三時間じっと身をひそめている地域を目で走査していった。彼らがコールマンの教えたとおり蛸壺《たこつぼ》と兵器用の壕を掘り、岩や草木を正しく利用していれば、まあ探知はされないですむだろう。D中隊は、敵の用兵計画をなるべく混乱させるため、ここから約半マイル後方の尾根に近いあたりに、囮の熱源を配置していた。定石に従って、この小隊の位置としてはより適切な場所で、おまけに不規則な間隔でスイッチが入ったり切れたりして動きがあるように見せかけているため、この囮は夜になってから間欠的に敵の砲火を惹きつけており、おかげで小隊はまだ一発も浴びていない。二等軍曹コールマンの改訂版〝教科書〟の面目躍如といったところである。「何をやるにもやりかたはふた通りある」と、彼は新兵たちに言う。「軍隊式と、間違ったやりかたとだ。ほかにはない。そこで、何かを軍隊式にやれと言ったら、命令されたとおりにやれという意味であります。軍曹殿」

「それは、どういう意味になる?」

「よろしい」

小さなオレンジ色の光点が、五十フィートほど向こうで、一秒ほど輝いた。スタニスラウとカースンが、谷底から登ってくる道に、サブメガジュール級レーザーで狙いをつけているあたりだ。コールマンは心の中で顔をしかめた。彼はかたわらのドリスコルの方へわずかに顔をまわしてささやいた。「LCPに煙草の火だ。すぐに消すように言え」

ドリスコルが通信制御盤《コムパック》のパネルに指を走らせると、地面にさしこまれたスパイクから超音波が地中をひろがり、レーザー砲部署《カノン・ポスト》へのコールサインを送った。「こちらLCP」コムパックからくぐもった声が答えた。

ドリスコルが、ヘルメットから口の前へ突きでたマイクに向かって、「レッド・スリー、通常チェック」これで自動通信記録システムには、あたりさわりない記録しか残らないことになる。暗闇の中でドリスコルはキーを押して記録チャンネルを一時オフにすると、「火が見えるぞ、ドジめが、消すか隠すかしろ」そこでキーを離し、「現状を報告せよ、LCP」

「準備よし、待機中」無表情な声が答えた。「特に異状なし」外では小さな光点が唐突に消えた。

「引きつづき待機せよ。以上」

コールマンは口の中で何かぶつぶつ言いながら、もう一度周囲を見まわすと、フラップをもとの位置に戻し、内側へ向きなおった。ドリスコルの背後では、マドックが映像増幅機で渓谷の底を監視しており、その隣の暗がりには、何かに熱中しているスワイリー伍長の表情が、正面に突きだしている前方地形表示スクリーンのほのかな明かりにくっきりと浮かびあがっていた。

彼の注意を惹きつけているその映像は、渓谷の底から千フィートの高度で敵の前線上空付近まで送りこむことに成功した長さ十八インチの無人偵察機から送られてきたもので、衛星その他の電子情報《ELINT》ネットワークから集められた追加データがそれを補足している。そこに表示されているのは、当面の攻撃目標である谷の底の掩体式戦闘指揮所《コマンド・バンカー》、レーダーで追跡した弾道の逆プロットから算出されたいくつかの敵の砲床、それに、照準レーザーの乱反射を三角測量にかけてつきとめた砲撃観測所ならびに指揮所の位置などである。画面にはまた、冷たい河の本流と支流が、木の枝のように黒々と浮かんでいる。岩石や丸石は青い陰影、植物は丘の上の赤褐色から谷底近くの密生を示す真紅までいろいろと、そして爆弾や砲弾の落ちた痕は、現在までの経過時間により、鈍いオレンジから黄色までの色調に輝いている。

だが今スワイリー伍長が神経を集中しているのは、遮蔽の不完全な防衛陣地かもしれないしそうでないかもしれない微細な明るい赤の斑点と、最近車輛が動いたあとの残存熱とも思われる見えるか見えないかくらいの細い線の断片であった。

他のものに真似のできないスワイリーの特技の秘密は、誰にも解けない謎だったが、中でもいちばんわかっていないのは当のスワイリー本人だった。原理はどうであれ、背景のどうしようもないごたごたの中から重要な細部をひろいあげ、有意な情報と囮とを確実に識別するというスワイリーの能力は、つとによく知られていた——そして気味悪がられてもいた。だがスワイリー自身どうやって見分けるのかわからなかったので、システム・プログラマーたちがその芸当を映像解析プログラムでなぞろうとしても、説明ができなかった。かくして、〝——家〟やら〝——学者〟といった人々による際限のないむなしいテストが開始された。そして結局スワイリーも、専門家連中のために、もっともらしい説明をでっちあげたのだが、その仕様のとおりに書かれたプログラムは役に立たず、すぐに馬脚を現わした。ついでスワイリーは、その神秘的な才能が突然消えうせてしまったと主張しはじめたのだった。

旅団司令部の電子情報将校ソープ少佐は、ほうれん草と魚肉が視力の衰えに著効を示すという記事をどこかで読んでおり、そこでスワイリー伍長に徹底的な食餌療法を強制した。だがスワイリーはほうれん草と魚がテストより嫌いだったので、一週間もしないうちにひどい色盲になり、スクリーンに映される訓練用の単純なディスプレイの中にさえ何も読みとれないと言いだした。

その結果スワイリーは〝環境不適応〟の烙印を押されてD中隊へ転属となったのだが、そこははみだし者や不満分子の吹きだまりだった。すると彼の能力は、中隊長のシロッコ大尉以外には身近に将校がいないときにかぎって、魔法のように復活した。シロッコは、スワイリーの判断が正しく出てさえいれば、それがどこから出ていようと気にもかけず、またスワイリーが不適応かどうかも気にしなかったが、これはどのみち中隊の全員が似たりよったりの連中だったからである。

このD中隊から抜けだすだけでも大変だし、まして軍隊を離れるのはむずかしいだろうなと、コールマンは、スワイリーが判断をくだすのを暗闇の中で待ちながら考えていた。コールマンは技術部門への配転を願い出ているのだが、ここでこうしていると、それがかなえられる望みはとうていなさそうに思えてくるのだ。

正気の人間なら誰も殺されたいとは思わないだろうし、知りもしない人間を殺すために面識もない人間の命令で聞いたこともない場所へ送られたいとも思わないだろう。それは彼にとって自明の理であった。とすれば、正気で軍隊へ入る人間などいるはずがない。しかるに軍隊には、充分正気で正常と見なされる人間がうようよいるのだから、当然これは軍隊における正常という言葉の解釈がひどく変わっているということになる。さて、例えば技術部門のようなところへの配転を望むのは、一見ごく自然で、合理的で、建設的で、かつ好ましいことに思える。よって、軍隊ではそれが理不尽な望みであり、彼は不適任だと見られることは間違いないだろう。

その一方、人物評定の重要な基準となるものに精神病的判定と推薦があるが、旅団所属の精神科医ペンドレイの問診を何度かうけているうちに、コールマンは、ペンドレイは狂っているのではないかという疑念が着実に身うちでふくらんでいくのを感じていた。狂った精神科医が狂った前提のもとに判定をくだせば、それは、二回連続して論理を逆転させても命題の正しさが変わらないのと同じように、まともな答えが出てくるのではないかと彼は思った。だが、ここでもし、ペンドレイが軍隊の基準からみると正常なのだというふうに考えれば、この類推は成り立たなくなってしまう。

彼の配転希望にシロッコは承認を与えていた。それは事実なのだが、シロッコはD中隊の指揮者であり、当然ながら彼の言うこともすべてどこかで理屈が逆転している可能性が大きい以上、その承認がプラスなのかどうかもはっきりしない。もしかすると、自分の希望を承認しないようにシロッコに頼んだ方がよかったのかもしれない。だが一方、もしシロッコの薦めが最初からあべこべで、ペンドレイは狂っているが軍隊の基準では正常で、さらにペンドレイが判断の基礎にする前提もまた狂っているとしたら、結局その判定はコールマンの望んだとおりになるかもしれない――だろうか？　このまわりくどい仮設の論理を彼はもう一度さらってみようとしたが、それは果たせなかった。スワイリーがようやくスクリーンから身を起こして、顔をこっちへ向けたからである。

「敵は事実上全兵力を峡谷の両翼へ出しちまったみたいですよ」スワイリーが言いだした。「向こう側の斜面をおりてくる部隊がありますが、下へたどり着くのにあと三十分はかかるでしょう」彼の顔をよぎる神秘的な表情を、スクリーンの輝きがくっきりと浮かびあがらせる。肩をすくめると、「今のところ、すぐ下の谷底はがらあきです」

「ここには何もないって言うのか？」コールマンはスクリーンに顔を寄せ、敵の掩体指揮所《バンカー》から二、三百フィート離れた草深い平坦地の端にある小さな林から出ている小径の根もとを指さしながら念を押した。映像では、その道の両側の、ちょうど防御隊形を布くのに適当と思われる位置に、かすかなしみのようなパターンが見てとれた。

スワイリーは首をふった。「そいつはただの囮です。さっき言ったとおり、敵さんは事実上みんな両翼へいっちまったんで」――スクリーンを指でつつき――「ここと、ここと、ここです」

「四九三支稜を越えてB中隊のうしろにまわりこむつもりだな」映像を見ながらコールマンが言った。

「かもしれませんね」気のりしない様子でスワイリーが答える。

「こっちで見ても、あそこには人っ子ひとりいないみたいですな」マドックが、映像増幅機ののぞき口から目を離さないままで口をはさんだ。

「スワイリーの言う囮の振動と嗅覚探知はどう出てる？」コールマンが、ドリスコルを振り返ってたずねた。

ドリスコルはその質問をコンピュータへの命令に翻訳し、通信《コム》パックのスクリーンのひとつに出た要約データをのぞきこんだ。「振動は八百ヤードで雑音が閾値を超えます。風下比は四百ヤードで五ポイント未満。聴覚探知は完全に否定的——背景雑音に埋没」つまりコンピュータは、夜のうちに何度か低空飛翔型の遠隔操縦機〈蜂《ビー》〉が谷底一帯にばらまいた感知装置が送ってくるデータから、人間の動きに伴う振動パターンを検出していないわけだ。囮と思われる目標の風下に位置する化学的センサーも、人体を特徴づける匂いの分子を感知していない。マイクロフォンも一貫性のある音響パターンは何もとらえていないが、これは明らかに渓流一帯から出る背景のホワイトノイズのせいだ。証拠は不完全で否定的なものばかりだったが、いずれもスワイリーの主張する、攻撃目標へ通じる本道が目下のところ無防備に等しいという信じられないような状況を裏づけていた。

コールマンは心の中で眉をひそめながら、このデータの意味するものを急いで検討してみた。正気の部隊なら、あの目標を、中央からの直接正面攻撃で落とそうなどと考えるはずがない——道の下の方は周囲の斜面からまる見えだから、もし迎撃されて進めなくなったら、撤退の方法がないのだ。誰しもそう考えるものと敵の指揮官も考えたのだろう。だとすれば攻撃されるおそれのない場所に多くの人員をさいて、なんの益があろうか？　教科書に従えば、あの掩体指揮所《バンカー》を攻略する正しいやりかたは、上流から流れに沿って進むか、下流で流れを渡って向こう側の支稜から降りてくるかである。だから敵側は、その定石どおりの両ルートの上に兵力を集中し、どっちから攻撃されてもいいように待ち伏せしているわけだ。だがその一方、中央はがらあきになってしまっている。

「各部署の分隊長を警戒態勢に」コールマンはドリスコルに命じた。「それから、ブルー1へのチャンネルを開け」

数秒後、通信パック《コム》にシロッコが出、コールマンは状況を報告した。着想の大胆さにシロッコはすぐさま飛びついた。「こいつはわれわれだけで片づけなきゃならん。旅団を巻きこむ時間はないが、われわれだけでも、おまえたちが進むあいだ向こう岸のやつらを釘づけにしておくことはできるし、手前の障害物は弾幕でつぶしてやれる」彼があてにしているのは、後方の稜線のすぐ下に配置されている中隊管理のロボット砲隊だった。「しかしそうするとおまえたちは、対砲兵制圧がないままで突っこまなきゃならんことになる。どうだ？」

「迅速にやれば、なくても大丈夫でしょう」とコールマン。

「対砲兵制圧がなくては、ほかの小隊を支援にまわすわけにもいかんな。ぜんぶおまえたちだけでやることになるぞ」

「ロボット砲隊は、両翼に対する目つぶしに使えますよ。千二百フィートで視覚《オプティカル》と情報検《I》出《R》の遮蔽をやれば、いけると思いますが」

シロッコは、ほんの一瞬躊躇しただけだった。「よかろう」とうなずき、「やってみよう」

十分後、シロッコは作戦将校とともに大急ぎで砲撃プランをつくりあげてその詳細を第一、第二、第四小隊に伝達し、いっぽうコールマンは第三小隊に対し、各部署の分隊長を通じて指令をくだしていた。装備の確保と点検、M三十二迫撃砲の再装填と再点検、弾薬保有量の点検と確認。

千二百フィート地点でこの地域を敵の目から遮蔽するための煙幕弾の一発目が炸裂すると同時に、第三小隊は、下方の茂みの密生した地帯へ向かって小径をくだりはじめた。一瞬遅れて、煙幕のカーテンの下で視覚防害弾が破裂し、敵のレーザー観測と通信を杜絶させるアルミニウム粉の雲を吐きだしはじめた。攻撃部隊のすぐ前方では、地雷その他の対人殺傷兵器を一掃するため、両翼の各小隊からの集中砲撃と高密度パルス・ビーム照射が小径に沿って伸びていった。第三小隊はその弾幕のうしろから、砲撃の効果の仕上げにあたる援護射撃を行なうために、分隊単位の発進と停止を繰り返しながら進んでいった。抵抗はまったくなかった。防禦側の砲は、最初の煙幕弾から十秒もたたないうちに後方から火を吐いたが、むやみやたらに撃っているだけでほとんどなんの効果もあがっていない。

戦闘は十三分で終了した。コールマンは、流れの岸の砂利を踏んで立ち、当惑した表情の少佐と茫然自失状態でそれに続く参謀たちが、掩体《バンカー》の中から出てきて、うす笑いを浮かべた第三小隊の監視のもとに、武装解除された防禦部隊の兵士たちに合流するのを見守っていた。作戦の主目的は捕虜を確保して情報を入手することにあり、その収穫は、少佐ひとりに加えて大尉ふたり、中尉と少尉と上級準尉と上級曹長がひとりずつ、曹長ふたり、それに十数人の兵員にのぼった。それに加えて、呼出し符号《コール・サイン》の一覧表や各種の地図や、さらにきわめて重要な通信や兵器制御装備まで無傷で手に入ったのだ。まあ悪くない成果だろうと、コールマンは満足した気分で思いかえした。

コンピュータによれば、第三小隊の損害は、戦死二名、回復不能の重傷が五名とある。本物の戦争もこんなぐあいにいけばどんなにすばらしいだろうとコールマンが考えていると、ふいに遠く離れた頭上からの明るい光が、周囲を一瞬にして昼間に変えた。突然の明るさに彼は数秒間目を細め、ヘルメットを頭のうしろへ押しやって周囲を見まわした。斜面の上の方では射たれて死んだり重傷を負った連中が、小さな一団になって小径をおりてくるところで、それより上の両側には、D中隊の他の三小隊が遮蔽の陰から顔を出していた。渓谷に沿ってずっと離れた両方向に現われているもっと大きな動きは、防禦軍と攻撃軍が出てきているのだろう。それよりもさらに彼方の、空を区切っている尾根の陰からは、参謀用や人員輸送用その他いろんなタイプの航空機が飛び立っていた。この演習にどれだけの兵員が参加していたのかを、コールマンは今まではっきり意識していなかった。ふと、不快な気分が、心の中にしのびこんできた——参謀たちが当分は楽しめるつもりでいた手のこんだゲームを、彼はたった今、早めに終わらせてしまったのだ。お歴々がこれを喜ぶはずがない。だがこれで、軍隊からお払い箱になるかもしれないぞと、彼は悟りきった気持で自問自答した。

一台の輸送機が、ぐうんと爆音を高めながら接近し、彼の頭上でちょっと静止してから、流れるように下降してきた。後部ドアが横にすべって開き、ヘルメットに戦闘服姿のやせぎすで浅黒いシロッコ大尉が防弾チョッキを着たままの恰好で現われた。輸送機がまだ地上六フィートの高さにあるうちに彼はひらりと飛びおり、コールマンに向かって悠然と近づいてきた。いつもながらたっぷりした黒い口髭にかくれて、のんきそうなその表情からはほとんど何も読みとれないが、両眼はきらきらと輝いている。「よくやったぞ、スティーヴ」前おきぬきでそれだけ言うと、両手を腰にあて、掩蔽壕《バンカー》のそばにむっつりと立っている捕虜の〝敵〟将校たちの憤懣《ふんまん》やるかたないといった渋面をじろりと見わたした。「しかし、これじゃお褒めにはあずかれんぞ。なにしろ、教科書の規範を片っぱしから破ってしまったからな」コールマンは、ううむとうなった。まあだいたい思っていたとおりだ。シロッコは眉をぴくりとあげると、意味ありげに首をかしげてみせた。「要塞への正面攻撃、両翼はがらあき、事実上退却の道なし、不測の事態に対応する備えなし、地上制圧不充分、敵砲兵への対策もなし」いかにも事務的に、だが同時に決然とした口調で、彼は繰り返した。

「じゃ、自分ののどもとをがらあきにした方はどうなんです？」コールマンは反問した。「規範にそんな項目はないですか？」

「それはおまえが何者であるかによる。D中隊では何もかもが相対的問題なのだ」

「ズボンの尻を防弾チョッキ用の布地でつくっておこうと思ったことは？」ちょっと間をおいて、コールマンはたずねた。「どうもそれが要りそうですな」

「何を馬鹿なことを」シロッコは空を仰いだ。「いや、すぐにわかるさ」

コールマンはその視線を追った。機首に大将の階級章をつけた武装ＶＩＰ輸送機が、こっちへ向かっている。コールマンはＭ三十二を反対の肩にかけなおした。「整列」流れのほとりや掩蔽壕《バンカー》の周囲でグループごとに一服したり、しゃべったりしてくつろいでいる第三小隊の生き残りに号令をかける。すぐに煙草は重い軍靴の底で踏み消され、私語はやみ、一同はあたふたと列をつくった。

「軍曹、きみの状況分析は、何にもとづいたものかね?」シロッコは、ポートニィ将軍の副官であるウェッサーマン大佐を真似た、語尾をはしょったかん高い声でたずねた。疑念と非難をこめた口調で、「今回の戦術的判断は、スワイリー伍長の助言によるものかね?」当然出るはずの質問だ。旅団で行なわれている映像分析法では、この攻撃を正当化するものなど何も出てこないだろう。

「ちがいます」コールマンが全身をこちこちにし、視線を前方に固定したまま答えた。「スワイリー伍長は通信パック《コム》を担当していました。電子情報の分析にたずさわることはありません。色盲ですから」

「では、きみのくだしたまれに見る結論をどう説明するつもりかね?」

「まぐれあたりだと思います」

シロッコはため息をつくと、「どうやらわしが、あの攻撃を自分でなんの具体的裏づけもなしに裁可したと書いて提出しなきゃならんようだな」コールマンへ、もういいというふうにうなずいてみせ、「そのへんにズボンつくりのうまいやつはおらんかね?」

前方でVIP輸送機のドアが開き、ウェッサーマン大佐のでっぷり太った姿が現われた。彼の赭ら顔は常にも増して赤く、頸のあたりは紫色にふくらんでいる。まるで憤怒のあまり窒息寸前といった態だ。

「大佐殿は、成功の甘い香りを愛でる鼻をお持ちではないようですな」その様子を見ながら、コールマンがささやいた。

シロッコは沈んだ面持ちで、一、二秒かけて口髭の端をひねった。「成功は屁のごときもの。芳《かぐ》わしきは己れの出したもののみ、さ」

2

駆動制御副《サブ》センターのモニター室で、バーナード・ファロウズを囲んでいるおびただしい数のスクリーンのひとつが、ふいに映像の色彩と形《フォーマット》状を変え、彼の心に浮かんでいる雑念を追い払った。そのディスプレイは主燃料送出システム第五群《グループ》につながっているもので、ファロウズがすわっている場所から五マイルも離れた船尾部に位置する巨大な水素供給ブースター・ポンプの一環をなす装置のぐあいを表示していた。

「第五エンジンがどうした、ホレース？」誰もいない室内の空間に彼は呼びかけた。

「低レベルが突出気味です」ファロウズのコンソールの側面にある小さな格子《グリル》から、副センターの中枢コンピュータが答えた。「第五群第三ブースターがまた過熱の徴候を見せています。相関積算六十七、検出機能は正常、膨張指数八‐ゼロ」

「指数六での読みは？」

「異常なし」

残りの情報をファロウズはスクリーンから読みとった。コンピュータが検知した変化はごく小さなものだった——このままの率で増えていっても一カ月やそこらはなんの問題にもならない程度の、初期の徴候にすぎない。残りのポンプ群はそれだけでも不足分を補えるよう充分に余裕を持たせて設計されていることだし、船のケイロン到着を三カ月後に控えた今、問題にする必要はないはずだ。が、それでもやはり、メリックは、主システムのその部分を取りはずし、ベアリングを磨きなおし、中心合わせを再調整し、ローターのバランスをとりなおそうと言い張るにちがいない。同様の、お定まりの手続きが、主駆動《メイン・ドライヴ》が噴射しているこの三カ月間に、すでに二回繰り返されていた。とすると、またもや一週間、低重力下の作業ということで、重い防護服を着こんで船尾の放射線シールドの裏側をのろのろ動きまわらなければならない。「くそったれポンプめ」ファロウズは苦々しげにつぶやいた。

「ポンプは生命体ではありませんから、その表現は不適当と思います」ホレースがよけいな口をはさんだ。

「ちっ、だまれ」これでコンピュータはおとなしくまたもとの黙想状態に戻った。

ファロウズは椅子の背に身をあずけ、ぼんやりとモニター室内を見まわした。コンソールのうしろにあるガラス仕切りの向こうの乗員区画では何もかも順調なようだし、こっちのスクリーンの映像も、あのポンプ以外はすべて正常であることを示している。第二姿勢制御モーターの燃料タンクが、先刻のコース微修正後の再充塡を終えて、ふたたび〝準備よし〟のサインを出したところだ。燃料、冷却剤、主および補助動力、水圧、空気圧、ガス、オイル、生命維持、それに駆動部の点検修理用副システムなど、いっさいが充分に許容誤差の範囲内で稼動している。かくて、はるか船尾の方では、何層にも並んだ巨大な核融合炉が、二十年におよぶ航行のあいだに宇宙空間から磁気的にラムスクープした三千五百万トンの水素から、毎秒二トンあまりをむさぼり食ってエネルギーに転換し、〈メイフラワー二世〉の一億四千万トンの質量をその慣性航行速度から減速するために六カ月間噴射しつづける直径一・五マイルのおそるべき放射線と核反応生成物の炎の柱を生みだしているのだった。

船は地球を出発するとき、慣性航行速度まで加速するだけの燃料しか積んでおらず、減速に必要なぶんは途中で集めるように、水素密度の濃い場所を通るコースをたどってきたのである。

ファロウズはコンソール中央の時計にちらりと目をやった。ウォルターズが当直を引きつぎにくるまであと一時間足らずだ。そのあと、つぎの当直まで、二日間の休暇がとってある。彼はしばし両眼を閉じ、未来への思いをかみしめた。

あとわずか三カ月なのだ！　子供たちはこれまで何度も彼にたずねた——なぜ、青春のただ中にある若者だった彼が、馴れ親しんだ世界に背を向け、一生のうちの二十年をアルファ・ケンタウリへの片道旅行に捧げたのか、と。そんな質問が出るのも、彼のその決断が彼らの未来を少なからず左右した事を思えば、当然の事だった。〈メイフラワー二世〉に乗り組んでいる三万人の人々のほとんどは、それと同じ事を聞かれている。そんなときいつもファロウズは、あっというまに北アメリカとヨーロッパ全域の荒廃とソヴィエト帝国の終焉とを招いた二〇二一年の大殺戮の前夜の狂気とほとんど同じような再軍備競争にのめりこんでいく世界の情勢に愛想を尽かして、それをしり目にどこか別のところで新たなスタートを切りたいと思ったからだと答えていた。これは、何より自分自身を納得させるという意味でも、模範的な答えのひとつだといえる。だが、ひとりでいるときのファロウズは、決してそう考えているわけではない。本当の理由を忘れてしまったかのように振舞おうとつとめていたのだ。

彼は戦後の〈飢餓時代〉の終わりごろに生まれたので、当時を覚えているわけではなかったが、彼の父親が話してくれた——五百万もの人々が、黒ずみねじれた都市の残骸の周囲の不潔なスラムに住み、政府の野外炊事場に集まってスープとパンの配給を受けるために雪の中で列をつくったことを。毎日粗末な二食分の肉の煮汁と米を中国の食糧船から手に入れ、六カ月にひとり一足の実用本位の圧縮紙製の靴を買うために、彼の母親は日に十五時間もプレハブ住宅用の板材を切る作業に従事したことを。それに、彼の兄が、カリブ海や南部の方からつぎつぎにやってきた略奪集団との戦闘で死んだということも。

それよりあとのことはファロウズも覚えている——瓦礫の荒野の中から光り輝く新たな都市のかぼそい骨組みがふたたび空へ伸びだし、鉄鋼やアルミを生産する新たな工場群が唸りと騒音をあげはじめたころ、地球の反対側では、中国とインド - 日本連合が、東洋における工業と商業の支配権争奪にしのぎを削っていた。まさに刺戟と活気と興奮の渦巻く時代だった。そして、ワシントンで見た七月四日の目もあやなパレードのこと——大規模な楽団のふりまく色彩と光輝、きらめく軍装に身を包んで行進する兵士たちの隊列と、それに向かって打ち振られる旗の波、かつては有名な建築物が立っていた国会広場にひしめく数万の群集から湧き起こる頌歌《しょうか》や讃美歌。そういえば、もらったばかりのアメリカ新秩序青年部隊の制服に身を包んで高校のダンス・パーティにのりこみ、行く先々へ追ってくる尊敬のまなざしに気づかぬそぶりでおさまりかえっていたこともあった。ニューメキシコの砂漠で軍の演習に参加してすぐの週末には、うらやましげな友人たちに、そのときの話を吹きまくったものだ……ちょうどアメリカが月面の恒久的有人基地を復活するという快挙をなしとげたころのことである。

同じ世代の人々の多くと同様、彼もまた、旧世界の灰と瓦礫の中から彼らとともに興った新秩序アメリカの未来へのヴィジョンに、熱い血をたぎらせていたのだった。以前よりさらに力強く、道徳的にも精神的にも純粋に自信を持って神与の役割を自覚し、地球の反対側を席捲しつつある異教的頽廃と圧倒的な無分別の洪水から西欧文明の遺産を守る難攻不落の聖域としてよみがえる――それが信条であった。そして、いずれ東洋が内部的腐朽によって分裂し、アラブが中央アジアに押しつけている統一の幻想が暴露され、アフリカ軍閥が骨肉相食む内部闘争に疲弊しきったときこそ、アメリカ新秩序は一時離反していたヨーロッパを再吸収して勝利を手にする。それが目標だったのである。

月の軌道上で〈メイフラワー二世〉の建造が開始され、年ごとに形をとりはじめたとき、それはまさしくその目標を具現化するシンボルとなった。

二〇四〇年当時、彼はまだ八歳だったが、戦争直前の二〇二〇年に地球を出発していった〈クワン・イン〉という宇宙船から通信が入ったというニュースが巻き起こした興奮のことは、はっきりと記憶に残っている。その通信によると、〈クワン・イン〉は、アルファ・ケンタウリをめぐる惑星のひとつが植民に適していることを確認し、所定の実験を開始したということだった。その惑星は、ケンタウロス族のひとりの名をとって、ケイロンと命名された。また同様にして、〈クワン・イン〉がアルファ・ケンタウリ系に発見したあと三つの大惑星は、それぞれポロス、ネソス、エウリュティオンと名づけられた。

十年の歳月が流れるあいだに、北アメリカとヨーロッパは完全に復興し、東洋の二大勢力は周囲を平定しおえた。この時代の末期には、新アメリカはアラスカからパナマまでを領有し、大ヨーロッパはロシア、エストニア、ラトヴィア、ウクライナを各独立国として版図に組み入れ、また中国はパキスタンからベーリング海峡にまでおよぶ東亜連邦《EAF》の盟主となっていた。かくてこの三大勢力は、おおむね時を同じくして宇宙への再進出を企画し、それぞれケイロン植民地に対する正当な権利を主張して他の二国への不信をつのらせ、その権利を他国の侵害から守るべく先んじてケイロンに到達せんものと、それぞれが恒星船の建造にのりだしたのだった。

大義名分も刺戟的な目標もあった――地球をはるか離れて帝国を再建しその世界を支配するというのだ――あの時代の興奮を忘れているものは、ファロウズと同時代の人々にはほとんどいないだろう。しかもそのすべてのシンボルとして、〈メイフラワー二世〉が月の上空で形をとりはじめていたのだから、その船に乗ってケイロンを異教徒の手から守る十字軍に参加することが、多くの人々の至上の志となっていったのも当然だった。〈飢餓時代〉に培われた規律と自己犠牲の精神がものをいって、〈メイフラワー二世〉は二番手の相手に二年の差をつけて竣工し、かくして当時二十八歳のバーナード・ファロウズは、雄々しく父親と握手を交わし、涙にかきくれる母親にお別れのキスをして、アリゾナのシャトル基地を飛び立ち、アメリカ新秩序を星々へ運ぶ聖なる遠征の第一歩を踏みだすべく、月‐地球連絡船上の人となったのだった。

だが、今の彼はもはやそんなふうにものを考えることはあまりなかった。偉大なる指導者になってケイロンに福音をもたらそうという夢は、長い歳月のあいだに消え失せていた。そしてその代わりに……何が？　この旅も終わりに近づいた今、自分が何をしたいのか、彼にははっきりわからなくなっている……ずっと前からきまりきったものとなっているこの生活を、環境が変わってもそのまま続けていく以外に、何も思いつかないのだ。

ガラス仕切りの向こうからモニター室に近づいてくるクリフ・ウォルターズの姿が、彼のそうした思考を断ち切った。すぐに低い動力音とともに一方のドアが開き、ウォルターズが入ってきた。ファロウズは椅子をくるりとまわして、びっくりしたようにそっちを見あげた。

「やあ、ずいぶん早いな。まだ四十分もあるぜ」

ウォルターズは上衣を脱ぎ、内ポケットから本を一冊抜きだしたあと、ドアのそばのロッカーの中に掛けた。ファロウズは眉をひそめたが、それ以上何も言わなかった。

「早めの交替さ」ウォルターズが答えた。「当直明けになる前に、メリックがちょっと会いたいそうだ。技術司令デッキに寄ってくれと言ってた。今行けば面会時間に間に合うよ」そう言いながらコンソールに歩みより、ずらりと並んだスクリーンにあごをしゃくった。「ぐあいはどうだい？　何か血湧き肉躍るようなことでもあるかね？」

「五の三の主システムがまたぐずついてる。いいニュースだろ？　低レベルだが徴候ははっきり出ている。それから、一七〇〇時に十五秒間軌道修正噴射。これは問題なし。主噴射《メイン・バーン》は順調だし、傾斜補正《トリム》もプログラムどおりだ……」肩をすくめ、「そんなところさ」

　ウォルターズはうーんとうなると、ディスプレイをざっと見わたし、あいているスクリーンに過去四時間の経過を呼びだした。「どうやらまた例のポンプを分解しなきゃならんようだな」振り向きもせずにつぶやく。

「そうらしいな」と、ファロウズもため息まじりに同意した。

「でも、いまさら取り組むことはあるまい」ウォルターズは、きっぱりと言ってのけた。「あと三カ月のことだし、まあ予備ポンプに切り替えて放っておく手だな。到着して主駆《メイン・ド》動《ライヴ》が止まっているあいだに修理すりゃいい。重装服《トログ・スーツ》で汗をかいて目方を減らすこともあるまいよ」

「そいつはメリックに言ってくれ」不信の念を押さえながら、ファロウズは答えた。あんな言いかたは、技術者としてあるまじき怠慢を暴露するものである。たとえあとわずか三週間のことでも、修理の必要な部分を修理せずにおくことに言いわけは立たない。破滅的な事態を招く危険はほとんどないだろうが、それでも存在してはいるのだ。しっかり面倒を見てやれば、それだけその可能性はゼロに近づく。彼は自分を有能な技術者だと考えていたが、それはつまり几帳面だということである。ウォルターズにはどうもいい加減な一面があるようだ——些末な点についてではあるが、いいかげんなことに変わりはない。そういう手あいと同列に扱われるのがファロウズには腹立たしかった。「当直交替だ、ホレース」と彼は、コンソールの格子《グリル》に向かって言った。「士官《オフィサー》ファロウズ退席。士官ウォルターズが引きつぐ」

「了解」ホレースが答えた。

ファロウズが立ちあがって一歩脇へ寄り、ウォルターズが副センター主任席にゆったりと身を沈めた。「このあと四十八時間休暇《オフ》だったっけ？」

「ああ」

「何か計画でも？」

「特に何も。明日、ジェイのチームが試合なんでね。たぶんそれを見にいく。ついでにマンハッタンまで足を伸ばしてもいいし——ここしばらく行っていないから」

「お子さんたちを、グランドキャニオン・モジュールへ連れていったら？」とウォルターズ。「また模様変えされたはずだ——森や岩がいっぱい、水も豊富。きれいだと思うよ」

ファロウズは驚いたようだ。「あと二日は閉鎖されていると思ってたんだがね。軍があそこで演習か何かやってたんじゃないのかい？」

「早めに終わったんだよ。とにかく、バドの話だと、明日はまた公開になるらしい。調べて、いってみるといい」

「そうしてみるか」ファロウズはゆっくりうなずいた。「そうだな……四、五時間出かけてみるのも悪くない。教えてくれてありがとう」

「どういたしまして。それじゃ元気でな」

ファロウズはモニター室をあとにして駆動制御副センターを横切り、スライド式の二重ドアの関門を通って明るい廊下に出た。そこからエレベーターで二階上へあがると同じような廊下があり、数分後、彼の姿は技術司令デッキに接するオフィスのひとつに現われた。その中では、技術局次長補のレイトン・メリックが、今すわっているデスクの左角に斜めに設置されたパネルの参照スクリーンをじっと見つめているところだった。

ファロウズは、いつもメリックの姿に、なんとなくゴシック様式の大伽藍の輪郭に似たものを感じる。長身で細身のそのからだつきは、厳然と垂直にそそり立つ灰色の石柱の冷徹な直線を思わせ、そのなで肩、細面、つり上がった眉、とがった頭を強調するようにうしろへなでつけた髪の薄くなった生えぎわなどは、限りあるこの世の生に背を向け天国をめざして高々と敬虔にそびえるアーチの一群をかたちづくっている。そして、内なる聖所を外界からさえぎる無表情な窓から人々を見おろすような正面のたたずまいさながらに、彼の顔は、まるで中に住む何者かが外界の人々としかるべき距離を保つために設けた隔壁の一部のように見えるのだ。ときどきファロウズは、本当にその中には誰かいるのだろうか、もしかすると、中の誰かが人知れず老衰して死んでしまったあと、その隔壁だけが自動的な存在として機能しつづけているのではないかと思うことがあった。

部下として働きはじめてもう何年にもなるのに、ファロウズはいまだにメリックの前でくつろいだ気分になるすべを会得することができないでいた。第六階層と第四階層の地位にある人間のあいだに、ある程度以上の親密さなど自然に生まれるわけはないのだが、それにしても、ファロウズはメリックのいる部屋に入ると数秒のあいだに――ふたりだけの場合は特に――ひどい不安にかられるのだ。だが、今度こそはそうなるまいと、彼は廊下にいるあいだから、何度となく自分に言いきかせていた。今度はもう、そういう感覚になんの理由もないことはわかっているのだから、勝手な想像でびくびくするのはよそう。メリックは何も、特に彼に対してだけ尊大にかまえているわけじゃない。誰に対しても同じなのだ。何も特別な意味があるわけではない。

メリックは黙ったまま、デスクの反対側の椅子にかけるよう合図し、そのまま目もあげずにスクリーンを見つめつづけた。ファロウズは腰をおろし――そして十秒かそこらで、落ちつかない気持になってきた。ここ数日のあいだに何かへまをしたのでは？　何か忘れていることがないだろうか？……あるいは、報告し忘れたことでも？……あるいは未解決のまま放ってあることでも？　いろいろ頭をしぼってみたが、思いつかない。とうとう根負けして、ファロウズは口ごもりながらたずねた。「その……何かご用だそうですが」

技術局次長補閣下は、ようやく天上の思索の世界から引きもどされて身を起こした。「ああ、そうだよ、ファロウズ」今まで検分していたスクリーンの方を指さしながら、「このコールマンという男が、軍から技術局に移りたいと申し出ているのだが、きみはこの男を知っているのかね？　次長が、軍に提出された配転要請のコピーを受けとり、わたしの意見を求めてきた。このコールマンという男は、照会先としてきみの名前をあげているそうだが、どんな男なのかな？」あごを軽くかしげ、ゴシック調の眉をひそめているのは、誇り高き第四階層の技術士官ともあろうものが、どうして歩兵の軍曹ごときとかかわりを持っているのかという、無言の詰問であった。

ファロウズが事態をのみこむのに少しかかった。だが、事情がわかると彼は思わず心の中でうめき声をあげた。

「ああ、その……彼は、わたしの息子の軍事教練の教官でして」メリックの視線に、ファロウズは口ごもりながら答えた。「教科終了パレードのときに会って……ちょっと話をしました。技術学校に入りたいという強い希望を持っていたようなので、〝願書を出してみたら？〟というようなことを言ったと思います。たぶんそれで、わたしの名を覚えていたのでしょう」

「ふうむ。すると実質的には、彼の経歴や素質についてては何も知らないわけか。彼は、たまたま会っただけのきみの言葉を、真に受けすぎた、それだけのことなんだな？」

ファロウズは、口の中に出てきた言葉をのみこんでしまうことができなかった。実を言うと、その男を何度か家に招んで、技術畑の話をしたことがある。コールマンは卓抜な発想の持ち主だった。彼はわれ知らず眉をひそめ、首をふっていた。「いや、彼は驚くほどしっかりした広範な基礎を身につけているようです。一年ほど前までは工兵隊にいたそうですから、実技の面も強いはずです。それに、船が地球を出てから猛烈に勉強している様子です。おそらく、考慮していただく価値はあります――と思います。しかし、もちろんこれは私見にすぎませんが」

「何を考慮するんだ？　まさか、今すぐ技術士官になれるというわけではあるまい」

「もちろんそれは無理です！　が、工科大学の……たぶん二、三年級、あるいは卒業程度の実力はあると思います」

「ふうむ」メリックはスクリーンの方へ手をふってみせ、「学位は持っておらん。少なくとも一年、半分くらいの年齢の子供と机を並べなければなるまい。ここは社会復帰訓練所ではないのだぞ」

「彼は独学で技術資格の一から五まで取っているんです」とファロウズ。抗議がましく聞こえはしないかと気になったが、言わずにはいられなかった。「これは工科大学教育課程の二年級にあたると思いますが……」

メリックはデスクごしに、疑い深げな視線を光らせた。明らかに、こっちの答えがお気に召さなかったのだ。「彼の軍歴は、お世辞にも最高とは言えんな。二十二年間で二等軍曹、月を離れてからは上がったり下がったり、まるでヨーヨーだ。もともと二年間の矯正教育逃がれの入隊で、面倒を起こしはじめたのはそれよりずっと前からのことだがね」

「いや、わたしは――わたしはそういうことまでは何も知りませんでした」

「だがもう知ったわけだ」メリックは、顔の前で指を動かしてみせた。「こういう素行不良で犯罪傾向のある人間が、われわれの部局にふさわしいか、どうかな？」

このようなかたちで質問をつきつけられては、ファロウズも他に答えようがなかった。

「それは……ふさわしくないと思います」

「そうとも！」メリックは、いくらか満足げに、「いうまでもなく、わたしはこの種のことに関して自分の名前を残したくないのでな」だがその言葉はまた、ファロウズとてそんな記録に名前を残したところで将来なんの得にもならないことを、何より明確に言いあらわしていた。メリックは、苦虫をかみつぶしたような渋面をつくると、「下層の連中は、上へあがりたがるものだ。それを本来の地位に押さえておくことが肝要なのだよ、ファロウズ。旧世界の失敗の原因はそこにあった。彼らを高く昇らせすぎては、乗っとられる。その結果どうなった？　彼らは社会を引きずり倒した――文明を崩壊させたのだ。そんなことがまた起こった方がいいと思うかね？」

「いいえ、とんでもない」ファロウズは浮かぬ顔で答えた。

「言葉を変えれば、この要請を受けいれることは、使命にとっても国家にとっても最大の利益になるものとはいえん、そうだな？」と、メリックはしめくくった。

ファロウズは、この論法に反論するだけの論理を展開することができなかった。ただあいまいに、「そうも言えないと思いますが」と答えた。

メリックは重々しく首をふった。「使命の利益に反する決定を勧める士官は裏切り者であり、国家の利益に反する行動をとる市民は不穏分子と見なされる。異論があるかね？」

「はあ、おっしゃるとおりですが、しかし――」

「では、きみは、裏切りや不穏分子を弁護する側に名前を連ねたいかね？」メリックが、とがめるように言った。

「そんなことは決してありません。しかし――」ファロウズはたじろぎながら、なんとか話の筋をたどりなおそうとした。

「ご苦労だった」メリックが機先を制して話を切りあげた。「きみの評価に同意し、それを支持するとしよう。よろしい、ファロウズ、休暇を楽しんできたまえ」メリックはくるりと横へ向くと、スクリーンの下のタッチボードに何かを打ちこみはじめた。

ファロウズはぎごちない動作で立ちあがると、ドアの方へ歩きだした。が、途中で立ちどまり、躊躇しながら向きなおった。「あのう、ひとつ申しあげたいことが――」

「もういい、ファロウズ」メリックは顔もあげずにつぶやいた。「用事は終わりだ」

十五分後、〈メイフラワー二世〉の直径六マイルの環《リング》に沿って居住区へ向かう輸送カプセルの中で、ファロウズはまだむっつりと考えこんでいた。すでに納得はしていた――メリックの言うとおりだ。自分が愚かだったのだ。コールマンごときのために、あんなつらい思いをしたり、自分自身の忠誠まで疑われるような、そんな義理はどこにもない。誰にせよ、赤の他人のこんぐらかった人生を解きほぐすのに手をかしてやらなければならない義理はないのだ。

クリフ・ウォルターズは、こんな馬鹿げたやっかいごとに巻きこまれたことなど、おそらく一度もないだろう。とすれば、ウォルターズがときたま、どうでもいい些末なことに目をつぶるからといって、それがどうだというのか？　肝腎なことについては、ウォルターズの方が、はるかに如才なくこなしているではないか。ファロウズなど所詮は、世界を救うつもりでアリゾナからシャトルでやってきたうぬぼれ屋の鼻たれ小僧といったところにすぎまい。クリフ・ウォルターズは、これまで着々と出世のための点をかせいでおり、そのことも、ファロウズの自己嫌悪に拍車をかけた。自分など、目的地のケイロンでも、結局は取るに足らぬ員数のひとりとなるにすぎないのだろう。そのうちいつかは、たぶんジーンの言うことにまで耳を傾けるようになるのかもしれない。

3

〈メイフラワー二世〉は、だいたいのところ、ほぼ円錐形をした車軸の細い方の先端近くに車輪をとりつけたような形をしている。〃スピンドル〃と呼ばれるその軸部は、船首の磁気ラムスクープ・コーン基底から尾部の巨大な回転放物面をなしている反動皿《ディッシュ》まで、全長六マイル以上におよぶ。

車輪すなわち〃リング〃は、全周十八マイル強で、十六の独立したモジュールに区分され、球形枢軸《ピボット》で相互に連結されている。そのうちふたつは、リングとスピンドルの主要接続部であり、しっかり固定されているが、あとの十四のモジュールは、相互間の支持点で旋回することにより、内部の床面がスピンドル中心軸となす角度を変えることができる。こうした幾何学的可変構造により、回転で生ずる遠心分力と推力が生みだす軸方向の分力が合成されたときの結果として、船が加速状態にあろうと、また航程の大部分を占める慣性航行《フリーフォール》状態にあろうと、常にリング全体に正常レベルの擬似重力がかかっているように調整ができるわけである。

リングのモジュールには、スペース・コロニーの発展時代に開発された、生活、勤務、レクリエーション、工業、農業などのあらゆる施設が備えられており、船がアルファ・ケンタウリに接近するころには、約三万人を収容できるようになっている。すでに地球との交信に往復九年を要する現在、この共同体は完全に自立した——自己統治で自給自足の——社会であった。ここには独自の軍備もあり、遠征計画の立案者たちはおよそありとあらゆる状況や作戦を考慮に入れていたから、その軍隊はいかなる事態にも対処できるはずだった。どんなに困難な事態が発生しようと、援軍は来ないのである。

〈メイフラワー二世〉の武装は、スピンドルの先端近くに装着された〝戦闘モジュール〟に集中しているが、この部分は必要があれば切り離されて一隻の軍艦として独立に行動することもでき、その火力は第二次世界大戦の一方の側を容易に消滅させられるほどだ。そこには、五万マイル先の標的を嗅ぎだす長距離ホーミング・ミサイルがある。軌道衛星を射出して、そこから自動照準爆弾やビーム兵器で地表を爆撃させることもできる。超高空探査機や潜水艦探知機、地上攻撃用の飛行機、さらには地表すれすれに飛ぶ巡航ミサイルなどを惑星の大気圏内へ送りこむことも、また、地上部隊を降ろすことも可能だ。それに何より、多量の核爆弾を積んでいる。

軍は、弾頭の再生と、交換部品の製造を行なうための施設も保有しているが、それは事故に備えると同時に重量をいくらかでも軽減するため、ずっと後方のスピンドルの尾部に近い、主駆動《メイン・ドライヴ》の炎から船を遮蔽する放射線シールドのすぐ手前に置かれていた。公式の名称は〝弾頭再生貯蔵庫〟であるが、一般には〝爆弾工場〟で通っている。ここには人間はひとりも働いていない。通常工程はすべて機械が管理しており、ときたま技師が点検や特殊な修理を指示するためにやってくるだけだ。とはいえ、そこはやはり弾薬を収納している軍事施設であり、したがって規則により衛兵をおくことが必要となる。実質的には認可を受けないでの入室など蠅一匹たりとも許さぬよう電気的に守られた要塞なのだが、例外は認められない。規則には、軍需品を収めた施設には警備をおかなければならないと謳われているからだ。してみるとこの警備は、軍隊勤務の中でもいちばんくだらない、鼻もちならない仕事だなと、コールマンは思った。

彼がそう思ったのは、ちょうどシロッコとふたり、重装備防護服にすっぽりおさまった姿でその施設の装甲扉の隣にある衛兵室の窓ぎわにすわって、ここ二十年来特定の用事のある人間以外は来たことのない廊下を眺めているときのことだった。ふたりのうしろではドリスコル一等兵が椅子に防護服の尻をはめこむように腰をおろし、通信パネルのスクリーンのひとつで映画を、音声は服の通話機で受けながら見ていた。本来ならドリスコルは外を巡回しているべきところなのだが、シロッコが爆弾工場警備を担当しているかぎり、そんな儀式は省略されている。一年かそこら前、D中隊の誰かが、重装備防護服をつけていると誰でも同じに見えることから、先任士官がときたま監視の目を向ける有線TVシステムに、人目のないところでも忠実に任にあたっている歩哨の姿をヴィデオで流しておけばいいということに気づいて以来、この部隊では誰ひとり巡回に出るものはなくなったのだ。予告なしの査察に備えて、カメラが見張っているだけである。

「おい、がっかりするな。ケイロンに着けば、可能性はずっとましになるだろうよ」とシロッコ。コールマンの配転申請書が技術部門から却下されてきたところだった。「人口が狂ったように増加しはじめれば、もうどんな希望でもよりどりみどりさ。何にだってなれる」

「わたしは何になれるでしょう？」

「優秀な兵隊、だな。市民としては落第だろうが」

「人殺しの嫌いな人間が優秀な兵隊になれるんですか？」

「もちろん」当然だと言わんばかりに、シロッコは防護服の片手をあげてみせた。「嫌いなのにやらなければならんとなったら、人間誰だって腹が立つ。しかし、そうさせる市民に対してあたるわけにはいかんから、その分を敵にぶつける。だから優秀になる。一方、はじめから好きなやつは無茶をやって射たれてしまうから、優秀とは言えん。どうだ。論理的だろうが」

「軍隊式論理ですな」コールマンはつぶやいた。

「一般に通用するとは言っとらんよ」シロッコは両肘を肩の高さまであげて、数秒間左右に開いてみせ、ため息をついた。短い沈黙のあと、彼は上目づかいに好奇の視線をコールマンの方へ向けると、「ところで……あの旅団の可愛い子ちゃんの方は最近どうだ？」

「言わんでください」

「もう興味ないのか？」

「ひどい目にあいましたよ」

「そいつはご愁傷さま。どうしたのかね？」

「占星術と、宇宙のなんとか力《フォース》です。わたしの生まれがどこかって聞かれたもんで、産科病棟《マタニティ・ウォード》だって答えたらね」コールマンは苦りきった表情で、「まったく、そうそうご機嫌ばかり取りむすんでるわけにもいきませんからな」

　シロッコはくちびるをすぼめるようにして、自分の口髭にちらりと目をやった。「おれはだまされんぞ、スティーヴ。ケイロンの様子がはっきりするまで、選択の自由をとっておく気だな？　おい、白状しろよ――早くおっぱなされて、ケイロン人の女の子に囲まれたくって、うずうずしてるんだろうが？」最初、機械が誕生させたケイロン人の数は、〈クワン・イン〉の到着から十年間で約一万人にのぼり、その最年長者はもう四十歳代に入っているはずだった。親代わりのコンピュータに入れられた計画指針によれば、この第一世代が二十歳に達した段階で、限られた範囲における生殖実験がはじまり、第二世代も同様のことを繰り返し――で、現人口はだいたい一万二千程度になっている予定だった。ところがケイロン人には彼らなりの考えがあったらしく、実際には人口はすでに十万を超えてなおうなぎのぼりで、すでに第四世代が誕生していたのである。その意味するところは、まことに興味津々たるものがあった。

「そんなことでぐずついてるんじゃありませんよ」コールマンが反駁するのも、これがはじめてではない。「そんなつもりのやつもいるかもしれないが、どうかな。とにかくわたしくらいの年齢《とし》でまだひいばあさんになってない女なんて、ひとりもおらんでしょう。統計表を見てごらんなさい」

「連中のことを、誰か何か言ったか？　あそこにどれくらいの数の若い娘がかけまわっているか、計算してみたことはあるのか？」シロッコの好色そうな含み笑いが通話機を通して聞こえた。「スワイリーのやつ、これから船が軌道に乗るまでのあいだに、奇蹟的な回復を示すにきまっとる」色盲であるか否かはともかく、スワイリー伍長は、D中隊が二週間の爆弾工場警備を命じられる状況を察知して、ころあいを見はからい、ちょうどその二十四時間前に胃痙攣の病気申告をしたのだった。それが〝病気〟と認められたのは、その報告が休暇中に出されたからである。勤務中に胃痙攣を報告したところで、仮病と診断されるのがおちだ。

旅団から連絡が入り、シロッコは音声チャンネルのスイッチを入れて話しはじめた。コールマンは椅子に腰を落ちつけ、周囲を見まわした。正面のコンソールの表示にも警報装置にも、まったく異状はない。床下を這いまわったり、構造材の内壁と外壁のあいだにもぐりこんだりしているものはいないし、ドアやハッチがこじあけられたり、ブースター部分に穴があいたような気配もなく、上階の加速機レベルから這いおりてくるものも、船外からこっそり登ってくるものもいない。いまどき熱核弾頭をほしがる手あいなどいるわけがないのだ。

彼は立ちあがると、椅子のうしろにまわった。「ちょっと脚を伸ばしたくなりまして」フェースプレートの中から見あげるシロッコへ、「どうせ見まわってくる時間ですから」シロッコはうなずきながら、ヘルメットの中で話を続けている。コールマンはM三十二を肩にして衛兵室を出た。

かつて人影を見たためしのない廊下へ出て、横手のドアをあけると、彼は工場の外壁と、積層する電纜《ケーブル》や導管《ダクト》や線渠《コンジット》とのあいだにはさまれた回廊に沿って、正常の十五パーセントの重力下を、ずっと昔から習い性となっているゆっくりした大股の跳躍で進んでいった。D中隊に転属になるのは降等に等しいものだったが、コールマンは、シロッコのような人物の下で勤務に就けたことに安らぎを感じていた。シロッコのように、部下を型にはめようという義務感を持たず、あるがままに喜んで受けいれてくれる指揮官を、彼はこれまで見たことがなかった。しょっちゅう口出しや手出しをするタイプでもない。やるべきことさえちゃんとできていれば、どんな方法でやったかなど特に気にはしないし、こっちのやりたいようにやらせてくれる。たとえ一度でも有能な人間として扱われる――頭を持った人間として認められ、頭が使える人間として信用される――のは、目のさめるような気分だった。隊の仲間たちも同じように感じていた。普通はそんな感情を自分から進んで口に出すような連中ではない……が、態度には現われるものだ。

こうしたことは、軍隊流の上官への服従を励行させるには、あまり役に立たないわけだが、シロッコ自身も、なすべきことは何かという点で軍隊の一般的見解とは食いちがう場合が多いような、彼独自の思想の持ち主だったのである。立派な将校は自分の経歴や昇進を気にするものだが、シロッコはどうやら軍隊というものを、あまりまじめに考えることができないらしいのだ。たしかに、人殺しのために設立された数十億ドル規模の産業というのは、あだやおろそかにはできない存在だが、シロッコの心の奥底には、そうしたとらえかたを受けつけないものがあるのにちがいないと、コールマンは確信していた。彼にとって、それはひとつのゲームなのだ。その重大さをくよくよ思いわずらったりせず、また大まじめでそのゲームに参加する気がなかったからこそ、シロッコはD中隊をあてがわれたのだろうが、結果的にはそれがぴったりの人選だったということになる。

　コールマンのすぐ前方で、このギャラリーから一本のキャットウォークが空中に枝分かれし、隔壁に開いたドアを抜けてブースター・ポンプ室の方へ伸びていた。そこは、主駆動《メイン・ドライヴ》部から宇宙空間へ向けて噴射される核融合プラズマのエネルギーをより高めるため、船尾のバイパス反応炉群で生じた三重水素《トリチウム》を濃縮する区画である。絶え間なく続く遠雷のような響きがヘルメットの中まで伝わってきているが、それだけでは、いま立っている場所からそれほど遠くはない反動皿《ディッシュ》の向こうで解放されている膨大なエネルギーのスケールを想像することはむずかしい。しかし、彼は、鋼鉄の網《メッシュ》になっている床に接したブーツの底から、またキャットウォークの下の機械群を見おろす手すりにおいた防護服の手のひらから、その荒々しい咆吼を、聞くというよりは感じとることができた。周囲から押しよせてくるそのエネルギー——今は監視され、飼い馴らされ、ボタンに触れる指先ひとつで意のままにされているが、本来はむきだしで荒々しく獰猛な——が、身うちの神経に触れるとき、いつもながら彼は、自分の奥深くで何かが動きだすのを感じる。彼の視線が、直径数フィートもある超電導母線——数億度のプラズマの中でもその中心部は絶対温度ゼロから十度以内に保持されている——を追って、頭上の加速機——そこでは原子の粒がほぼ光速に近いスピードで、誤差百万分の一インチ以下に制御された軌道を飛んでいる——の外被へ、さらに、そこから伸び出ているデータ・ケーブルの束——内部のあらゆる出来ごとをマイクロ秒単位で寸刻の油断もない制御コンピュータへ伝達している——へとさまよい、そして彼は、そのすべてが人間の手になるものだということを、あらためて自分に言い聞かせるのだった。というのも、ときどきそれは、あたかも機械によって機械のために創造された世界——人間の入りこむ余地などなく、人間のいるべきでもない場所——であるかのように思えてくるからだった。

しかし、コールマン自身は、機械に囲まれたここ﹅﹅こそ自分のいるべき場所であるようにも感じるのだった。自分には彼らの言葉が理解でき、話せるし、向こうも彼の言葉で語りかけてくる。今も、防護服を伝わってくる振動で話しているのだ。機械の言葉は簡明であり、直接的である。そこには、裏返しの論理や二重の意味など存在しない、本音と別のことを言ったりはしないし、一度約束したものはきちんとよこすし、一度要求したらそれ以上のものを求めることもない。嘘をつかず、欺かず、盗まず、正直な相手には正直に応じる。シロッコと同じように、機械はあるがままの彼を受けいれ、また彼に対して自分を飾ることもない。自分に合わせて彼を変えようとはせず、彼に合わせて自分が変わろうともしない。機械には優越感も劣等感もなく、分《ぶん》に安住している——それぞれがある面では優れ、ある面では劣っているだけのことなのだ。彼らはそれを理解し、その事実を受けいれている。なのにどうして——とコールマンは思う——人間にはそれができないのだろうか？

キャットウォークの向こうの端にあたる隔壁のドアは開いており、その近くの、蓋のあいたスイッチ・ボックスの前に、いくつか工具が散らばっていた。コールマンがそのドアをくぐってポンプ室に入ると、そこは、ずっと上から下まで続く区画の一方の壁の途中に突きでたプラットホームで、その区画が梁や支柱でいくつもの層に区切られ、各層ごとに巨大なポンプとその付属装置類が据えつけられているのが見わたせる。そして、ここからすぐ下の層では、一団の技師と整備員が、ポンプのひとつに取り組んでいるところだった。すでに一端の外被をはずしてベアリングをむきだしにし、頭上のクレーンから伸びた吊り索《スリング》を回転子《ローター》に取りつけて持ちあげようとしている。コールマンは手すりから身をのりだしてしばらく眺めていたが、状況をのみこむとひとり静かにうなずいた——吊り索《スリング》と安全綱は正確に直角をなしてぴんと張っているし、手を挟まぬよう回転子《ローター》にはきちんとくさびがつかわれているし、各部品は順序よく作業範囲より外に並べられているし、むきだしになったベアリングの表面は工具などが落ちて傷がつくことのないようパッドで保護されている。プロの仕事ぶりを見るのは気持のいいものだ。

五分間ほどそうして眺めていると、プラットホームのずっと向こうのドアが開き、下の技術者たちが着ているのと同じスタイルの防護服に身を包んだ一個の人影が現われた。その人影は、コールマンが立っている場所のすぐ近くにある梯子のところまでやってくると、そこから降りようとして振り向き、一、二秒いぶかしげにコールマンの方を見つめた。その胸ポケットの上の名札には、B・ファロウズと書かれていた。コールマンは挨拶するつもりで片手をあげながら、通話機を近距離用周波数に切り替えた。「やあ、バーナード、わたしです

——スティーヴン・コールマンです。聞かれたかどうか知りませんが、あの配転はだめでした。でも、とにかくお世話をかけてすみません」

が、ヴァイザーのうしろの顔は、にこりともしなかった。「ファロウズさん、と呼んでほしいな、軍曹」冷たい声で、「すまないが、これから仕事がある。きみもそうだろう。おたがい職務に専念しようじゃないか」それだけ言って彼は梯子の手すりをつかむと、プラットホームの端からうしろ向きに一歩踏みだして下の層まで静かにすべりおりていき、向きを変えて他の技師たちに加わった。

コールマンはしばしそれを見守っていたが、やがてゆっくり向きを変えると、隔壁のドアに向かって歩きだした。別に腹も立たず、驚きもしなかった。これまでに、もう何度も同じようなことがあったのだ。ファロウズは悪い人間じゃない。あの件で、誰かにどこかでかみつかれたのだろう——それだけのことだ。「あの男は、機械がどう動くかは、ぜんぶ知っているんだろう」爆弾工場の外周のギャラリーへ引っかえしながら、彼はなかば声に出してつぶやいた。「だが、彼には、機械がどう考えているかまではわかるまい」

4

メリーランド・モジュールの〝中の上階層居住区〟にあるファロウズ家の食堂《ダイニング》では、壁《ウォール》スクリーンに映しだされている二〇二一年の戦争を扱った映画が、終幕を迎えようとしていた。ジェイ・ファロウズは、とにかくそれが終わるのが嬉しかった。そこに出てくるアメリカ人はみんな背が高く、ひきしまった筋肉質の体型で、凛々しいまなざし、ゆるやかに波うつ髪、ジャケット型の制服にネクタイを締め、見るからに上品で文明的だ。いっぽうソヴィエト人は、あごの肉がだぶつき、不実で無節操で、髪を短く刈りこみ、のどまでボタンのかかるチュニックを着、いかにも世界征服の野望を感じさせる。アメリカ人は、間一髪の危機を乗り切って、大発明を手中に収めたところだった。

「巨人は死んではいない」廃墟と化したロサンゼルスを見おろすサン・ガブリエル丘陵の頂上に降り立った空軍の垂直離着陸機《VTOL》の前で、背の高い、筋肉質の、凛々しいまなざしの主人公が、波うつ髪を持った忠実な部下に向かって宣言する。「使命を終えた今、しばらくは傷を癒やすために休息しなければなるまい。しかし、地獄の炎をくぐりぬけて、身心ともに強化された巨人は、必ずふたたび立ちあがる。この試練は無駄にはならない」カメラが引いてその姿と山なみが縮んでいき、ひろがった視野に明日の夜明けを期して沈みゆく太陽が入り、音楽がふくらんで、天使の歌声のようなコーラスをバックにした管《ブラス》とドラムが一段と大きく、フィナーレを飾る。

すわりこんで昼食の残りを口に運んでいたジェイ・ファロウズは、ふいに吐きけを感じ、音声を消してしまいたくなった。彼の前のテーブルには、天文学の本が開いたままのってい る。うしろにいる母親と十二歳の妹のメアリーは、敬虔な沈黙の中で今しがたのメッセージをかみしめているらしい。彼が今見ているページに載っているのは、地球から見た北半球の星座だ。〈メイフラワー二世〉から見た眺めとほとんど同じだが、ただその図のカシオペア座には、ひとつの星――太陽――が出ていない。反対側のページでは、アルファ・ケンタウリが南十字星のすぐ近くにあるが、船から見たそれは位置がかなりずれて、前景に煌々と輝く球体へと成長している。また地球から見た図には、プロクシマ・ケンタウリが載っていない――この星は、太陽の一万分の一以下の光度しかない暗い赤色矮星で、望遠鏡でなければ見えないからだが、今や間近に接近した〈メイフラワー二世〉からは、はっきりと見えていた。こうした変化は、もともと、一日はもとより一カ月あいだをおいて見ても認めにくい程度のものだったが、主駆動《メイン・ドライヴ》が噴射をはじめて、四光年の距離を渡ってきた船の速度を着実に減らしていくにつれ、その変化もさらに遅くなってきているところだった。

彼の知っている大人たちの大部分――二十五歳かそこらより上の人々――は、彼のような、地球で生活した経験のない人間に対して、同情を感じないではいられないらしい。だが、彼がこれまで見聞きして知ったかぎりでは、それがさほど残念なことのようにも思えなかった。〈メイフラワー二世〉での生活は快適で安全だし、やりたいこともいっぱいあるし、行く手には挑戦と興奮に溢れたまったく新しい未知の世界が待ちうけている。言うまでもなくこれは、地球に残っている人々には味わえない楽しみなのだ。

学校の《政治科学》の授業では、〈メイフラワー二世〉の第一の使命は、一種の〝先制解放〟であると教えられた――つまり、あとを追ってくるアジア人とヨーロッパ人は、隙さえあれば惑星ケイロンに彼らと同じ堕落への道を歩ませようとするので、〈メイフラワー二世〉はそれまで二年のうちにケイロン人たちにみずからを守るすべを教えてやらなければならない、というのである。それに加えて、ケイロン人を教育し啓発してやることがなぜそれほど重要なのかという理由の抽象的な説明もあり、ジェイにはよくわからなかったけれども、彼はそれを、自分が大人になるという時間のかかるややこしい作業の一環として必ずや解明されるはずの数多い神秘の中のひとつとして受けいれ、いちおう棚あげしていた。

その答えが結局どう出るにしろ、それがどういうわけで模型蒸気機関車の製作や、スティーヴ・コールマンとあまり親しいつきあいを続けるのはよくないという父親の真剣な忠告にまでかかわってくるのか、そのへんの関係が彼にはもうひとつ飲みこめなかった。が、今そのことでさわぎたてても無益なので、彼は、つきあいのことだけは、両親に隠していた。嘘は悪いことだと言われても、他に選択の余地はなかったのだ。いや、形式上はあったわけだが、大人たちにはわからない事情というものもある……たぶん、連中はそんなことなどもう忘れてしまっているのだろう。でも、スティーヴはわかってくれる。

「あのとき生まれていなくてよかった」彼のうしろでメアリーが言った。「街じゅうが燃えてるなんて、どんなかしら？　こわいでしょうね」

「そうよ」母親のジーンが答えた。「忘れてはいけない教訓なのよ。人間はそれぞれに、分に応じた地位と役割を与えられているのだということを、みんなが忘れたからああいうことになったの。資格も価値もない人をむやみにふさわしくない地位につけちゃったのね」

「果たすべきを果たし、取るべきを取れ／各自がその為すところに誇りを持て」メアリーが暗誦した。

「上手ね」と母親。

いやなちびだ、とジェイは思いながら、本のページをくった。次の章は、八十年周期でたがいに公転しあう連星系をなす主要な二個の恒星を中心においたケンタウルス系の図ではじまり、そこに、最初〈クワン・イン〉の自動機器が報告し、のちにケイロン人がそれを裏づけてきた惑星系の図も添えられている。大きな図の下には各星のスペクトル写真が出ていた。太陽とよく似たＧ２ｖ型の主星Ａのスペクトルにはおびただしい数の金属吸収線がある。それより低温でオレンジ色をしたＫ１型の伴星Ｂのスペクトルは、一端の青色付近で光が薄れ、分子基による吸収帯が現われはじめている。またＭ５ｅ型の赤橙色をしたプロクシマ・ケンタウリのそれは、菫色の部分がほとんど消え、ＣＯ、ＣＨ、ＴｉＯ帯の吸収が目立っていた。

「ケイロンには戦争はないんでしょう？」メアリーがたずねた。

「もちろんないわよ。ただケイロン人は、コンピュータが教えてくれることをきちんと守らなかったらしいの。ほしいものはなんでもくれる機械があるもんだから、一生がぜんぶ、長いお遊び時間だと思ってるのね。でもそれは、あの人たちが悪いわけじゃないのよ。わたしたちみたいな本物の人間じゃないんだから」〈メイフラワー二世〉の司祭長が、ケイロン人にも魂はあるという地球からの特別布告を奉じてきているにもかかわらず、こうした考えかたをする人ははなはだ多かった。その誤解をうっかり口にしてしまったジーンは、あわててつけ加えた。「いいえ、もちろんあの人たちだって人間なのよ。でも、お父さんもお母さんもなしで生まれたから、わたしたちとはちょっとだけ違うの。あの人たちを嫌ったりしちゃいけない。わたしたちの方がちょっとだけ上等なのは、運がよかっただけだってことを忘れないようにね。でも、あの人たちにはまだ知らないことがいろいろあるから、少し厳しく教えてやっても、結局それがあの人たちのためになるのよ」

「中国人やヨーロッパ人が来るってこと？」

「そうよ。わたしたちが学んだ強くなる方法を、ケイロン人にも教えてやらなくちゃいけない。そうすれば、二度と戦争は起こらないでしょう」

もうたくさんだ、とジェイは思って、ぶつぶつと口の中で言いわけしながら本を手にラウンジへ移った。そこでは父親がアームチェアにくつろいだ姿勢で、一時間ほど前に立ち寄った友人の物理学者ジェリー・パーナックと政治の話をしていた。政治もまた、いつの日か意味をなすだろうとジェイが考えているミステリーのひとつだった。

アメリカ式体制の本質的特質を保持するため、〈メイフラワー二世〉上の生活を組織するのは文民政府で、その下に正規軍と軍隊式の乗員組織が共に従属している。この政府の立法機関は、派遣団長官を代表とする最高幹部会で、長官は三年ごとの選挙で選ばれ、幹部会のメンバー十人を指命する責任を持つ。現在の派遣団長官ガーフィールド・ウェルズリーの任期は航行の終了とともに終わり、同時に、惑星上の環境にふさわしく再編される政府の公官を任命するための選挙が行なわれることになっていた。

「ハワード・カレンズさ。ほかにはおらんよ」とバーナード・ファロウズが言った。「たった二年のうちに恰好をつけなきゃならんとしたら、彼こそ最適任だよ。その地位がどんなものかよく知っているし、気まぐれな世論など迎えようともせずにそう言明している。毛なみもその地位にふさわしい。かりにも一個の惑星の長官を、そこらの下層民の中から出すわけにはいかんだろう」

パーナックは、暗に同意を求めるこの誘いに同調する気はないらしく、何かさしさわりのないことを言いかけたが、ジェイが入ってくるのを見て口をつぐみ、目をあげた。「やあ、ジェイ、映画はどうだった？」

「ああ、あまり見てなかったけど」ジェイは本を持った手を動かしながらあいまいに答え、それを本棚に戻した。「よくあるやつですよ」

「母さんたちはあそこで何をしゃべってるんだね？」父親がたずねた。

「さあ、あんまり聞いてなかったから」

「どうだい——こいつ、もう、結婚生活の練習をやってるぞ」バーナードは笑いながらパーナックに言った。パーナックもちらりと微笑を返した。バーナードは息子に目を戻すと、

「まだ時間は早いな。午後の予定はきまっているのかね？」

「ジャージーへいって、少し機関車をいじってこようと思ってるんだけど」

「いいだろう」バーナードはうなずいたが、その視線はふだんよりほんの一瞬長めにジェイの目をとらえ、声の調子とうらはらな深刻さが、ちらりとそこにうかがわれた。

「一緒にいっていいかね？」パーナックがたずねた。

「そりゃすごいや。もうボイラーをテストして取りつけたし、車軸の連動装置《リンケージ》もすぐ組みたてられるようになってるんです。今、高圧ピストンのすべり弁をつけようとしてるんだけど、なかなかぴったりいかなくって」

「それで、なんとかなりそうかね？」とパーナック。

「一セットだめにしちゃいました」ジェイはため息をつき、「新しいので最初からやってみるつもりです。きょうはそれにとりかかる予定だったんです」

「すると、いつ見せてもらえる？」

ジェイは肩をすくめた。「いつでもいいですよ」

「ジャージーへは今すぐいくのかね？」

「そのつもりです。でも、別に今すぐでなくたっていいけど」

パーナックはバーナードに視線を戻しながら、腰を浮かせようとするかのように、両手で

椅子の肘かけをぎゅっと握りしめた。「そうだな、午後にはプリンストンへいかなけりゃならんが、ジャージーはちょうど途中だ。ジェイと一緒にそこまでいきますよ」

バーナードが立ちあがった。「いいとも……用があるものを引きとめちゃ、申しわけない。わざわざカッターを返しにきてくれてありがとう」そして食堂の方へ顔を向けると、大きな声で、「おーい、ジェリーにさよならを言いなさい。お帰りだよ」パーナックとジェイが戸口で待っているところへ、ジーンとメアリーが現われた。

「お帰りなの？」ジーンがパーナックにたずねた。

「ほうっておけないことがあるので。それに、ジェイとジャージーへ寄って、機関車がどうなってるか見たいと思いましてね」

「あら、あの機関車？」ジーンがジェイを見つめた。「またやりだしたの？」

「二、三時間だけだよ」

「そう、でも、今度は夜遅くならないようにしてね」それからパーナックに向かい、「じゃ、お気をつけて、ジェリー。寄ってくださってありがとう。イヴによろしく。そろそろみんなで一緒にお食事をするころだって伝えてね。この前、教会でお会いしたあと、そのことでお電話くださるってことだったのに、まだかかってこないのよ」

「伝えておきますよ」とパーナック。「それじゃ、いいかい、ジェイ？　ではいこう」

パーナックは短い漆黒の髪と、肩幅の広いがっしりした体軀と、豊かすぎるほどの表情の持ち主で、その無限の変化の多彩さはいつもジェイを魅了していた。ジェイの学校へ物理学の講演にきたことも何度かあり、話のうまさとテーマの選びかたの両方で人気を集めた——じれったいほどはっきりしないブラックホール内部の様子や、驚異にみちた宇宙創成の最初の数分間や、異様な幾何学の成立するねじれた時空内の興味津々たる生活の話などが、みんなを夢中にさせた。あるとき、彼は、素粒子を空間と時間を両軸に持つ二次元空間を横切る〝世界線〟であらわすファインマンの図形を紹介した。そこでは、時間を前進する粒子と時間を逆行する反粒子とは、数学的にも理論的にもまったく区別がつかないことから、パーナックは、全宇宙に電子はただ一個しかないのかもしれないという度肝を抜くような推論を提出してみせた——その一個が、電子として前進し、陽電子として逆行することを数限りなく繰り返しているというのだ。パーナックの指摘するところによれば、少なくともこれは、なぜあらゆる電子が正確に同じ電価と質量を持っているのかという設問に対して、これまで出されたどんな理論よりも優れた説明を与えるものだという。

　パーナックは背たけのわりには驚くほど大股に足をはこぶので、メリーランド居住区内の密集していながら巧妙に閑静を保つよう組みあわされたテラスハウスのあいだを二ブロックほど歩くあいだ、ジェイは小走りでついていかなければならなかった。途中パーナックは、物理法則における相転移と、その概念が進化の過程にも適用できるということを話しはじめていた。ジェイの目から見て、パーナックが特にすばらしいのは、話を終始当面のテーマだけに絞って、そこに教訓や押しつけがましい大人の忠告などを入れようとしないことだった。それは、パーナックがそうしたものに対して懐疑的なのか、それとも単に自分の分野だけを守っているのか、ジェイには判断がつかなかったが、まだそれをきいてみるまでには至っていなかった。

ふたりがカプセル乗降所《ポイント》に入り、プラットホームに出ると、そこで待っている四人か五人のうち、二、三人は近所の人で、ジェイに軽くうなずいてよこした。次のリング循環カプセルが来るまではあと一分間あまりあった。ふたりが立ちどまった目の前には、ちょうど選挙のポスターが貼られており、そこから、峻厳かつ高貴な顔立ちのハワード・カレンズが、慈悲深いけれども近よりがたい宇宙の神の如く、惑星ケイロンに保護の眼眸を投げていた。謳い文句は簡潔だった——**平和と統一**。

「例えば、固体、液体、気体のあいだの変移なんかも相転移だね」パーナックがまた口を開いた。「気体の法則が通用するのは、ある限られた範囲だけだ。あんまり範囲をひろげすぎるとおかしなことになる——例えば体積をゼロにまで減らすとか、そういったような場合だ。現実にはそういうことは起こり得ない。そこまでいく前に、気体は液体になって、今度はその新しい法則に従い、まったく違った反応がはじまるわけだ」

「つまり、進化も結局のところそういう変移の積みかさねだってことですか？」

「そうだよ、ジェイ。進化とは、単純な組織からより複雑で秩序立った組織へ向かう一連の相の遷移過程《プロセス》なんだ。まず物理レベルの進化、次が原子レベル、次が化学、次が生物、次が動物、次が人間、そして現在は人間社会の進化が起こっている」その各段階を口にするたびに、パーナックの顔はひとつひとつ違った表情を見せた。「この各相ごとに、より高いレベルの状況下でのみ表現可能な新しい関係や属性が発生する。それは、より低次のレベルで展開していた過程《プロセス》の用語では表現できないものなんだな」

ジェイは数秒のあいだ考えてから、ゆっくりとうなずいた。「わかるような気がします。つまり、人間の行動や感情は、人間を構成している化学物質の変化では言いあらわせないということですね。DNA分子は、それをばらばらにした場合の原子の電荷や原子価のよせあつめではおよびもつかないものになっている。組織化することによって独自の法則が生まれる」

「そのとおりだ。それが、複雑さのレベルが増すことによる階層の上昇にあたる。各段階ごとに、そのレベルで機能し、それ以下のレベルにはまったく存在しないような関係や意味が生まれてくる。例えば、アルファベットは二十六文字ある。一個の文字に託せる情報量は少ないが、それをつなぎあわせて単語にしてやれば、それで表現できる内容は一冊の辞書になる。単語をつらねて文《センテンス》に、文から節《パラグラフ》に、そして一冊の本にと、その変化は無限にひろがり、なんでも思うことを言いあらわすことができるわけだ。それでも、あらゆる英語の本は、同じ二十六個の文字を使っているにすぎないんだよ」

カプセルが到着し、ジェイはパーナックの言葉を消化するまで、しばらくのあいだ黙りこんだ。カプセルに入ると、ジェイはドアの脇のパネルに、ジャージー・モジュールにある目的地の番号を入れ、発車するとふたりは向かいあわせの空席に腰をおろした。短い加速のあと、カプセルはメリーランドから外へ向かうトンネルに入り、やがて、リングを支えると同時にモジュールの方向を船の航行状態に合わせて調整するためのベアリングや枢軸機構《ピボット》をおさめている球型のモジュール間構造収納殻の中を通りぬけた。ちょっとのあいだ、その透明な外殻をとおして、周囲にひろがる無限の空間を背景に、頭上三マイルの位置にある巨大なスピンドルが、蜘蛛の網のように張りめぐらされた構造材や連結材に支えられているかのように見え、ついでカプセルがカンザス・モジュールに入ると、外界の眺めは一変して、動物飼育場の囲いや、積層する農業ユニット、養魚場、水耕タンクなどが見えはじめた。

「わかった。それで、もとをたどると、ビッグ・バンにまでつながってくるわけか」ようやくジェイが口を開いた。「それで、そのさきはどうなってるんですか?」

「正論を言うなら、それより前は存在しない。しかし、現在の理論から特異点とか無限とか、そうした無意味な結果しか出てこないとすれば、それこそその法則を相転移の向こう側の、それが意味を失う領域にまで適用しようとした結果だと考えて間違いはないだろうね。われわれが直面している問題は、まさにそれなんだ」

「すると、そのさきはどうなってるんですか?」ジェイが同じ質問を繰り返した。

「既成の物理法則では、どうなっているとも言えない、というのが、さっきの正論の、別の言いかたになるだろうね。しかし、因果関係というものを考えると、それより前――〝前〟という言葉を日常的な意味で使うとして――には、ただ何もない、ですましてしまうのは、やはり間違いだと思うよ」パーナックは身をのりだし、くちびるをなめた。「簡単な譬え話をしてみよう。炎を考えてごらん。その中に、炎人間が住んでいて、周囲の現象を、彼らが考えだした炎物理学の法則で説明しているとしよう。いいかね？」ジェイは眉をひそめながらもうなずいた。「ここで彼らが、その法則によって歴史をずうっと遡って、その炎がマッチの尖端か何かの一点で発火した瞬間まで到達したとする。彼らにとっては、そこが宇宙のはじまりだということになるじゃないか」

「あっ、そうか」とジェイ。「その人たちの法則じゃ、その瞬間よりも前の、冷たい宇宙のことはわからないわけだ。炎物理学は、炎がついているあいだだけ有効なんだから」

「相転移では、独自の新たな法則群が出てくるわけだよ」パーナックが、うなずきながら答えた。

「すると、ビッグ・バンも、そんなふうに考えていいんですか？」

「おそらくそう言っていいだろう。相転移の引き金になるのは、マッチの先に出るようなエネルギー集中――そのエネルギー濃度――だ。したがって、ビッグ・バンとそれ以後に生じたすべては、結局のところ、われわれが最近ようやくさぐりはじめている質的に違った法則群に支配される世界で、なんらかの理由で起きたエネルギー集中の結果だということになるだろう。これは、わたしの研究テーマとも関係があるんだよ」

　また一瞬、外界に星々が輝いて、カプセルは、スピンドルとの主要接続肢に固定されている二個のモジュールのひとつであるアイダホに入った。その内部は、金属壁や格子や、タンク、パイプ、トンネル、機械装置などが錯綜する大小粗密さまざまな空間の連続だった。そこでカプセルは一度停車し、スピンドルからのスポークの中を走る往復《シャトル》カプセルで来たとおぼしい客を何人かひろって、また動きだした。

「ここからきみの想像を絶するような可能性が開けてくるんだ」と、パーナックがまた話しはじめた。「例えば、われわれがその法則をなんとか理解して、この宇宙へ、どこか……超領域とでもいったところからエネルギーを繰り入れて微少スケールのエネルギー集中――言うなれば〝スモール・バン〟かな――その、ミニ・ホワイトホールのようなやつをつくりだしたらどうだろうか。そのエネルギー源がどんなものか、考えてみたまえ。これに較べたら、核融合なんて、線香花火みたいなもんだろうよ」パーナックは、両手をひらひらさせながら、

「それにもうひとつ。今の議論から、われわれが今こうして存在している場所とは、この宇宙に質量‐エネルギーを供給する一種の超水源《ハイパーソース》と、それを吸収する一種の超排水孔《ハイパーシンク》――たぶんブラックホールのような――のあいだの斜面にあたるという結論が出てくるかもしれない。もしそうだとしたら、宇宙は熱力学的な閉鎖系じゃないことになり、例の第二法則は閉鎖系にしか適用できないから、いつかすべてが凍りついてしまうという破滅のご託宣はくずかご行きだ。言葉をかえれば、われわれはマッチ工場の中の炎人間なのかもしれないわけだよ」

カプセルはようやくジャージー・モジュールに入り、ジェイが指定した目的地に近づくにつれて速度を落としはじめた。マシン・ショップその他一般向けの施設は、主要生産工業地域の手前にあり、ジェイは先に立って管理事務所を抜けると回廊沿いに、油と熱い金属の臭気が漂う騒音の中を通って、大きな鋼鉄製の両開き扉に向かった。その横の小さめのドアをくぐると、上半分がガラス仕切りになった受付カウンターがあり、その向こうで係員と守衛

が、傷だらけ窪みだらけの金属デスクをはさんでトランプ遊びをしていた。ジェイとパートナックが入っていくと、係員はカードを切りながら立ちあがり、その男にジェイは、設備の無料使用権を示す学生パスを提示した。係員はそのパスを端末機にさしこみ、中の工場管理人から工具を借りるときに必要な券《トークン》と一緒に返してよこした。

「何かきみ宛てのものがとどいているよ」背を向けかけたジェイを係員が呼びとめた。そしてカウンターの下に手を伸ばすと、表にジェイの名が手書きされた小さなボール箱を取りだした。

いぶかしく思いながら、ジェイが張ってあるテープを破り、箱をあけると、フォームラバーの詰めものと畳んだ用箋が現われた。詰めものの下に、油紙に包まれ、ラバーを凹ませて、ぴったりおさまっていたのは、仕上げられ磨かれてピカピカに光った高圧シリンダー用すべり弁の部品の完全な一式だった。用箋に書かれていたのは——

ジェイ

こいつには手助けが要ると思ったので、昨夜やっておいた。少々きみの手にはおえなくなっているのではないかという気がするのだが……。悪意のない人たちを困らせてもなんにもならないぞ。おれの言葉を信じろ。彼も決してそんな悪い人じゃない。

スティーヴ

まばたきして目をあげるジェイを、パーナックがふしぎそうに見つめていた。一瞬ジェイは罪の意識を感じ、聞かれたらどう説明しようかととまどった。が、「お父さんに話を聞いたよ」ジェイが何も言いださないうちに、パーナックが口を開いた。「今、上からかなり圧力がかかってるんだ。あんまり深刻にとらない方がいい」ジェイの手の中の箱を、彼はじっと見つめた。「わたしは何も見てない――なーんにもだ。さあ、ジェイ。きみの機関車を見せてくれないか」

5

ケイロンは直径約九千マイルだが、ニッケル－鉄の中心核《コア》が地球より小さいので、表面重力は地球と似たようなものになっている。自転周期は三十一時間で、地軸が軌道平面に対し地球よりも傾いているため、また軌道自体も地球より偏心した楕円形であるため――これは近くの伴星Bが引き起こす摂動のせいだが――緯度による気候の差が大きく、季節的変化に富んでいる。あばただらけの小さな二個の月、ロムルスとレムスを従えて、ケイロンは四一九・六六日でアルファ・ケンタウリAを一公転する。

ケイロンの表面はおよそ三十五パーセントが陸地で、それが三つの大陸に分かれている。いちばん大きいのはテラノヴァ大陸で、その東西に伸びる広大なひろがりは、ありとあらゆる地理的区分タイプの集積をなして南半球を大きく占め、南の端は南極を蔽い、北端は赤道を横切って北半球に突き出ている。セレーネ大陸は鋸歯のような海岸線と無数の島嶼《とうしょ》を持ち、赤道直下で細くなった地峡でテラノヴァの西部とつながっている。アルテミア大陸はそのずっと東にあり、大洋で隔てられている。

テラノヴァはちょっと見ると切れ目のないひと塊りのように見えるが、実は〝ケイロン内海〟と呼ばれる内海《うちうみ》が、大洋に通じる北端の細い海峡から南向きに伸びて、大陸をほとんど二分している。このケイロン内海と、その東岸に沿って連なる大山脈によって、大陸の分断は完成する——東側はオリエナ大陸、西側はオクシデナ大陸と呼ばれる。

惑星にはさまざまな生命形態が進化しており、中には外観や行動が地球の動物や植物に類似したものもあったし、またそうでないものもあった。そのうちの数種は、二百万年前の地球で亜人類がたどった道程と同じ方向をめざして模索していたが、本当の意味の知能を有し、言語を持ち、道具を使う種族はまだ誕生していなかった。

ケイロン内海は、涼しく温和な南の気候帯から、その開口部が位置する赤道間近の亜熱帯まで伸びている。東岸には、ある場所では開けた平原に、ある場所では深い森林になっている狭い海岸平野を隔てて、急峻にそそり立つグレート・バリアー山脈の前衛丘陵がはじまり、山脈を越えた彼方には中央オリエナの茫漠たる平野と砂漠がひろがっている。内海の西側は、海岸線の大部分ではもっとスムーズにオクシデナへ続いているが、その平野も、東西に走る一条の山脈によってふたつの大きな盆地に分割されている。この山脈の東の先端は、険しい谷をいくつも折りこんだ岩尾根となって内海に突き出ており、それを囲んで絵のような緑の平地、砂浜の入江、岩肌の岬などが続く地域は、二〇一〇年代の有名な政治家の名前にちなんでマンデル半島と呼ばれていた。〈クワン・イン〉の自動装置が、最初のケイロン人たちがまだ軌道上の母船で幼年期を送っているころ、最初の地表基地フランクリンの建設地として選んだのは、この半島のつけ根に近い北岸であった。

以来四十年、フランクリンはかなりの大きさの町に成長し、ケイロン人の人口の大部分は今なおこの街の内外に集中していた。他にも居住地ができてはいたが、それも多くはケイロン内海の沿岸か、あるいはそこからさして遠くない場所に位置していた。

探査船〈クヮン・イン〉と地球との連絡は、二〇二〇年の出航以来ずっと続いてきているものの、なにしろ距離が遠くなって伝達の遅れが増しているため、その交信もリアル・タイムとは言えなくなってしまっている。ケイロン人への最初のメッセージが地球から届いたとき、いちばん年長のものはもう九歳になっていたが、その通信が、〈クヮン・イン〉から送られた最初の報告に対する地球からの返信だったわけだ。以後ずっと、折り返し九年という同じ因子を含んだ交信が続いていた。一方、〈メイフラワー二世〉はすでにケイロンから十光日の距離にあり、なおも近づきつつある。したがって、ここでは、地球まで届くのがこれから何年も先のことになる惑星上の状況に関する情報が得られることになる。

ケイロン人は、こちらからの質問に進んで答えてくれていた。人口の増加とその分布、ロボットが操業する採鉱、精錬、原子力による製造、加工など各種プラントの拡大と生産量、学校で教えられる課目、研究所で進められている研究項目、画家や作曲家の作品、技術家や建築家の業績、それに地理的調査によってセレーネ南部の酷熱の湿地性ジャングルや、北極の氷に蔽われた亜大陸グレースの発見、等々。

しかるに彼らは、政治機構のこまかい点については答えをしぶっていた——どうやら、それに従うようにきちんと定められた指導規準の枠から、大幅に逸脱してしまっているらしいのである。その指導基準では、最初の世代が思春期に達した時期に、総選挙を施行することになっていた。ただしそこでもう本格的な意志決定機関を確立するわけではなく——重要なことはコンピュータが充分処理できるので——早いうちに代議政治の概念と指導者原理とを心に植えこむことがその目的だった。そうした精神的基盤の上で機能する社会秩序は、後日受けいれさせることになる諸事態にすんなりと適応することができるだろうからである。ところが、ケイロン人がわずかに洩らしたところによると、初期の世代はその指導基準を完全に無視し、管理組織と言えるほどのものをいっさい持たなかったようで、だがそれにしては、高度に発達した技術社会を成立させ、また彼らの言葉を真に受けるとすれば、それがみごとに運営されているらしい点が、どうも理屈に合わない。言いかえれば、彼らはまだいろいろなことを隠しているものと考えられた。

レーザー通信に現われる彼らの態度は礼儀正しく気さくだったが、一種の冷淡さがうかがわれ、それが疑惑をかきたてた。はるばるやってきた救世主の到着を待ちわびているような様子はどこにも見あたらないのだ。また今までのところ、彼らは、新秩序合衆国の名による派遣団の植民地統治権に対して、まだ承認を与えてはいなかったのである。

「まったくいいかげんな連中ですな」ケイロン遠征軍——〈メイフラワー二世〉上の正規軍——の最高司令官ヨハネス・ボルフタイン将軍が吐き捨てるように言った。コロンビア区と呼ばれるモジュールの政治センター上層にある派遣団長官の私用会議室で、ガーフィールド

・ウェルズリーと今後の方針を討議するため非公式に集まった小人数の会議の席上である。ボルフタインの青白い顔には深いしわが刻まれ、髪は灰色の中に黒い筋が混じり、南アフリカ出身者の特徴である鼻にかかった軟口蓋音が耳についた。「全体を組織する時間はあと二年だというのに、やつらはお遊び気分だ。時間の余裕はない。向こうに防衛施設があるという証拠は見つかっておらん。わたしは、このまま軍事力を誇示して進攻し、ただちに戒厳令を布くことを進言します。それが最上の方策です」

〈メイフラワー二世〉の乗員組織を指揮するマーク・スレッサー提督が、異議をはさんだ。「ことはそう簡単だとは思えませんな」彼は、髭剃りあとの青々とした、がっしりしたあごをなでながら、「踏みこむ先のことは、まったくわかっとらんのだから。なにしろ、核融合プラントや、軌道シャトルや、大陸間ジェットや、惑星規模の通信網まであるんですぞ。防衛体制を布いておらんなどとどうして言えますか？　彼らには、そのノウハウも手段もある。ジョンの言いたいことはわかるが、そのやりかたは危険すぎます」

「しかし、防衛につながるようなものは、何ひとつ見つかっておらんし、彼らの口調にもまったくその気配はない」ボルフタインは再度主張した。「現実と、すでにわかっておる事実とに話を限るべきです。推測で問題をややこしくする必要はない」

「あんたはどう思うね、ハワード？」ガーフィールド・ウェルズリーが、これまでむっつりと沈黙を守っている派遣団副長官マシュー・スタームの隣にすわっているハワード・カレンズの方に顔を向けてたずねた。

外務局長であるカレンズは、まずケイロン側の指導者層と交渉に入るための外交団の長であり、したがって、惑星到着後の数ヵ月間に名目上の連合政権を樹立して徐々にこの植民地を地球の支配下におくための施策立案の直接責任者でもある。だからこの問題は、誰よりまず彼が関心を払ってしかるべきなのだ。上品に波うつ銀髪を頭にいただき、気くばりのゆきとどいた装いのカレンズは、ゆっくりとその長身のいずまいを正してから、口を開いた。

「初期の段階で厳格な規制が必要だというジョンの意見には、わたしも同感です……いずれケイロン人の態度が変われば、そこで手綱をゆるめてやればいい。しかしながら、マークの意見にも一理はあります。できれば敵対関係は避けるべきで、それは最後の手段と考えておきたい。あの人的資源を敵にまわさず、味方につけることが肝要だと思います。それに彼らはまだ弱体です。押しつぶしたり、絶滅させるような事態は、厳に慎まなければならない。おそらく目的を達するには、単なる脅迫で充分でしょう——あからさまな示威行動に出たり、最初から戒厳令施行に踏みきったりまでする必要はないと思います」

ウェルズリーは下を向いて自分の両手を見つめながら、その言葉の内容をじっと吟味していた。六十代の彼は、すでに二十年にわたって宇宙における地球代表権という責務を双肩に担い、二期続いて派遣団長官に選任されている。だいぶ寂しくなった薄茶色の髪の下からのぞく灰色の瞳はまだ金属的なきらめきを宿し、鷹のような顔の輪郭は鋭くくっきりしていたが、内部からしのびよる老いの影は、頬やうなじに現われている窪みや、上衣の下の肩のわずかな下がりぐあいからも見てとれた。その身ぶりや表情は、〈メイフラワー二世〉を目的地まで安全に送り届けた暁には満足して身を退くつもりでいることを、雄弁に語っていた。

「それは、こちら側の人々への心理的効果を充分に考慮した意見とは思えないが」彼はようやく顔をあげると、「目的地が近づいて士気が高まっている今、それに水をさすようなことはしたくない。これまでわれわれは、ケイロン人はこちらの押しつける役割を喜んで果たすというイメージをひろめてきたし、また若い世代が圧倒的に多いという点もずっと強調しつづけてきた」頭をふり、「実質的には子供の集団のように思われている相手に対して、手荒なやりかたは望ましくない。そんなことをすれば、こちらの内部から批難や抗議の声があがるだろう。それこそもっとも避けなければならんことだ。たしかに、状況を確実に処理することは必要だが、もっと奥にある何かをつかむまでは、柔軟にかつ穏やかにやっていくべきだ。軍隊には奇襲に備えて警戒態勢をとらせるが、やむをえぬ事態が起こらぬかぎりそれを表面には出さない。これがわたしのやりかただよ、諸君――確実に、控えめに、柔軟にだ」

討論はまだしばらく続いたが、なんといっても派遣団長官のウェルズリーは最高権威であり、結局彼の主張が多数を制した。「あなたに協力はするが、実のところあまり気のりしませんな」とボルフタインが言った。「大部分が子供だとはいっても、第一世代だけでも一万人近いし、十代の後半以上――一人前にトラブルを起こせる年齢だ――をとれば、三万人くらいになる。やはり、こっちが先手をとれるように、あらゆる事態に備えた計画が必要だと思うが」

「それは提案かね？」ウェルズリーがたずねた。「万一に備えて、軍事的に先手をとることを予測した計画を立てるべきだと提案するわけかね？」

「可能なあらゆる事態に応じられるよう準備すべきだ」とボルフタイン。「いかにも、提案です」

「賛成」ハワード・カレンズがつぶやいた。

ウェルズリーがスレッサーの方へ目をやると、彼はまだ懸念の表情を示しながらも、同時に妙にほっとしているように見えた。ウェルズリーは重々しくうなずいた。「よかろう。ジョン、その線でやってくれたまえ。ただしこの計画は、その存在自体も極秘情報としておく。できるかぎり特殊任務部隊《SD》の内部にとどめ、やむをえない場合以外は正規軍部隊を巻きこまないように」

「同時に、これからは報道関係《メディア》にも、もう少し現実に沿った線を出していくように言っておいた方がいいでしょうな」とカレンズ。「例えば、ケイロン人は頑固で無責任だというような話をひろめておけば、大衆のイメージも少しは固まってくる……万一に備えての話だが。それに加えて、ケイロン人は武装しているかもしれず、用心が必要だと思わせるような表現もね。あとになればいつでも、報道の行きすぎだったということで訂正できる。わたしからルイスの耳に入れておきますか？」

この提案にウェルズリーはちょっとのあいだ眉をひそめたが、やがてうなずいた。「それがいいだろうな。よかろう」

スタームは、じっと目と耳をすませていたが、終始何も言わなかった。

6

ハワード・カレンズは、コロンビア区にある最高階層用居住地区の、手入れのゆきとどいた緑の植えこみや生垣に囲まれた別荘スタイルの自宅の書斎で、デスクに向かって思いにふけりながら、手にした磁器の瓶をゆっくりと鑑賞していた。それは十三世紀朝鮮の高麗王朝時代のもので、高さ十四インチ、長い首の流れるような曲線がふっくらした胴体へとつながり、その青灰色の釉薬をかけた側面には、三島手《みしまで》の精緻な柳の木と左右対称の花模様が刻まれ、その上と下を、木の葉をモティーフとする繰り返し模様の帯が取り巻いている。前のデスクは十九世紀初頭フランスのロココ調を模したくるみの一枚板だし、すわっている椅子はそれに見あった同じ家具職人の作品である。うしろの本棚に並んでいる書物の中には、ヘンリー・ジェイムズ、スコット・フィッツジェラルド、ノーマン・メイラーなどの初版本がまじっている。反対側の壁にかけられたマチスは〈メイフラワー二世〉の金庫室におさめられている原画の複製であり、その隣にある数枚のリトグラフはリコ・ルブランだ。カレンズの目が色彩の微妙なコントラストの生みだすみごとな調和を愛《め》で、その指が瓶の表面の肌理《きめ》をなぞるとき、彼は、はるか昔のはるか遠くの時代と土地の小さな断片が、このはかない一瞬、彼だけのためによみがえるのを感じていた。

　これを制作した古代朝鮮の陶芸家は、おそらく簡素で辛抱強い一生を送ったのだろう。そして無から美を生みだし、世界にいささかの富を加え得たのに満足して死んでいったことだろう——そう、カレンズは考える——だが、八百年後のアジアに住むその子孫たちは、今や大量生産消費材のシェアに乱入し、新たな富と驕りをロンドンやパリやニューヨークの社交界や競売所で見せびらかし、オーストラリア海岸の豪華なヨットの甲板で肌を焼きながら、はたしてそれと同じ満足感を味わっているのだろうか？　まことに疑わしい。彼らのいわゆる解放たるや、宝物を金に換え、文化の伝統を地に堕とし、その至高の精神を陳腐な平等主義と味気ない画一性の洪水の中に埋没させる以外に、世界に何をもたらしたというのか？そういえば、彼ら大衆の中に発生した同じ種類の有害な寄生の種が、その組織の中で増殖して伝染病のように蔓延し、かつて半世紀以上も前に西欧を屈服させたこともあった。

　正常な社会とは氷山のようなもので、九分の八は粗野な無知の中に沈んでおり、権利として特典を、義務として権威を付与された、種族の優秀さの精髄であり化身である価値ある少数派を、下から持ちあげ支える以外にはなんの役にも立っていない。二〇二一年の大災厄は、その底辺にあって錘《おも》しの役を果たしていた大衆の多くが重心よりも上へ登ろうとしたため頭の重くなった氷山の顚覆だった。あのときの戦争は、商店主が政治家を気どり、職工長が生産業者のつもりになり、学位を鼻にかけた流れ者が哲学者なみに構えたことの、また初歩的な読み書きを教育と見なし、たわいない夢想を価値ある思想と取り違えたことの代償だったのだ。ところが、新秩序アメリカの教義が西欧の病弊を癒やしているあいだに、戦後に地球の裏側ではじまったとどまるところを知らぬ新興アジアの繁栄の航跡の中から、またもや新たな疫病が発生したのである。総じて人類とは、性懲りのないものであるらしい。

「地球は弱虫どもに継がせるとしよう」二〇五五年のある日、ヨーロッパの外相たちとの一連の会談を終えてデラウェアの邸宅に帰ったとき、カレンズは妻のセリアに言った。「さもないと、いずれはまた戦争だ」こうしてカレンズ夫妻は、過去の分裂の遺産にわずらわされずにその教訓を生かすべく、はるか彼方に新世界の建設を夢見て旅立ったのだった。そこには、非現実的な期待という伝統との戦いもなく、海外の競争相手との折衝もなく、わめきたてる何十億もの烏合の衆にかかずらう必要もない。ケイロンは、カレンズの構想の新鮮な墨痕《ぼっこん》を待ちわびる汚れも傷もないまっ白なカンヴァスとなるはずのものであった。

彼が思い描く理想社会の諸形態をひとつに集約した一種の新封建制社会をみずから統轄するという長年はぐくんできたその夢想と、現実のカレンズとのあいだに立ちはだかる障害が、今のところ三つ残っている。まず第一に、選挙で勝ってウェルズリーの後継者となることが先決だ。だがこれについては、ルイスが効果的なキャンペーンを組織してくれているおかげで世論調査は上乗だし、カレンズもその点では自信があった。第二はケイロン人の問題である。個人的にはボルフタインの直接的な、有無を言わせぬやりかたに賛成だが、ウェルズリーの穏健主義が六年間続いたあとだけに、〈メイフラワー二世〉の世論がまず外交的接触を支持するだろうことは認めなければなるまい。もしその外交政策が成功してケイロン人の統合がスムーズに行なわれれば、それはそれでいい。もし失敗したら、そのときは派遣団の持つ軍事力が、脅迫であれ、エスカレートする一連の示威行動であれ、決め手を提供してくれる。世論は必要とあればそれを正当化するよう調整することもできる。カレンズは、ケイロン側が防衛力と言えるほどのものを持っているとは思っていなかったが、そのように示唆しておくことは宣伝の役に立つはずだ。というわけで、こまかい手段の点はさておき、ケイロン人を支配する自信は充分あった。そして第三に、二年後には到着するはずの東亜連邦《EAF》の派遣団の問題がある。が、前のふたつが解決すれば、惑星全土の資源と産業が手に入り、また五万の成人人口が徴用できるわけだから、アジア人に対抗できることは間違いないし、その一年後にやってくるヨーロッパ人に対しても同様である。かくして彼は、意のままにケイロンと地球との絆を断ち切ることができることになるのだ。……夢想のこの最後の部分だけは、誰にも、セリアにさえも打ち明けていない秘密だった。

　とにかく、まず目標は第一の問題である。今こそ、前回の選挙以来三年間ひそかに声をかけ友誼を培ってきた潜在的な味方を動かしはじめる潮時だ。彼は朝鮮の磁器を、もとあった本棚の空間に注意深く戻すと、居間を通り抜けて中庭《パティオ》に出た。そこではセリアがリクライニング・チェアに腰をおろして、手の中の携帯コムパッドで、友だちへの手紙を綴っているところだった。

〈メイフラワー二世〉に乗るためハワード・カレンズが月へ飛んだとき同行したこの若い洗練された妻も、今は四十代の前半に入り、その顔は、若さの美から脱皮した女性の魅力と成熟味を備え、官能的な肉体はやや丸みを加えたが、毫《ごう》も女らしさを失ってはいなかった。正確なところ、ファッション・モデル的な意味でのはかない美しさではない。くっきりしたあごの線と形のよいくちびる、それに一歩離れたところから世界を眺めるような穏やかで思索的な目には、時の流れも拭うことのできない根底からのなまめかしさが潜んでいる。肩までの鳶色の髪をポニーテイルにまとめた彼女は、渋色のスラックスと、ゆたかな胸を蔽うオレンジ色の絹のブラウスを身につけていた。

顔をあげ、家から出てくるハワードを見つめる。表情は変わらない。ふたりの関係は、昔からずっと、人生の現実と可能性に対する大人の認識の上に立った、ある意味ではきわめて実利的な社会的共生といえるもので、そこには、安定と安全と計画出産の必要とにあくせくする下層階級がしがみつくような余分のロマンティックな夢想といったわずらわしい要素は皆無だった。が、不幸にして、組織を支えるには大衆が必要である。機械には、なんの要求もせずひたすら作業に専念するという、はるかに好ましい特性があるが、どこかで道を誤った理想主義者どもは、技術の発展によって、大衆を忙しくしておくことで悩みを忘れさせる労働というものをその手から奪うという過ちを犯した。それに加え理想主義者どもは、彼らに考えることを教えこんだのだ。これこそ二十世紀最大の錯覚であった。その報いは、二〇一二年に来た。

「きのう話したディナー・パーティのことだが」ハワードが話しかけた。「招待者のリストを作って発送してくれないか？　来週の末あたりがいいだろう——金曜か土曜だな」

「また〈フランソワーズ〉にお部屋をとるのなら、いますぐ予約しなければ」セリアは答えた。「だいたい何人くらいになるのかしら？」

「うん。そう多くはない。気のおけない、うちわの会にしたいんだ。この家でいい。まあ十人かそこらかな。もちろんルイスは招ぶし、ジラードもね。それから、もうそろそろボルフタインを身うちに引きこむ時期だ」

「あの人を！」

「そうだよ。ちょっとばかり粗野だが、あいにくあの男の支持を得ることが大事なんでね。もし将来何かやっかいごとが持ちあがったとき、解任されるまではしっかり働いてもらえるようにしておかなきゃならんのだよ」北半球の西欧文明が仮死状態にあったあいだ、南アフリカは北方の黒人国家による解放戦争の嵐にさらされて弾圧至上の全体主義国家へと変貌し、同時に、インドネシアに侵入しつつあったアジア解放主義の潮流と戦うためやはり独裁主義に移っていったオーストラリアおよびニュージーランドと同盟して共同戦線を張った。これには利点もあったが、ボルフタインのような副産物をも産みだしたのだった。

「ガウリッツさんもでしょ？」セリアが、派遣団の上級科学者のひとりの名をあげた。

「ああ、そう、もちろんガウリッツもだ。ガウリッツ氏にはひとつ頼みたいこともある」

「政府のお仕事？」

「まじない師だよ」カレンズは、眉根をよせるセリアに笑いかけながら、「アメリカが衰退した原因のひとつは、科学をあまりにも一般的で身近なものにしすぎて、結果的には侮蔑の対象にまでなりさがるのを許したことにある。科学は、軽々しく大衆に委ねるべきものじゃない。立派に有効に応用できる知性の持ち主が管理すべきものだ。ガウリッツならきっと、科学の神秘性とそれに対する正しい畏敬を保つための……そう、高僧になれると思う」心得顔でうなずき、「古代エジプト人の知恵はたいしたもんだよ」話しているうちに、彼の脳裡にひらめいたのは、そのエジプトのピラミッドこそ、理想的な安定社会の階級制度の象徴――幾何学的氷山――だという思いつきだった。面白い類推だ。ディナー・パーティにはもってこいの話題だ。これをケイロンに打ちたてる体制の紋章に採用してもいいかもしれない。

「スタームさんをどうするかはお決めになったの?」セリアがたずねた。

ハワードは片手であごをなでながら、疑わしげな表情で数秒のあいだ考えこんだ。「ううむ……スタームか。あの男のことは、どうもわからん。ことが終わるまで、一戦力として考えておかなければならんという気はするが、彼の立場がつかめんのだよ」またしばらく考えこみ、ついに首をふった。「その席で提出したい秘密の事項もある。スタームは、結局敵側だったという可能性もあるからな。あまり早く手のうちを見せない方が賢明というものだろう。今度は招ばんでいい。そのうち変わるかもしれんが……当分は距離をおいておくことにするよ」

7

〈メイフラワー二世〉上でも、品物やサーヴィスは無料で手に入るわけではなく、地球でと同じように代価を払って買うことになっている。そのような形で住民を需要と供給の仕組みに親しませておくことで、将来のケイロン植民地の秩序ある発展に欠かせない商業的現実への認識を保持しようというのが、その狙いである。

　土曜の夜の常で、マンハッタン・モジュールのショッピング地区とオフィス街のビル群の下にある歩行者区域は、人々であふれ活気に満ちていた。この地区にはレストランも数軒あり、酒場《バー》は三つで、そのうちひとつは奥にダンス・フロアも備えている。一軒ある賭博場は、競技場《ボウル》で現在進行中の試合と、地球から四年遅れで入ってくるそれと、両方の賭け率を表示しており、同じく一軒のクラブ劇場《シアター》では、誰もストリップ・ショウなどやっていないかのように振舞っている。そして、どこもかしこもネオンの洪水だ。正規軍の兵隊が休暇になるときまって押しかけるバワリー亭《バー》も、この地区の、コーヒー・ショップと隣りあう一角におさまり、その正面には飾り鋲のついたにせオーク材のドアと、内部を赤くみせる色つきガラスのはまった小さな高窓がひとつついている。

人いきれと煙の充満したバワリー亭の中では、ドアを入ってすぐの大きな部屋の左手にある長いカウンターに、制服姿と女たちが鈴なりになり、奥の小部屋の片隅では四人組のコンボが演奏していた。コールマンを含むD中隊の数人が、バーと反対側の壁に沿って二列に並んだテーブルのひとつを囲んでいる。将校は直属の部下と友だちづきあいをしてはならないという規則があるにもかかわらず、その中にはシロッコの顔が見え、またスワイリー伍長も、旅団の医療室の栄養士がほうれん草と魚肉の食餌療法を命じたとたんによくなって、ここに顔を出していた。コールマンの長年の戦友である第二小隊を率いるブレット・ハンロン軍曹が、第三小隊のレーザー手スタニスラウと並んで、一般市民の女の子二、三人と一緒にシロッコと向かいあってすわっている。旅団司令部にいるアニタという暗号係が、コールマンにぴったり寄りそい、軽く腕を彼の腕にからめている。

スタニスラウはむずかしい顔つきで、テーブルの端においたコムパッドの、コンピュータ用マイクロ符号のぎっしり並んだ超小型スクリーンをじっとにらんでいた。手を伸ばすとスクリーンの下の数字盤に一連の数字を手ぎわよく打ちこみ、現われた文字の列をもう一度吟味し、ついで手早く実行命令を打ちこんだ。下端の一隅に数列が現われた。スタニスラウは勝ち誇ったようにシロッコを見あげた。「三・一四一五九二六五三」と読みあげ、「π《パイ》の十桁目までですな」シロッコは鼻をならし、ポケットから五ドル札を出してわたした。シロッコが三十分前に、彼自身の呼びだしキー《アクセス》でデータバンクの公共セクターに記憶させたその数字を、スタニスラウが保安システムを破って検索できるかどうかという賭けであった。

「どういうことだ？」ハンロンが嬉しそうな声をあげた。「こいつめ、どうやったんだ？」

「忘れんでください——みんなにビール一杯ずつですよ」コールマンがシロッコに催促し、女たちの歓声がそれに応えた。

「どこでそんなこと覚えたの、スタン？」市民の女の子のひとり、ポーラがたずねた。細い面立ちの魅力的な娘だが、化粧が濃すぎるため必要以上に安っぽく見える。身につけているのも体にぴったりの挑発的な衣裳だ。

スタニスラウは、コムパッドをポケットにすべりこませた。「知らない方がいい。あんまり名誉な話じゃないからね」

「ねえ、スタン、教えてよ」ポーラの連れのテリーが迫った。コールマンが挑発的なまなざしを送り、スタニスラウはそれで抜きさしならなくなった。

ゆっくりビールをひと口飲んで、いいのかね？　という身ぶりをすると、「おれのじいさんは、飢餓時代に、連邦政府の倉庫から物をくすねて売ることで食いつないでたんだ。じいさんの手にかかると、どんな保安手続きもイチコロだった。おやじは緊急福祉局に勤めて、いもしないおれの妹ふたりと弟ひとりをシステムに入れて、配給を受けた。だから、まああの生活ができたってわけさ」申しわけなさそうに肩をすくめ、「だから、こいつは血統っていうか……家系に代々伝わってきたものなんだ」

「正真正銘のプロの泥棒ね！」テリーが歓声をあげた。

「すごいやつだ」ハンロンが感歎したようにつぶやいた。

「すごい血筋であることはたしかね」アニタが口をはさみ、大笑いになった。

シロッコは前からこの話を知っていたが、ここは口を出す筋ではない。そもそもスタニスラウがD中隊へ転属になったのは、旅団の倉庫の工具や電気部品の在庫がふしぎな消えかたをしては、あるショッピング・マートの家庭用品売場に姿を見せるという事件の捜査が行なわれた直後だったのである。

スワイリーは、目がポーチドエッグに見えるくらい分厚い眼鏡をかけているせいで、なんとなく冷ややかで思慮深い人間のように見えるが、反面、その眼鏡からは、彼が特殊な視覚能力の持ち主として特別なテストを受けた身だとはとうてい思えない。彼がいま思いついたのは、スタニスラウのこの特殊技能によって、軍の管理コンピュータに入っている自分の成績に何かプラス点をつけ加えられないかということだったが、そういうことをシロッコの目の前で口に出すわけにもいかない。それはあまりに図々しすぎるというものだ。あとでこっそりスタニスラウに話してみよう、と彼は心に決めた。

「今夜は、トニイ・ドリスコルはどうしたの？」ポーラが椅子からのびあがるようにしてバーの中を見まわしながらたずねた。「どこにも見えないけど」

「探したって無駄だよ」とコールマン。「夜勤なんだ」

「そろってお休みにできなかったの？」テリーがシロッコにたずねた。

「誰かが軍を動かしてなきゃならんのでね。たまたま彼が番にあたっていた。あいつだって一人前の仕事をしてるんだよ」

「あら、残念ね――あたし今夜はあいてたのに」ポーラはそう言いながら、ちらりとハンロンへ流し目を送った。

ブレット・ハンロンは、攻撃を防ぐかのように片手をあげた。ピンクの分厚いその手の甲には、金色の毛が密生して、椰子の実を叩き割れそうなほどたくましく、それに見あったがっしりと頑丈そうな体軀、血色のいい顔、その顔にはアイルランド系の血を引く青い瞳が光っている。「おれを見ないでくれよ。やっと無事に交渉成立したところなんだ。誘うならあっちにしろよ」コールマンの方へあごをしゃくりながら、彼はいたずらっぽくにやりとした。

「そいつにも親切にしとけよ」シロッコが、ご託宣を垂れるような口調で、「いずれ技術者になりそうな男だ。だがいずれ泣きをみることになるかもしれんぞ。ケイロンに着いて才能を認められるまでは、妥協を控えているようだからな」

「そんな子供趣味だなんて、ちっとも知らなかったわ、スティーヴ」アニタがからかった。

「そんなタイプには見えないけどねえ」ハンロンが膝をぴしゃりと叩いて大笑いした。

「うちの妹たちなら大丈夫なんだけどな、決してやっかいはかけませんよ」スタニスラウが誘った。

「誤解するなよ」コールマンは、みんなに向かって、「若い娘《こ》趣味とはなんだ」何を下劣なというように目を丸くしてみせ、それからにやりと笑った。「考えてみろ、たいていもうおばあさんになってるんだぜ」テリーとポーラがけたたましい笑い声をあげた。

だがコールマンは、この場の雰囲気に合わせて冗談をとばしながらも、内心ではうずくような苛立たしさを感じていた。どうしてなのかはわからない。アニタのおふざけはおおいに受けたが、そこに出てきた子供ばかりの惑星というイメージは、明らかに事実からほど遠いものだ。ケイロン人の第一世代は、もう四十歳を超えているのである。そうした馬鹿げた言葉が人々の頭に入り、そこでどんな影響を及ぼしたかもわからずにまた出ていってしまうということが、彼には気に入らなかった。アニタは魅力的な女だし、頭も悪くはない。それがああいうことを言うべきではないのだ。が、同時に、自分は話を生《き》まじめにとりすぎるのだろうかという思いが心をかすめた。そういえばこれまでにも、同じようなことがなかっただろうか？

「おばあちゃんだって！」テリーが頓狂な声をあげた。「みんな、きょうのニュース見た？　科学者だったか誰だったか、ケイロン人が爆弾を作ってるかもしれないと考えてるんですって。カレンズにもインタビューしてたけど、彼、向こうがちゃんと理屈のわかる相手だときめてかかるわけにはいかないって言ってたわ」

「まさか戦争になるっていうんじゃないでしょうね？」ポーラが言った。

「そうじゃないわ。でも変な人たちね……用心深いのかしら。きくことにぜんぶきちんと答えてこないなんて」

「ものの見かたがわたしたちと同じだときめこむわけにはいかないわ」アニタが口をだした。「でもそれは、あの人たちのせいじゃない。きちんとした育ちかたをしていないんだから。でもとにかく、危険を冒すわけにはいかないわ」

「それはそうね」ポーラがうわの空で答えた。

「連中、何かもめごとを起こすと思いますか、隊長殿？」スタニスラウがシロッコの方を振り返ってたずねた。

　シロッコはあいまいに肩をすくめた。「なんとも言えんな。まあ、くよくよせんことだ。みんな、スティーヴとブレットにくっついて、言われたとおりにしていりゃ、無事でいられるさ」コールマンとハンロンは、歴戦の強兵《つわもの》というわけではないが、派遣団の正規軍の中でも本物の戦闘を見た経験のあるものは、そう多くはなかった。ふたりは〈メイフラワー二世〉に志願する前年の二〇五九年、北アメリカ軍新兵として一緒にトランスヴァールへ遠征し、南アフリカ軍との共同作戦に参加したのである。この経験は、旅の途中で成人した若手の兵隊たち——中には船の中で生まれ、入隊したものもいる——から見れば、ある種の神話に近いものであった。

「カレンズが当選すれば大丈夫よ」テリーが言いだした。「彼、きょうの夕方、もしケイロン人が軍隊を持っていたら、それはこっちが教えてやる時間と手間を省いてくれるわけだから、むしろ結構なことだって言ったわ。あとはもう、あたしたちが味方だってことをわからせて、〈パゴダ〉が現われたら力を合わせればいいわけだって」東亜連邦《EAF》の恒星船の設計は〈メイフラワー二世〉とはかなり違っている。それは、加速度を補正するため、細長いピラミッド状の建造物をよせ集めたものを二組、頂点のところで、ちょうど半開きになった二枚重ねの傘の骨のように中心軸に取りつけて、開閉したり回転したりする方式をとっており、その形のために〈空飛ぶパゴダ〉という綽名《あだな》を頂戴していたのである。テリーは飲みものをひと口すると、ぐるりとテーブルを見わたした。「彼、実際的な考えかたをする人なのね。そうでしょ、戦争する必要なんかないのよ。わたしたちのやりかたに合わせられるように、まともな考えかたってものを教えてやれば、それでいいんだわ」

「でも、そのためにこっちが危険を冒すことはないでしょうに」アニタが指摘した。

「それはもちろんだわ……ただ何も心配することなんかないっていうのよ」

コールマンはまた苛立ちはじめた。この船でケイロン人に会ったものはまだひとりもいないはずだが、もうみんないっぱしの専門家気どりでいる。知っていることといったら、慎重に切り貼りされた向こうの惑星からの通信内容と、それにつけた解説者のお仕着せ解釈だけだというのに。どうしてみんな、自分たちがそうした考えかたを吹きこまれているだけだということに気づかないのだろうか？　彼は、ケープタウンで聞かされた、未開地域の黒人たちが白人の女を凌辱したのち斧で切り刻むという話を思いだした。だが、ゼーラスト郊外の村をパトロール中に尋問した黒人の男は、とてもそんなことをする種類の人間には見えなかった。彼はただ、誰にも邪魔されずに自分の農場をやっていきたいと望んでいたのに、それももうわずかしか無事に残ってはいなかったのだ。そして彼は、アメリカ人たちに、どうか子供たちを壁に釘で打ちつけないでくれと懇願した——仲間からアメリカ人はそうするものと聞かされていたのである。自分がパトロール隊に向けて発砲し、ハンロンの五歩前を歩いていたやせたテキサス人の兵士を傷つけたのはそのためだと、彼は言った。南アフリカの白人中尉が彼の脳を吹っとばすにいたったのは、そういういきさつからだった。しかし、ケープタウンの市民たちは、テレビで吹きこまれた見解そのままに、何もかもわかっているつもりでいたのである。

スワイリー伍長はさっきから黙りこくっているが、それは注目すべきことだった。なぜなら、スワイリーは、通常こうしたことの是否のすばらしい判定役だったからである。彼の沈黙は、話の内容への不賛成を意味するのだ。そして、何か賛成のことがあると、不賛成だと言って口を出す。本当に不賛成のときは何も言わない。何によらず、同意の意志表示をすることがないわけだ。栄養士がほうれん草と魚肉の献立を指示したすぐあとで、もうなんともないと言いだしたときも、スワイリーはそれまで一度も自分が病気だと肯定していなかったため、軍医も仮病を使ったと言って怒るわけにはいかなかった。彼が言ったのはただ、胃痙攣を起こしたということだけだったのである。軍医は、休暇中に胃痙攣を起こしたものは誰であろうと病気だという診断をくだしていた。が、スワイリーはそうではなかった。事実、スワイリーはそれを否認していたのだ——黙っていたのが何よりの証拠であった。

「でもね、やっぱり少しは心配なこともあるわね」ポーラが言った。「例えば、向こうはすごい気むずかしやで、話しあいなんか面倒だと思ってるかもしれない——まだわからないけど、警告も何もなしにミサイルを撃ってくるかもしれない……つまり、宇宙にいるあたしたちは、いい鴨だってことよ。そうなったら、どこに逃げればいいの?」

シロッコが短く笑った。「そんな心配をする前に、船のことをもっと知ってほしいね。最終接近のさいには、迎撃機を前方に展開して、そのうしろから近づいていくことになっているんだ。船から一万マイル以内には、絶対に何も入ってはこられない。もう少し仲間の腕を信頼してもらえんかね」

ハンロンが宙に腕を振りまわした。「ちえっ、土曜の夜だっていうのに、話が固くなりすぎたぜ。どうしてこんな話をしなくちゃならんのだ？　くだらん噂に取り憑かれでもしたのか？」シロッコの方へ顔を向けると、「われわれのグラスはほとんどからっぽでありますが、閣下。一杯ずつおごるという約束だったかと思いますが」

シロッコは答えようとしたが、ふいに急いでグラスを下におくと、テーブルの上の帽子をつかんで立ちあがった。「ここにいるわけにはいかなくなった」低い声で、「誰か来たいものがいたら、上のロックフェラーの店にいるからな」それだけ言うと、彼はテーブルのあいだを縫って、奥の部屋を突っ切り、化粧室の前の通路から出口へと消えた。

「いったいどうしたんだ？」ハンロンが、あっけにとられたように、「大尉さんへの給料の払いが悪いわけでもあるまいに」

「SDのやつらですよ」スワイリーがほとんど口を動かさずにささやいた。その目玉が二、三回横へ動き、右の肩ごしの方向を示す。周囲のざわめきが前よりぐっと低くなり、雰囲気にわずかな緊張が漂った。

グラスごしに、コールマンは、三人の特殊任務《S》部隊《D》の兵士がバーへ入ってくるのを見守った。暗いオリーヴ色の制服に包んだ背筋を威圧的にそらせ、帽子の眼庇《まびさし》を深くおろし、固く突きでたあごで周囲を睥睨している。視線が合うと、誰もが早々に目をそらした。ひとりが低い声で何やら注文すると、バーテンダーはうなずいてすばやくグラスを並べ、うしろの棚のボトルをつかんだ。SDはいわば軍のエリート集団であり、つまり軍隊の中ではえりすぐりの嫌われ者で、ユーモアのかけらも持ちあわせていない。彼らを見るとコールマンは、トランスヴァールで見かけたコマンド部隊のことを思いだした。式典のときVIPの護衛——〈メイフラワー二世〉では単なる伝統という以外になんの意味もない仕事だが——を勤める彼らは、ボルフタインが特に忠誠を誓わせて編成した精強な一部隊であった。その指揮官は、ストームベルという将軍がつとめている。観兵式などで見せるSDの機械仕掛けのような正確な動きや、それを操るストームベルの目に見えない糸などが、D中隊ではよく冗談の種になったが、むろん先方には聞こえない場所での話である。指揮官の名前をもじったス《S》トロンボリ火山区《D》という綽名もあった。

「では自腹で飲むとするか」ハンロンが言いながら、ビールの残りを飲みほしてグラスをテーブルにおいた。

「そういうことですな」スタニスラウが同意した。

「前の一杯はおれが買ったんだがね」とコールマンがみんなに思い出させた。一同しらけた気分になった。

「そうだ、ここはおひらきにして、つぎの一杯は上のロックフェラーの店へいこうじゃないか」ハンロンが提案した。「シロッコがいくってたところさ」

「そいつはいい」コールマンがそう言って立ちあがった。アニタは、からめていた手を下へすべらせ、軽くその小指を握った。他の面々もグラスを干すと、次々に立ちあがり、店の主人《オーナー》のサムにお休みのうなずきを残して、てんでにがやがや話しながらドアの方へ向かった。

アニタはずっとコールマンの指を握ったきりで、そこには無言の誘惑が感じられた。彼女とは何カ月か前に、何度か寝たことがあり、楽しかったのを覚えている。今夜の彼女の誘いに、彼もかなりその気になってはいたのだが、先刻からの、相手を見つける話や、間近に迫った惑星降下の話題が、どうやらこれまで感じていなかった性格の違いをあらわにしたらしい。アニタの心の奥には、ケイロンで安定した恒久的な家庭をスタートさせられそうだという期待が潜んでいるのが見てとれる。夜が更けていざというときになったら自分を引っぱりだしてくれるよう、折を見てハンロンに耳うちしておかなければと、彼は心を決めた。

店の外は、何をして過ごそうかと考えながら一夜を送る人々がいっぱいで、その中をバワリー亭から出たコールマンとアニタは、もう少しさきへいっている仲間のあとを追って歩きだした。アニタがふと足をとめてバッグの中をさぐりはじめたので、コールマンもゆっくりと立ちどまった。バーの中で彼の腕にかかっていた彼女の手の感触は熱情的だったし、グラスを取ろうとのりだすたびに漂う香水も、いかにももの欲しげだった。どういうわけだろう？　彼女だって子供じゃない。二十年も宇宙船に閉じこめられていたあとでは、男たるもの、しばらくは解放感を味わいたくなって当然なのに。

振り向くと、彼女はカプセルの入った小さな瓶を手にしていた。ひと粒、口に放りこむと、その瓶をコールマンにも差しだしながら、いたずらっぽく笑った。「土曜日よ、少しは有効に楽しみましょうよ」コールマンが顔をしかめて首をふると、アニタは口をとがらせた。「いいお薬よ。抑圧を取り除いて、知覚をひろげるんだって、精神医《シュリンク》が言ってたわ。わたしたち自身をしっかり見きわめるようにしなくちゃ」

「精神医《シュリンク》とは話したことがあるが、連中の方が狂ってるよ。おれが自分のことを知ってるかどうかなんて、どうしてあいつらにわかるんだ？　自分の頭の中がどう働いてるか、きみは知っているのか？」アニタは、そんなことどうでもいいというように首をふった。コールマンはますます苦い顔になったが、それは、自分と関係のないそういうことへの嫌悪よりも、望みが雲散霧消しはじめた苛立ちのせいだった。「だが、そんな薬をのんでどうしようっていうんだ？」

「あなたも自分を見きわめてみたら、スティーヴ？　精神の健康にいいわよ」

「おれは自分を見失ってなんかいないよ」

「ザングレニだって、心霊能力を誘発するのに興奮剤を使ってるわ。それが彼女の予言の秘密なのよ」

「あれはどう見たってテレビの作り話だ。ザングレニなんて女は実在しない。現実の話じゃないんだ。あんなこと、現実にあるわけがない」

「それだっていいじゃない？　ある方が面白いもの。どうしてそんな気むずかしいことばかり言うの？」

コールマンは、心中の怒りを押さえながら顔をそむけた。この女だって、もっと自分の考えを持てたはずなのに。それが、周囲で見聞きすることによって鋳型にはめられ、お人形みたいになってしまっている。そういう人間はまわりじゅうにいる――目に入る人々の半分は、ストームベルの人形劇のうしろについた合唱団だ。自分で考えるのが面倒だから、他人の考えを押しつけられても平気なのだ。ふいに彼は、アニタへの熱が――何カ月か前には、きちんとした間柄になって、ハンロンのように落ちつくという計画まで立てていたというのに――急速に冷えていった理由が納得できた。彼は彼女の波長に合わせようとつとめたのに、そこにあるのは空電ばかりだったのだ。だが、もっと腹が立つのは、彼女の無為な態度だった――頭がありながら、それを使う気が彼女にはないのだ。

柱のひとつにもたれて所在なげに空き箱を蹴っていた、ひょろりとした金髪の人影が、コールマンの視線に会うと、しゃんと背を伸ばして、つかつかと歩いてきた。ポケットに手を深く突っこんだまま、ぎごちなく笑顔をつくってみせる。コールマンはびっくりしてその少年を見つめた。ジェイ・ファロウズだった。「こんなところで何をしてるんだ?」

「あの、あなたがこのへんにいるんじゃないかと思って」

「その人が汽車《トレイン》をつくってるって子?」アニタがたずねた。

「ああ、ジェイっていうんだ。しっかりした、頭のいい子だよ」

「頭がいい……頭脳《ブレイン》」どこか遠くを見ているような、アニタの目つきだった。「ブレインとトレイン。気にいったわ。詩的ね。そう思わない?」彼女はジェイにほほえみかけ、粋なウィンクを送った。「よろしく、ジェイ」薬と酒が一緒にまわりはじめている。ジェイが居心地悪そうに微笑を返した。

「あのな、ジェイはおれに話があるらしいんだ。きみには興味のない話だ」コールマンはアニタに向かって、「仲間の方へいっててくれないか。おれはあとでいくから」

「わたしがいない方がいいってわけ？」

コールマンはため息をついた。「そんなんじゃない。ただ——」

アニタは顔の前で手をひらひらさせた。「かまわないわよ。わたしはいない方がいい……わたしはいない方がいい。かまいませんとも」声が上がったり下がったり、歌のように節がつきはじめた。「誰かさんに一緒にいてほしいなんて、誰が言ったのよ？　わたしは平気よ。かまいませんとも……あなたなんか、ジェイとふたりで、ブレインとトレインの話でもしてりゃいいんだわ」彼女はかすかに体をゆらしながら、ストラップの先のバッグを大きくふって歩きだした。

「あの、ぼ、ぼく、お邪魔するつもりはなかったんですけど」ジェイが、口ごもりながら、「つまり、もしあなたとあの人が……」

アニタはクラブ劇場《シアター》の前で立ちどまった。その入口によりかかったひとりの兵隊が、彼女に話しかけている。彼女は相手の腕に自分の腕をひっかけ、笑いながら何か答えた。「ああいうことさ」コールマンはひとりうなずきながら、「気にするな。かえって助かったようなもんだ」くだんの兵隊は、コールマンのがっしりした六フィートの体躯に、ちらりと不安げな視線を投げ、それから腕にすがりついているアニタと一緒にそそくさと立ち去っていった。

コールマンはそれを見送り、その件をきっぱり心の中から追いだしてから、ジェイの顔を数秒間じっと見つめた。「人生がつかめなくなったんだろ？」ぶっきらぼうに彼。これで、よけいな質疑がいっさい省けた。

ジェイはいくらかほっとしたらしく、長々しい説明をしないですんだ安堵感に一瞬きらりと目を光らせると、「なんだか身動きがとれなくて」とだけ答えた。

「おれにもまだつかめていないと言ったら、少しは気が楽になるかい？」

ジェイは首をふった。「それじゃ、ふたりとも同じ悩みをかかえてるってだけで、なんの解決にもなりませんよ」

「おれもそう思うよ。だから、そんなことは言わないことにしよう」

「すると、つまりあなたにはつかめているんですか？」とジェイ。

「そうだとしたら、きみの問題に何か変化があるのかい？」

「いいえ。それはあなたの解決で、ぼくのじゃありません」

「そう、それが答えさ」

ジェイはうなずき、ポケットに入れた手をそのままに腕を伸ばして肩を耳のあたりまで持ちあげ、数秒間じっとそうしていてから、唐突にため息をついて肩の力をぬくと、「質問していいですか？」見あげながら、そうたずねた。

「答えなきゃならんのかね？」

「答えたくなければいいんです」

「言ってごらん」

「どうしてこんなふうなんでしょう？　あなたとぼくがジャージーでやってることが、父の仕事とどう関係してくるんでしょう？　わけがわからない」

「おやじさんにはきいてみたのかい？」

「ええ、まあ」

「それで？」

ジェイは遠くを見るように目をぐっと細くし、頭をかきながら、「だいたい思ったとおりでした。相手の人間が問題なんじゃない。あなたならかまわない。父に責任が来るようなことなら事情は違うけど、そうじゃないから――そんなぐあいなんです。ただし、あまりきびしく聞こえないように気をつけて話してた――それは間違いないと思うけど。でももっと奥があるんです。父に責任が来るとか来ないとかの問題じゃないんです。父は本気で気にしてるんです。どうしてみんな、そんなふうにとるんでしょう？」

コールマンは周囲を見まわし、バワリー亭の隣のコーヒー・ショップの方へうなずいてみせた。「ひと晩じゅう立ってるわけにもいかんだろう。あそこへ入ろう。コーヒーは、どうかね？」

「ええ……どうも」ふたりはドアへ向かって歩きだした。「それから、バルブをありがとう」とジェイ。「ぴったりでした」

「どんなぐあいかね？」

「好調です。もう車軸の組立ては終わりました。一度見にきてもらわなくちゃ」

「ぜひいきたいね」

ジェイが空いているブースに席をとり、コールマンはカウンターからコーヒーをふたつとると、スロットに軍のマークのついた支払いカードをさしこんだ。さまざまな点で、ジェイはコールマンに、ずっと若かったころの自分を思い起こさせる。コールマンは十一歳のとき、ある専門職夫妻のところへ、二歳年上のドンというその実子の遊び相手として養子にもらわれていき、それで今の姓になったのである。夫妻は、仕事を途中で休んでまでもうひとり子供をつくる気がなかったのだ。この義父が磁気流体力学《MHD》的システムの熱交換を専門とする熱力学技師だったので、コールマンは早くから科学技術に興味を持つようになった。夫妻はふたりの子供を平等に扱うよう、最善をつくしていたが、スティーヴはドンが受けていた基礎教育に恨みを抱き、またドンが工科大学へ入ったときも、自分がまだその年齢になってもいないのに、やはりやきもちを焼いた。ずっと小さいときから反抗的だと言われていたもとの施設《ホーム》での性向が再発し、夫妻につらい思いをさせたことを考えると、今でも彼の心はうずいた。そして、この理由はスティーヴ自身にもよくはわからないのだが、今ジェイがみずからの可能性に目ざめて機会をとらえるのを自分が手助けしてやることで、そういったあらゆることの埋めあわせがつけられるような気がするのだ。いまさら自分が何をしようと、どこかで年老いているだろうコールマン夫妻になんの変わりもあるはずはないが、それでも、なぜかはわからぬまま、彼はそうする義務があるように感じていたのである。人間の心の端倪《たんげい》すべからざる奇妙な働きというところだろうか。

彼はコーヒーをおくと、ジェイの向かい側の席に腰をおろした。「のどがかわいたことがあるかい?」カップに砂糖を入れ、かきまぜながらたずねる。

ジェイはびっくりしたようだ。「ええ……もちろん。あると思います。誰だってあるでしょう?」

「本物のかわきのことさ——舌が鉄綿《ワイヤウール》みたいになって口の中でふくれあがり、皮膚がひび割れはじめるってやつだ」

「それは……ないと思うけど。でも、どうして?」

「おれはある。前に南アフリカの砂漠で、仲間数人と一週間近く本隊から離れちまったんだ。もう考えるのは水のことばかりさ。あの切実さはとても言いあらわせないよ。一杯の水のためなら片腕を切り落としてもいいと思うくらいだ」言葉を切った彼を、ジェイが困惑した表情で見つめている。「水が充分あると」とコールマンは続けた。「次の心配は食いものだ。水よりは長く保《も》つが、ひどいことに変わりはない。飢えに陥って、生きのびるために死人の肉を食った実例はいくらでもある。じゃがいもの皮を取るために殺しあった例もある」

「へーえ、それで?」

「水と食物が充分だと、暖かく過ごしたくなる。暖かくなると、安全を求める」コールマンはひょいと両手をひろげ、「ここに一団の人間が一緒に暮らしていて、ほとんどの期間、大部分のものは、水も食物も充分で、いちおう暖かく安全に過ごしているとする。さて、次に求めるものはなんだと思うね？」

ジェイは眉をひそめ、いくらか不快そうな様子を見せたが、思いきったように、「セックス？」とたずねた。

コールマンはにやりとした。「そのとおりだが、そのことは知らないふりをしていた方がいい。おれが考えていたのは別のこと——他人の認知、だ。この、認められたいという欲望は、もっと基本的なやつが片づくと必ず出てくるもうひとつの人間の本能なんだよ。いったん出てくると、こいつは水や食物に劣らないくらい強いものになる。周囲の人たちと自分とを較べたとき、胸を張れることが必要になるんだ。自分の長所を認めてもらい、目立つことが必要なんだ。きみの言ったセックスでもいい——女の子が注目してくれると思えるわけだから——しかし、理屈はどうあれ、それは実在するんだ」

ジェイにもようやく狙いがわかりかけてきた。「長所って、何について？　何が基準になるんです？」

「なんでもいいのさ」とコールマン。「時と場合によって違う。村いちばんの猟師、例えばいちばん多くライオンをしとめた男でもいい。顔の塗りかたのうまさでもいい。歴史上では、金《かね》だったことがほとんどだな。その金で何を買うかは問題じゃない。肝腎なのは、その買ったものが、他人に向かって、〝これをみんな買えるだけのものをおれは稼いだが、おまえたちは稼いでいない。だからおれの方が上だ〟と告げてくれる点だ。そういうことなのさ」

「他人より上だってことが、どうしてそんなに大事なんです？」

「言っただろう、本能なんだ。こいつにさからうことはできない。のどのかわきと同じなんだよ」

「ぼくもそう感じるようになるのかな？」

「もう感じてるさ。対抗ボウルで自分のチームが勝つと嬉しくないかい？　なぜ学校で一生懸命に勉強するのかね？　そう、きみは物理が好きだが、それは、きみがそこらの阿呆どもより頭がいいことの証拠になるから、それでいい気分になれるということもあるのじゃないか？　正直に考えてごらん。子供のころ、合言葉や秘密の合図を知っている特別の仲間しか入れないグループをつくったことはないかね？　きっとあると思うが」

ジェイはうなずき、微笑を浮かべた。「そのとおりです。やりました」

「みんなそうなのさ。大人になってもそれは変わらない。むしろもっとひどくなる。連中が、今でも徒党を組んで、規則をつくって、仲間以外の人間を締めだしているのは、それで中のものの方が外にいるものより上のように感じられるからなんだよ」

「でも、そんな規則なんて馬鹿げてる」ジェイが反駁した。「意味をなしませんよ。外にいる人間のことをどうこう言うことで、なぜ中の誰かが偉く見えるんです？　肝腎なのは、中でその人が何をするかでしょう」

「意味なんかなさなくてもいいんだ。ただ、おまえは違うと言うだけで足りるんだ。それでわかったかい？　きみのおやじさんの入っているグループにも規則がいっぱいあって、その大部分は彼にはなんの意味もないんだが、それでも入っている以上は仲間として認められなければならない。認められるためには、その規則どおりに行動していることを示さなければならない。そうしないと、グループに対する脅威と見なされて、周囲から拒絶されてしまう。世の中にそんな真似のできるものは誰もいない。まわりをちょっと見わたせば、人々が何か意味のあるものに所属していると感じたいばかりに取り組んでいる気ちがいじみたことが、いくらも見つかるよ」

「あなたでもそうですか？」

「もちろんさ。軍隊ほど気ちがいじみたものがあると思うかい？」

「でもあなたは狂ってなんかいない」とジェイ。「とすると、どうして入隊したんですか？」

「それが、今言ったようなグループ――所属できるもののひとつ――だったからさ。それまでおれは一匹狼で、認められたいためにずいぶん面倒も起こした。誰でもそうさ。何をやるかは問題じゃないし、いいことも悪いことも、自分がそこにいることを人々に気づかせる点では同じなんだ。なんだろうと、まったく目立たないよりはましなんだよ」コールマンは肩をすくめ、「おれはある男を叩きのめした。叩きのめされて当然のやつだったが、そいつの父親がたまたま金持ちで、おれが軍隊へ入るなら拘禁を勘弁してやると言ってきた。同じくらいひどいところだと思ったんだろう。で、それに飛びついたってわけさ」

ジェイはまたひと口コーヒーを飲むと、それきり黙ったまま、ずいぶん長いあいだじっと自分のカップを見つめていたようだったが、やがて目をあげもせずに言いだした。「ときどき考えるんだけど……ぼく、軍隊へ入りたいと思うんです。それにはどうするのがいちばんいいんでしょうか?」

コールマンは数秒のあいだ射るような視線を向け、やおら、「何から逃げだしたいんだ?」とたずねた。

「さあ、わからない——今あなたが話してくれたようなことから、かな」

「家の制約から逃がれたい、本来の自分になりたい、あらゆる拘束をぶち破りたい、そういったことかね?」

「たぶん」

コールマンはひとりうなずくと、テーブルの供給孔からナプキンをとって口を拭いながら、適切な答えをひねりだそうとして考えこんだ。彼自身は軍隊に縛られながら、本職の技術者になりたいと思っている。ジェイは技術者への道がひらけていながら、軍隊へ入りたいと思っている。

ここで軽蔑的に、その考えが感心したものでない理由をあげてみたところで、役には立つまい——ジェイはもうわかっているつもりで、聞こうともしないだろう。

ちょうどそのとき、ドアが騒々しく開いて、数人の大きな話し声が流れてきた。B中隊の、コールマンも知っている三人のうち、ひとりはパダウスキー軍曹——背がひょろりと高く、残忍そうな薄いくちびると冷酷な黒い目がのっぺりした浅黒い顔に並んでいる——で、あとのふたりは伍長だが、すぐには名前が出てこなかった。三人とも飲んでおり、ことにパダウスキーはすっかり出来あがっているらしい。そもそもコールマンとアニタが親しくなったのは、彼女がパダウスキーにつきまとわれて、コールマンとハンロンの近くにいるようになったのがきっかけだった。コールマンは必要とあればいつでも自分の面倒くらい見られるし、ハンロンは第二小隊長であると同時にD中隊全体の白兵戦の教官で、それも優秀な腕の持主である。このふたり組は効果的な抑止力となり、それ以来パダウスキーは、ずっとそれを根に持っていたのだ。

「誰なんです?」コールマンの緊張を感じとって、ジェイがたずねた。

「まずい」コールマンは歯のあいだからささやき声を洩らした。「話を続けるんだ。まわりを見るんじゃない」

「くそ面白くもねえ」わめきたてるパダウスキーを中央に、三人組がカウンターの方へ向かっていく。「まったく、ひでえ話だぜ。もしあいつらが——」声がふいに途切れた。「おい、あそこにいるやつを誰だと思う? D中隊の金髪野郎だぜ——あんまりお利口すぎて、演習を一日目でめちゃめちゃにしちまった、どえらい中隊だよ」床を震わせて荒っぽい足音がブースへ近づいてくるのを感じ、コールマンはテーブルの下で組んでいた足をそっとほどくと、瞬時の動きに備えて腰を浮かせるように体重を移した。指は、熱いコーヒーの入っているカップに、ゆるく巻きつけている。やおら顔をあげると、パダウスキーが、三フィートほど離れたところから、いやらしい目つきで見おろしていた。

「ここはプライベートな席だ」低いが威嚇的な声で彼は応じた。「すっこんでろ」

「いよう、おまえら、金髪野郎に新しいガールフレンドができたぜ！　見てみろよ。何か言いたいことがあるかい、コールマン？　前から怪しいと思ってたんだ」ふたりの伍長がのけぞるようにして高笑いし、ひとりがうしろのテーブルによろけかかった。テーブルにいた男は、口の中で弁解めいたことをつぶやきながら、あわてて立ち去った。向こうから、店の主人《オーナー》が、心配そうにカウンターをまわってこようとしていた。

ジェイは蒼白な顔で、身動きもせずにすわっている。コールマンの目に、パダウスキーへの怒りが燃えあがった。パダウスキーの目つきはさらに悪くなった。三対一で、しかもジェイがあいだにいては、コールマンも黙って耐えるしかあるまいというわけだ。パダウスキーは、なおもジェイに顔をよせてのぞきこむと、酒くさい息をテーブルごしに吹きかけた。

「なあ、坊や、いったいこいつの——」

「やめろ」コールマンがきしるような声を出した。「手出しをするなよ。おれに用があるなら、三人まとめて相手になってやるが、場所を移してからだ。彼には関係ないことだからな」

店の主人《オーナー》が、神経質そうに手の中で布巾をよじりながらかけよってきた。「ちょっと、喧嘩はごめんだよ。ここは、みなさんに食べものを出す場所なんだから。ほかのお客さんたちにも迷惑だし。もうそのへんで——」

「ほう、これがその迷惑なんとやらかい？」わずかにアイルランドなまりの穏やかな声が、ドアの方から聞こえた。ブレット・ハンロンが、ドアの側柱に無造作にもたれて、青い瞳をつめたく光らせていた。広い肩が、もう少しでドアの反対側にとどきそうだ。一見すっかりくつろいで気楽にしているようだが、体重を足の親指のつけ根にのせ、腰のあたりで目立たぬように指の関節を曲げているのを、コールマンは見てとった。ふたりの伍長が不安げに顔を見あわせた。ハンロンの出現で、少々風向きが変わってきた。パダウスキーも自信を失ったらしいが、このままぶざまに引きさがるわけにもいかない。数分間とも思える長い数秒間、室内の電荷がぱちぱちと火花を散らした。誰も動かない。

そのとき、バワリー亭から出てきた三人のSDの兵士が、なんだろうと立ちどまってのぞきこみ、パダウスキーの引きあげる口実ができた。「出ようぜ」と彼。三人組が肩をいからせてドアへ向かうと、ハンロンは屋内に入って一歩脇へ寄った。パダウスキーは戸口で立ちどまると、振り返って、悪意にみちた視線をコールマンに投げた。「また今度だ。この次は、こうはうまくいかんぞ」そして出ていった。外では三人のSD兵が、向きを変えて、ゆっくりと立ち去っていくところだった。

店内の空気がもとに戻ると、ハンロンは近づいてきてブースに腰をおろした。「やつら、おまえがここにいることを知って、やってきたんだぜ、スティーヴ。ロックフェラーの店の奥で話してるのが聞こえたんだ。それで、もどって様子を見たほうがいいんじゃないかと思ってな」

「いつもながら、おまえのタイミングは絶妙だよ、ブレット」

「すると、この若いのが、おまえの話してたジェイくんかね？」ハンロンがたずねた。

「ああ、ジェイだ。ジェイ、この男はブレット――ブレット・ハンロンだ。おれとは別の小隊を受け持っていて、格闘技の教師でもある。この男にからんだりするなよ」

「それであいつら、逃げていったんですね？」ようやく赤みの戻った顔で、ジェイがたずねた。

「まあ、そのせいもあるかもしれんな」コールマンは、にやりとして、「軍隊じゃ、ああいうくずどもも相手にしなきゃならん。まだその気があるかね？」

「もう少し考えてみた方がよさそうですね」と、ジェイは認めた。

ハンロンがハンバーガー・ディナーを三つ注文し、それからふたりの軍曹はジェイと三十分ほど、軍隊生活や、フットボールや、それにスタニスラウが公共データバンクの保安セクターを破った話などをして過ごした。やがてジェイが家へ帰らなければと言いだし、ふたりは彼と一緒に数層上のマンハッタン・セントラル・カプセル乗降所《ポイント》まで歩いた。

「さて、それじゃ連中のところに戻るか？」ジェイがメリーランド・モジュールへ帰っていったあと、中間層プラザを通っている長い階段を降りながら、ハンロンが言った。

コールマンは歩調をゆるめてあごをかいた。なんとなく気分が乗らなかった。「おまえだけいってくれ、ブレット。おれはちょっとぶらついてくる。ひとりになりたいんだ」

ジェイと話したせいか、コールマンがいつもは考えないようにしているいろんなことが、心の表層に浮かびあがってきたのだった。人生とは、軍隊みたいなものだ――それは人間をひっつかんで、ばらばらの細片にし、それを好みのままに組み立てなおす。ただし、人間の心に対してそれをやるのだ。子供の心がまだ柔らかいうちをとらえて、おまえは間抜けなんだと吹きこんで麻痺させ、なんでも彼らよりよく知っているはずなのに何も教えようとしない人々をあてがって混乱させ、あらゆる人々を愛する神をもちだして怯えあがらせる。それから教育によって、命じられたことだけが唯一の意味あるものとなるように鍛えあげるのだ。その組織が、アニタを抱き人形に、バーナードをあやつり人形に変えたように、ジェイをも変えようとしている。そいつは人間を、吹きこまれたとおりの言葉を繰り返す録音機《レコーダー》に変え、まだ見たこともない惑星上の人間のことをなんでも知っていると思いこませてしまう。ちょうど、農場を無事にやっていきたいと望み、子供を壁に釘で打ちつけないでほしいと願ったというだけの理由で黒人の頭を吹きとばし、ケープタウンの市民にはそれが正しいことだと吹きこんだのと同じように。ところでそいつは、コールマンに何をしたのだろうか？　彼にはわからない――なぜなら彼は彼以外のものになることができないのだから。

「やつらがどうなろうと、自業自得ってものさ」ふらりと立ちよったバーの、隣のスツールで、でっぷり肥った男がしゃべっていた。「野放しになった餓鬼どもが、兎みたいに子をふやしてるんだ――胸がむかつくぜ。おまけに爆弾まで作ってるとはな！　要するに野蛮なのさ――中国人と同じことだ。カレンズには、そのことがちゃんとわかってる。彼なら、やつらに、礼儀と敬意ってものを教えてやれるだろうよ」コールマンはグラスを干し、そこを離れた。

なんたることか、と彼は思う。組織なんぞもうたくさんだ。そう思うのはもう二十年以上も前からのことだが、この〈メイフラワー二世〉も、結局は、自分がずっと逃げだそうとしていた組織の延長でなくてなんだったというのか？　ジェイは、すでに迫ってくる罠に気づいていている。だが何も変わりそうにない——一度たりと変わったことなどありはしないのだ。ケイロンも、十九歳でこの遠征に志願したコールマンが期待していたような脱出口にはなりそうもない。人間はそこに自分の組織を持ちこみ、ケイロンは単にその一部に組みこまれるだけなのだ。

バワリー亭に戻ると、郊外の町に住んでいるふたり組の実業家が酒をおごってくれた。彼らは、ケイロンで大きく発展するプランをかかえているため、戦争になるかもしれないという噂を気にして、コールマンから軍の内部情報を得ようとしたのである。コールマンは、何も知らないと答えた。彼らはすべてが平和裡に解決するように望んではいたが、それも軍が介入してその解決を助ける方を喜ぶのだ。つまり彼らが平和を望むのは、コールマンのような人間が射たれないですむことを、あるいはジェイや、ゼーラスト近隣の黒人のようなケイロン人が、技術者になったり、空襲で農場を吹きとばされずに暮らしていったりできることを願うからではない。彼らは単に、地球人に払う半分の賃金でケイロン人を雇って金をもうけ、自分らの子供たちだけを入れる立派な学校を設立したいだけなのだ。その学校にケイロン人を入れないのは、そうすると、同じ賃金を払わなければならなくなるからである。またいずれにしろ、そんな事態が許されるはずもない。結局ケイロン人は本物の人間ではないのだから。

「ケイロンのコンピュータは、非合法のアクセスを試みると、どうプリントアウトするか知ってますか？」話がくだけてジョークの披露におよんだとき、ひとりがコールマンに問いかけた。

「知らないね」

「タスケテ！　れいぷサレル！　はっはっはっは！」

上のロックフェラーの店にまだ小隊の連中が残っているかどうか見にいこうと、彼は決心した。が、途中で、彼の歩みはふいに遅くなった。少し前のことだが、彼はふとしたことから、どうしてかわからないながら自分をこうした組織とでもなじめそうな気持にしてくれるごく個人的なうまい方法を見つけだしていたのである。このことは、誰も知らない――どうでもいいことだが、ハンロンにさえも打ち明けてはいない。ここしばらく彼女には会っていないし、今の気分には、まさにぴったりだ。

内緒話にはあまり向かない状況下でコムパッドを使うことを避けるために、彼はロックフェラーの店のロビーにある公共ブースにいき、彼女がひとりのときだけ通話に応じるようプログラムされたナンバーを呼んだ。応答を待つあいだ、コールマンの心は六カ月前の出来ごとに飛んでいた。彼が、七月四日の祝典に対する軍の賛助出品の一部である砲兵の遠隔発射制御哨所《コントロール・ポスト》の展示のそばに、正装して直立不動の姿勢で警備にあたっているところへ、ＶＩＰの一団を離れた彼女がカクテルをすすりながらやってきて彼のかたわらに立ち、戦場のもようのシミュレーションを映しているスクリーンを感心したように眺めはじめた。そしてやおらマニキュアをした長い爪で、ゆっくりと思わせぶりに、衛星追跡用副システムの複雑な形をした制御パネルをなぞりながら、「それで軍隊には、あなたみたいにハンサムな若い人が、あと何人くらいいるのかしら、軍曹さん？」と、目の前の展示に顔を向けたまま、彼女はささやいた。

「わたしには答えられません、奥様」コールマンは、前方二十フィートにあるレーザー砲に向かって言った。「わたしは、ハンサムな男のエキスパートではありませんので」

「じゃ、刺激的な楽しみを求めている女のエキスパート？」

「それは場合によります。トラブルのかたまりのようなかたもおられますから」

「お利口さんなのね。でもそれなら、中には分別のある女もいるってわけね。理論的にいえば、それなら話が別ってことかしら？」

「理論的にはそのとおりだと思います」と、コールマンは同意を与えたのだった。

彼女には、ボルティモア・モジュールの一室《ワンルーム》アパートにひとりで住んでいるヴェロニカという名の友だちがいた。ヴェロニカはとてもものわかりがよく、連絡をとるといつでもひと晩姿を消してくれるのだということで、ときどきコールマンは彼女が実在の女なのだろうかといぶかしく思った。〈メイフラワー二世〉の施設に限りがあるとはいえ、たぶんVIPの妻にとっては、そうした一室を確保することくらい、さほどむずかしくはないのだろう。彼女は、彼が唯一の遊び相手かどうか、決して言おうとはしなかったし、彼もたずねはしなかった。そういう関係であった。

ふいに、目の前のスクリーンが点いて、彼女の顔が現われた。一瞬、驚きの色が彼女の目をよぎったが、すぐにそれは、笑いを含んだ内なる期待の輝きに変わった。

「まあ、しばらくね。軍曹さん」ハスキーな声だ。「脱走でもしたんじゃないかって、気にしてたのよ。でも今は、こんなに遅くどういうつもりなのか、それが気になるわ」

「場合によりますな。状況はどうです、社交のお仕事は？」

「あら、土曜の夜にしては退屈そのものよ」

「彼はまだ──」

「お酒に食事に陰謀に──どうせ午前さまでしょうよ」

コールマンは、その件に入るのを一瞬躊躇した。「すると……？」

「そうね、ヴェロニカに電話して、上手に話せば、きっとわかってもらえるでしょう」

「じゃ、三十分後？」

「三十分後」笑顔の約束とウィンク。画面が消える直前、通話を切ろうとして前へのりだした彼女の肩までの鳶色の髪とくっきりした顔だちの一瞬のクローズアップが、コールマンの目にまぶしかった。

コールマンを火遊びの相手に選んだ最上流階級の女は、セリア・カレンズであった。

8

「旅の終わりを前にして共に祝う最後のクリスマス・イヴにあたる今宵、お話しすることの主題に、わたくしは、次の句にはじまる一節を選んでまいりました。〝幼児《おさなご》の我《われ》に来《きた》るを許せ〟」派遣団司祭長の声が、テキサス競技場《ボウル》の周囲のラウドスピーカーから、その観覧席で厳粛に耳を傾けている一万人の聴衆の上に、穏やかにひろがった。下のフィールドの、緑色をした長方形の一方の端は、きらびやかで微動だにしない正装姿の乗員と軍隊の一団が埋めつくしている。中央部には、洗ってプレスしたての茶色と青の服を着た学童の一団が、きちんと整列している。この両者と向かいあって司祭長が話している一段高い演壇のうしろにあたる端には、雛段式のベンチに、黒い礼服《スーツ》や、パステルカラーの長衣《コート》や、勲章をつけた制服《チュニック》姿のVIPたちがいならんでいる。声は続けた。「この御《み》言葉は、われわれが、今や肉体と精神のあらゆる面でとはいわぬまでもその魂においては心幼きものとして認め受けいれなければならぬ人々と相まみえようとしている状況に、ふさわしいものであり……」

コールマンはハンロンと並んで、D中隊第二小隊および第三小隊の最前列、シロッコのすぐうしろにあたる、正規軍の隊列の端近い位置に立っていた。中隊員でここに顔をそろえていないものはごく少数だが、その欠席者の中でも異彩を放っているのはスワイリー伍長で、彼は旅団の医療室で七面鳥の夕食を待ちわびていた――ほうれん草と魚肉の献立ては、ふしぎなことに管理コンピュータの記録から消えうせてしまっていた。栄養士は、前日たしかにそれらしい指示を見た覚えがあったのだが、たぶんスワイリーと別の誰かを混同したのだろうと自分を納得させていた。スワイリーはそういう指示があったことを否定することによってそれを肯定し、栄養士はそれを誤解して、何もかも忘れることに心をきめたのだった。

「……は、多くの点で道を誤っており、われわれは、国を愛する義務と同じように、キリスト教徒たる自覚からしても、この迷える羊たちを安息所たる囲いの中に連れ戻してやることを忘れてはなりません。ときとしてこれは決してたやすい仕事ではなく、同情と理解のみならず、強固な意志とひたむきな一念を必要とし……」

コールマンは、先般、全面戦争となった場合ケイロン上の要衝を占領するための攻撃演習に参加したことや、最近はじまった対テロリストや対ゲリラの集中訓練のことを考えていた。司祭長の演説は、彼に、友好と親愛のメッセージを掲げながら甲板の下には大量の乾いた火薬を用意していた昔の奴隷貿易船を思い起こさせた。実際にやっている行為と正反対のことをしていると自分で信じこみ、その矛盾に気づかないという状態にまで人間を条件づけることが、いったい可能なのだろうか？　ケイロンに関して、公けにされていないどんな事実を幹部会は発見したのだろうかと、彼はいぶかしんだ。

「そのゆえに、われわれは、このようなことどもをしっかり心にとめ、使命への忠誠と、また、われわれの大義は神の御心であるという認識に伴う確信とをもって前途に待ちうける仕事にあたることこそわれわれの義務であると……」

演壇の向こう、雛段の最上段の列に、コールマンは、姿勢を正した銀髪のハワード・カレンズの姿を認めた。その隣には、淡いブルーのドレスに対のトッパーをはおったセリアがいる。彼女はコールマンに、ハワードの強迫観念ともいえそうな支配欲――物と人間の両方に対する――について話したことがあった。彼は、自分が支配できないことや支配できない人間に脅威を感じるのだ。コールマンにとって、そんなコンプレックスを持った人間を、多くの人々が指導者に仰ごうとしているのは、まことにふしぎな現象だった。大衆を率いるには、その大衆に背中を見せて平然としていられるような扱いかたができなければならない。セリアは、自分がカレンズのものになることを拒否し、コールマンが自分の考えることに誰の指図も受けないことを自分に証明するのと同じやりかたで、そのことを彼女自身に証明していたのだ。この種のことは、権力を手にした人間が他人に背中を見せる勇気を失ったときに起こるものである。コールマンはカレンズを、またその地位や、コロンビア区にある大きな邸宅をも、うらやましいとは思わなかった。コールマンは、いつでも、射たれる心配などせず小隊員たちに背中を見せることができる。あのベンチに居並ぶVIPたち全員にM三十二を支給してやればいいのに、とコールマンは思った。そうすれば、彼らはたがいに背中を射ちあってみんな死んでしまい、他のものたちは家へ帰って自分の好きなようにものを考えることができるというものだ。

ところで、ハワード・カレンズのような連中は、ケイロンをどう考えているのだろうか？　コールマンは首をかしげる。全惑星を自分のものにすることができると、本気で思っているのだろうか？　そのためには、子供たちの思考を消し去って、彼らを他人に言われたとおりに考えるストロンボリのあやつり人形や、それを当然と考える市民たちに変えてしまうつもりなのか？　だが、人々はどうしてあんな連中にそんなことを許したのだろう？　一個の惑星をわがものにしたいと考えるものなど、めったにいはしない。せいぜい自由に技術者になったり農場を経営したいと思うくらいのものなのに。つまり、すべては人々が、言われるままに考えていればうまくいくがそうしないとだめだという掟《ルール》を、軽々しく受けいれすぎてしまったせいなのだ。

人類の歴史を通じて昔から少しも変わらぬ過程が、またもや繰り返されようとしていた。地球から四年遅れでとどいた最新のニュースは、南のニュー・イスラエルに対する戦争が急激にエスカレートしていることを伝えてきた。ただ今回は、それに東亜連邦《EAF》が首を突っこもうとしているらしい。西側の戦略家たちはこれを、アフリカ全土に全面戦争を引き起こしたあとそこへ乗りこんで、南からヨーロッパに迫ろうという下心からだと解釈している。どうやらこれは、アジア、アフリカ、そしてヨーロッパの全大陸を占領しようという計画のようだ。でもなぜ彼らは、アジアもアフリカもヨーロッパも手中にしたいのだろうか？　コールマンにはわからない。しかしそこで殺しあっている人々の大部分が、領土など欲しがってもいないし、誰がそこを領有しようと気にしていないことは間違いないだろう。ハワード・カレンズのような連中は、いろんなものを手に入れたがるのと同様、領土をも欲しがっているわけだ。彼らが、いつでも背中を見せることになんの危惧も抱かずに人々とつきあう方法、そして自分の妻とベッドで愛を交わす方法を学べば、おそらく地理的征服など必要としなくなるだろう。だが連中は、だからこそ自分たちは他人より上なのだと言い、人々もそれを信じてしまったのである。

彼はここで、ジェイからきいた、プリンストン・モジュールの研究所にいる物理学者が言ったという、人間の社会は宇宙が何十億年も前に放射線から物質へと凝縮しはじめたときにはじまった進化の歴史の最新の相《フェーズ》だという説のことを思いだした。進化はつまるところ、生き残るための作業である。長い目で見れば、そもそもどっちが生き残るのだろうと、彼は考えた——命じられたとおりに考え、関心を抱く必要すらないものをめぐってたがいに殺しあうあやつり人形たちか、それとも、その圏外に立って、干渉されないかぎり無関心でいられるスワイリー伍長の方だろうか？

たぶん、最後に地球を継ぐのはあの近眼の男だろう、と彼はひそかに思った。

9

船のカレンダーがケイロンのそれに切り替わるまで適用されている計時システムで、正式に二〇八〇年十二月二十八日と表示される日、〈メイフラワー二世〉は、毎秒二八三七マイルの速度で、さらに主駆動《メイン・ドライヴ》の全力噴射により減速を続けながら、アルファ・ケンタウリの惑星系に入った。このときにはもう、ケイロンとの交信の往復時間は、四時間足らずにまで縮まっていた。惑星からの送信で、船の乗員のための宿泊施設が要請どおりフランクリンの郊外に用意されたことが確認された。

二〇八〇年十二月三十一日

ケイロンまでの距離一九億マイル。秒速一一〇〇マイルに減速。主駆動《メイン・ドライヴ》噴射の逐次削減が開始されると同時に、リングの各モジュールの姿勢制御枢軸《ピボット》がゆっくり旋回して、減速度の低下による軸方向の力の減少を補正しはじめる。〈メイフラワー二世〉の到着を迎える公式代表団のメンバーとなる惑星高官たちの氏名、地位、肩書き、それに担当部門の一覧表提示の要請に対し、ケイロン側よりの応答はない。

二〇八一年一月五日
速度毎秒三〇〇マイル。目的地までの距離四億九三〇〇万マイル。コース修正が行なわれ、船は最終アプローチに入る。

二〇八一年一月八日
八〇〇万マイル地点で防御態勢は完全警戒《フル・アラート》に入り、最終アプローチ援護のため遠隔操縦の迎撃機編隊が船の五万マイル前方に展開。これに対しケイロン側からはなんの反応もない。

二〇八一年一月九日
ケイロンとの往復交信遅延時間二二秒。受けいれ手続きの正式協定はまだ終了していない。交信にあたっているケイロン人たちは惑星の代表政権など存在せず、特別の資格を持つ人間もいないと主張している。〈メイフラワー二世〉の防御態勢は戦闘準備に移行した。

二〇八一年一月十日
推進システム中央制御コンピュータが、噴射削減の最終段階および主駆《メイン・ドライヴ》動反応炉の閉止をチェック。六カ月間毎秒二トンの物質が消滅してエネルギーに変わるときの推力を支えてきた反動皿《ディッシュ》が冷えていくと同時に、船は姿勢制御モーターの一群によってやんわりとこづかれながら、二万五〇〇〇マイルの高軌道に乗り、位置をきめて自由落下《フリーフォール》状態に入り、ケイロンの夜空をわたる新たな星となった。

〈メイフラワー二世〉の旅はこうして終了した。

第二部　ケイロン人

10

ケイロンをはるかに見おろす宇宙空間でゆっくりと回転している〈メイフラワー二世〉のヴァンデンバーグ・モジュールにある第六シャトル発着所《ベイ》の外扉が四つに割れて、巨大な金属の花びらのように開き、その中におさまっている着陸艇の艇首があらわになった。わずかに遅れて、シャトルはふいに母船の回転運動から振り放されるように落下し、三十秒後にエンジンを噴かすと、一万マイル下の軌道をまわっている〈クワン・イン〉へ到達するための軌道にのった。

「われわれの受けた命令は、〝……使節団に先行してドッキング気閘《ロック》を通って〈クワン・イン〉に入り、会見が行なわれる予定のロビー内で儀仗隊形をとる〟だ」今朝早くの集合のさいに護衛を割り当てられたD中隊の選抜隊員に向かって、シロッコが大声で命令書を読みあげた。「〝常に規律と命令に細心の注意を払うことを旨とし、各員無比の歴史的瞬間の品位にふさわしい儀礼を保持することの重要性に充分留意せよ〟つまり退屈しても腹話術の真似はいかんぞ、スワイリー、これはおまえが――みんなが――踏んできた中でも最高の檜舞台だからな。〝ケイロン側による挑発行動の恐れはないと思われるので、第一種礼装を着用、武器は万一に備えて装弾の上、携行する。緊急事態に備えて完全武装した特殊任務部隊《SD》の一隊がシャトル内に待機し、乗船に同行する将官みずから適切と判断した命令に従って行動するものとする〟」

「まるでこちとら弾丸よけだって言わんばかりじゃないですか？」第三小隊のカースンが、苦々しげに文句をつけた。「射たれるのはまずこっちってことになる」

「おまえは使い捨てなのさ、まだ知らなかったのかい？」スタニスラウが、当然のような口調で反問した。

「ああ、だが、名誉のことも考えろよ」ハンロンが、ふたりに向かって、「それに、かわいそうなSDの連中は、ひとり残らずシャトルの中に残されて、うらやましさにじりじりしながら、国旗と国家に生命を賭けるこの機会に自分らも出ていきたいと夢中で願うことになるんだぞ」

「いつでも代わってやりますよ」スタニスラウが即座に応じた。

シロッコが命令書に目を戻し、先を続けた。「〝前衛二十名は二列縦隊で進入、ロックから左右へ四十五度の角度に並び、各分隊長に続いて部署につく。この護衛隊の指揮をとる将校は、ロックの出口から二歩の位置に立つ。会見開始と同時に、同隊は護衛の任を、出口斜路に位置するB中隊より選抜の一隊に委ねて〈クヮン・イン〉の奥へ進み、添付されたA表に示された各位置に歩哨を配置する。歩哨は交替もしくは別途命令あるまでその部署にとどまること〃ここまでで何か質問はあるか？」

この使節団の代表は、外務局でハワード・カレンズの補佐をつとめるエイメリー・ファーンヒルである。カレンズ自身は、フランクリンでケイロン人と最初の接触を行なうため、主使節団を率いて地表へ向から予定だ。副使節団を〈クヮン・イン〉へ送るという決定は、この自動探査船が依然として地球の所有であることをケイロン側に印象づけるためになされるもので、船内に軍隊を配置するのも同じ理由からである。外交儀礼上の観点から、ウェルズリーとスタームは、ケイロンである程度の交流が確立され、より立ち入った交渉のための適当な議題が用意されるまで顔を出さないことになっている。

コールマンは、体を座席に押さえつけているベルトの下で制服の折り目がくずれないよう、背筋をまっすぐに伸ばしてすわり、キャビン前端のスクリーン上で徐々に大きくなってくる〈クヮン・イン〉の映像を見つめながら、その船の形が、写真で見た二〇二〇年に地球を出発したときとはかなり変わっているのを、興味ぶかく眺めた。もとの形は亜鈴形で、燃料庫と熱核パルス・エンジンが一端を占め、その駆動部からの放射から安全な距離をとるための長い構造材に支えられた他端には、コンピュータと高感度の探測機器が積まれていた。二〇一五年以降に、初代ケイロン人を創造し収容するために加えられた改造部分は、この機器モジュールよりもさらに前方へ突きでており、また到着後、地表に最初の基地が設営されるまで新たな住人に擬似重力をつくってやるために、亜鈴を中心のまわりに回転させる一組のモーターが取りつけられていた。

以来数十年を経て、機器モジュールは付属構造物をぎっしり生やして倍の大きさになり、船尾のもと燃料タンクは姿を消して、どうやら結合材の中央付近を取り巻く大きな金属瓶《ボトル》の束に生まれ変わったらしく、また現在その尾部を形成する筒状の船殻を何か巨大なパイプのようなものがうねうねと取り巻き、先端には〈メイフラワー二世〉の主駆動《メイン・ドライヴ》のそれに似た――ただし〈クワン・イン〉が小さい分だけそれよりは小型の――回転放物面の反動皿《ディッシュ》がついている。〈メイフラワー二世〉の設計者は、シャトルのドッキング用に〈クワン・イン〉の舷門《ポート》に合わせたアダプターを用意しており、ケイロン側も改造にさいして、そこは原型のままにしていたので、シャトルの接舷にはなんの問題もないはずだった。

彼の左側の座席に並ぶレッド分隊の連中も、またハンロンおよびシロッコとともに前の席にすわっているブルー分隊の兵士たちも、今や奇妙に押しだまったまま、明るい半月形のケイロンが背景に浮かぶ正面のスクリーンを見つめていた――何人かにとっては、はじめてリアル・タイムで見るこの惑星の姿だ。キャビンのずっとうしろの方には、危急の場合の計画を反映して、ポートニイ将軍が金ボタンの上級将校グループの中央に陣どり、そのうしろに、緊張でくちびるをからからにしたエイメリー・ファーンヒルが一団の文官外交スタッフやその助手たちに囲まれている。そして最後端には、SD兵の一隊が、鉄帽と、手榴弾のレイで飾った戦闘服とに身を固め、機関銃や迫撃砲を膝のあいだに立てて、むっつりと黙りこんでいる。

ファーンヒルの一行は、使節団を出迎える人々の公式な名簿をケイロン側に出させることは、とうにあきらめていた。最後には、〈クワン・イン〉にシャトルがいつ到着するかだけを通告し、あとは即席で行動しようと腹をくくったのである。ケイロン側はその通告を即座に受けいれ、ためにその朝になって出された命令は、警戒レベルを一級下げたものとなった。カレンズの代表団とフランクリンとの交渉も同様の結果に終わり、結局〈クワン・イン〉訪問団と同じような基盤に立って、ただしそれよりは準備と儀式に念を入れて、地上へ赴く準備を整えていた。

ドッキング終了まで公式には作戦の指揮官であるシャトルの艇長の声が、キャビンの通話機から流れた――「距離一千マイル、到着予定時間《ETA》六分。接舷軌道に入り、接近作業開始。減速に備えよ。〈クワン・イン〉は第三舷門《ポート》を開くことを確認した」

スクリーンの映像が、シャトルが主エンジンで減速するためぐるりと向きを変えるにつれて一方に流れ、やがて船尾のカメラの一台がとらえた新しい眺めに切り替わった。コールマンは次の二分間かそこらのあいだ座席に背を押しつけられ、ついでスクリーンがまた船首方向の眺めに戻り、飛行管制コンピュータが最終アプローチのために低出力にした主エンジンと姿勢制御ロケットを併用して〈クワン・イン〉の動きに合わせた位置ぎめに入ると、あちこちへ突き動かされるような一連の感覚が押しよせ、やがて退いていった。さらにいくらかの微調整が終わり、シャトルが〈クワン・イン〉とともに自転しはじめると、乗船者たちは仰向けに寝ているような感じになり、作業完了に向かって少しずつ前方へ、上方へと突き動かされだした。操作は順調に進み、ほどなく船長の声が告げた。「ドッキング完了。乗船《ボーディング・》隊《パーティ》はいつでも前進可能」

「行くぞ、将軍」ファーンヒルがうしろから声をかけた。

「大佐、先発護衛隊を配置につけろ」ポートニイ将軍がキャビンの中ほどから指示を与えた。

「護衛隊、前進」ウェッサーマン大佐が、ポートニイのすぐ前の列から命令した。

「護衛隊、分隊ごとに左右へ」先頭のシロッコが号令をかけた。「分隊長は前へ」そう言うと、前後への移動を可能にするため折れ曲がって急な階段となった通路へ出、コールマンとハンロンを従えて横向きに出入口のついたエアロックへ登りはじめる。そのあとに続いて、レッドおよびブルー分隊は通路に整列した。ロックの内部ハッチはすでに開かれており、シャトル乗組の士官が外部ハッチを開くための最終計器チェックを行なっていた。その作業の終了と、背後のキャビンで使節団の一行が前へ移動してくるのを待つあいだ、コールマンは目の前のハッチを見つめながら、そのすぐ向こうにある宇宙船のことを思った。彼が生まれるより前に地球を出発したその船は、彼の人生の半分をかけた旅と同じ四光年の距離をわたったのち、今ここで、彼らの到着を待っていたのだ。何年にもわたって推測されてきたケイロン人に対する疑問のすべてが、あと何分間かで解き明かされようとしている。〈メイフラワー二世〉をあとにした今になって、コールマンの好奇心が急速に頭をもたげてきたのは、さきほどスクリーンで見たもののせいであった。というのは、これまで言いかわされてきたさまざまな冗談や一般的な推測とはうらはらに、彼が確信できたことがひとつあったからである――〈クヮン・イン〉の外観から読みとれたその技術上および構造上の変更は、断じて、無責任な育ちすぎの若者の手に成るものとは考えられなかったのだ。

「通過準備完了です」担当の士官がシロッコに告げた。

「ロック通過準備完了」シロッコが下方のキャビンへ呼びかけた。

「護衛隊指揮官、予定どおり進行せよ」ウェッサーマン大佐が奥から答えた。

「列を詰めろ」シロッコが言い、護衛班はざわざわと動いてシロッコ、コールマン、ハンロンのすぐうしろに詰め、そのあとに将校たちと外交官たちが続いた。シロッコは係の士官にうなずいてみせた。「外部ハッチ開けろ」士官が脇のパネルに指令を打ちこむと、外の扉がゆっくりと横に開いた。

シロッコは機敏に結合部の斜路をぬけて〈クヮン・イン〉の内部へ進むと、左へ寄ってぴしりと直立不動の姿勢をとり、その前を、コールマンとハンロンを先頭にした護衛班の兵士たちが、銃をきちんと肩に担い、もう一方の腕を見えない糸でつながれてでもいるかのようにきびきびと振り、歩調をそろえた軍靴で鉄の床板を踏み鳴らしながら通りぬけた。そこで縦隊は左右に分かれ、出口の両側にそって一直線に整列して停止した。そのうしろから、将校の一団が四人ずつ並んで現われ、左にウェッサーマン大佐、右にポートニィ将軍に続いてふた手に分かれながら進む。

「捧《ささ》げ……銃《つつ》！」シロッコの号令で、二十二の手のひらが二十二の銃床で、いっせいにぴしやりと鳴った。

　将校たちのあいだを通って外交官たちが進み出、しみひとつない白いシャツに黒い上衣のその一行が序列の逆の順に並んで止まると、最後にエイメリー・ファーンヒルの威厳にみちた姿が王者のように歩み出て、一行の先頭に位置を占めた。

「〈メイフラワー二世〉代表議会最高幹部会外務局次長エイメリー・ファーンヒル閣下」その一歩うしろ二歩右の位置に立った補佐官の声が、〈クワン・イン〉舷門《ポート》ロビー内に朗々と響きわたった。「閣下は、議会を代表する〈クワン・イン〉への特使に任ぜられ……」ここでその場のそぐわなさに気づくと、彼の声からは急速に自信が失われはじめたが、それでも彼は指示されたとおりの筋書きに雄々しく取り組んで先を続けた。「……同時にアルファ・ケンタウリの惑星系への使節たる権限を……」声をのみ、大きく息を吸って、「……地球キタアメリカ大ガッシュウコクセイフヨリイニンサレテイルモノデアル」

　少し離れたところで見つめていたケイロン人の一団と、後方の、ロビーの奥の方につめかけていたもっと大きな集団が、熱狂的な拍手と歓声でこの演説を迎えた。思いもかけぬ反応だった。厳粛なるべき雰囲気は、これですっかりぶちこわしになってしまった。

「いい連中じゃないか」どこからともなく、スワイリー伍長のつぶやき声が流れた。「なんだかおれたちの方が馬鹿みたいだ」

「黙れ」コールマンが制止した。

　グループの中の最年長者は、三十代の後半をそう大きく過ぎているはずはないのだが、てっぺんが薄くなりかけた頭髪と少し腹が出て背の低いずんぐりした体型のせいで、それよりも老けてみえた。手のこんだ青と灰色の刺繍をほどこした開衿シャツを着、無地の濃紺のスラックスをベルトでとめている。顔立ちはどこかアジア系のようだ。彼と並んでいる若い男と女はどちらも二十代のなかばから後半といったところで、白い実験着をはおっており、そのかたわらにもうひと組、十代とおぼしい褐色の肌をした男女が立っている。さらにその近くに、高さ六フィートばかりの銀色に光る金属の人間型《ヒューマノイド》ロボットが立ち、そのがっしりした肩の上に、八歳ぐらいの小さな黒人の少女を肩ぐるましていた。少女は二本の脚をロボットの首の両側から前に垂らし、両手をしっかりと頭の上部に巻きつけている。

「やあ」ずんぐりした男が嬉しそうに挨拶した。「わたしはクレム。そっちのが、カーラとハーマン。それから、フランシーヌとボリス。でっかいのがクロムウェルで、上に乗ってる小さいのがエイミー。さて、ええと……とにかく、本船にようこそ」

ファーンヒルはうさんくさそうに眉をひそめてその一団を見わたし、くちびるをなめると、胸をふくらませて何か答えようとした。が、ふいにそのまま息をつくと、首をふった。この場にどう対応したものか、適当な言葉が出てこないのだ。外交官たちは居心地悪そうにもじもじし、兵隊たちはそ知らぬ顔で無限遠に視線をすえている。ばつの悪い数秒が過ぎた。ついにたまりかねた補佐官が、ファーンヒルのそばに進み出、クレムと名のった男をふしぎそうに見つめながら口を開いた。

「あなたは誰なんです?」そうたずねる口調からは、形式ばったところがすっかり消えていた。「ここの管理組織の一員ですか？　だったら、地位と肩書きは？」

クレムは眉をよせ、片手をあごのところへ持っていった。「それは管理組織って言葉の内容によるなあ」と彼。「わたしはこの船の一般技術要員の元締めで、保守の仕事を監督してます。それも、あなたの言う管理組織の一種かもしれない。ただしわたしは、ここの特別研究プログラムと改造の仕事にはあまり関係していないので、それはこのハーマンがやっています」

「そうです」と、白い実験着の青年ハーマンが答えた。「しかし何よりここの一部は、子供たちに初期の宇宙生活を体験させるための学校として使われてるんです。そっちの方を運営している女性は今ここには来ていませんが、あとで手があくでしょう」

「お昼過ぎまでは、超新星やクェーサー関係の質問に答えるので手いっぱいなんです」と、フランシーヌが説明した。

「一方、管理ってことが、ここの設備の使用割当てをしたり、いつ誰が何をするかというスケジュールが守られているかどうかチェックすることだったら、それはクロムウェルの役割ですわ」カーラが言った。「彼は、船の主《メイン》コンピュータと連結《リンク》していて、それを通じて全惑星情報網《ネット》ともつながっているんです」

「クロムウェルはなんでも知ってるのよ」肩ぐるまされているエイミーが口を出した。「クロムウェル、あの兵隊さんたちが持ってるの、地球のM三十二迫撃砲？　それともM三十かしら？」

「M三十二です」とロボットが答えた。「発射機能《ファイア》セレクターがついています」

「ここで射ちあいなんかしなけりゃいいんだけど。軌道の上じゃ、とっても危いのよ。船の中の空気が抜けちゃうから」

「あの人たちもわかっていると思います」と、クロムウェル。「みんな、あなたよりずっと長いあいだ宇宙で過ごしてきたのですから」

「そうよね」

ついに補佐官が癇癪《かんしゃく》を爆発させた。「そんな馬鹿な！　わたしが知りたいのは、船全体を掌握している人間だ。運営管理者とか、そういった人がいるはずだ。もっと誠心誠意こっちの質問に——」

ファーンヒルが軽く手をあげてそれを制した。「さらしものになるのはそのくらいで充分だ」そう言って、クレムを見ながら、「この話の続きは、もっと内密に行ないたい。近くに適当な場所がありませんかな？」

「ありますとも」クレムがうしろの方を漠然と指した。「この廊下をいったところの大きな部屋があいていて、そこならみんな入れます。一緒にコーヒーも飲めます。飲みたいでしょう？——なにしろ遠くから来られたんだから」その冗談に自分でにやりとしながら、彼は背を向けると、先に立って歩きだした。しかしファーンヒルにこのユーモアは通じていないようだった。

「えへん……」ポートニィ将軍が咳払いした。「交渉中、〈クワン・イン〉内に歩哨を立てることにしたい。異議はないものと信ずる」将校たちがいっせいに緊張し、〈クヮン・イン〉に対するケイロン側の管理権を犯すことを意味するこのひと言への反応を待ちうけた。

クレムは振り向きもせず、無頓着に手をふって、「どうぞ」と言った。「でも、あんまり意味はないと思いますよ。ここはごく安全です。泥棒なんてめったにいませんから」ファーンヒルは途方にくれたように部下たちを見まわしたが、すぐに覚悟をきめたように、ケイロン人たちが道をあける中を、クレムのあとに続いて一同の先頭に立った。軍代表団が隊形をくずす中から、ウェッサーマンがシロッコの方に、「護衛班指揮官、予定どおり進行せよ」と、そっけない口調で声を投げてよこした。

B中隊からの交替要員がシャトルの出口から行進してきて、斜路の正面で配置につき、シロッコは前へ歩を進めると、先発の護衛隊に号令をかけた。「船内警備隊、気をつけ！ 二列縦隊で行進……整列！」ロックから斜めに並んでいたふたつの列が、分隊長のうしろに二列に整列した。

「歩哨は順次列を離れ、各自の部署につく。組々《くみぐみ》左へ……進め！」シロッコのうしろにロビーを横切るように並んでいた二列縦隊は、角のところで内側のものが四歩足踏みして順次左へ折れると、通路に沿って〈クヮン・イン〉の奥へ、戞々《かつ》と靴音を立てながら進んでいった。

その最後尾が視界から消えていくのを、クロムウェルの頭ごしに見送っていたエイミーが、ふしぎそうに首をかしげた。「どうしてみんな、大きな声を出すと、あんなふうに歩くのかなあ。なぜだかわかる、クロムウェル？」

「なぜだか考えてみましたか？」クロムウェルが反問した。

「ううん、まだ」

「ただ質問するのでなく、まずそれを考えてみなければいけません。でないと、しまいには、自分が信用できなくなって、ほかの人に考えてもらわなければならなくなります」

「わあ……そんなのいやだ」とエイミー。

「よろしい、それでは」と、クロムウェルが問題提起した。「誰かに大きな声で何か言われた人があんなふうに歩くのは、なぜだと思いますか？」

「わからないわ」エイミーは顔をしかめ、一本の指で鼻柱をこすった。「頭がおかしくなるからじゃないかしら」

「では、そのあたりから考えてみることにしましょう」と、クロムウェルは提案した。

11

ダッ、ダッ、ダッ、ダッ、ダッ、ダッ、ダッ、ダッ。

「分隊……とまれ！」

ダッ－ダッ！

Ｄ中隊選抜隊は、Ｘ線分光学と映像解析の研究区画から続く通路がひろくなったところで停止した。そこは天井が吹き抜けになり、スチール製の手すりのついた階段が、五百センチ光学望遠鏡とガンマ線干渉望遠鏡をおさめる天体観測室へと伸びあがっている。数人のケイロン人が通りすがりに立ちどまって、しばし見守り、陽気に手をふってあいさつすると、またそれぞれの仕事へ去っていった。

「歩哨……位置につけ！」シロッコが叫んだ。すでにかなり人数の減った列の最後尾から、ドリスコル一等兵が一歩うしろへ下がると、九十度右へ向きを変え、そこから後方へ、細い廊下の入口に近い壁に背が触れる位置まで下がり、そこでふたたび不動の姿勢をとった。

「休め！」ドリスコルは左足を、何かをまたぐように開き、銃を肩からおろして台尻を靴から一インチ離れた床の上においた。「残りのもの、組々《くみぐみ》左へ……進め！」

ダッ、ダッ、ダッ、ダッ……

リズミカルな行進の足音が消えていき、〈クワン・イン〉の日常生活の背景音がそれに取って代わった——階上の観測所で誰かに何かの数値を読みあげている女の声、ドリスコルの背後にあたる細い通路のいきどまりの開いたドアから流れてくる子供の笑い声、それに低い機械の唸り。下から響いてくる無音の振動が数秒間床を震わせて停止した。足音と話し声の断片が右の方から近づいてきて、ドアの閉じる音とともにふっと途絶えた。

ドリスコルはすっかり安堵した気分になっていた。これまで見てきたような調子ですべてが進んでいくとすれば、ケイロン人はなんの問題も起こしはしないだろう。あの斜路を出たロビーで、彼はぎゅっと舌をかんで必死にまじめな表情を保っていたのだし、隣にいたスタニスラウのくすくす笑いがお偉方《えらがた》の耳に入らなかったのは奇蹟だった。ケイロン人はいい、いいやつだ、と彼はすでに判断していた。何もかもうまくいくだろう……あのファーンヒルみたいな間抜けづらどもが、出しゃばって話をめちゃくちゃにしないかぎりは。

とくに彼にとって印象深かったのは、子供たちが大人とまったく同じように、あらゆるところに顔を出しているらしいことだった。彼らの様子は、子供というよりも、ものごとの仕組みを夢中で理解しようとしている小さな人間という感じだ。歩哨ふたりぶん後方の一室では、十二歳以上とは思えない子供ふたりが、おそろしく高価なものにちがいない装置の電子回路の内部を全神経を集中したしかつめらしい顔で注意深く調べているのが見かけられた。一緒にいる年かさのケイロン人は、それを肩ごしに見守り、ときどき示唆を与えているだけだった。こうあるべきだろう、とドリスコルは考える。責任を持たせるような扱いをしてやれば、彼らも責任ある行動をとる。放りだしてもかまわないプラスティックの安物を持たせれば、彼らもそれを安物のプラスティックとして扱う。それともケイロン人は、装置類に多額の保険でもかけているのかもしれない。

おれもあんなふうにスタートしていたら、どんな人間になっていただろう、と彼は思う。あるいは、第四階層の鼻たれどもの半分を束にしてもかなわないほど〈メイフラワー二世〉の機械に詳しいコールマンみたいな男は、何をやっていただろうか？　もし第一世代の子供たちをコンピュータがあんなふうに育てたのだったら、まさしくそんなふうに育ててやりたかった相手を、ドリスコルは何人か頭に浮かべることができた。

彼の人生のはじまりは、それとはまるで違っていた。戦争が彼の両親に残した遺伝的障害のため、はじめのふたりの子供は赤ん坊のうちに死んでしまった。副次的に早老症にかかっていた両親は、自分たちが生きてケイロンを見ることはないと知りながら、八歳の少年だった彼を連れて〈メイフラワー二世〉に乗り、地球上で過ごす老後の数年を犠牲にすることによって息子にどこか他のところで新しいスタートを切らせようとしたのだ。逆説的な話だが、彼らはその健康状態のおかげで派遣団への参加を認められた。計画上、あとから生まれてくるものに場所をあけてやるため、老人や死亡率の高い人々を住民の中に加えておくことが要望されたからである。動的な住民構成を持つことが望ましいと考えられたわけで、そのためにとられた手段は一部にとっては無情なものとも言えるが、それも必要な処置だったのだ。

幼いころの彼は、舞台人――たぶん、歌手か喜劇俳優あたり――になることを夢見ていたが、歌は下手だし冗談も叩けないくちで、そのうち旅の中途で二年と間をおかずに両親があいついで亡くなったため、結局は軍隊に入ることになった。おかげで今や、歌も歌えず、まともな冗談も言えないのは相変わらずだが、M三十二で二千ヤードの距離から小さなビルを吹っとばす方法くらいは知っているし、戦場用通信パック《コム》の操作なら目かくししたってできるし、また光学信管つきの対人地雷を不発化処理する名人でもあった。

その種のこと以外に、彼がなかんずく得意としているのは、カードだった。いつごろから夢中になったのか、正確には覚えていないが、たぶん当時は同じ一兵卒だったスワイリーから、カードを切りながら四枚のエースをいちばん上に出してそれを配り札にすべりこませる方法を教わってからのことだったろう。自分でも驚いたことに、彼にはその種のことに天分があったらしく、そこでドリスコルはコールマンの蔵書から一冊を借りて、この課目の勉強をはじめた。休暇の時間すべてをそれに注ぎこんで、彼は長いあいだトップ・パス・パームや片手だけでのサイド・カットなどを練習し、ついにはからっぽの片手から揃いのカード三組を扇形《ファン》にして出したり、ひと組のカードから十回中八回までは指定されたカードをせりあがらせたりできるまでになった。スワイリーが実験台になった、というのは、スワイリーにいかさまが見破れなければ他の誰にもできないことがわかったからで、それ以来彼のテクニックは、スワイリーに利子こみで百三十四万三千八百五十九ドル二十セントの貸しをつくるまでに上達していた。

だが、その評判のおかげで、彼は金曜夜のポーカー・クラブから身を退かざるを得なくなった。勝てばみんなにいかさまだと言われるし、負ければいやみなやつだと言われるようになったからだ。そこで彼はポーカーと縁を切ったものの、時すでにおそく、彼の名前はD中隊へ配転の名簿にしっかりと載ってしまっていたのである。そして今、廊下の向かい側の壁をじっと見つめている彼の心に、ふと、こんなに子供だらけのところなら、手品師は引っぱりだこにちがいないという思いつきが浮かんだ。考えれば考えるほど、これは見こみがありそうに思われた。しかしそれにとりかかるためには、まず脱出トリック――軍隊からの――を考え出さなければならない。スワイリーなら何かうまい手を知っているかもしれない、と彼は思った。

ダッ、ダッ、ダッ、ダッ。左の方から近づいてくる規則正しい足音が、彼の思考の連鎖を断ち切った――分隊が進んでいった方向ではないし、戻ってくるとしてもこのルートではなく、別の方角からのはずだ。おまけに、耳慣れた大勢の兵士の足音でもない。ひとりのようだが、それにしては重々しく、金属的な音だ。そしてそれと一緒に、ふたりの子供のひそひそ話と、その合間にくすくす笑う声が聞こえはじめた。

ドリスコルは横目でそっちをうかがった。その目が信じられぬ光景に丸くなった――〈クワン・イン〉の鋼鉄製巨人のひとりがアルミニウム合金の管を左肩にかつぎ、褐色の肌をした七歳くらいのインデアン風の女の子と、同じ年ごろの金髪の男の子とを従えて行進してきたのである。

「分隊……止まれ！」少女が叫んだ。ロボットは停止した。「分隊……ええと、何て言うんだっけ。足を開いて銃をおろせ！」ロボットはくるりと体をまわしてドリスコルに正対すると、反対側の壁ぎわまで二、三歩さがって、彼と同じ姿勢をとった。その頭の上半分は透明ドームで、内部には一連の色つきのライトが点滅している。下半分には、口にあたる金属格子《グリル》と、鼻の位置にTVカメラがついている。まるで歯をむきだして笑っているかのようだ。

「そこに……いろ！」女の子が命令した。それから笑いをこらえるようにしながら、男の子に向かって、小声で、「さあ、グラフィック研究室の外にもうひとり立てましょう」ふたりは忍び足で去っていき、ドリスコルは通路をはさんで微動だにせず立っているロボットを見つめたままとり残されてしまった。

二、三分が過ぎた。どちらも身動きもしない。ロボットの頭部のライトだけが、楽しげなウィンクを送りつづけている。ドリスコルは、迫撃砲をかまえてロボットの間抜けな頭を吹っとばしてやりたい衝動が徐々にこみあげてくるのを、必死で押さえつけていた。

「何でとっとと消えないんだ」とうとう彼は、のどの奥でうなった。

「あなたはなぜ消えないのですか？」

一瞬ドリスコルは、機械が彼の思考を読んだのかと思った。驚いて目をぱちくりさせ、ついでそれがありえないことに気づいた——単なる偶然なのだ。「おれにそんなことできるわけがないだろ？　命令を受けてるんだからな」

「わたしも受けています」

「あれは違うよ」

「どう違うのですか？」

「従う必要なんかない」

「あなたはどうですか？」

「もちろん、おれにはある」

「なぜですか？」

ドリスコルは苛立たしげにため息をついた。長々と議論などしている場合ではない。「おまえにゃわからんよ」

「わからないでしょうか？」とロボットは答えた。

ドリスコルが何か言ってやらなければと考えているあいだ、数秒の沈黙が流れた。「立場が違うんだ。おまえはただ子供たちに調子を合わせてるだけじゃないか」

「ではあなたは何をしているのですか？」

それに対する答えを、ドリスコルは思いつかなかった。おまけに、気を落ちつかせるため煙草がほしくてたまらなくなってきた。彼は首をまわして廊下の一方を、ついで他方を見、それから正面のロボットに視線を戻した。「おい、この近くに、こっちの連中が誰かいるかどうか、おまえにわかるかい？」

「はい、わかります。誰もいません。でもなぜ——もう飽きたのですか？」

「煙草を吸ってもかまわないかね？」

「あなたが火を噴いて爆発しても、わたしはかまいませんよ」ロボットはきしるような笑い声を立てた。

「あたりに誰もいないってことがどうしてわかるんだい？」

「船内のヴィデオ・モニター地点が、今ぜんぶ点いていて、わたしはその情報網《ネット》につながっています。ですからどこで何が起こっているか、すべてわかります。どうぞ吸ってください。大丈夫ですから。あなたの横にある壁の円い蓋はごみ焼却炉の開孔です。灰皿に使えます」

ドリスコルは銃を壁に立てかけ、上衣の内側から煙草のパックとライターを出して火をつけると、壁にもたれ、心地よいため息とともに煙を吐きだした。その煙とともに、先刻までの苛立ちもどこかへ流れていった。ロボットも管から手を離し、腕をくんで壁によりかかったのは、明らかに手近にいる人間の動作から暗示を受けるようにプログラムされているからだろう。ドリスコルは新たな好奇心をもってそれを眺めた。何か話しあいたくてしようがないのだが、それには周囲の状況があまりにも異常すぎる。このロボットが東亜連邦《EAF》の歩兵だったら、話はもっと簡単なのに、という思いが彼の脳裡をかすめた。ドリスコルには、中国人と何か共通の感情を持てるとは絶対に思えなかったのだ。一方現状はというと、自分が話している相手はこのロボットなのか、あるいはそれを媒体とする〈クヮン・イン〉の、もしくはケイロンのどこかにあるコンピュータなのか、それすらわかっていないのである。またこの相手には心があるのか、それともただよくできたプログラムによる応答なのか、さもなければなんなのだろう。彼は以前コールマンと機械的知性について話しあったことがある。

コールマンは、それは原理的には可能だが、本当の自意識を持つ人工の心が創られるのは一世紀以上あとだろうと言った。むろんケイロン人がそんなに進歩しているとは思えない。「つまり、人間と同じように思考できるのか？」

「おまえはどういう機械なんだ？」と彼はたずねてみた。「つまり、人間と同じように思考できるのか？　自分が誰だか知っているのか？」

「できる、と答えたとします。それで何かわかるでしょうか？」

ドリスコルは、また深々と煙草の煙を吸いこんだ。「わからないだろうな。おまえが自分でそれとわかって言ってるのか、ただそう言うようにプログラムされているだけなのか、おれにどうしてわかる？　違いを見分けることなんかできるわけがないよ」

「それでも、違いはあるのでしょうか？」

ドリスコルは眉根にしわをよせて考えこみ、ついでぶるっと首をふってその考えを振り捨てた。「まったくおかしな話だよ」話題を変えようとして、彼は言った。

「何がですか？」

「まるでこの船を乗っ取ろうとするみたいな行動をとっている人間と、どうしてそんなに親しそうに話しあえるんだ？」

「あなたはこの船を乗っ取りたいのですか？」

「おれが？　冗談じゃない。そんなことしてなんになるんだ？」

「では、それが答えです」

「しかし、おれに命令してる連中は、本気でこいつを自分のものにするつもりなのかもしれないんだぞ」とドリスコルが指摘した。

「それはその人たちの問題です。自分のものだと思うのが嬉しいなら、わたしたちはそれでちっともかまいません」

「じゃ、ここにいる人たちは、こっちの人間にああしろこうしろと指図されても平気だっていうのかい？」

「それがどうしていけないのですか？」

ドリスコルには納得できない答えだった。「それじゃ、つまり、こっちの連中の指図に喜んで従うっていうのか？」

「従うとは言っていません」とロボットは答えた。「わたしはただ、指図をされても気にしないと言っただけです」

ちょうどそのとき、ケイロン人の女がふたり、細い通路の角を曲がってぶらぶらとこっちへやってきた。ふたりとも生き生きとして美しく、きれいにフィットしたスラックスの上にゆったりしたブラウスを着、何か銀色に光る素材でできた長いブーツをはいている。ひとりは赤みがかった茶色の髪を波うたせた三十代なかば、もうひとりは金髪で二十歳《はたち》過ぎといったところか。ほんの一瞬ドリスコルは、悪いところを見られたという本能的な恐怖に身をすくめた。だが、女たちはびっくりした様子も見せず、そのかわりに足をとめると、好意は持っているものの、笑顔を見せたくてもそうしていいかどうかわからず遠慮しているといった態度で、じっと彼を見つめた。

「こんにちは」赤毛の方が、やや警戒気味に声をかけた。

ドリスコルはどうしていいかわからず、とにかく壁から身を離すとにやりとして、「やあ……どうも」と挨拶を返した。

とたんにふたりは、満面に笑みをたたえて歩みよってきた。赤毛が親しみをこめて彼の手を握った。「もうウェリントンとはお近づきなのね。わたしはシャーリイ。こっちはわたしの娘のサイ」

「娘さん？　この人が？」ドリスコルは目をぱちくりさせた。「へえ、そいつは……すばらしい」

サイが同じように彼の手を握り、「あなたのお名前は？」とたずねた。

「おれ？　ああ……名前はドリスコル――トニイ・ドリスコルです」彼はくちびるをなめながら、次の言葉を探した。「今、このウェリントンと、廊下を守ってるとこで」

「誰から守ってるの？」サイがたずねた。

「いい質問ですね」ウェリントンが口をはさんだ。

「あなたは、わたしたちがはじめて話をする地球人なのよ」シャーリイが言った。顔で、今きた方向を示しながら、「あっちに、地球の人に会いたくて夢中になってる子供たちのグループがいるんだけど、入ってこんにちはって言って、五分くらい何か話していただけないかしら？　みんな喜ぶと思うんだけど」

「なんだって？」ドリスコルは仰天して、まじまじとふたりの顔を見つめた。「おれは人前で話をしたことなんか一度もないんだ。どうやったらいいのか見当もつきませんよ」

「じゃあ、練習してみるいいチャンスよ」と、サイがそそのかした。

彼はごくりとのどを鳴らし、首をふった。「おれはここにいなきゃいけないんです。こうして話なんかしてるだけでも銃殺もんですよ」サイは肩をすくめたが、それ以上は勧めないことにしたようだった。「ところであんたがたふたりは、ここの……先生か何かですか？」

ドリスコルはたずねた。

「ときどきはね」シャーリイが答えた。「サイが教えるのは読み書きだけど、たいていは地表の学校でね。それも、電子技術や地下架線敷設の仕事の合間を見てのこと。わたしは、そういう技術関係は不得手なので、半島でオリーヴや葡萄の栽培と、それからインテリア・デザインをやってるの。ここへあがってきたのはそのためなのよ——クレムが、乗員区画と食堂を改装してきれいにしたいって言ったから。でも、わたしも、ときどきだけど、お裁縫を教えてるわ」

「それで、本職は？」とドリスコル。「基本的な仕事はなんなんです？」

「あら、それぜんぶよ」シャーリイの声には軽い驚きの色があった。「〝基本的〟って、どういう意味？」

「この人たちは、学校を出てから引退するまでずっとひとつの仕事をするのよ」とサイが母親に思い出させた。

「ああ、そうだったわね」シャーリイはうなずいた。「あんまりぞっとしない話だけど、そうしたければそれでもいいわけね」

「いちばんお得意なのは何？」サイが彼にたずねた。「つまり……そうやってみんなを何かから守ることを別にして。それが生きがいってわけでもないと思うけど」

ドリスコルは考えこんだが、結局は途方にくれて首をふるしかなかった。「あんたがたが興味を持ちそうなことは、何もないみたいだな」と彼は告白した。

「誰だって何かあるものよ」シャーリイが言い張った。「何がいちばんやりたいの？」

「本当にそんなことが知りたいんですか？」ふいにドリスコルの語調が改まった。

「あら、もういいわ、兵隊さん」サイは気をまわしたらしく、「おたがいまだそんなに親しくなったわけじゃなし。あとでどう思うかわからないでしょ？　ゆっくり時間をかけて考えなきゃ」

「いや、そんなつもりじゃ……」ドリスコルは、どぎまぎして抗議の声をあげた。「どうしても知りたいならだけど、おれが好きなのは、カードなんです」

「手品をやるの？」シャーリイは興味を持ったらしい。

「もちろん、手品もできますよ」

「お上手なの？」

「一流のつもりですがね。カードを立たせてしゃべらせることだってできるし」

「本当でしょうね？」シャーリイが警告した。「持ってもいないお金を使うほど悪いことはないのよ。それは盗みと同じなのよ」

ドリスコルには彼女が何を言いたいのかわからず、ただ「本当だとも」とだけ答えた。

シャーリイがサイの方に向きなおった。「ねえ、今度のパーティに、この人が来てくれたらすばらしいと思わない？　わたし、ああいうのが大好きなの」そしてまたドリスコルに向かい、「ケイロンへは、いつ降りていらっしゃるの？」

「まだわかりません。何も聞いてないので」

「じゃ、降りたときに連絡をくださいね。それからきめましょう。わたしはフランクリンに住んでるから、面倒なことは起きないと思う。みんなが集まるのもたいていそこだし」

「楽しみですね」とドリスコル。「でも、今はまだなんの約束もできません。何もかも、成りゆきしだいですから。で、うまくいったとして、連絡はどうしたらつくんですか？」

「あら、どこかのコンピュータに、赤毛のシャーリイの家はどこだってきけばいいのよ——サイの母親のシャーリイでもいいし。そうすれば、ちゃんと教えてくれるわ」

「それじゃ、いつか下で会えるわね」サイが言った。

「ううむ……会えると思う。まだわからないけど」そして何か言葉を続けようとしたとき、ウェリントンが割りこんだ。

「将校がふたり、こっちへきます。お知らせした方がいいと思いまして」

「誰だ？」ドリスコルは反射的に聞きかえしながら、煙草の吸いがらを焼却孔に捨て、銃をひっつかんだ。ウェリントンの胴体上部の蔽いが横に開いて小さなスクリーンが現われ、そこに真上からとらえたシロッコとコールマンの姿が現われた。数人のケイロン人と話しながら、通路をゆっくりと歩いている。ドリスコルがもとの姿勢に戻ると間もなく、足音と話し声が右手の広い通路から聞こえはじめ、近づいてきた。

「もういいぞ、ドリスコル」壁の曲がった角からその一行が姿を見せると同時に、シロッコが声をかけてきた。「お芝居は終わりだ。爆弾工場勤務と同じでいい」ドリスコルは肩の力を抜き、けげんそうな視線を返した。

「こんなことだろうと思ったよ」コールマンが立ちどまり、ふたりの女性に目をやりながら、したり顔でうなずいた。

「居心地よさそうだな」シロッコもそれに同調した。

「その……シャーリイとサイであります」とドリスコル。「それから、そっちが、ウェリントン将軍」

「おしゃべりは楽しかったか?」シロッコがたずねた。

「いや、その、とても、と思います。でも、どうしてご存じなのですか?」

シロッコは、いま来た方向を手を振って示しながら、「つまり、どこもかしこも同じってことだよ。カースンはフットボールの話をしているし、マドックは子供たちに〈メイフラワー二世〉で自分がどんなふうに育ったかを話している」大きくため息をついたが、別にそれを苦にしている様子はなかった。「勝てない相手とは手を結ぶことさ、なあ、ドリスコル……どうせあと一時間かそこらだ。おまけにこの連中は、コールマンに、この上の観測室にある何かを見せたいといっておる。話の内容は、わしにはさっぱりわからんが」

「スティーヴは技術者でね」赤いチェックのシャツを着た髭づらの若いケイロン人が、コールマンを指さしながらサイに話しかけた。「G七の安定ジャイロが共振を起こす話をしたら、そいつは照準レーザーからのフィードバックで減衰させられるかもしれないって言うんだ。上へいって見てもらおうと思ってね」

「グスタフが勧めてくれたのと同じだわ」サイがコールマンに敬意の視線を送った。「彼、きのう見てくれたのよ」

「わかってる。グスタフとスティーヴとで、一緒にやってもらえるといいんだが」

「ちょっと、あんまり夢中にならないでほしいね」コールマンは警戒するように、「わたしはただ、見てみたいと言っただけで、手を貸せるかどうかについては、軍の考えもあることだから。あてにされると困るんだよ」

ケイロン人たちとコールマンは、微分変換器や誘導補正器などの話をしながら、スチール手すりの階段を登って姿を消し、やがてシャーリイとサイも、ウェリントンに、フランクリンゆきシャトルが出るまであと十五分もないと言われて、その場を立ち去った。ドリスコルとシロッコは、ウェリントンとともに取り残された。

「言ってよろしければですが、これはちょっと危険なのじゃないでしょうか、中隊長？」ドリスコルが心配げに言いだした。「つまり……どこでもこんなぐあいだとすると。ウェッサーマン大佐か誰かが顔を出したらどうするんですか？」

「こういうケイロンのロボットが近くにいれば大丈夫さ。お偉方《えらがた》がどこにいるかはぜんぶ筒抜けだよ」彼は鼻のあたまにしわをよせ、口髭をひくひくさせてあたりの匂いをかぎながら、「鬼のいぬ間に洗濯だ、ドリスコル一等兵。さっそくだが、おまえの吸っている煙草を、おれも一本いただくとしよう」

ドリスコルはにやりとし、すっかりくつろいだ気分になった。「見たかい、ウェリントン」と彼。「おまえが思っているほど、何もかもひどいわけじゃないのさ」

「驚きました」動じた様子もない声で、ロボットが答えた。

その夜、〈メイフラワー二世〉の無事到着と旅の終わりを祝って、バワリー亭でパーティが催された。席上の話題は、〈クワン・イン〉に送られた代表団にケイロン側が剣もほろろの態度を見せたこと、それはとりもなおさず派遣団全体に対する侮辱を暗に示したものであることを、憤慨した口調で伝えた今夕早くのニュースのことに集中した。意見の大勢を占めたのは、ケイロン人が痛い目にあいたいならあわしてやろうじゃないか、というものだった。それこそ自業自得というやつだ。そう考える人々の中に、ケイロン人と会ったものはひとりもいないことに、コールマンは思いあたった――それでも彼らはみんないっぱしの専門家なのだ。しかし彼は、パーティの雰囲気をこわしたくなかったので、あえて異を立てるのはやめにした。〈クワン・イン〉へいったD中隊員で、彼についてバワリーへ来ている連中も、同じことを感じているようだった。

12

ハワード・カレンズが、苦りきった口調で言った。

「まったくあきれた話だ」カンザス・モジュールで栽培されたメロンをひと切れ切りとり、前のテーブルにおかれた食前酒《アペリティフ》の横の果物の皿に加えながら、宣言するように、「どいつもこいつも、くだらん連中だ。誰ひとり、語るに足る代表権を持っておらんとはね。しかしそれでも、なんらかの政府機関が存在することは間違いない――どんな連中が構成しているかは見当もつかんが――こんな様子じゃ、町はもう……完全な修羅場でしょう。ここから出てくる結論はただひとつ、やつらは地下にもぐって出てこようとせず、しかも全住民がそれを煽っているという状況です。まったく、ジョンの言ったとおりだ――やつらがわれわれに接収を勧めるも同然の行動をとるなら、われわれはそうすべきだし、それで何もかもかたがつくというものです」

そこは、コロンビア区の中枢をなして重畳《ちょうじょう》するビル群に君臨している政治センターの最上階の、屋上ガーデンのテラスで開かれている、幹部会議を兼ねた昼食会の席上だった。はるか頭上では、モジュールの透明天蓋の外のシャッターが開かれ、ほとんど忘れかけていた自然の陽光――この位置から見るとスピンドルの先端のすぐ下に低くかかっているアルファ・ケンタウリからの――がさしこんでいる。〈メイフラワー二世〉は中心軸をまっすぐそっちへ向けて回転しているのである。

ガーフィールド・ウェルズリーが、ちぎったトーストにレバーペーストを塗りおえて顔をあげた。「セレーネでみずから惑星の統治者だと名のり出たあの男はどうなったかね？　われわれのことは全面的に引きうけると申し出ていたそうだが」

カレンズは軽蔑をあらわにして答えた。「わたしの部下がケイロンの通信システムを通じて連絡をつけたところ、山の上にケイロンと地球の動物を集めて、三人の弟子と一緒に動物園をやっている世捨て人だということがわかりましたよ。四人とも、まあ完全な狂人ですな」

「なるほど、そうか……」ウェルズリーは苦い顔でトーストの端をかみ切った。

「特任部隊《SD》をおろして戒厳令を布告するべきだ」カレンズのかたわらで、ボルフタインがうなった。「彼らにはすでに一度チャンスを与えたんですぞ。なのに、逃げだしてそれをつかむ気がないなら、取りあげるまでだ。何ももたもたする必要はない」

カクテルをすすっていた商業経済政策局長のマーシャ・クォーリーが、この提案に不愉快そうな顔を向けた。「たしかにそれは可能でしょうね」グラスをおきながら、「しかし、そこに何か建設的な意味があるでしょうか？　それは、反抗の可能性を考慮して立てられた非常の場合の計画です。でも、現実には、反抗などどこにもありません。不必要に敵意をあおることで、有利な事業とその発展の希望を投げ捨てて、なんの意味があるでしょう？　ただ歩いて入っていくだけで、フランクリンはこっちのものになるのです。示威運動の必要などまったくないと思いますわ」

「わたしもそのとおりだと思う」ウェルズリーがうなずきながら口を開いた。「それに、恐怖が薄れた今、こっちの人間たちがうずうずしはじめていることも考えなければならん。二十年の歳月を経てのち、明確な理由なしに〈メイフラワー二世〉に閉じこめておくわけにはいかんのだ。フランクリンの宇宙基地のそばには、すでに収容設備が用意されている。わたしは、第一波の降下を開始することを提案したい気持だ。わたしの知るかぎり、ケイロンの政府が姿を見せないのは、われわれの意図に神経をとがらせてのことだろう。それを誘いだすためにも、これはいい方法だと思うのだがね」

「賛成ですわ」とマーシャ・クォーリーが、ボルフタインの方を見ながら、「もしおっしゃるとおりだとしたら、SDを派遣することは、彼らの懸念を裏づけてやる役にしか立ちません。それこそ最悪のやりかたです」

オレンジのひと切れを口に入れていたカレンズは、まるでそれが腐ってでもいたかのような表情を見せた。「しかしわれわれは公然たる侮辱を受けたのですぞ」と、彼は異議を立てた。「それをどうせよと――このまま忘れろと言われるのか？　考えられんことだ。これがどういう先例になると思います？」

「ああいう連中を相手に、甘い顔は禁物だ」ボルフタインが無愛想に言ってのけた。「一ヤードやれば一マイルほしいといって人を恨む手あいだ。何も与えずに締めつけておけば、あとで一インチやってもありがたがる。そんな例はもういやというほど見てきた」

クォーリリーがため息をつき、首をふった。「フランクリンとその周辺全域を、旺盛な生産源および豊かな市場として手に入れるか、それとも廃墟として手に入れるかですよ」と彼女。「どちらでも選べるとしたら、どっちをとりますか？　いいえ、選択の余地がないなんておっしゃらないように。ちゃんとあるんですから」

「お気持はよくわかる」とカレンズ。「しかし、礼儀だけは教えこんでやらなければならん」

ウェルズリーが軽く手をあげた。「個人的な感情を持ちこまんよう気をつけてほしいね、ハワード」警告するように、「昨日あんたがひどい思いをしたことはよくわかるし、わたしも彼らの態度をよしとしているわけではないが、それでもわれわれは――」そこでふと口をつぐんだのは、副長官のスタームが、何か発言しようとするように身をのりだしているのに気づいたからである。これは注目に値するまことに珍しい出来ごとだった。「何かね、マット？」他の人々も好奇の視線をスタームの方へ向けた。

スタームは、顔の前で両手の指を組んだ――月桂冠のように頭にいただいているひらたく前へとかした巻き毛のせいで、誇り高きローマ皇帝のようなその顔の輪郭の酷薄さは、よほどの眼力の持ち主にしか見分けられまい――そして、大きな、茶色に澄んだ底知れぬ両眼が、じっとテーブルの中央を見つめた。「そのような一時の感情にまかせて衝動的に行動するのは馬鹿げたことです」と彼。ゆっくりと、慎重に、子音を歯切れよく発音しながら、「ただちにフランクリンへの降下を開始し、感情に流されることなく、穏やかに、しかし確固として、自己を主張すべきだと思います。ケイロン人は、彼らみずからの行動によって、積極的責任能力の欠如と、二流以上のいかなる地位にも相当せぬ無価値ぶりを暴露しました。彼らの指導者は、今後確立される管理組織内に得られるはずであった役割を放棄したわけですから、もはやふたたび現われて条件を出したり特典を要求したりできる立場にはありません」

言葉を切り、ハワード・カレンズに目を向けると、「時間は長くかかるが、この方が、彼らの学ぶ礼儀とやらも、はるかに永続きするものになるはずだ。あなたがよく口にする氷山の基底にあたるものが、すでにみずからをそう規定しているわけだ。的確に状況の奥にあるものを見つめれば、現在の忍耐が、のちにずっと多くの時間と労力を省いてくれることがおわかりだろう」

討議は食事のあいだずっと続けられ、最後に次のような点で合意に達した――一般市民およびごく一部の軍隊に、フランクリンへ降下開始を許可すること。

「どうも気に入らん」会合が終わったあと、ボルフタインはカレンズに不満をもらした。「わしの見たところ、われわれが今やろうとしていることは、あのいまいましいケイロン人どもにそもそもわれわれが存在しているのだということを公式に認めさせるための工作みたいなものにすぎん。わしにやらせれば、われわれが存在しているのかいないのかくらい、即座に見せつけてやれるのだ」

「わたしは、はじめ思っていたほどそれがいい考えなのかどうか、ちょっとわからなくなってきているんだよ」カレンズが言った。「スタームの言うことにも一理ある。少なくとも最初は、彼のやりかたでやってみるべきだろうな。いつまでもそれに固執する必要はないが」

「地表に駐留する兵力を制限するというのも気に入らん」とボルフタイン。「それは、ケイロン人を信用しすぎるというものだ。何度も言うが、彼らはまだ何か戦力を隠しておるかもしれん。市民たちを、あらゆる危険——テロや挑発行為など——にさらすことになりかねんのだ。もし奇襲をかけられたらどうなる？　前にも何度となくあったことだぞ」

「そうなれば、あんたが断固たる処置をとるための正当な理由ができるってもんじゃないか、え？」カレンズが答えた。

ボルフタインは、数秒間、その言葉の意味を考えていたようだ。「あんたはそれが、スタームの真意だと——そう思うのかね？」その声には、彼がまだそうした考えかたにはとうていなじめないでいることが、はっきりと現われていた。

「さあ、わからんね」カレンズは冷淡に答えた。「スタームの真意を明確にするのは、玉ねぎの皮をむくようなものだろう。だが、よく考えてみると、もしなんの抵抗もなければ自動的にこっちの勝ちだし、もしあれば、それはケイロン側がまず行動に出たことになるから、われわれとしては自由に対処できるし、同時にこっちの市民たちを満足させる理由づけもできる……次の選挙を控えて、それは二重に大切だ。だから、ジョン、こういうすばらしい利点を持った計画には、あんたも賛成しなければいかんよ」

13

バーナード・ファロウズは、少しずつゆるんできていたシャツの袖をもう一度巻きあげながらうしろへ下がると、フランクリン郊外のシャトル基地の近くに位置する一家の新しい仮アパートの主寝室《マスター・ベッドルーム》の中をぐるりと見わたした。このアパートは、四戸ずつひと棟になったユニットが百軒かそこら集まっている中の一戸で、散在する椰子に似た木々や灌木の生垣が、孤立感を与えることなく適度のプライバシーを確保している。この団地は実質的に独立した地域社会をなし、コルドヴァ村と呼ばれていた。ここには大きなクローバ形の屋外プールや、体育館、それに付属した室内プール、グラウンドなどがあり、レストランとバーに隣接したゲーム室をかねる広い公共ラウンジ、またレクリエーション用にはあらゆる設備の整った実験室に工作室にアトリエ、さらに音楽演奏の施設一式なども備わっていた。中央管理ビルの下のターミナルからは、リニア・モーター推進の地下鉄が、一方はフランクリンの中心街へ、また一方はシャトル基地とマンデル半島沿いの各駅へと伸びていた。

窓外の、太陽が輝く青空には、ちぎれ雲がいくつか浮かび、心地よく暖かいそよ風が、南にふくらむ丘陵から田園の新鮮な香りを運んでくる。ファロウズは、それらがすべてグランドキャニオン・モジュールの天蓋から投影された映像などではない本物で、また階下の居間の開け放した窓から断続的に入ってくる低い轟音は今や別の世界となったところとのあいだを往復しているシャトルのものであるという概念に、まだすっかりなじめないでいた。自分の心が再調整の過程を完了するまでのあいだ、彼は引っ越しのあとの最後の雑用で気をまぎらわせていた。

荷ほどきはすでに終わっている。まだ片づけていないいくつかの品物は、ジーンにまかせて好きな場所にしまわせた方がいい。引っ越しがこんなに簡単にすんだのは、ケイロン側がここに家具まで備えておいてくれたからだ――タオルやベッドのシーツ類まで揃っていたので、ファロウズ一家は、どこかもっと永続的な状態が定まるまで、私物のほとんどをシャトル基地の倉庫においておくことができたのである。

だが、それよりさらに彼を驚かせたのは、用意されているものすべての品質だった。バスルームへ入る脇の部屋の、一面の壁を形づくっている戸棚やたんすや化粧台などは、スタイルこそ旧いが、本物の、みごとな木目を持った木で、精巧な彫刻までほどこされている。ドアやたんすの立てつけは完璧で、指一本触れるだけで動く。カーテン類はやわらかで、模様もレーザー打ちだしなどではなく複雑な織り出しである。絨毯は有機的な自己洗浄、自己再生繊維で、ウィルトンかアクスミンスターの感触だ。バスルームの備品はメタリック塗装のクリスタル鋳物で、内部からほのかな蛍光を放っている。調理機や空調システムなどはぜんぶ無音である。地球上だったら少なくとも十万はするだろうと彼は思った。このアパートがまだケイロン人の所有で、しばらく派遣団に貸与する形なのかどうか、彼にはわからなかったが、地表での割当て区郭を指定してきたメリックからの文書には、賃貸料のことは何も書かれていなかった。〈メイフラワー二世〉から降りたい気持が先に立って、ファロウズは、しばしためらったのち、質問はしないことにきめたのだった。

彼は軽く鼻歌を歌いながら廊下に出、ジェイが自分用に選んだ部屋を覗いてみた。ジェイのトランクや箱はまだ一方の壁沿いに乱雑に積みかさなり、その上には書物や図表や工具類や、また一カ月ほど前にジェイがホログラフ顕微鏡をつくるといってジェリー・パーナックからせしめた鏡面など、光学部品のひと山がのっている。分解された生産プロセス制御コンピュータの残骸がベッド脇の床にころがっており、そこにはさらにいくつもの箱と、軍隊用のヘルメットと弾薬ベルト――ともに〈メイフラワー二世〉での必須教科だったジェイの士官候補生訓練の記念品だ――それに、何に使う気なのかわからない中効率流体クラッチの部品の一部。だが当のジェイは、早くから外の様子を探索に姿を消している。バーナードは、ひとり肩をすくめた。ジェイ自身が、夜になって疲れた体で片づけをするつもりなら、それは本人の勝手というものだろう。

「バーニイ、これじゃあんまりだわ！」ジーンの声が、階下の居間のあたりから聞こえてきた。「どうすればいいのかわからないのよ」バーナードは思わず微笑を浮かべながらジェイの部屋を離れ、まわり階段の上のところで小さなオープン・エレベーターに乗った。数秒後、彼はそこから出てラウンジを横切った。ジーンは、食堂と、特大型の壁《ウオール》スクリーンに面して床が一段低くなった部屋とのあいだにあたる床の上に立っていた——その後者は、ひと続きのソファと、二個の大きなアームチェアと、壁に半分埋めこまれた回転式の棚に囲まれた快適な空間で、中央には濃い色あいのガラスのテーブルが鎮座している。彼女は途方にくれたような身ぶりをしてみせた。「これだけの場所を使って、いったい何をすりゃいいのかしら？　ねえ、このままじゃ、わたし、進行性広所恐怖症で死んじゃうんじゃないかって気がするわ」

バーナードはにやりとした。「慣れるには時間がかかりそうだね。あんまり長いこと宇宙船に閉じこめられていたおかげで、惑星上の生活がどんなだったか忘れちまったんだと思うよ」

「こんなだったかしら？　とても思い出せないわ」

「そっくり同じじゃないだろうが、なにしろ二十年前の話だからね。時代も変わるさ」

家の中を探険して歩いていたメアリーがエレベーターから現われた。「地階はものすごくひろいのよ」と、ふたりに向かって、「いろんなお部屋があるんだけど、何に使うんだかわからない。お絵かき用に、ひとつほしいな。それに、下にはもうひとつドアがあって、地下道へ出られるの、知ってる？　すぐそばに、コンベアみたいなものが動いてたから、車はあそこに停められるのよ。きっと荷物なんか、表の玄関から入れなくてもよかったのよ」

「だから言ったでしょ、あなたは急ぎすぎるって」ジーンがバーナードに言った。「考えてもみてよ、何も重い思いをすることなかったんだわ。ケイロン人がやってくるまで、ちょっと待ってりゃよかったのよ」

バーナードは肩をすくめた。「それがどうした？　もう終わったことじゃないか。運動にもなったしさ」

メアリーは部屋を横切り、大きなスクリーンを見つめた。「これ、使えるの？」

「知らないね。まだためしてないんだ」バーナードは答えると、心もち声を大きくして、「誰かいるかね？　ここでコンピュータと話すにはどうしたらいいんだ？」だが、応答はなかった。

「どこかに制御パネルか何かあるのよ」ジーンが周囲を見まわしながら言った。「あれはどうかしら？」低くなった床の部分へ、浅い二段の階段を駈けおりると、ソファの一端に腰かけ、かたわらの台から携帯式の平面スクリーンつきの制御盤《タッチパネル》を取りあげた。それを一秒間ほどいじくって反応をたしかめたあと、「これで動くと思う。もう一度やってみて」

「家にコンピュータはあるのか？」バーナードが呼びかけた。

「ご用でしょうか？」スクリーンの方向から声が答えた。「ジーヴズと申しますが、別の名をつけてくださってもかまいません」その声が、フランス語とおぼしい女の声に変わった。

「ユヌ・プティット・フランセーズ・ポシブルマン？」ついで喉音のきいた男の声——「ヴァリア出身の執事カール、ではいかがで？」——それがなめらかな口調になって——「それとも、徹頭徹尾イギリス風がお気に召しますでしょうか？」——そしてまたもとの米語に戻った。「全惑星通信とデータベース利用はなんでもおっしゃってください——公共、家庭、教育、職業、および個人用。情報記録、計算、娯楽、訓練、指導、参考資料、旅行の手配、宿泊、人手、商品、物資、秘書代わり、それに相談業務。項目を言ってくだされば、わたくしが処理するかまたはしかるべき人物に連絡いたします」

バーナードは眉をあげた。「いや、こんにちは、ジーヴズ。これはどういうことなんだ？　まあ、きみは当分今のままのきみでいいと思うが。手はじめに、ここの暮らしの概略を説明してもらおうかね。例えば、きみはどうやって……」

玄関のドアの開く音に、ジーンが振り返った。数秒後、ジェイの姿が現われた。一方の肩からまっさらの品らしいバックパックをかけ、もう一方の腕には、額入りの、荒れ模様の空を背景に雪をいただいてそそり立つ山岳風景の絵をかかえている。何かかすかにとまどったような表情だ。

「ジェイ！」ジーンが叫んだ。「何を見つけたの？　それは何？」

「ああ」ジェイはその絵を壁ぎわにおろすと、今はじめてその存在に気づいたかのように、眉をひそめてそれを眺めた。「ぼくの部屋にぴったりだなと思って」それからバックパックをおろすと、開いたままの蓋から中に手をつっこんだ。「学校の友人二、三人に出会って、ちょうど知りあったケイロン人と一緒に町の外へいってみようということになってね。このへんには、グランドキャニオン・モジュールの中よりもっといろんなところがあるんだ。それで、これを手に入れたのさ」そう言いながら、彼は、底の厚いブーツや、真紅のアノラック——耐風用の厚地で前ジッパーもフラップで蔽われている——や、取り外し可能な防寒裏地つきの手袋、厚手の靴下、耳蔽いのついた帽子などを取りだした。「海の向こうの山へいこうっていうんだ。フランクリンから、飛行機で二十分でいけるんだよ」

ジーンはそのブーツを手にとると、ひっくり返してみた。それからアノラックをひろげ、数秒間無言でそれを調べた。「でも……こんな上等なものを、ジェイ」憂わしげな表情を浮かべ、「どこで……どうやって手に入れたの？　つまり……これだけでいったいいくらしたの？」

ジェイは居心地悪そうに、指でひたいをこすった。「その、信じてもらえないとは思うけどね。母さん」と彼。「でも、ぜんぶただなんだよ。どんなものでもただなんだ。ぼくもなんだかおかしい気がするんだけど、しかし――」

「まあ、ジェイ、馬鹿なこと言わないで。さあ――どこから持ってきたのか言いなさい」

「本当なんだよ――店に入っていって、自分で取ってくればいいんだ。ここじゃみんなそうしてるんだよ……なんでも」

「何をもめてるんだね？」しばらくジーヴスと話していたバーナードが、ふたりの方へやってきた。すぐうしろにメアリーもついている。

ジーンが心配げな顔をそっちへ向けた。「ジェイがこれだけぜんぶ持って帰ってきて、みんなただで手に入れたって言うのよ。誰でも持ってきていいんだって言い張るの。そんな馬鹿な話、きいたことないわ」

バーナードはきびしい目つきをジェイに向けた。「おい、わたしたちがそんなことを本気にすると思うのか？　さあ、どういうことなのか言いなさい。真実のことがききたい。どういう事情だろうと、はじめて惑星に降りたせいで頭がどうかしただけだと思って、なかったことにしてやるから。さあ──本当にそれ以上打ち明けることはないのかね？」

「ぜんぶ本当なんだよ」とジェイは言い張った。「町に大きなマーケットみたいなのがあるんだ。なんでも揃っていて、ただ入っていってほしいものを持ってくればいいんだ。ケイロン人に話して、どうやって取るのか教えてもらったんだ。ぼくもよくわからないんだけど、ここじゃそうなんだよ」

「まあ、ジェイ」ジーンがうめき声をあげた。「きっとみんな、あなたをかついで、笑うつもりなのよ。あなたの年になって、そんなこともわからないなんて」

「そうじゃないんだよ」とジェイ。「ぼくだって、まずそう思ったさ。でも、ほかの人たちだってそうしてるし、係のロボットにきいてみても、そのとおりだって。核融合プラントや大きな自動工場が地下にあって必要なものはなんでも作るから、わざわざ代金をとる必要もないくらい安くできるとか……まあそんな話なんだよ。どうしてか、ぼくには見当もつかないけど」

「本当なんだな？」バーナードが、あやふやな声に強い疑念をこめてたずねた。

「もちろんさ」ジェイがうんざりしたようにため息をついた。「それに、盗んだんなら、こんなふうに持って入ってくると思うかい？」

「思うわ」メアリーが断固たる口調で言った。

「勝手に思えよ」とジェイ。

「そこを見てみたいな。今すぐそこへ案内できない理由でもあるかね？」

ジェイはまたため息をついた。「ないよ。じゃ、いこう。磁気浮揚鉄道《マグレヴ》でひと駅さ」

「あたしもいっていい？」メアリーが、さっきの宣言をけろりと忘れてたずねた。「ほしいものがいっぱいあるの」

「だめよ、お父さまだけ」とジーン。「あなたはここのお片づけを手伝ってちょうだい。わたしたちは、あしたいきましょう」

「一緒に来たらどうだ？」バーナードがジーンに言った。「外へ出て、ひと休みするがいい」

ジーンは首をふり、目でそっとメアリーをさした。「あなたがただけでいってくださる方がいいわ。まだやることがいろいろあるし」メアリーはしかめっつらをしたが、おとなしくあきらめたようだ。

バーナードはうなずいた。「よかろう。じゃ、ちょっといってくる。ジェイ、その品物はここにおいとく方がいい。もしおまえの言うとおりでなかったら、持ち歩かない方がいいだろうからな」

疾走する磁気浮揚鉄道《マグレヴ》のキャビンの窓からちらちら見えはじめたフランクリンに対するバーナードの第一印象は、手のつけようもないほどごたまぜになった街区の集合体、であった。

アメリカの飢餓時代のあとの復興で瓦礫の山に取って代わった、さっぱりと秩序正しい都市計画モデル――ビジネス、娯楽、産業、住宅などの各地区が緑地帯と整然たる人工地形で分離されている――とはまるで違って、フランクリンでは何もかもがいっしょくたにされ、そこには何の法則性も理由づけも見あたらない。ビルディング、塔、住居、それにあらゆる形と大きさと色あいをした用途不明の構築物が、一ヵ所につめこまれて重なりあい融合しあっている地区があるかと思うと、緑地や林が幅をきかせている場所もある。全体としては、まさに旧ニューヨーク――いくらか平坦化し小さくした――とパリと香港のつぎはぎ細工といったところだ。ある場所では、高架鉄道と並行して走る運河が一緒に、学校か病院とおぼしい一群の建物のあいだを突っ切っている。別の場所では、見るからに堂々たる建物の威厳にみちた正面階段が、そのまままっすぐ、木々や立てこんだ家や商店に囲まれた大きな芝生の広場の中央にあるプールへ通じている。路線チューブが高架式になって河をわたるとき、数隻のヨットがあちこちにのんびりと浮かび、背景をなす海へと河口がひろがるあたりには二、三隻の船がどっしりと碇泊し、無数の自家用機が頭上をぶんぶん飛び交っているのが見えた。自動クレーンや各種の土木機械が遠くの堤防の現場を掘りかえしている光景が近づいてまた去り、やがて車は行く手の首都の地下へ突っこむと、目的地に近づくにつれて減速しはじめた。

「リングの循環カプセルに乗るのとはちょっと違うでしょう」車が停まったとき、ジェイが言った。

「たしかにそのとおりだ」とバーナードは同意した。

「地球の都会もこんなだったの？」

「そうだな……こんなのもあったろう、ずっと昔にはな。しかし、現代のは違うよ」

ジェイの言う〝マーケット〟は、ターミナルから数階あがったところにあった。ふたりは一連のエスカレーターを乗りついでそこへ向かった。あたりは、ありとあらゆる形と色彩の服に身を包んだ大勢の人々でごったがえしており、その人種の比率は多少とも地球でのそれを反映していたが、〈クワン・イン〉に乗せられた遺伝情報が各人種のバランスに応じて配分されていたことを思えば、これは当然だろう。子供とごく若い世代がいたるところにあふれ、ヒューマノイド・ロボットも社会機構の一部に組みこまれているらしい。バーナードはそのロボットに興味を抱いた。こんな生きものは、地球では知られていなかった。実用的には、作ってみても意味がないため、それらは研究室内での技術的興味の対象にすぎなかったのだ。おそらくケイロンのロボットは、初代のケイロン人を育てた機械――ブリキ人形ではなく、その目的に合うよう暖かい体とやわらかい皮膚を持った存在としてデザインされた――から発展してきたものと思われる。したがって、たぶん、機械を仲間扱いする考えかたは、ごく初期からケイロン人の生活に密着して育ってきた不易の観念なのだろう。のちに本物の両親が登場してからは、彼らのより基本的な生理＝心理上の要望に応えて、そのデザインも子供たちの気まぐれや好き嫌いに対応できるものに変わってきたのだ。バーナードは、自分が人間と人間型機械《ヒューマノイド・マシン》のこうした関係を、とても暖かい、ある意味では魅力的なものと感じているのに気づいて、びっくりした。言うまでもなく、以前ジーンが想像していたような、冷たい悪意にみちた状況など、そこには気配すらなかった。

全体として、雰囲気はごく陽気なようだ——娯楽設備、事業所のようなところ、数軒の飲食店、絵の展覧会、そして場違いにも通路のまん中で芸をやって観衆の喝采を博している道化の一団。ある場所では、ショーウィンドウの中で、大げさな縫製機械が動いていたが、それが製造現場なのか単なる展示なのかまではわからない。

メアリーよりあまり年上とは思えない少女たちが赤ん坊を抱いたり乳母車にのせて押したりしている姿をいくつか見かけたが、その赤ん坊がたぶん彼らの本当の子供なのだろうと気づいたときは、バーナードもさすがに愕然とした。そのショックとともに、ジーンとメアリーを家に残してきてよかったという思いが胸を刺した。これを説明するには、かなり細心の注意が必要となるだろう。それに、ジェイがケイロン人の少女たちを見る目つきも、このさきもっと多くの難問が控えていることを物語っている。振り返ってみると、〈メイフラワー二世〉上の単調な規制された生活様式にもそれなりにいいところがあったのではないかと、彼は思いはじめていた。

最後のエスカレーターを昇りつめると、ジェイは先に立って、主《メイン》コンコースからちょっと引っこんだところにある大きな入口へと向かった。上に看板がかかっている——**マンデル湾《ベイ》雑貨商会フランクリン中央アウトレット**。その外の、やや奥まった一画で、小さな一群の人人が弦楽四重奏にじっと耳をかたむけている。ベートーベンの曲だ、と気づいたとたん、バーナードは、一瞬地球がぐっと身近になった気がした。聴衆の輪の中から、三人のケイロン人――薄緑色の服を着た中国人らしい青年と、黒い上衣にシャツとネクタイ姿で薄い髭を生やした背の高い黒人と、金髪碧眼でワイシャツ姿の白人――が、ジェイを見つけて、こっちへ近づいてきた。ジェイはその三人を、チャン、ラスタス、マーフィと紹介したが、バーナードはめんくらった――マーフィが中国人で、チャンが黒人で、ラスタスが白人だったからだ。最初のうちバーナードは、なんとなく不安を捨てきれなかったが、三人ともどう見てもまともな人間のようだ。それに、ベートーベンを聴いていたからには悪人であるはずがない、という思いが彼の心をとらえた。彼は本能的に周囲を見まわしたが、〈メイフラワー二世〉は二万マイル彼方にあることを思いだし、少しは気をゆるめていいのだと気づいて口を開いた。「やあ、その……皆さん音楽がお好きなようですね」彼としては、とっさにこれ以上の話題を思いつかなかったのだ。

「あのチェロを弾いてるのはぼくの妹なんですよ」とマーフィ。（だったっけ？　そうだ――中国人がマーフィなんだ）バーナードは四人の演奏者に目をやった。チェロ奏者は、地中海ふうの顔だちで、オリーヴ色の肌をしていた。

「ほう……とても上手だ」とバーナード。

マーフィが、いかにも嬉しそうに、「いい音でしょう？　チャンのなんです。彼が作ったんですよ」

「すばらしいね」バーナードは相槌を打ったが、実はまったくわかっていなかった。

「ぼくが言ったのは、この人たちなんだよ」とジェイ。「山へいくグループの仲間さ」

「よかったら、一緒にどうですか？」ラスタスが言った。

バーナードは弱々しい微笑を浮かべてみせた。「ありがたいが、仕事があるのでね。あとしばらくは手が離せない。でも、とにかくありがとう」ちょっと考えこみ、「皆さん、何か危いことをやるんじゃないでしょうね？　つまり、ジェイは、そういうことにまったく不慣れなので。惑星というものを見るのも、これがはじめてなんだから」ジェイは、ひるんだようにして小さく息をつくと目をそらした。

チャンが笑った。「大丈夫。そう高いところへはいかないし、おもにただ歩くだけだから。危険といったら、ときどきダスクレンドが出るくらいのものでね」

「銃は使えるんだろ、ジェイ？」マーフィがたずねた。

「ああ、使えるけど……」ジェイには不意打ちだったようだ。

「言っておけばよかったな」とマーフィ。「一挺持ってきた方がいいよ。できれば四十五口径くらいがいちばんいい」

「ちょっと待った、待ちなさい」バーナードが驚いて両手をあげて話をさえぎった。「いったいなんの話だね？　その、ダス——」

「ダスクレンド」マーフィが説明した。「その、狼の一種だけど、もっと大きくて、牙に毒がある。でもひどくのろまだから、扱うのは簡単です。ケイロン内海の向こう岸の丘陵地帯でも見かけるけど、おもに住んでるのはバリアー山脈の向こう側です」

「ジェイ、これは少々話しあわねばならんようだな」バーナードの声は、おそろしく真剣だった。

「誇張しすぎたかな」とマーフィ。「空にはいつも飛行機《フライヤー》が飛んでるし、めったに人間に近づけるはずはないんです。しかし、フランクリンのようなところを離れる場合は、武器を持つのが習慣なので……万一に備えてね」

「あんまり急ぎすぎない方がいいと思うが」バーナードがそれとなく言った。ジェイの方を見ながら、「そういうことをはじめる前に、まずここの環境に慣れる時間がほしいんじゃないかね」その口調は、これが最高に如才ない言いかたなのだぞと語っていた。いってはいけないのだ。少なくともその一瞬、ジェイはさからう気をなくしていた。

「きみしだいだ。知らせてくれればいい」マーフィはそう言うと、軽く肩をすくめて話題を変えた。「ところで、また何かほしくて戻ってきたのかい？」

「いや、おやじが店を見たいって言うんでね」

「つきあってもらえますか？」バーナードが誘った。

「もちろん」マーフィが答え、五人は歩きだした。途中ジェイは、事情を三人の友だちに説明した。

店の中では、大きなホールのカウンターや棚に、電子装置や科学器具から雨具やスポーツ用品にまで至るありとあらゆる品物が並んでいた。入口を入ると同時に、自力推進の買物カートが一台、ドア近くの列から離れて、一行の数フィートうしろをごろごろとついてきながらしゃべりはじめた。「マンデル湾《ベイ》商会へようこそ。お宅のお庭を設計し、ご自分で手入れをしようと思われたことはありませんか？　屋外の運動によく、気分はリラックス、本当に考えたかったことを心の奥底から掘り起こす理想の手段……土と一緒に、そうら掘りだした！　これまでにない最高の技術で仕上げられた用具を、皆さま——」

「要らないよ」とチャンがそっちへ向かって言った。「きょうはただ見るだけだ」カートはぴたりとおしゃべりをやめ、くるりと向きを変えると、しょんぼりした様子で次のお客を待つべくもとの列に戻っていった。

バーナードは足を止めると、ぐっと眉をよせてあたりを見まわした。店内は適度の賑わいだ。人々は、品物を手に入れるというより、どんなものが出ているか見るために歩きまわっているというふうだった。ただひとつの例外は、ずっと向こうの、ひと目で〈メイフラワー二世〉から来た地球人だとわかる夫婦連れで、大勢の注視を浴びながら、思いつくかぎりのものを満載した三台のカートを輸送部隊のように引き連れて歩いていた。その夫婦は低階層の事務職員で、遠くから送ってきた挨拶にバーナードは軽くうなずいて答えた。

「あなたがたには、こういうのは変に見えるんでしょうね」ラスタスが言った。「しかし、創始者《ファウンダー》たちが育った時代には機械があらゆるものを与えてくれたので、誰も供給を制限することなど思いつかなかったし、そうする理由もなかった。そのあとずっとそれが続いているんです。そのうち慣れますよ」

「しかし……惑星全土でこんなふうにやっていくわけにはいかんでしょうが」しばし唖然と

していたバーナードが、ようやく立ちなおって異議を唱えた。「つまり、今はまだ人口に較べて供給がはるかに上まわっているということはわかるが、人口は急激に増加している。そろそろ何かそれを……調整するシステムを考えないと。資源というものは限られているんだから」

ラスタスは不審げな顔をした。「だけど、この銀河系があるし、その向こうにはまだ何十億もあるんだし」と彼。「混みあってくるまでには、かなり長くかかると思うな。有限な木材に何もかも頼っていた昔のヨーロッパならいざ知らず、人間が利口になった今じゃもう、誰もそんな心配なんかしてませんよ」肩をすくめ、「なんだって同じことです。人間の心は無限の資源で、本当に必要なのはそれだけなんです」

バーナードは首をふって、あの〈メイフラワー二世〉から来た夫婦が、出口のそばで、処理機械《ハンドラー》がカートから品物をおろして下へつながっているらしいコンベアへ乗せているあいだおどおどと周囲を見まわしている方を身ぶりで示した。「あれを見てごらん。ああいうことがいつまで続くだろうか？　みんながあんなことをやりだしたら、どうなると思います？」

「どうしてあんなことをするのかな？」とチャン。ふしぎそうにそっちを見ながら、「あんなに持って帰ってどうする気なのかと思ってたんですよ。まるで品切れになるのを心配してるみたいだ」

「自慢したいのさ」ジェイが言った。チャンはぽかんとした顔で見かえした。

「まあ、かまわないけど」とラスタス。「支払いをするつもりさえあればね」

「その点が問題なんだ」バーナードが言った。「支払いなんてしてないじゃないか――ただの一セントも」

「そのうち払うでしょう」ラスタスが答えた。

「どうやって？」

ラスタスは軽い驚きの表情を見せた。「それは、あの人たちが考えなきゃ」と、彼は言った。

ちょうどそこへジェリー・パーナックが、許婚者《フィアンセ》のイヴ・ヴェリッティとあとふたりのケイロン人と一緒に角を曲がって現われた。がらくたをいくつかのせたカートが一台うしろからついてくる。バーナードとジェイを見ると、彼は驚いたようにぱっくり口をあけ、ついで、にやりとした。「おやおや！　すると、ジェイに見物に引っぱりだされたんですね？　やあ、ジェイ。もう友だちができたのかい？」笑顔と握手で紹介がなされた。初対面のふたりのケイロン人は、フランクリンの近くの大学で物理学の研究をしている小柄な、ブロンドの巻き毛のサラと、同じく創始者《ファウンダー》のひとりで、内陸の奥地に住んで大工をやっているエスキモー風のアブドゥルだった。アブドゥルは誇らしげに、コルドヴァ村に使われた木造家具製作用プログラムは、自分の孫が作った手彫りのオリジナル・デザインから起こされたものだと語った。バーナードがその出来ばえを賞《ほ》めると、彼は大喜びで、地球人がそう言ったことを孫に伝えると約束した。

「これをどう思います？」パーナックが言いだした。「サラの話だと、彼女の大学が、非線型相空間力学と素粒子論の素養を持った人間を血まなこで探しているんだそうです。それでご親切に、わたしなら仕事にありつけるだろう、ここじゃそういう仕事の給与《ペイ》は最高だって言ってくれたんで。手はじめとして、どんなもんですかね？」

バーナードは苦渋にみちた笑顔を見せた。「よさそうだね」いちおううなずいてから「しかし、幹部会が何か言うかもしれんよ」

「それはわかってるんですが、でも好奇心でいちおうとにかく見てみようと……それだけならかまわないはずだ。あとになったら、そう……何か問題が起きるかもしれませんな」

「給与《ペイ》って、どんな形で支払われるんですか？」ジェイがたずねた。

「そこまではまだ話しあっていないんだが」とパーナック。

「そんな立ち入ったことをきくもんじゃないよ、ジェイ」バーナードがたしなめた。「とにかくまだ早すぎる」

「ジェイにきいたんですが、あなたは〈メイフラワー二世〉の技術士官だそうですね」チャンが、興味津々の顔でたずねた。「核融合の専門家なんですって？」

「そうですよ」バーナードは驚いたが、悪い気はしなかった。「主駆動《メイン・ドライヴ》システムのお守り役でね」

「じゃ、あなたにも見てほしいものがあるんです」とチャン。「海岸沿いにある、フランクリンのほぼ全域に電力とあらゆる工業原料を供給している大きな核融合コンビナートです。

もうすぐ次のが建設される予定で、そのための人手を集めてるんです。もし興味があったら、見学の手配をしますよ」

　たしかに面白そうな話だ。「ああ……そうだな」バーナードは慎重に答えた。「そこにお知りあいでも？」

「ぼくの友人のお母さんが、おもにそこで働いてるんです。名前は、キャス」

「そんなつてで見学ができるのかね？」

「もちろん」チャンは自信たっぷりに、「アダムに話してみて、連絡します――それがその友だちなんです。ジェイ、きみもこないか？」

　バーナードにとっては、思ってもみなかった話だった。その目の前では、ジェイが元気よくうなずき、両手をあげていた。「もちろんいくとも！　本当にいいのかい？……どうもありがとう」

「お安いご用さ」チャンが答えた。

　イヴが、辛抱づよく待っているカートの方を見、パーナックへ視線を戻した。「もうここは充分見たわ。そろそろ街をぶらついてみない？」

「そうしよう」パーナックがうなずいた。「その荷物はぼくが持つよ」

「自分でマグレヴに乗るから大丈夫ですよ」マーフィが教えた。「あとは村のターミナルにある処理機械《ハンドラー》が仕分けして、お宅の地階のエレベーター脇までとどけてくれます。お宅のナンバーは？」

「九十七番」パーナックは答え、イヴの方を振り返って、しきりに首をふった。

「もういいよ」マーフィがカートに話しかけた。「コルドヴァ村九十七番だ。行け」

「ちょっとお待ちを」うしろから声がした。振り向くと、そこにケイロンのロボットがひとり、光のウィンクを送っていた。背の低い、ずんぐりした恰好のやつだ。「まだわたくしども特別提供の手持ち園芸用具をお求めになっていらっしゃいませんね。これからというときに、太って老いこんでしまうおつもりですか？　さあ、午後の太陽のもと、ひたいをなでていくそよ風に吹かれながら過ごす楽しい創造的なひとときを――」

「おい、よしなよ、フーヴァー」ラスタスがロボットに向かって言った。「この人たちは、まだ着いたばかりなんだ。仕事で手いっぱいなんだぞ」地球人の方へ向くと、「こいつはフーヴァー。ここの経営者です。こいつの言うことを真に受けてると、がらくたに埋まって身動きもできなくなりますよ」

「がらくたですと?!」フーヴァーのライトがぜんぶいっせいに深紅色に輝いた。「が、ら、く、たとはどういう意味です？　言っとくがね、お若いの、ここは半島でも最高の品質で最大の品《しな》数《かず》を揃えてるんですぞ。しかもそれをわたくしどもは、同等規模のあらゆる店舗の中で最少の経費、最少の品切れ率でやってるんですぞ。まったく、が、ら、く、たとはね！　今まで一度として検査もなさらずに――」

「わかった、わかったよ、フーヴァー」ラスタスが両手をあげて降参した。「本気でそう言ったんじゃないことはわかってるだろ。きみはいい仕事をしてるよ。それに、きょうの陳列はとても芸術的だ」

「ありがとうございます。今後ともどうぞよろしく」フーヴァーは、急にひどく愛想のいい声を出した。「みなさま、お楽しみいただけたでしょうか？　また近いうちにお越しを」荷物をのせたカートが処理機械《ハンドラー》の方へごろごろと走り去った。フーヴァーは一行を入口まで送ってきた。「さて来週は、絶対第一級の委託品として――」

「もうやめてくれ、フーヴァー」チャンがうんざりしたように言った。「情報ネットでちゃんと見るから。よし、また来週」

廊下の四重奏はモーツァルトに変わっていた。「ロボットをああして置いておくのは一種の……伝統なのかな？」バーナードがたずねた。

「ロボットがいると子供たちが喜ぶんです」サラがきっぱりと答えた。「それに正直なところ、わたしたちもそうなんだと思います。ロボットに育てられたんですから」

「はじめに言葉を教えてくれたやつのことは、今でも覚えていますよ」アブドゥルが言った。「そいつは今でも、〈クワン・イン〉で働いていますけどね。でも、今このあたりにいるのは、それとはずいぶん変わってきているんです」

一行はここではじめて屋外へ出ると、そこにしばし立ちどまって、はじめて間近に見るフランクリンの中心部の、混沌としてしかもどことなく懐かしい街なみを眺めた。「それで、こっちはどうなの？」イヴがたずねた。「これも初期のころからこんなふうだったんですか？」

「ええ」サラが答えた。「四十年前には、ドームがいくつかと、あとシャトルの空港があっただけだけど。あなたがたが入ってこられた中央基地は、十年ほど前にできたばかりなんです。その初期のころ、創始者《ファウンダー》たちが、勝手に〈クワン・イン〉のコンピュータにプログラムされていた都市設計に手を加えはじめ、機械も全力をあげてそれに応じました」彼女はため息をついて、「その結果、こういうことになってしまったんです。もちろん、建てなおすことはできますけど、慣れ親しんだこの形の方がいいと思う人が多いものだから。そんなぐあいで、ときにはひどい過ちも犯しましたが、少なくともそれは、わたしたちに、人生の早いうちからものごとをしっかり考えぬくということを教えてくれました。遠くにあるほかの町は、ここより新しくて、ずっと整然としていますが、でもそれぞれ違った独自のたたずまいを持っています」

「こんな思い出話をしても、信じられないと思うが」ふたたび歩きはじめたとき、アブドゥルが低い声で言いだした。「いまいましい機械ども……いつでも、こっちの言ったただけのことしかやってくれない。そのころは機械ってなんて馬鹿なんだろうと思っていた。が、結局馬鹿なのはこっちだったわけです」

「おいくつのころですか?」イヴが興味深げにたずねた。

「さあ、わからないなあ……四つか、五つか、それくらいだと思う。前はここの明かりや生活が好きだったが、このところにぎやかになりすぎちまって。今は丘の方がいい。きょう日《び》、フランクリンの街なかに住んでいるのは、ほとんど若いものばかりだ。だが、まだそこに住んでいる創始者《ファウンダー》もいるがね」

一行は、バルコニーや窓に花を飾り縞もようの日除けをつけたビルに三方を囲まれた小さな広場に入って立ちどまった。見るとそこでは、〈メイフラワー二世〉の牧師のひとりが、失われた二十年を必死で埋めあわせようと、茂みを控えたそのビルの壁の一角に立って、服装も年齢もおよそまちまちなケイロン人の聴衆を罵倒しているところだった。何より彼をいきり立たせたのは、周囲に、あまりにも年若い親たち、またもうすぐ親になろうとしているものたちが、いっぱいいることだったようだ。ケイロン人たちはもの珍しげに、しかし疑い深げに聞いている。もちろんここには、熱烈な福音派の伝道集会や、聴衆間の劇的な即興会話みたいなものがはじまりそうな気配などありはしない。

「なんの証拠もないことを、いろいろ議論するのは、理屈に合わないと思います」十四歳くらいの少年が言った。「本当かどうかたしかめる方法がないのなら、どんなことだって言えるわけで、なんの意味もないでしょう?」

「われわれは信仰を持たねばならん」牧師は燃えるような目を見開いて叫んだ。

「なぜ?」ピンクの服を着た少女がたずねた。

「なぜなら、聖書にそう書いてあるからだ」

「それが正しいことだとどうしてわかるの?」

「そのまま受けいれなければならないこともあるのだ」牧師の、雷のような声。

「ぼくもそう思うよ」と少年が言った。「だって、事実は変わらないから、あなたがどんなに別のことを信じても、どんなに大勢の人にそれを信じさせても、結局は同じことだ。見えないものをあると言ったり、検証できないことを信じると言うのは、ナンセンスです」

牧師はぐるりと向きを変えて、威嚇的な視線をひたと少年に据えたが、威嚇の効果はまったくなかった。「きみは、原子の存在を信じるかね？」

「もちろん。誰だって信じてますよ」

「ほほう！」牧師は大げさな身ぶりで聴衆に向かい、「どういう違いがあるのでしょうかな、皆さん？　原子を見ることができますか？　これこそ傲慢な思いあがりではないでしょうか？」彼は少年に向きなおり、ぐいとひとさし指を突きつけた。「きみは原子を見たことがあるのかね？　あると言うなら、きみは大うそつきだ！」ふたたび聴衆に向かって、「したがって、これもまた信仰であり、なのにこのかたは信仰の必要はないと言われる。これこそまさに矛盾というものではないでしょうか？」

「そんな比較は成り立たないわ」少年と並んで立っている少女が指摘した。「だって、一般に認められた実験の結果、原子と表現されるのにふさわしい属性を持つ何かが存在すると仮定してよい証拠はいっぱいあがっているのよ。直接五官でとらえられるかどうかなんて、どうでもいいことなのよ。あなたの方には、そういうデータがあるの？」

牧師は一瞬ひるんだが、すぐに立ちなおり、「この世界が証拠だ」とわめいた。「世界は存在しないかね？　目に見えないかね？　では、誰がそれを作ったのかね？　言ってみたまえ。これこそ充分な証拠ではないか」

「いいえ」少年は一瞬考えてから答えた。「あそこの窓の花は妖精が咲かせたんだと言うだけなら言えるけれども、花が咲いていることが妖精が存在することの証拠にはならないでしょう?」

「命題を自明のものと見なすことは、それを証明することにはならないのよ」少女が牧師を見あげながら説明した。「あなたの議論は、完全などうどうめぐりのようね」

そのあとに続いて嵐のような弾劾の声をあげはじめた聴衆を残して、地球人とケイロン人の一行は歩きだした。「とても子供とは思えないわ」イヴ・ヴェリッティがつぶやいた。

「びっくりしたみたいですね」ラスタスが、バーナードに言った。

「あの子供たち……」うしろを指さしながら、バーナードは答えた。「あの中にはすごい頭の持ち主がいるようだ。ここでは、みんなあんなふうなのかね?」

「そんなことありませんよ、もちろん」と、ラスタスは答えた。「でも、誰でも何か、見どころはあるものです。人間の心は無限の資源だって言ったけど、でもそれは無駄使いしないとしての話だ。これ、面白いパラドックスだと思いませんか?」

14

ケイロンの指導者からの申し入れのようなものは、いまだに何もない。フランクリン郊外のシャトル中央基地カナヴェラルの運営業務の相当の部分を管理しているとおぼしいケイロン人は、自分の決定や行動を特定の個人や機関に報告してその承認や指示を受けるようなことはしていないと述べた。では、そこをどう運営するかという方針は、いったい誰がきめるのか？　それは場合による。自分は、基地の備品供給や新規建設などの注文を出すが、それはここに何が必要かは自分がいちばんよく知っているからだ。どうやってそれを知るのか？　受けいれ計画や飛行管制の担当者が報告してくるし、またそれを知ることが自分の仕事だからだ。いっぽう、シャトルやその他の設備を建造する会社は、その本務である技術面の要目を決定するし、利用者たちは彼らのあいだで基地から飛び立つ優先順位を決定する。自分はそれには関与せず、ただ要求されたスケジュールがなるべく実現できるよう努力する。すると、最終的には、誰が責任者なのか？　命令するのは誰で、それに従うのは誰なのか？　それは場合による。——こんな調子で、結局は何もまったく意味をなさないのだ。

ウェルズリーの指示に従って、ハワード・カレンズはエイメリー・ファーンヒルに、いずれどこかの大きな建物に引っ越す予定だったからということでケイロン側が明けわたしてくれたカナヴェラルの小さなビルに大使館を開くよう命じた。狙いは、ケイロン側が外交チャンネルを開くさいに認めやすく応じやすいよう、窓口を絞っておくことにあった。が、不幸にして原住民の方はそれになんの注意も示さず、二日間何もすることなくデスクにすわっていたエイメリー・ファーンヒルはとうとうカレンズに、彼の護衛としてやってきているSD部隊の中から、内情を聞きだせそうなケイロン人を連れてくる拉致隊を送り出すことを許可してほしいと嘆願するに至った。しかしウェルズリーから厳密な指示を受けているカレンズは、全面的にそれを認可するわけにはいかなかった。「説得できる範囲でならよろしい」と、彼は〈メイフラワー二世〉の通信リンクを通じて答えた。「ある程度の威嚇はいいが、力ずくは絶対に許さんように。わたしも満足しているわけではないが、どうやら当分は、方針に従っていくほかないのでな」

「おいこら、止まれ」カナヴェラル市——基地の外縁にあってフランクリンの一辺に接している商業兼居住地区だ——の中心街へ四人のSD兵を率いて偵察に出た少佐が、レストランから出て数ヤード先の角を曲がったひとりのケイロン人を呼びとめた。アタッシェ・ケースを下げた、三十代なかばくらいの、りゅうとした身なりの男だ。彼はその制止を無視して歩きつづけた。そこで少佐は男の正面に出て、その進路に立ちはだかった。ケイロン人はそれをよけていこうとしたが、三方から兵士に行く手をさえぎられて、結局その場に立ちどまった。「これから大使と話をしにいくんだ」少佐が告げた。

「そういうわけにはいかないね。わたしは基地の新しい乗客ラウンジの空調設備のことで話しあいにいくところなんだ」

「〝なんだ〟ではなく〝なのです〟と言いたまえ」

「それがお望みならね。――なんだではなくなのです」ケイロン人はそのまま歩きだそうとしたが、兵士のひとりが一歩横に踏みだして前をふさいだ。

「おい、名前はなんと言う？」少佐は顔を前に突きだし、挑むように目を細くした。

「あんたの知ったことじゃない」

「引きずっていかせたいのか？」

「生きて帰りたくはないのか？」

少佐のあごがふるえ、顔面が朱を注いだ。兵士たちもじりじりして、のどの筋肉をこわばらせているのがわかったが、どうすることもできない。命令は絶対なのだ。「行ってよし」と彼はうなった。「だが、このままですむと思うなよ」歩み去っていくケイロン人の背に、彼は警告を浴びせた。「その顔はしっかり覚えたぞ。この次は逃がさんからな」

ＳＤの少佐は必死の思いで白い歯をみせ、くちびるを裂けそうなほど左右にひろげた。

「すみませんが、少々お時間をいただけんでしょうか？」

「なんのご用です？」紫色のセーターに緑色の半ズボンをはいたケイロン人が聞きかえした。

「地球の大使が、あなたとお話ししたいと言うのです。遠くはありません——基地に入ってすぐのところです」

「どういう話を？」

「ごく気楽なおしゃべりですよ……政府のこと、組織のこと、その衝にあたる人のこと……そういった話です。決して手間はとらせません」

ケイロン人は心もとなげにあごをさすった。「あんまりお役に立てそうもないなあ。どこの政府についてですか？」

「この惑星……ケイロンのです。ここを動かしているのは誰ですか？」

「惑星を動かす？　まさか……そんな話は聞いたことがありませんよ」

「いや、あなたのやる仕事の指示を与えるのは誰かということです」

「それは場合によります」

「何によってきまるんですか？」

「わたしのやっていることによってです」ケイロン人は、いかにも申しわけなさそうに、

「わたしがお話しできるのは、アルテミア東海岸の海洋生物のこと、屋根葺きのこと、それにフェルマーの定理のこと、それくらいのものですが、大使のかたはそういった話題に興味がおありでしょうか？」

少佐は力なくため息をついた。「どうでもよろしい。もう結構です。誰かこのあたりに、話し相手になれそうな人はいませんか？」

「さあ、どうかな。そういえば皆さん、ずいぶん腕っぷしが強そうですね。もしよろしければこの川沿いで、船を造っている人を紹介しますよ。その方面の経験のある人はこの中におられませんか？」

少佐はわが耳を疑うように相手の顔を見つめた。「いっちまえ」信じられないという表情で首をふりながら、息がつまりそうな弱々しい声で、彼はつぶやいた。「とにかく……どっかへいっちまってくれ、後生だ……」


「それは無理というものです！」〈メイフラワー二世〉政治センターの拡大幹部会議で、エイメリー・ファーンヒルが抗議した。「彼らは、こっちが手を出せないことを知っていて、それにつけこんでわざとはぐらかしているんです。これをなんとかする唯一の道は、もっと強硬に出ることしかありません」

ウェルズリーは、きっぱりと首を横にふった。「それが街なかで市民に手を出すということだったら、絶対に許さん。それは、われわれが築きあげてきたものをだいなしにしてしまうことだ」

「何を築きあげたと言われるのかな？」軽蔑したようにボルフタインがたずねた。

「なんとかしなければいけませんわ」マーシャ・クォーリーが主張した。「たとえ全市に戒厳令を布くことになっても、なんらかの公的な承認行為が必要です。今まで無為の期間があまりに長すぎました」

ハワード・カレンズは、聞きながら、くすぶる怒りをじっと押さえていた。クォーリーは、彼女を利権代表として推している商業系の圧力団体《ロビー》がケイロンの狂気じみた経済機構と競争しなければならないという予測でパニックに陥って以来、がらりと態度を変えてしまったのだ。次の選挙後も同じ立場にとどまりたければ、なんらかの手を、それも今すぐ打つのが身のためだぞという意味の連絡が入っていたからで、したがってその選挙に長官候補として出馬するカレンズも、彼女の支持を取りつけるためには、同じ線を推しているように見せておかないと、やはりまずいことになるだろう。

「この大失態の責任は、わたしにはなんのかかわりもありませんぞ」カレンズはウェルズリーに怒りの眼眸を向けながら発言した。「わたしは最初から友好政策には反対でした。その結果は、ごらんのとおりです。適切な関係が確立されるまで、厳格な隔離を施行すべきだったのです」

「それも成功はしなかったろうな」ウェルズリーが反撃した。「柵のうしろにいてもやはり無視され、おかしな目で見られていただけだと思うよ」

「あなたの狙いが、ケイロン側の攻撃的反応を誘発して秩序の強制を正当化することにあったとすれば、それも失敗というわけだ」カレンズは冷たい口調で応じた。「もはや損害には目をつぶって代案を考えなければならんようですな」

「何を言いだすんだ?」ウェルズリーが、今にも立ちあがらんばかりに、椅子の肘かけを握りしめた。「その非難発言をすぐに取り消したまえ!」

「市民を危険にさらして、軍隊の出動を正当化するような事件を引き起こすのを期待したことを、否定なさると？」

ウェルズリーは蒼白になり、こめかみに青筋を立てた。「否定するとも！　また、きみが隔離政策を主張したということも否定する。わたしの政策は、平和的共存の意志を示すことにより、彼らの指導者が姿を見せられるよう仕向けてやることで、きみもそれに賛成したはずだ。今の発言を取り消したまえ」

カレンズは落ちつきはらって数秒間相手の顔を見つめ、やおらうなずいた。「そうですか、わかりました。発言を取り消し、謝罪の意を表します」

「記録係《スクライブ》」ウェルズリーはまだ怒りのさめない声で、議事録をとっているコンピュータに言った。「攻撃的反応云々の発言以下をすべて削除」

「削除」機械が復誦した。「記録の最終行は、〝柵のうしろにいてもやはり無視され、おかしな目で見られていただけだと思うよ〟」

これで発言の目的は達した。スタームは好奇の目をカレンズに向け、マーシャ・クォーリーは新たな敬意をこめてテーブルごしに彼を見つめている。ファーンヒルが居心地悪そうに足を組みなおした。

「すると、このさきどうすればいいんでしょうな？」ボルフタインが、気まずい雰囲気をやわらげようとするように、話題をもとへ戻した。

つかのま自分の指に目を落としていたスタームが、顔をあげた。「直接の軍事的介入が非実際的もしくは好ましくない場合、支配は、富の分配の制限と管理によって遂行されるのが普通です」ゆっくりした口調で、「しかし現在の場合、その〝富〟という概念がいささか違った意味を持っているため、伝統的な方法を適用することは、不可能とはいえないまでも困難と思われます。それでもやはり、この社会にも急所はあるにちがいない。進歩した高度の技術社会ですから——究極的には、その富は技術的、工業的資源に依存しているはずです。そこに弱点が見つけられると思います」

その観点を一同が消化するあいだ、短い沈黙が続いた。カレンズは、ファーンヒルがフランクリンのケイロン人の一部と交わしたほとんど不毛の会話の中からひろいあげた核融合コンビナートのことを思いだしていた。外交筋よりも軍のはみだし部隊の方がはるかにうまく住民との親交を深めているらしいというボルフタインのいやみを聞かされたあと、カレンズはファーンヒルに、自分で街へ出ていって、さりげない接触と会話により知識を集めるよう指示していたのである。「そうですな……おっしゃる意味はよくわかる」カレンズは、頭の動きでスタームに賛意を示しながら口を開いた。「実のところ、われわれもすでにその線で調査をはじめていたのです」ファーンヒルを振り返ると、「エイメリー、あの海岸沿いの場所のことを、ここでもう一度話してくれたまえ」

「ポート・ノルデイのことですか？」

「そうだ——一種の工業コンビナートではなかったかな？」

「核融合を基盤として集中した施設で、事実上この地域全体に電力を供給し、さまざまな相互依存的過程によって大量の物質を生産しています」ファーンヒルが報告した。「電力のほか、金属材料と化学物質がおもな生産品です」

「誰がそこを管理しているの？」マーシャ・クォーリーがたずねた。

ファーンヒルが不安げにもじもじした。「いや、それが、わたしの知るかぎりでは、キャスという女性がかなりの部分を動かしているらしいのですが……ほかにも大勢がいろんな部分についてそれぞれ管理にあたっている様子なんです。もっとも、実際にその女性にはまだ会っておりません」

「手はじめとしてはいい場所だと思いますが」カレンズがウェルズリーに示唆した。

ウェルズリーは、じっと考えこんだ。「レイトン・メリックと部下の専門家たちに、そういうものを運営していくことができるだろうか」とつぶやき、それからあわてたように、「もちろん、今すぐにではなく、たぶんいつかそのうち、状況がそのように動けばだが。万一に備えて、もっとそこのことを知っておけば、何かの役に立つかもしれん」

「わたしにはわかりません」とファーンヒル。「それはメリックに聞いてください」

「彼にそこへいって見学する機会を与えてやらなければならん」ボルフタインがうなずいた。

「その種の手配をするには、どうやるのがいちばんいいんでしょうな？」

カレンズはテーブルに目を落としたまま、肩をすくめた。「ここの無政府状態から察すると、ただ電話して、行くからと伝えればいいんじゃないでしょうか」

「親善の意味の交換訪問を申しこんだらどうでしょうか」スタームが提案した。「お返しに、こっちも向こうの技術陣に、〈メイフラワー二世〉の一部を見せてやるんです。それらしい隠蔽工作が必要でしょう」

「一案だな」ウェルズリーは冷静に同意すると、室内を見まわした。「どなたか、もっといい案をお持ちのかたは？」誰も無言のままだ。「ではメリックを呼んで話すとしよう」そう言いながら、ウェルズリーは椅子に深くかけなおすと、両手をテーブルの縁においた。「そろそろ昼休みにしていいころあいだ。記録係、ここで休会とする。再開は九十分後。技術局のレイトン・メリックに連絡をとって、午後の会議に出るように伝えてくれ。それから、もっとも有能な部下をふたり連れてくるようにとな。何か支障があったら、すぐわたしに報告するように。以上だ」

「了解しました」コンピュータが答えた。

15

まるまると太って豪華に着飾ったクレイフォード夫人――〈メイフラワー二世〉の乗員組織を統轄するスレッサーの次席にあたるクレイフォード副提督の妻――は、新しく手に入れたケイロンの銀器セットを納めた箱の蓋を閉め、すわっている椅子のかたわらのテーブルに積みあげられた箱の山にそれを加えた。さまざまな品物の中には、みごとな宝石類や、象嵌細工の小物や、それらを入れておく繻子の縁どりを施した引出しや、瑪瑙《オニキス》に似た材料でつくられた動物の像のひと揃いや、ケイロン産の毛皮のストールなどもある。「これからどんなとこに落ちつくのか知らないけど、どこへ移っても、こういう品がまわりを引き立ててくれることはたしかだわ。銀ってすばらしいと思わない？　こんな変わったモダンなデザインで、こんなにアンティークな感じが出せるなんて、ねえ。今度フランクリンへ降りたら、またあそこに寄らなくちゃ。あそこの食器の中には、きっと惑星の上の住まいにぴったりなのがあると思うのよ」

「みんなすてきですわね」コロンビア区のカレンズ邸の広い居間で、ヴェロニカが椅子から腰を浮かせながら相槌を打った。「きっといいのが見つかりますわ」旅のはじめからずっと、ヴェロニカはセリアのもっとも親しい友だちのひとりだった。彼女は数少ない離婚経験者の一員であり、しかもそのあとずっと独身を通しているため、あるサークルではいかがわしい噂を立てられていたが、かえってそのせいで、理由はおたがいによくわからないのだが、セリアはヴェロニカに対して親密な仲間意識のようなものを感じていたのである。

「値段のつけようもないわね」もうひとつの椅子にかけたまま、セリアはそっけない口調で評した。まさしくそのとおりなのだが、この皮肉はクレイフォード夫人には通じなかったようだ。ヴェロニカがセリアに、警告の目くばせを送った。

「本当にそうだわよねえ」クレイフォード夫人はいかにも嬉しげに首をふりながら、「これを持ってくるのは何か気がとがめるみたいだったけど……」ため息をついて、「でもそうでなきゃ、どうせ無駄になっちゃうんですもの。結局あの人たちは野蛮人で、ものの本当の価値を味わうことなんてできっこないんだから」セリアはのどをこわばらせたが、どうにか沈黙を守った。クレイフォード夫人は自分のものになった箱の山を前にして、すっかり浮きうきしている。「あのねえ、荷物を少しここへ置かせていただいて、あとで取りにくることにしてもいいかしら？　このあとふたりだけじゃ持ちきれないと思うのよ」

「かまいませんわ」とセリア。

「ふたりで大丈夫ですよ」ヴェロニカがうけあった。「かさばる割に重くはないから。そんな心配なさらなくても」

クレイフォード夫人は、室内のコムパネルの時刻表示に目をやると、「さあ、もう本当に失礼しなきゃ。ご一緒させていただいて、本当に楽しかったわ。また近いうちに降りてみましょうね」よっこらしょと立ちあがって、周囲を見まわし、「あら、コートをどこへおいたかしら？」

「お廊下へかけときました」ヴェロニカが椅子から立ちながら言った。さっさとドアの外へ出る彼女のあとから、クレイフォード夫人がよたよたと続く。「持って出てくださらなくていいのよ、セリア」ヴェロニカの声が返ってきた。「わたしが取りにくるから」

　セリアは椅子に腰を落ちつけ、箱の山を見つめながら、きょうの出来ごとの何がこんなに自分の気持を動揺させているのだろうかと考えていた。クレイフォード夫人が無神経に宝の山をここでひろげてみせたこととは無関係だ——もはやなんの意味もないことなのだから——それに彼女があの程度の女だということも長年のつきあいではっきりわかっている。それでないことはたしかだ。また彼女自身が同じ誘惑に負けたせいでもない！　自分が持ってきたのはごくささやかな品だ——彫刻をたったひとつ、それも大きなものではなく、貴金属や珍しい宝石が使われているわけでもない。彼女は顔を向けるとまたその彫刻をじっと見つめた——部屋の隅の出窓の框《かまち》においてあるそれは、三人の子供の頭部の像だった。男の子がふたり、女の子がひとり、年齢は十一、二歳だろうか、揃って上を見あげ、何か怖ろしいが遠くにあるもの、恐怖は感じるがまだ脅威にはなっていないものを真剣に見つめている。しかしその作者は、それらの目の中に、恐怖のみならず、決して子供のものではない平安と勇気の気配を漂わせ、それが表情の穏やかさとあいまって、人の心を惹きつけてはなさない一種奇妙な悩みの色を醸しだしているのだった。フランクリンの店員の話によると、これは十五年ほど前の作品で、作者は創始者《ファウンダー》のひとりだという。セリアは、その男自身が作者なのではないかという気がしたが、作品のモチーフに関する彼女のそれとない質問に彼は反応を示さなかった。もしやこの三つの顔の表情が、何かの理由で自分に影響をおよぼしているのではないだろうか？　それとも、上から光を受けているように見える明るい部分の周囲の肌理《きめ》をきわ立たせた作者の技量が、セリアに、これほど完成された芸術品を、他の欲得づくでのどを鳴らしながらせしめてきた品々と一緒に持ってきたことで、その価値を傷つけたようなうしろめたさを感じさせているのだろうか？

ヴェロニカが部屋へ戻ってきて、クレイフォード夫人の箱を集めはじめた。「大丈夫よ。そこにいて、セリア。わたしひとりでやれるから」セリアの顔に浮かんでいる表情を見て、微笑を浮かべると、ささやき声で、「わかるわ——ひどい話よね。でも今のうちだけよ。もうすぐおさまるでしょう」

「だといいけど」セリアはつぶやいた。

ドアへ向かおうとしたヴェロニカが、ふと立ちどまった。「このごろ夜中に部屋から叩き出されることがあんまりないみたいだけど、例の男前の軍曹さんとやらはどうしたの？　まさかもう縁を切ったわけじゃないんでしょう？」

セリアは、なじるように相手を見かえした。「まあ、よしてよ……あれはただの気晴らしだってこと、あなただって知ってるでしょうに。ここしばらく会わないでいるうち、みんな忙しくなっちゃって。まあ、はっきり縁を切ったわけじゃないけど……」そう答えながら、彼女はヴェロニカが単なる気まぐれでこんな話を持ちだしたのではないだろうと思いついた。その直感はあたっていた。

「わたしにもひとりいるのよ」セリアの耳に口をよせて、ヴェロニカはささやいた。

「なんですって？」

「新しい恋人。誰だと思う？」

「わたしの知っている人？」

ヴェロニカは、こみあげてくる笑いを押さえようと、くちびるをかんだ。「ケイロン人なの」

セリアの目がまるくなった。「まさかそんな！」

「本当なの。建築家で……すてきな人よ！　きのうフランクリンで会って、ゆうべ、一緒だったの。とっても簡単——あの人たちは、それがまったく当然なように振舞って……とっても自然なの！」セリアはただぽかんと口をあけて見つめるばかりだ。ヴェロニカはウィンクしてうなずき、「ほんと。あとで話してあげる。もういかないと」

「いじわる！」セリアが抗議した。「いま聞きたいわ」

ヴェロニカは笑った。「せいぜい気をもんでらっしゃい。それじゃ。夜にでもお電話するわね」

客が帰ったあと、セリアは椅子に深く身を沈めて、ふたたびじっと考えこんだ。二十年目にしてはじめて、彼女は本当に地球から遠く離れてしまった淋しさを感じていた。飢餓時代のあと、新秩序復興期の高揚のさなかに少女時代を送った彼女は、二十一世紀の政治と軍国主義の苛酷な現実から逃避するために、後期植民地時代のアメリカを扱った実録や小説を読みあさった。おそらく彼女は、自分が上流の生まれであることから、ヴァージニアやカロライナの富裕な農場——そこには馬車や召使いや、円柱のある大邸宅や、上流の名士たちが集まって催される週末の舞踏会のための衣裳をおさめた大きなたんすがある——へイギリスからやってきたばかりの貴婦人に自分の姿を重ねあわせて見ていたのだろう。この夢はその後も色あせることなく、のちにハワードを夫に選んだのもおそらくそのせいだったろうし、また彼の方も彼女に、自分の理想と信念にふさわしい伴侶を見出していたはずだ。以後の年月、彼女はしばしば心ひそかに、自分はこのケイロンへの遠征を、地球では果たし得ないまま長いあいだ忘れていた少女時代の夢をかなえてくれるかもしれない存在としてとらえていたのだろうかと、いぶかしんだものであった。

　今感じているこの不安は、もしかすると、いずれ砕け散る運命にあるその夢にそろそろひびが入りかけたのを知った自分の心の一部が発している早期警戒警報で、ただ自分ではまだそれを意識的に認めることができないのではあるまいか？　もっと率直に言うなら、そういう成りゆきを許してしまいそうなハワードを、自分はどこか心の奥深くで、軽蔑しはじめたのではないか？　あらゆる局面で夫への盲従を装うという形で人生の二十年間を彼に委ねてきたというのに、今、彼はその信頼を裏切ろうとしている——彼が守りぬくと公言していたあらゆるものが、彼女が触れずにすむと思いこまされていたまさにそのものによって脅やかされつつあるのを、彼は手をこまねいて許しているのだ。いたるところで地球人たちは、四光年の空間を悪戦苦闘して後生大事に守ってきたあらゆるものを、先を争って投げ捨て、ケイロン人のやりかたに飛びついている。なのに、幹部会——彼女の心の中ではそれはハワードを意味する——は、それをやめさせようともしない。彼女はかつて、一七六三年に東部十三植民地を訪れた英人ジャネット・ショーがそこに広がる〝唾棄すべき平等〟を目にして吐いた非難の言葉を読んだことがあった。今の状況は、まさしくそれにぴったりだ。

そうした思考のあとをこまかくたどってみて、彼女は息をのんだ。自分は何かを自分自身に対して理屈をつけてごまかすか、隠すかしている——そうなのだ。これまでハワードは何度となく、堕落を食いとめる方策を提案しては却下され、腹を立てみじめな顔で家に帰ってきた。彼もできるだけのことはしているものの、この惑星の影響は防ぎようがないのだ。彼女は単に、何か他のもの——彼女自身の奥底から生じてくるもの——を、彼に投影して見ていたにすぎない。その何かが心の内側で動きだすのを感じると同時に、彼女は早くも自分とハワードが、かたくなに孤立したまま、無頓着に悠然と定まった方向に流れていく川の澱みの中にただひとつ取り残されていく姿を見てとっていた。二十年が過ぎた今、もはや行く手には虚無と忘却しかないのだ。ハワードに対する彼女の怒りの裏にあるのは、彼女を守護するはずの人物が彼女同様無力なのだという冷厳な事実なのだった。

今や彼女には、なぜ地球がこれほど遠く感じられるのかが理解できた。そしてまた、彼女の心が小ざかしくも彼女自身から蔽い隠しているものの正体もわかった。それは、恐怖であった。

続いて、徐々に彼女は、自分の心が無意識のうちに感応していたケイロン彫刻の子供たちの表情にあるものがなんであったかに気づきはじめた。この作者は単なる手《て》慣《だ》れではなく、まさに名匠だったのだ。なぜならそこにも恐怖が、しかも明確にそれと認められるようにではなく、見るものの潜在意識の中へすべりこんでその奥底のかなめをぎゅっととらえるような形で、存在していたからだ。これこそ、フランクリンからの帰途ずっと彼女の心を乱していたものの正体だった。だが、そこにはまだ何かがある。意識の辺縁をそれが引っぱるのが、彼女には感じられる——彼女がまだ把握できないでいる何かもっと深いものだ。彼女はふたたび彫刻に目をやった。

そしてじっと見つめているうちに、子供たちが待ちうけている、その、遠くからだんだんと大きく迫ってくる恐ろしいものの正体がわかってきた。その現実に、彼女は胃袋が締めつけられるのを感じた。もう十五年も前から……それは、彼女だった——なぜなら彼女は〈メイフラワー二世〉でやってきたのだから。このとき彼女はケイロン人たちが必死で戦っていること、そしてその戦いは、彼ら自身もしくは彼らを征服するため送りこまれてきたもののどちらかが消滅するまで終わらないことを悟ったのだった。しかも、最初の出会いのときから、彼女は自分たちの側に勝ち目がないことを感じとっていた。そして、今また同じことを感じている——この彫刻の作者がかけた謎の最後のヴェールがはがされ、その恐れと動揺の背後に、〈メイフラワー二世〉の全火力を合わせたよりも強力で克服しがたい何かがあることが、ほの見えてしまったからだ。彼女は、彼女自身の消滅を見つめていたのだ。

彼女は蒼惶《そうこう》として立ちあがると、彫刻を取りあげて震える手で箱に戻し、戸棚の底の、手のとどくかぎりいちばん奥へその箱をしまいこんだ。

16

ポート・ノルデイはフランクリンから二十五マイルかそこら北、マンデル湾に大きく突き出た岬の向こう側の、大きな島がひとつと小さな島いくつかに向かいあうようにひろがった河口の入江沿いに内陸へ食いこんでいる岩だらけの海岸線にある。植民時代の初期、創始者《ファウンダー》たちがはじめて基地を離れて、徒歩で周囲の探険に出はじめたころ、彼らはここをフランクリンから北へ約一日行程で発見した。それが一日北《ノルデイ》という地名の由来だった。

ここは植民の最初の十年の終わり近くに着工されて以来、段階的に発展してきたが、そのころにはもう創始者《ファウンダー》たちも、フランクリンでいろいろ経験したことの反省から、機械の無愛想な提案――要約すれば、〝ここは工業コンビナートにしよう。あまり勝手に手を加えると稼動しなくなるよ〟ということになる――に、素直に従うようになっていた。その結果、ここは、〈クワン・イン〉計画の立案者たちが心に描いていたものを、それまでよりはずっと忠実に再現し、さらに立地条件を考慮して適切な修正を加えた、すっきりした能率的な設計となっていた。コンビナートには、工業施設以外にも、内海に面した海港や、主としてトンネル網で連絡している島々にわたって設置された空港ないし宇宙港、高等技術研究のための大学、それにささやかな住宅地――これは永住用というより、仕事の都合で近くに住みたい人々のための短期ないし中期宿泊用に建てられたものだが、居住者の半数近くはもう何年も住みつづけている――などもある。どうやらケイロン人には、経歴指向より実務指向で人生を送ろうとする傾向があるようで、だからその方が便利だと思えば平気で何度でも引っ越しをするらしい。

　コンビナート自体の容量は長期の需要予測を考慮したもので、一般地域に散在する工業が現在必要とする量をはるかに上まわる供給能力を持っている。その一次動力源は、トカマク、レーザー、それに前世紀末に開発された〝凸凹円環《バンピー・トーラス》〟配列などさまざまな方法を組みあわせた一千ギガワットの磁気閉じこめ式核融合システムで、高速高温の電離プラズマを一連の強力な磁気流体力学的コイル内に射ち出すことによりきわめて効率のよい発電を行なっている。加えてこの過程で大量に発生する高速中性子は、ここで消費される以上の三重水素《トリチウム》燃料をリチウムから製造したり、また同じコンビナート内の各所から無尽蔵に得られる元素からウランやプルトニウムの核分裂性同位元素《アイソトープ》を製造したり、さらにそれを利用した核分裂システムから出る少量の放射性廃棄物に核変換を起こさせて〝無害化〟したり――したがって同システムの燃料サイクルは主反応炉の産物の完全な再生と再循環を含んできれいに閉じているわけだ――することに利用されているのである。

　この一次過程で生ずるプラズマの余剰エネルギーは、それだけでも高品位の熱源として、海水を熱で〝分解〟してあらゆる範囲にわたる液体燃料の合成原料を供給する水素抽出プラントや、金属材料抽出および加工副《サブ》コンビナート、化学物質製造副《サブ》コンビナート、それにまだ操業に入ってはいないが将来の内陸への大規模灌漑計画を見越した淡水化プラントなどを充分にまかなうことができる。

金属抽出副《サブ》コンビナートでは、その場で入手できる核融合の高温を利用して、海水や、普通の岩石や、砂や、あらゆる産業廃棄物や家庭の塵芥を、高度に帯電した元素イオンのプラズマにまで環元し、それが磁気的操作によってきれいに容易に分離される。まるで工業規模の巨大分光計だ。化学工業副《サブ》コンビナートでは、肥料、プラスティック、石油、燃料、その他そこに付随する産業向けの各種物資など広範囲の化合物が、これまた基本的にはプラズマ状態から再結合によって形成される——ここでそのプラズマ放射は、求める分子や好ましい生成物が、好ましくない副産物をあまり伴わずに形成されるような狭い周波数帯にピークを持つよう調節されるので、結合エネルギーの広範囲な熱源を使うよりはずっと効率的なのだ。こうしたプラズマ法は、旧来の工業につきものだった巨大容器や蒸溜塔のたぐいをほとんど葬り去ったのみならず、かつては何日も何週間も要した大規模な反応をわずか数秒に縮めた——おまけに反応を促進する触媒も不要になったのだ。

さらにケイロン人は、ポート・ノルデイからエネルギーをマイクロウェーヴの形で衛星を中継して惑星全域に送ったり、必要な地点に集中したりする実験にも着手していた。この計画はまだはじまったばかりで、純粋に研究段階のものだったが、もしこれが成功すれば、この技術を生産ベースに利用する本格的な地上ステーションがいたるところに建設されるだろう。

バーナード・ファロウズは、チャンから、その友人の母親のキャスが訪問の手配をしてくれることになったという確認の電話を受けたとき、すでに充分すぎるほどびっくりしていた。そのキャスが、コンビナートで働く下級技術者とか普通の労働者などではなく、役割や命令系統ははっきりしないもののその主《メイン》核融合工程のかなりの部分を動かしている人物であることがわかったとき、彼の驚きはさらに大きくなった。おまけにもっと驚いたことには、彼女が自分で彼とジェイを迎え、一時間を案内のために割いてくれたのである。これは立場を逆にすれば、レイトン・メリックがチャンやその友人に〈メイフラワー二世〉の主駆動《メイン・ドライヴ》区域を見せて歩くようなもので、とても考えられない。いかにもケイロン人の一グループが船内の各部をガイドつきで見学する話は出ているものの、それは専門家たちに対する公式の招待であって、個人的に見学したいという父子連れなど含まれてはいないのだ。こうした特別待遇には、たぶん核融合関係専門の技術士官という自分の立場が関係しているのだろうと、バーナードは推測した。

しかしどうやらここには、その階級とか地位とかいう概念が、まるで存在しないらしいのである。いかにも、バーナードの目の前で、命令が与えられ、問題もなく受領されているのははっきりわかるのだが、当事者たちの役割は純粋に機能的なもので、当面の問題については誰が指揮をとるのがもっとも適任と見られるかによって自由に交替できるらしい。バーナードの目からみれば、こういう場合につきもののはずの口論や嫉妬や軋轢《あつれき》を、ケイロン人はいったいどう処理しているのか、とにかく暗黙の合意のうちにそれが決まっていくらしいのだ。彼の目に触れたかぎりでは絶対的な上意下達の階層組織などまったくないように見える。あるいはこれが惑星全体の縮図なのではないかと彼は考えはじめていた。そうしてみると、幹部会が政府の所在をつきとめられないのも、驚くにはあたらない。むしろ驚くべきは、こうしたシステムがとにかく運営されているというだけでなく、それがきわめてうまくいっている徴候があらゆる局面に現われているという点であった。

「それでもまだ、その全体を裏づける政策というやつが、どうもわからないんですがね」彼とジェイに同行しているふたりのケイロン人と一緒に、主反応炉《メイン・リアクター》用地の正面にある管理ビルの中の、昼食をとる予定になっているカフェテリアに向かって歩きながら、彼はそのケイロン人たちに向かって言いだした。彼らのひとりはナヌークという若いポリネシア人で、制御機器の操作にたずさわっている。もうひとりの、もう少し若く白い肌に金髪のユアニタは、統計と予測を扱っており、おもに経理面を担当しているらしい。キャス自身は次の訪客があるということで、早めに暇《いとま》を告げていた。バーナードは哀願するように両手を広げてみせた。

「つまり……ここは誰のものなんです？　運営方針を決定するのは誰なんです？」

ふたりのケイロン人は、困ったように顔を見あわせた。「誰のもの？」同じ言葉を繰り返すユアニタの口調は、それが彼女にとってまったく新しい概念であることを示していた。

「どういう意味かよくわかりませんけど、たぶん、ここで働いている人たちのもの、なんだと思いますわ」

「だが、誰がここで働くかを決めるのは誰なんです？　分担は誰が決めるんです？」

「自分で決めます。まさか、他人に決めさせるわけにはいかないでしょう？」

「しかし、そりゃ無茶だ！　もし誰かが外からふらりと入ってきて、あれこれ指図しはじめたら、それをやめさせるにはどうするんです？」

「何も」とユアニタ。「でも、誰がそんなことを？　それに、そんな指図に従う人なんているかしら？」

「とすると、誰の指図に従えばいいのか、みんなどうしてわかるんです？」父親とまったく同じ疑問をジェイが口に出した。

「そんなこと、すぐわかるでしょ」それで何もかも説明できたというようなユアニタの口調だった。

正午近くなのでかなり立てこんでいるカフェテリアに入ると、一同は窓ぎわの席に腰をおろした。外には飛行機《フライヤー》の駐機場が見え、その向こうには、川のこっち側の堤防沿いにハイウェイが走っている。テーブルの一端にあるスクリーンに絵入りのメニューが出て、本日のシェフのおすすめ料理を紹介し、ユアニタがみんなの注文をそれに向かって告げた。隣のボックス席では、車輪つきのロボットが、胴体上部の加熱区画から料理をくばりおえて配膳孔を閉じると、向きを変えて遠ざかっていった。

バーナードには、いまだに何もかもが五里霧中だった。「キャスを例にとってみよう」ナヌークに向かって、「ここにいる人の大部分は、キャスを……上司《ボス》、というのかな、うまい言葉がないが……として認めているようですね。いちおう、かなり多くの分野については」

ナヌークはうなずいた。「ええ、ぼくもたいていそうしてますよ」

「それは、彼女の判断がいちばん的確だからだ、そうですね？」とバーナード。

「もちろん。ほかに何が考えられますか？」

「そこで、もし誰か、自分の判断も同じくらい的確だと主張する人が出てきたとして、ここにいる人たちも、半分は彼に賛成で、あとの半分は不賛成だったら？　どうします？　こういう場合をどう解決しますか？」

ナヌークは、半信半疑の面持ちであごをさすった。「なんだかひどく無理な設定だなあ」数秒間考えてから、「まったく同じ経験を積んだ人間がふたりいるなんて考えられないけれど、もしそんなことが起こって、それが正しいとしたら……キャスがその人に同調することもありうるでしょうね。そうなったら、彼女はそれだけ借りができたことになるけど。そういう解決で、みんな納得すると思いますよ」

バーナードは不信感をあらわにしてナヌークを見つめた。「すると、彼女はただ身を退くだけじゃすまないと言うのか？　そんな馬鹿な！」

「でも、誰だって借りは返さなきゃ」ナヌークは気のない口調で答えた。

「借りを返す気もないような人は、はじめから彼女みたいな立場には立たなかったはずよ」とユアニタがつけ加えたのは、助け舟のつもりだったらしい。

が、それではなんの説明にもなっていない。ジェイにもなんのことかわからなかった。

「そりゃあ、世界じゅうの人みんなが、いつでもどんなときでも理性的でいられればいいけど。でも、そうとはかぎらないでしょう？　ケイロン人だって、ぼくらと同じ遺伝子の組みあわせなんだから。そうひどい違いがあるわけはない」

「あるなんて言ってないよ」とナヌーク。

「じゃあ、変なやつもいるでしょう？」ジェイがたずねた。「理屈に合わないことをして、人をいやがらせてばかりいるような、そういうどうにもならない人間をどう扱うんです？」

「そういうやつもいるね」ナヌークがうなずいた。「しかし、大勢はいない。ふつうはみんな、ごく小さいうちに、受けいれてもらえることとそうでないことの区別がつくようになる。みんな目も、耳も、頭もあるんだから」

「それでもジェイの疑問は残るな」バーナードが息子を見てうなずきながら、「その頭を使おうとしない人間はどうなんです？」

「そんなに大勢はいませんよ」ナヌークがまた同じ言葉を繰り返した。「すぐ改まるかどうかは別として……ずっとそのままってことはないんです」かたわらのユアニタが、これでぜんぶわかったろうと言わんばかりの顔でバーナードからジェイへと視線を移した。わかるわけがない。

「どうして？　その連中はどうなるんです？」バーナードが追及した。

ナヌークは一瞬ためらった。当然のことを説明して相手を侮辱するのは気がすすまないとでもいうように、肩をすくめると、「だから……ふつうは結局誰かがそいつを射ち殺すことになりますね。だからそれほど大問題にまで発展しないですむんです」

数秒間、バーナードとジェイは茫然自失の態で、声も出なかった。「しかし……そんな馬鹿な」ようやくバーナードが抗議の声をあげた。「まさか、ここでは誰でも、気に入らない相手は射ち殺していいなんて……冗談じゃない！」

「ほかにどうしようとおっしゃるの？」ユアニタがたずねた。

「他人に迷惑さえかけないでいれば大丈夫なんですよ」ナヌークが、しごくあっさりと言ってのけた。「だからほとんどの人間は、そんなことと無関係でいられるんです。でも、起こるときは……起こる」

しばしの沈黙のすえ、ジェイが一歩ゆずった。「なるほど、それがときどき現われる異常な人間を始末するのにいい方法だってことはわかりました。でも、もしそういう連中が集団をつくったら？」

「めったにいないのに、どうして集団になったりできるの？」とユアニタ。「言ったでしょ──そういう人間は、長いあいだ生きてはいられないって」

「それに、そういう連中が、そもそも何を目的に集まるっていうんだい？」ナヌークが反問した。

ジェイは肩をすくめた。「目的って……異常な人たちが異常な指導者のまわりに集まる理由なら、いろいろあると思うけど」

「例えばどんな？」とナヌーク。

ジェイはふたたび肩をすくめた。「身を守るため、とか」

「誰に対して身を守るんだい？」

その点が問題なんだ、とジェイは認めざるをえなかった。「いや、つまり、安全に暮らしたいとか、もっと豊かになりたいとか……なんでもいい」

「何もしなくったって安全なんだがね」とナヌーク。「また、現に豊かでないとしたら、おかしな人間が寄り集まって何をしたところでそう豊かになれるものでもないだろうがね」

バーナードが憤慨したように両手を高くあげた。「ようし、それじゃ、単に狂っているからということにしてみよう。理由なんかどうでもいい。なぜかはわからないが、とにかくそんなことが起こったとしたら、どうすりゃいいんです？」

ナヌークが重苦しいため息をもらした。「一、二回、それに似たこともあったんです」と彼は白状した。「しかし、やっぱり長続きはしなかった。最後にはもっと大きな集団ができて、やっつけてしまった。結局、どうやったって同じなんですよ——そういう連中は、最後には射ち殺されるんです」

ジェイは不安そうだったし、バーナードは慄然たる思いだった。「法律をそんなふうに個人の手に委ねておくのは、まずいと思うよ」バーナードが主張した。「無制限の暴力——暴徒の論理——ほかに言いようがない。そいつは単なる未開状態だ——野蛮ってもんだ。遅かれ早かれそういうシステムは改めなきゃいけない」

「それはまったくの誤解ですよ」ナヌークが、気持を落ちつけようとするかのように微笑しながら言った。「そんなひどいもんじゃない。しょっちゅう起こってるわけじゃない――めったにないことなんです。ただ、ときによっては……」

ユアニタは、バーナードとジェイの顔に浮かんでいる表情の意味を見てとったようだ。

「あなたがた、この社会が地球のよりも暴力的だとか野蛮だとかおっしゃりたいの？　ここには戦争はないのよ。紛争と関係のない人たちの家に爆弾を落としたりしたこともないわ。誰も傷つけず平和に生きたいと思っている人たちの手足を吹きとばしたり、火傷を負わせたり、失明させたりしたこともないわ。射ち殺されるのは、自業自得の場合だけよ。地球ではどうかしら？　そりゃ、ここのシステムだって完璧じゃありません。でも、そちらの社会はどうなの？」

「少なくともここでは、自分たちのために他人を危険にさらすような命令を出すということはありません」雰囲気をやわらげようとする静かな口調で、ナヌークが話しだした。ユアニタは感情的になりはじめていたようだ。「危険を冒すのは、そうする価値があると信じている人たちだけです。ほかならぬ自分が戦わなければならないとなると、戦い取る価値のあるものなんて、びっくりするくらいわずかしかないもんです」ゆっくりと首をふり、「少なくとも、社会を悩ますようなことにはなっていません」

「狂信的な人たちが、命を賭けるに足るものを見つけて集団をつくっても、大丈夫かしら？」ジェイがたずねた。

ナヌークは視線を移し、ふたたび首をふった。「狂信者っていうのは馬鹿な騙されやすい人間だ。そういう人間は、ひとりで閉じこもっているだけの知恵を身につけないと、ここじゃ長生きできないってことになるね」

給仕ロボットがテーブルにやってきて運んできたものを並べはじめると、話の内容もステーキの品定めやデザートの選びかたの方へ移った。バーナードは目を窓の外へ向けて考えこんだが、そのとき下の駐機場に開いた正面入口からあまり遠くないところに、濃い黄緑色の服を着た一団が立っているのが目にとまり、彼は驚きに身をこわばらせた。あれは合衆国陸軍の制服じゃないか。してみると、〈メイフラワー二世〉から何かの代表団がここを訪れているのにちがいない。キャスが相手をしにいった客はそれかもしれないという考えが、すぐに浮かんだ。ややあって彼は向きなおると、ナヌークにたずねた。「きょう、船から、ほかにも誰かここへ来ているんですか？」

ナヌークはちょっと驚いたようだ。「もちろん。あなたもご存じだと思ってましたよ。あなたと同じ部署から何人か、キャスたちに会いにきているんです」

「わたしと同じ部署だって？」

「技術部門です。あなたもそこなんでしょう？」

バーナードは、ふと眉をひそめた。「ええ、そうです。でも、そのことは知らなかったな」ことの意味がわかってくるにつれ、懸念は深まっていった。「どういう人たちです？」

「ええと、将軍がひとりに、あと軍人が数人」ユアニタがちょっと考えてから言いだした。

「それに技術部門からは……メリック――レイトン・メリックという人よ」ナヌークの方を

見ながら、「それから、ウォルターズ、だったかしら……あともうひとり……」

「ホスキンズだ」ナヌークがつけ加えた。

「そう、フランク・ホスキンズ」とユアニタ。「それから、〈クワン・イン〉へ来た人たちを率いておかしな演説をした人――ファーンヒル」

聞いているうちに、バーナードの懸念は、奥深い不安感を伴う疑惑へと変わっていった。ウォルターズとホスキンズは、階級も勤務も彼と同じである。つまりこれは、彼が故意に何かからはずされたということにほかならない。彼はそれきり黙りこみ、食事のあいだずっと、いったい何がはじまったのだろうかと思い悩んでいた。


「あの娘《こ》は本気さ」スタニスラウは頑強に言いはった。「みんなそうなんだ。カースンなんか、ゆうべもうカナヴェラルで、可愛い子ちゃんをものにしたそうだぜ」

「誰が言った？」ドリスコルが訊いた。

「本人さ。その娘の家は街に――基地のすぐ向こうにあるんだそうだ」

「カースンに女の子の扱いがわかるもんか」ドリスコルは、嘲るように、「まだその娘のことを考えながらやってるくちさ」

「おれはただ、やつに聞いたとおり言ってるだけだよ」

「ほう、だとしたら本当なんだろうよ。スワイリーが色盲だと言ったっていいんだぜ」

そこから数ヤードのところで、メモを見くらべながらフランクリン最高のバーの品さだめをしているフラーとベイツマンのそばに立っているスワイリー伍長は、そんな会話など気にもとめず、河口の外の大きな島へゆっくりと下降していく航空機を眺めていた。ケイロンでは、旅行もほかのものと同様、無料でないはずはない。またこのポート・ノルデイから惑星上のいちばん遠い地点へはどう連絡しているのだろうかと、彼は考えていた。面白い。これを確かめるいちばん手っとり早い方法は、どこでもケイロンのコンピュータにきいてみることだろう。ケイロンでは、誰もたいした秘密を持っていないらしいから。

その一団から少し離れたところに、反対の方向を向いてひとり立っているコールマンも、他の連中同様いいかげんうんざりしていた。正午はとっくに過ぎているのに、ファーンヒルの一行は中へ入っていったきりで、どうしているのか知らないが出てくる気配もない。分隊には「休め」の号令がかかっていたので少しは助かるが、それでも気分はだれはじめている。大きく息をつくと、彼はゆっくりと建物の角に向かって歩きだし、そこを過ぎたところで、もう何度となく繰り返したように、コンビナート上部構造の壁を見上げたが、そのとき彼の背後で、カースンの性生活を肴にしていたドリスコルとスタニスラウのおしゃべりがぴたりとやんだ。見ると、ふたりのケイロン人が、正面入口に向かう途中、彼らのそばに立ちどまったところだった。

少なくともケイロン人たちには、よそよそしいところがなく、それが見張りの退屈さをやわらげてくれている。一、二時間前には、コールマン自身も、コンビナートに勤務しているふたりの核融合技術者とかなり長いあいだ話をしたが、驚いたことに彼らは、この中のしくい、みに関する彼の質問に喜んで答えてくれたのだ。ついでにちょっと中を見てみないかとまで勧めてくれたが、思えばこれは奇妙なことだった。ケイロン人が、階級や部署に関係なく誰にでも便宜をはかってくれようとするからではない——それならもうすっかり慣れっこになっている——彼らはもう、軍律の厳しさについて、彼に劣らぬほどよく知っているはずだからだ。それなのに彼らは、こっちを欺けないことなど百も承知のうえで、わざとそうした事情を何も知らないかのように振舞ってみせるのである。いつでもそうなのだ。カナヴェラル基地にいた男のひとりは、シロッコに、彼が受けられる立場にないことを知りながら、ある地理探査グループへの参加を勧めた。考えれば考えるほど、そうしたケイロン人の行動が、単なる偶然の一致ではないという確信が強まってくるのだった。

ベルトの通信機が鳴り、カナヴェラルからここまで一行を運んできたケイロンの輸送機の中でハンロンほか数人の部下と休息をとっているシロッコからの呼びだしを告げた。「様子はどうだ？」コールマンが応答すると、シロッコは訊いてきた。「部隊はもう反乱を起こしたかね？」

「ぐずぐず言ってますが、たいしたことはありません。中からは、何か言ってきてませんか？」

「まだ何もない。そろそろ交替して、おまえが一服する時間だな。数分以内にカースンとヤングを連れていくから、おまえとスワイリーとドリスコルはこっちへ入れ。その三人がいちばん長く外にいるからな」

「そうします。では、数分後に」

通信機を腰におさめたとき、背後の分隊のあたりから低いつぶやきが起こり、それにかすかな口笛まで混じっていることに彼は気づいた。振り返ってみると、彼らの注目を集めたのは、正面入口から出てきた女性であることがわかった。彼女は一秒ほどそこに立ちどまって周囲を見まわし、兵士たちに目をとめると、こっちへ向かって歩きだした。

三十代の後半——明らかに創始者《ファウンダー》のひとりだ。身についた品位ある優雅さにともなう誇り高い態度は、しかし決して傲慢さへの境界を越えてはいない。肩に自然にかかった髪は、ちょっと変わったブロンドで、その生き生きと燃えるような色あいは、陽光を受けるとオレンジ色に近く見える。顔立ちはくっきりと整っていて、どことなくセリア・カレンズを思わせるが、それよりはうぶな感じで、鼻とあごの線も柔らかく、口もとはもっと自然な笑いを浮かべそうに見えた。背は高く、やや細めだが均整のとれた体つきに、赤褐色の縁どりのついたベージュのツーピースを粋に、しかし慎ましやかに着こみ、スカートの下から突きでている日に焼けた二本の脚が歩くたびに緊張と弛緩を繰り返すさまは、見ていると催眠術にかかってしまいそうだ。

彼女は間近まできて立ちどまると、自意識にかられてもじもじと姿勢をただす兵士たちの顔に、つかのま好奇の視線を走らせた。「わたしたちの側としては、ここにこんなふうに立っていていただく必要はぜんぜんないんですけど」と彼女。「よろしかったら、中へお入りなさいな。コーヒーか、何か食べるものでもいかが？」兵士たちの顔が本能的に、歩み寄るコールマンの方へ向いた。

彼は思わず顔をほころばせた。「ありがたいお言葉ですが、ここにいるようにという命令を受けておりますので。お気持だけいただいておきます」そう言ってから、彼はふと眉をひそめた。またこれだ。彼女だって、こっちがここにいなければならないことくらい、よく承知しているはずなのに。

その彼女の視線が、ふと彼の階級章の上にとまった。「あなたがコールマン軍曹——技術に興味をお持ちの？」

コールマンはびっくりして、じっと彼女を見つめた。「はいそうです。いったいどうして——」

「あなたのこと、伺いましたの」さっき話したケイロン人から聞いたとしか思えない。だがなぜ彼の名前まで彼女の耳に？　彼女は何者なのだ？　近づいて、微笑を浮かべ、「わたしの名前はキャス。ここの技術面にたずさわっています。さっき聞いたことから、あなたはここに興味がおありなんじゃないかと思って。休憩のときでも、ここの人たちと会ってみられたら？　よろしければそう伝えますけど」

コールマンは途方にくれた。気分をはっきりさせようとするかのように、ぶるっと頭をふると、「その——はっきり言って、あなたはここのなんなんですか？」

キャスの微笑に、相手の混乱を楽しむようないたずらっぽい色が加わった。「まあ、びっくりなさったみたい」

コールマンがぐっと顔を引きしめたのは、背後でやっかみ半分のつぶやきが起こっているのに気づいたからだった。「それは……もちろんです」用心深い口調で、「それで誰にも迷惑がかからないようなら、喜んでお受けします。わたしのことは、さっきここを通ったふたりに聞かれたんですか？」

キャスはうなずいた。「ウォーリーとサムです。わたしはファーンヒルさんたちのところへ戻らなければならなかったので、ほんのちょっと聞いただけですけど、MHD関係のことをとてもよくご存じのようね。どこで勉強なさったの？」

「ああ、しばらく工兵隊にいたこともありますし、大部分はあちこちで、ぽつぽつとです」

中でファーンヒルの相手をしていたとしたら、どう考えても単なる使い走りなんかじゃない。その彼女が、いったいなぜ、駐機場まで兵隊と話をしに出てくるんだ？

「この中で、ほかに技術者はいらっしゃらないの？」隊員たちを見まわしながら、彼女は気軽にたずねた。本気で聞くというより、明らかにみんなを会話に誘いこもうとしているのだった。一同は不安げに顔を見あわせ、おずおずと集まってきながら、まだ彼女が本気なのか、お情けの好奇心を見せているだけなのか測りかねていた。

しかし、キャスの自由で自然な話しぶりで、抑圧は徐々に消えていった。彼女はまずフランクリンの印象を聞くことからはじめ、十分後には全員の心をとらえていた。まもなくみんな、夏休み中の小学生みたいにしゃべりだした――ちょうどそこへ輸送機からやってきた交替要員たちも仲間に入った。入れかわって休息するはずだったものも、そのことを忘れてしまったようだ。なんだか妙なことになりそうな雰囲気だなと、コールマンはひそかに思った。

そのとき正面玄関から、くしゃくしゃの髪をした人影が現われたのを、彼は何げなく見過ごしていたが、相手はコールマンの姿を見ると、ぎょっとしたように棒立ちになった。その動きに気づいたコールマンが反射的にそっちへ顔を向けて見ると、それはジェイ・ファロウズだった。そして、どちらも何も言わないうちに、数歩うしろからバーナード・ファロウズが現われ、コールマンを見て足をとめた。中へ引っ返すには遅すぎるし、このまま知らん顔で通り過ぎるわけにもいかない。ぎごちない数秒のあいだ、バーナードが当惑と気まずさにさいなまれながら、しかもそれを克服する方法を思いつかずにいる様子が、手にとるようにわかった。コールマンはこっちから声をかける筋ではないと割り切っている。バーナードの視線がコールマンからキャスに移り、コールマンは、とっさにふたりがすでに会っていることをさとった。どうやらバーナードは、キャスに何か言いたいのだが、コールマンの前ではそうもいかないように感じているらしい。

そのうち、ふたりの様子を見ていたジェイが父親の方へ戻り、説得するように低い声で何か話しはじめた。バーナードは躊躇し、ふたたびコールマンに視線を戻すと、大きく深呼吸してから、ジェイと並んでためらいがちに近づいてきた。「やあ、しばらく」口ごもりながら、一度視線をそらし、ついで今度はまっすぐにコールマンの顔に目を向けた。「その、スティーヴ、あのポンプ区画でのことだが、あのときは……どうも――」

「いいんですよ」コールマンはさえぎった。「誰にだってあることです。ああいうことはぜんぶ、船に残してきたことにしましょうや」

バーナードはうなずき、いくらかほっとしたようだが、このとき兵士たちからちょっと離れてふしぎそうに今のやりとりを見守っていたキャスに目を向けたときの彼の表情は、まだお世辞にも楽しそうには見えなかった。何か言いたいらしいのだが、どう切りだしたらいいのかわからないらしい。

だがジェイはどうやら、ケイロン風の単刀直入さを身につけはじめていたようだ。「実はあの中にいる人たちのことが気になるんですけど」と彼。「父にとっては大事なことなんです。こういう訪問のことを父が知らされてないなんて、どうもおかしいんですよ」

バーナードは飛びあがりそうになったが、キャスは感情を害した様子もなく、驚きも見せなかった。「そうだと思ったわ」なかば自分にうなずき、「ナヌークが教えてくれたんです」と、バーナードに向かって話しはじめた。「わたしたちは、なんでも胸の中にしまっておいたりしないんです。ファーンヒルさんは、これは交歓訪問の一環だって言われたけど、それがかくれみのだってことをわたしたちが見とおしていることまでは、きかないところを見ると、気がついてないみたい。この訪問は、あとでここを引きつぐことになったときのための偵察なんです。だから、あなたの上司のメリックさんも来ている——そっちの技術者の手に負えそうかどうか判定するためです。ウォルターズとホスキンズのふたりを連れてきたのは、もし幹部会がその計画を推進することになったら、その人たちをここに配置するつもりだからでしょうね」

はじめは彼女の率直さにただびっくりしていたバーナードだったが、恐れていた最悪の事態を裏づける話が心にしみこむにつれ、急速に苦い思いがその表情に現われた。今の今まで、自分の思い過ごしかもしれないという一縷《いちる》の希望にすがっていたのが断ち切られて、がっくりきたらしい。ジェイは黙って足もとに目を落とし、コールマンは何か言わなければと頭をしぼっていた。

キャスは一、二秒のあいだ黙ってその様子を見つめていたが、なぜかその表情は妙に楽しげだった。バーナードは、不安と怒りの目でそれを見かえした。その彼に向かって、「今お考えになってることはわかりますわ」と彼女は話しだした。「でもご心配なく。ここの人たちは、ファーンヒルやメリックの指図など受けつけませんから。ホスキンズは高密度束技術《ハイ・フラックス》についての経験が不足だし、ウォルターズは有能な人だけど、こまかい点に注意がいきとどかない。ここで働いている人たちが新しい人を受けいれるとしたら、それは仕事の内容が本当にわかっていて、どんな些細なことも運まかせにはしないような人でなければなりませんん」

「それは……どういうことですか?」バーナードが、自分の耳が信じられないというような、疑わしげな声でたずねた。

キャスはまた例の、いたずらっぽい微笑を浮かべた。「いま申しあげられるのはそれだけなんです。とにかく当面のところではね。それから、いいお話があるんだけど」彼女はジェイの方へ向いて話題を変えた。「ジェイ、チャンがあなたのことを、わたしの息子のアダムに話したら、アダムがぜひ一度あなたに家へ寄ってほしいって言いだしたのよ。フランクリンに住んでるから、そう遠くはないわ。どうかしら？」

「そりゃすごいや。もちろんいきます。場所は——そうか、情報網《ネット》でわかりますね？」

「そのとおりよ」キャスはほほえんだ。

ジェイがちらりとコールマンに目をやり、ついでバーナードを見た。バーナードの目の中には、キャスが言ったことの裏の意味がわかってくるにつれて、新しい輝きが宿りはじめていた。ちょっとためらっていたジェイも、父親の機嫌は悪くないと判断したらしい。「ねえ、お父さん、この土地は危険なんだよ」不吉な予言でもするような声で、「あちこちで人が射ち殺されたりしてるしさ。ぼくひとりじゃ、どんな事件に巻きこまれるかわからない。護衛のプロが一緒だと、お父さんも安心していられると思うんだけどな」

バーナードは疑わしげに息子の顔を見た。「今度は何をたくらんでるんだ？」

ジェイはちょっと気おくれしたように、にやりと笑った。「その……スティーヴも来てほしいって言ったら、怒る？」

「アダムはきっと大喜びよ」キャスが口をはさみ、それから、〈メイフラワー二世〉の反動皿《ディッシュ》もとろかしそうなまなざしで、期待をこめてバーナードを見つめた。

バーナードは、キャスからコールマンへ、ジェイへ、そしてまたコールマンへと視線を移した。勝てっこない——それはよくわかっている。また、キャスのあの謎めいた言葉を考えると、ここであまり争いなどしたくはなかった。「危いことなんかないでしょう。射たれるような真似をしないよう監視をつけてやるほどのことはないと思いますよ」そう言い、かたわらでジェイが首をうなだれるのを見やりながら、バーナードは続けた。「しかし、街じゅうをかけまわってる女の子たちからこいつを引き離しておくには、どうしても誰かついてなきゃなるまいな」コールマンへうなずいてみせ、口もとに微笑を浮かべながら、「目を離さないように頼むよ、スティーヴ。なかなかのやり手だからね」それから息子に、なかばあきらめたような微笑を向けた。「おまえもだ。家へは時間どおりに帰ること。またこのことは、母さんにはいっさい内緒だぞ」

17

ヨハネス・ボルフタイン将軍の簡潔にして実利的な人生哲学は、すべてのものは進み出て探し求めて必要であれば取る者の手に帰する、というに尽きた。見返りなしには誰も他人に何かを与えはしないし、守りを怠れば誰でもそれを失う。そのゲームの名は生存《サバイバル》。別に彼がルールをこしらえたわけではない。彼が生まれるよりはるか前から、それは〝自然界〟に刻みこまれていたのだ。

礼節正しくあらゆる人々との協調に努力することは、それがうまくいっているあいだはまことにすばらしいのだが、最終的な交渉の場で交わされる高尚ぶった言葉に重みを与えるものはただひとつ、それを支える師団の——ひいてはその背後にある核弾頭の——数なのだ。そしてもし、あらゆる手段が無駄になったとき国家の利益を守るものが武力であるなら、生き残るチャンスは、徹底的な自己主張と、手にあるかぎりの方便の活用にある。中途半端は命とりなのだ。

短期的に見ればその代償は大きいようだが、〝自然〟が無償の何かを恵んでくれたことがかつて一度でもあっただろうか？　また、長い目で見れば、結局その代償などものの数にも入らない。ソヴィエトは第二次世界大戦で二千万の死傷者を出したが、四分の三世紀後には第三次世界大戦に参加すべく浮上していた。またその第三次大戦で合衆国は一億を失ったと推定されるが、その半分以下の期間で大国の地位を回復した。政治家やはねっかえりの理想主義者どもの感傷が、単に人類の回復力を過小評価しているだけに終わればいいのだが、悪くすると侵略国の侮りを招き、かえって彼らがもっとも忌み嫌ったはずの戦争を誘発することになるのだ。もしもチェンバレンが十機の重爆撃機とともに英仏海峡を越えてミュンヘン会談に赴いていたら、ヒトラーはあれほど気ままにヨーロッパを荒らしまわれただろうか？　きまりきった言葉がいたずらにやりとりされているあいだに、歴史上重要なことは何もかも将軍たちによって成しとげられていたのではあるまいか？

　年功を経た現実主義者の例にもれず、ボルフタインは、これまで何度となく彼みずから承認を与えた計画や戦略が実にしばしば苦悶と戦慄のうちに壊滅を迎えるという苦渋にみちた状況に対処してきたが、反面それによって職責から必要な〝状況を客観化する〟すべを身につけていた。企図された作戦で予測される死者と負傷者の数は戦術参謀の手でそれぞれ〝損失率《ノミネート》〟および〝戦力減少率〟として提出される。狙われて住民もろとも灰燼《かいじん》に帰した都市は〝指命〟されたのである。ナパーム弾の雨にさらされ高性能爆弾の集中攻撃を浴びた地域は〝強行偵察〟を受けたことになる。そして、反乱分子をかくまった村は〝防護措置〟として見せしめに全滅させられる。それが掟《ルール》というものなのだ。

　砲兵少佐だった三十代のはじめ、彼は南アフリカの命運もうこれまでと見切りをつけ、積みあげた実績と経験をひっさげて、勃興期の新秩序アメリカに身を投じた——そこでは戦争の遺した混沌の〝再正常化〟達成のため、ゲリラの攻撃や市民暴動を制圧する体験を積んだ人材を血まなこで求めていたのだ。新興国家の軍事を委託されたエリートとして、ボルフタインはとんとん拍子に昇進をかさね、ついには文字どおり全世界を慴伏《しょうふく》させるほどの軍事力を一手に掌握するという夢すら垣間見えるまでになった。しかし、その夢は長続きしなかった。最高の機会が訪れたのは、アジア——当時はそれが唯一の本当の競争相手になっていた——で、中国と日本‐インド連合が支配権をめぐる争いを起こしたときだった。だが、政治家どもがぐずぐずしているあいだに中国の勝利とそれに続く東亜連邦《EAF》の成立が訪れ、結局その機会は永遠に失われてしまったのである。それ以後、未来の展望は、地球を二分する両勢力がいずれ正面衝突するだろうという可能性が残るだけで、あと何十年かはわずかな権益の端々をめぐって騒乱と中途はんぱな小ぜりあいが繰り返されるだけの、陰鬱な時代が続くものと予想された。もはや彼が生きているあいだに、全世界規模の〝大構想〟を打ちあげるような状況が訪れることはないだろう。そこで彼は、より報われそうな運命を求めて、〈メイフラワー二世〉で地球をあとにしたのだった。皮肉なものだ、と彼は何度も心ひそかに思った——じっとしていることに耐えられなくなってみずからくだした判断が、二十年間も彼を宇宙に釘づけにしてしまったのだから。

　そして今また、〈メイフラワー二世〉の最高裁長官であるウィリアム・フルマイア判事の部屋で、ハワード・カレンズとマーシャ・クォーリーを加えた話しあいに耳を傾けているボルフタインの心は、同じ耐えられぬ思いにさいなまれていた。地表では兵隊どもが、いつ敵にまわるかしれぬ相手と公然と親交を結び、二年を隔てた宇宙からは東亜連邦《EAF》の恒星船が日ごとに迫ってきているというのに、この三人はまだ派遣団憲章の細部の解釈をあれこれ論じあっている。地球からのニュースは、東アフリカに吹き荒れる三つどもえの紛争を伝えていた——黒人国家群が北ではアラブ諸国、南では白人国家と衝突し、オーストラリア軍はマダガスカルに上陸、ヨーロッパ側はその戦火を鎮めようと必死で画策しているが、一方東亜連邦《EAF》はせっせとそれを煽っているのだ。このニュースはとっくの昔に〈パゴダ〉にもとどいているはずで、それがそこに乗っている人々にどういう意図を抱かせたかは誰の目にも明らかだ。あいまいな用語論や手続きの合法性をどうこう言いあっている場合ではない。

世論調査ではいちおうかなりの優位に立てたと思われる現在、カレンズは、たとえ幹部会の議長になっても、まだ派遣団議会とのあいだに権力の分割があり、それが現況に不可欠と思われる権威の集中を行なう妨げになるということに頭を悩ませていた。独断専行する力を持った強力な指導者でなければ問題解決の見こみはないというのに、〈メイフラワー二世〉の憲章は、そういう人物の出現を防ぐようにできているのである。その精神は、新興の連邦国家が装いを新たにした植民地主義に対して自衛につとめていたころの時代錯誤的な遺物であり、統治機構はその精神をきわめて効果的に具現化したものとなっている。それが問題なのだ。

ボルフタインの見るかぎり、彼とその背後にある軍隊に関しては、カレンズは必要とするある権力を掌中にしている――もちろんそれは、次の選挙に勝てばの話だ。だがカレンズは、スタームとその件を話しあったあと、ケイロンに対して頭ごなしに権威を押しつけるやりかたは派遣団の人々の内部離反を招く危険を伴うと考えはじめている。もっと巧妙な、それとないアプローチが必要なのだ。「究極的には人間の本能ってやつは、慣れ親しんだ既知のパターンにしがみつくものだ」と、のちにカレンズはボルフタインに言いきかせた。「この惑星の無法状態と二者択一の関係にある統治社会の施行を明確に公約してやることが、団結を維持する道だと思う。これを危険にさらすわけにはいかん」こういうしだいでボルフタインもその線で正々堂々と勝負を挑むことに同意し、かくて今やその成否は、二十年間の宇宙旅行という異常な環境を考慮して成文化されている条項の解釈ひとつにかかってきたのだった。

緊急事態にすばやく効果的に対応できるように、派遣団長官には、議会に代表される民主的手続きを一時停止する権限が与えられており、みずからの判断で布告した緊急事態が続いている期間中は、独裁的にあらゆる権限を掌握することが許されている。その特権は、恒星間航行中の未知の状況を考慮した特例として設けられたもので、その適用は航行中にのみ限られるわけだが、カレンズはそれを形式的にはウェルズリーの任期終了まで有効だと解釈し、フルマイア判事もそこまでは認めていた。すると問題は――その特権を、誰がなるにせよ次期長官の代まで延長できるかどうか、またできるとすれば、憲章にその修正条項を書き加える権限を持つのは誰かということである。もちろん議会の総会でなら可能だが、みずからの存在を否決するに等しい案件を議会が通すはずもない。では、唯一の特権を形式上はまだ手にしている人物であるウェルズリーならどうであろうか？

　カレンズは前日、数人の法律家から徴した見解を基礎に、ウェルズリーにはそれができるという趣旨の主張を練りあげていた。しかし同時にその法律家たちは、それには司法側の判定を俟《ま》つ必要があると警告していたので、カレンズは前もってフルマイアに声をかけ、好意に対しては後日の見返りがあることを匂わせてその評決の成りゆきを打診しようとしたのである。だが、この根まわし策は、みごとに裏目に出た。

「そういういかさまに手を貸すわけにはいかん！」と判事はどなった。「それがとんでもない違法であることは、あなたもよくご承知だろう。法の施行には正しい手続きのすべてが必要であり、また正しい手続き以外のものが介入してはならんのだ。この点だけは譲れん。あなたの話は言語道断というものだ」

「わが方の大衆には、正しく構築された法体系による保護を期待する権利がある。なのにこの惑星には、法的手続きのかけらもないんですぞ」カレンズは主張した。「あなたの職務倫理からすれば、法体系を確立するための方策に協力されるのが筋だと思うが。この提案の目的は、まさにそこにあるのです」

「むしろあべこべだ。それは事実上独裁権を認めることになる」フルマイアは言いかえした。

「とにかく違法な手段によって成立した法に有効性はない」

「しかしあなたはすでに、違法性はないと請けあわれたはずだ」カレンズが指摘した。「緊急事態に関する条項は、選挙施行時まで適用されると」

「しかし長官がその権限を後継者にまで継続して与えてよいという条項はない」フルマイアが答えた。「それを可能にするような解決法に関しては、わたしからいかなる形の言質も取れないことを承知しておいてもらいたい。わたしがそういう言質を与えるということ自体が完全な違法行為であり、それにもとづいたあなたの行動のすべてもそうだ。繰り返すが、それ以上は何も言えん」

「では安全保障規定に訴えるとしようか」このやりとりにうんざりしていたボルフタインが、椅子にすわりなおして口を開いた。「これは安全保障の問題だと思うが？　ケイロン人は怠慢によりそれをわれわれに委ね、われわれ同様危険に身をさらすことになった。〈パゴダ〉の到着はあとわずか二年後だ。このさい誰かが指揮をとらなければならん」

フルマイアは、自分のデスクにひろげた書物や書類の方をさし示した。「安全保障規定によれば、議会は安全保障の必要を示す事態にさいして投票により幹部会に特別権限を与え、幹部会の構成員はそうして与えられた権限にもとづいてその長にその権限を委任することができる。だがこの規定は、長官がみずからその地位につくことは認めておらんし、その後継者にしても同じことだ」

話はここでいきづまり、短い沈黙が座を包んだ。やがて、窓の下にひろがるコロンビア区のたたずまいをじっと見つめていたマーシャ・クォーリーが振り返り、「何かさっき、安全保障の考慮が必要な場合は非常権限の延長を認める条項があると伺ったような気がしますが」と、眉をよせながらたずねた。

「職務継続の問題を話していたときですな」カレンズがつけ加えた。

フルマイアはちょっと記憶をたどって考えこみ、ついで椅子から身をのりだして、開いたままの手引書の一冊にじっと目を落とした。「それは〝安全保障〟ではなく〝緊急事態〟の方だな」ややあって、顔もあげないまま、「航行中の緊急事態に関する規定によると、長官は緊急事態布告後、議会の議事手続きを一時停止することができる」

「それはわかってます」とクォーリー。「でも、その権限が副長官の手に渡る場合があったように思うんですけど?」

フルマイアは頭を動かして別の条項を調べていたが、やがてしぶしぶとうなずき、「長官が資格剝奪その他の理由により職務遂行の任を解かれた場合は、自動的に副長官が長官に付与されていた権限を引きつぐものとする」とのべた。

カレンズがきっと頭をあげた。「すると、長官がすでにその時点で議事を停止させていたら、その状況は新長官になっても継続するわけかな?」ちょっと考えてから、言葉を続け、「当然そう考えていいはずだ。その条項の目的は、明らかに、緊急事態のあいだ適切な施策が続くことにあるのだから」

フルマイアは不安げな表情だったが、結局はうなずかざるをえなかった。「しかしそれは、すでに緊急事態がはじまっている場合の話だ」と彼は警告した。「現状に適用されることはありえない」

「完全武装のアジア人を満載した船がやってくるのを緊急事態だとは思わんのかね?」ボルフタインが皮肉な口調でたずねた。

「その決断をくだす権限を持っているのは長官だけだ」フルマイアは冷ややかに答えた。

討論はそのあとあまり進展せぬままに、もう少し続いたが、カレンズはそれ以上何も主張しようとはせず、むしろ何か考えこんでいる様子だった。やがて一同が退出したあと、フルマイアは、悩みをかかえた表情で、長いあいだじっとデスクを見つめて考えこんでいた。が、ほどなく彼は、先刻「記録に残したくない内容の話なので」というカレンズの要請に答えて切ってあった椅子の脇の端末のスイッチをいれた。

「何のご用でしょうか?」端末機がたずねた。

「通話を頼む」まだ考えこんでいる表情のまま、ゆっくりした口調でフルマイアは伝えた。

「ポール・レチェットを探して、もし手がすいているようならつないでくれないか。なおこれは、機密保持チャンネルにしてくれ」

18

「どうもよくわからんのは、ここの連中の動機づけが何かってことだよ」ジェイと並んでアダムの家へ向かって歩きながら、コールマンがハンロンに言った。「みんな実によく働いているが、一文にもならんというのに、どうしてあんなに働くんだ？」

地上車が一台通りかかり、その窓から、数人のケイロン人が、一行に向かって手をふった。

「そうでもないみたいですよ」とジェイが言った。「さっき話した女の人は、ジェリー・パーナックに、大学の研究所の仕事はとても給与《ペイ》がいいって言ったんだって。何か意味があるにちがいない」

「それでも、金を払わないことだけはたしかだよ」コールマンはハンロンに向かい、「どう思う、ブレット？」

その朝、ジェイがアダムに連絡をとると、何人でも好きなだけ地球人を連れてきていいという返事だった。そこでジェイは、軍が当座の兵舎に使っているカナヴェラル市の学校にいるコールマンに連絡したのだが、コールマンは最初、午後には別の予定があるのでと言った――事実彼は、ケイロンのコンピュータから、ポート・ノルディに関する情報をもっといろいろ引きだしてみるつもりだったのだ。しかしジェイが、キャスも孫たちを見にくると言うと、その予定はあっさり変更になった。畢竟《ひっきょう》、ポート・ノルデイに関してキャス以上の情報源はないはずだから、とコールマンは説明した。ハンロンはちょうど休暇だったので、コールマンがさそったのだ。

「おれに答えられるわけがないじゃないか」とハンロン。「そんな話は、おれにとっちゃギリシャ語と同じくらいちんぷんかんぷんなんだ……」そこでふと歩をゆるめると、通りの反対側の方へあごをしゃくってみせた。「おい、あそこにいるやつに訊いてみるのがよさそうだぜ」

他のふたりがその視線をたどると、つなぎ《カヴアロール》を着て、赤い羽根飾りのついた緑色の帽子をかぶったひとりのケイロン人が、一軒の家の壁の下の方にペンキを塗っているところだった。男のかたわらには、脚のついた機械があり、その一端には塗料の罐やバルブやチューブが、反対側にはドリルや鋸やいろいろな付属品類が突き出ている。家の正面には、作業用の足場を支える伸縮自在の腕のついた地上車が停まっている。数ヤード離れたところではペンキまみれのロボットが、入りたての見習いよろしく、作業を真剣な様子で見守っている。その男は、コールマンがこれまでに会ったケイロン人の誰よりも年上のようで、風雨にさらされた褐色の顔をしていたが、それよりコールマンの興味を惹いたのは、その家が百年も前の地球の様式にのっとって建てられている——本物の木材を使い、ペンキで仕上げられている——ことだった。フランクリンでこの種の時代錯誤に出会うのは、何もこれがはじめてではない。

そこでは、三世紀も前のデザインが、磁気浮揚車《マグレヴ・カー》や、遺伝子工学的に改良された植物などと、もののみごとに同居しているのだ。が、立ちどまってゆっくり眺めるのは、これが最初だった。

　ケイロン人は、見物のいるのに気づいたらしく、ちらりとこっちを振り返った。「いい日和だね」ひとこと声をかけ、また作業をつづける。その壁面はもう仕上げの段階らしく、前の塗りを落とし、隙間を埋め、磨き、下塗りをし、板材の二、三枚は新しいのに取り替え、また窓敷居もすぐ塗れるように修繕を終えている。細工は小ざっぱりと手ぎわよく、立てつけには一分《いちぶ》の狂いもない。男は刷毛目や塗りむらを残さないよう、入念な手つきで、ゆっくりとペンキを木目ぞいに伸ばしていく。三人の地球人は通りを横切って近づくと、立ったましばらくその作業ぶりを見守った。

「みごとなもんだね」やおらハンロンが口を開いた。

「そいつはどうも」男は手を休めようともしない。

「いい家だね」ちょっと間をおいて、またハンロンが言った。

「ああ」

「あんたの？」

「いいや」

「誰かお知りあいのかね？」コールマンがたずねた。

「まあな」それが返事かと思っていると、男はつけ加えた。「誰だって、誰とでも、ある意味じゃ知りあいじゃないだろうかね？」

　コールマンとハンロンは、眉をよせて顔を見あわせた。もっとはっきりきかないかぎり、何もわからないことは明白だ。ハンロンはズボンの尻で手のひらをこすりながら、「その……邪魔するつもりはないんで、ただ好奇心からきくんだが、あんたはどうしてここを塗っているのかね？」とたずねた。

「塗ってやらなきゃならないからさ」

「でも、どうして？」ジェイがたずねた。「誰かの家にペンキを塗ってやらなきゃならないかどうかが、どうしてあなたに関係があるんです？」

「おれがペンキ屋だからさ」と、男は肩ごしに答えた。「だから、きちんとした塗りを見るのが好きなんだよ。誰だって、ほかに理由が要るかね？」一歩下がって、厳しい目つきで自分の仕事を見なおし、ひとりうなずいて、刷毛を脚のついた機械の中へほうりこむと、中では攪拌機が溶剤をかきまわしはじめた。「とにかく、ここに住んでる人たちは、配管をなおしたり、町でバーを経営したり、チューーバの教師をやったり、いろいろ働いているのさ。うちでも配管がこわれることはあるし、おれもたまには町で一杯やるし、そのうち子供のひとりがチューーバを吹きたいって言いだすかもしれない。向こうは蛇口をなおし、おれはペンキを塗る。何がそんなにふしぎなのかね？」

　コールマンは眉をひそめてひたいを手でこすっていたが、とうとうため息をついて両手を前に投げだした。「いや……やっぱりどうもはっきりしないようだ。こう言ったらどうかな

――誰が誰に何をすればいいかがどうしてわかるんだい？」ペンキ屋は鼻のあたまを指でかきながら、その指越しにじっと地上を見つめた。明らかにこれは、彼にとってはじめて出会う考えかただったらしい。

「どれだけ仕事をすればいいってことが、どうしてわかるんです？」ジェイが質問を簡略化して聞きなおした。

ペンキ屋は肩をすくめた。「そりゃわかるさ。腹がいっぱいになったかどうかわかるのと同じことだよ」

「しかし、それは人によって感じかたが違うんじゃないかな」コールマンが追及した。

ペンキ屋はふたたび肩をすくめた。「それはそれでかまわないさ。人によって価値基準は違う。他人の腹がいっぱいかどうかなんて、わかるもんじゃない」

ハンロンは、くちびるをなめながら、山ほど言いかえしたいことがあるのを、やっとひとつにまとめあげた。「うん、なるほど、だがそんな調子でことが運ぶのかい？　例えば誰かが、自分は日なたぼっこのほか何もしないと決心したら、どうやってそれを改めさせるんだね？」

次に塗るつもりらしい窓敷居を検分していたペンキ屋が、うさんくさそうな表情を浮かべた。「そりゃめちゃくちゃってもんだ」ややあって彼はつぶやいた。「その必要もないのに貧しくなりたがるなんて。よっぽど変わりものならともかくな」

「もちろんそんな生活は長続きしないだろうけど」ジェイがさぐりを入れるように、「だって、そんな連中をどこへでも出入りさせたり、ほしいものを何でもやったりしておくわけにはいかないでしょう?」

「そんなことはないさ」ペンキ屋が言った。「そういう人たちには、むしろ憐れみをかけてやらなきゃ。せめて、ちゃんと食事をしているか、世話をしてもらっているかくらいは、気をつけてやらないとね。実際に、そういう連中も少しはいて、そういう暮らしをしてるよ。かわいそうなやつらだが、他人にはどうしようもないことなのさ」

「理解できないかもしれないけど」とジェイ。「地球じゃ大勢の人が、そんなふうな生活を夢見てるんですよ」

ペンキ屋は、ちらりと彼の方へ目をやり、やがてゆっくりとうなずいた。「うーん……そんなこととなんじゃないかと思いはじめていたところだよ」と彼は言った。


五分後、三人の地球人は角を曲がって、アダムの家へ続く小川沿いの道を歩いていた。あのペンキ屋と別れたあとは、三人ともすっかり考えこみ、ほとんど口もきいていなかった。少しいったところで、ふいにジェイの歩みが遅くなり、立ちどまると、流れの向こう岸の、明らかに地球種とわかる楡《にれ》や楓《かえで》の木――異星の土壌で育つよう〈クワン・イン〉のロボットが遺伝子工学的に改良してはいるが――に混じって立っている背の高い一群のケイロン原産の木を見つめた。ふたりの軍曹は足をとめて待っていたが、やがてけげんそうにジェイの見ているものの方へ目をやった。

その木の幹は、樹皮というより爬虫類の鱗に似たたがいにかさなりあった薄層で蔽われており、またカリフォルニア・セコイアを思わせるように梢の近くに蝟集《いしゅう》したその枝は、外へ上へと伸びて巨大なきのこの傘のような葉の丸天井を形成している。そのドームの下の方の葉は緑色だが、上へいくにつれて黄色くなり、その周囲を毛ぶかい猫くらいの大きさの生きものがゆっくりと大きな円を描いて飛びまわりながら、ひっきりなしにさえずり交わしていた。「まさかと思うでしょうけど、あの黄色い葉はこの木の一部じゃないんですよ」ジェイが指さしながら言った。「ジーヴズが教えてくれたんです。まったく別の種類――羊歯の一種なんだって。その胞子は、木が最初に芽を出したときからそこにくっついて、冬眠したまま、その木が成長して日光の当たる高さまで運んでくれるのを何年も待ってるんです。それから葉っぱの芽に侵入して、木の脈管組織から栄養を取るんだそうです」

「ふうむ……」コールマンはつぶやいた。植物学は、得手ではない。

ハンロンは興味深そうな顔をしてみせたが、心はまだあのペンキ屋のことを考えていた。が、数秒後、彼はコールマンに目を向けて言いだした。「おい、ずっと考えてたんだが――地球でうらやましがられるご身分の人たちは、ここじゃ狂人扱いされるんだな。もしかすると、おれたちみんな、ケイロン人には狂ってるようにみえるんだろうか？」

「そうかもしれんな」コールマンは、あいまいに答えた。さっき、あの男の話を聞きながら、彼もそれと同じことを考えていたのである。粛然となるような思いであった。

何かこわれものが床に落ちる音、陶器の砕ける響きが、居間とキッチンのあいだのドアから聞こえてきた。大きな張り出し窓の下のソファに長々と寝そべっていたアダムが、声にならないうーんという呻きをもらした。彼はコールマンが想像していたよりかなり年長の、二十五歳前後といったところで、細いが丈夫そうな体格と、黒く輝く瞳、細く丹念に手入れしたあご髭、黒く波うつ髪に彩られた熱情的な顔の持ち主だった。赤系統の格子縞のシャツに薄いブルーのジーンズという服装も、生活の物質面には無頓着でひたすら知的な探究に打ちこむ人物という、コールマンの抱いていた印象にぴったりだ。

数秒後、家事ロボット——子供と同様ケイロンではあらゆる局面に欠くべからざる存在のようだ——のラーチが、その戸口から現われた。「お皿を落としました」それが報告した。「申しわけございません。代わりを注文しておきました」

アダムは、あきらめたように片手をふってみせた。「いいよ、いいよ。そうしょげるな。それで、あと始末はしたのかい？」

「ああそうでした。忘れていました」ラーチはまわれ右をすると千鳥足《ラーチ》でキッチンへ戻っていった。戸棚のドアをあけて何か突つきまわしているような音が、こっちの部屋まで伝わってきた。

「しょっちゅうああなんですか？」一時間ほど前にここへ着いたとき、山積みになっていた本や鳥の剝製をどけてもらって腰をおろした椅子から、コールマンがたずねた。

「不器用なやつでね」アダムがうんざりしたように答えた。「視覚回路のどこかに乱れ《グリッチ》が出るとか……何かそんなことらしい。よくわからないんです」

「修理してもらうわけにはいかないんですか？」とコールマン。

アダムはまた両手を広げた。「子供らがやらせないんですよ！　なおしたら違ったのになるといってね。まったくどうしようもない」

「そんなことさせるわけにはいかないわよ、ねえ？」部屋の向こうの端にすわっていたキャスが、さっきから一緒にチェスの難手の解決に取り組んでいた十歳のボビイと八歳のスージーに言った。「ここへくる楽しみのひとつは、あのラーチに会うことなんだもの」

「母さんったら、一緒に暮らさなくていいもんだから」アダムがやりかえした。

家の裏手にあたる森のはずれのどこか遠くでたがいに呼びあう声が、窓ごしに聞こえてきた。ハンロンとジェイは、アダムのもうひとりの息子である十一歳のティムとそのガールフレンドとともに、ケイロンの野生動物を見に出ていたのである。その道にかけてのティムの博識ぶりは、疑いもなく、生物学と地学を専攻し、普通は三人の子供と一緒に、惑星全土をまわって生活しているアダムの血筋をひいているせいだろう。

いや、彼の血をひいているのは、一緒に住んでいるこの三人だけではない。アダムには、このほかにもうふたりの子供がおり、彼らはセレーネ大陸の北辺にある何か科学関係の北極基地にいるアダムの前の〝同棲相手《ルームメイト》〟のパムと一緒に住んでいる。アダムの父親――キャスと数年前に別れた――もそこにいる。アダムの現在の伴侶バーバラは、今、やはりフランクリンにいる娘――彼女の子だがアダムのではない――とともに、その北極基地へ二週間ほどの訪問に出向いているところだった。バーバラとパムは親友なので、彼女はパムとアダムのあいだに生まれたふたりの子供を見にいったのだ。ケイロンには、結婚にあたる社会制度がないらしく、また一夫一婦制とか個人間の終生の関係といった考えかたもないようだ——言いかえると、その点については、守るべきいかなる行動パターンも、ここには存在しないということになる。

ハンロンがそうした生活態度の是否に関して疑念を表明したときも、アダムは特に驚いた様子はなく、要するにケイロンでは、個人間の関係は当人たちの問題にすぎないのだと答えた。一対一で結ばれて家庭をつくり、ずっとそのまま過ごしているカップルもあれば、そうでないものもあり、これは社会的な問題でもなければ他人が口をはさむべきことでもない。自分個人の考えでは——と彼は言った——誰もが勝手に道徳基準を定めて他人にそれを法律で押しつけようとするなど、思うだに〝忌わしい〟ことだ。

アダムには——地球人にとっては驚いたことに——姉もひとりいて、半島から内陸へ入ったあたりにある工場で宇宙船の航行用装備を設計しており、また双生児《ふたご》の弟は建築家で、現在〈メイフラワー二世〉からきたコールマンには心あたりのない陽気な赤毛の女性と親しくしているという噂だし、ひとりいる妹はフランクリンのどことやらでまだ十代のふたりの男と住んでいるし、その下の、キャスの子ではない異母弟は、父親とともにセレーネにいるという。なんともややこしい話である。

「でも、そんな状態は、子供たちにとって不幸なんじゃないかな？」とハンロンは、不安にかられてたずねてみた。

「いがみあってる両親と一緒に同じ家に閉じこめられてるよりはいいでしょう」とアダムは答えた。「家の外にどれだけ多くの家族がいようと、どうってことはないんだから」

「あなたの妹に会いたいわ、ジェイ」ティムのガールフレンドが、片手をティムと、もう片手をアダムとつなぎながら言った。

「ああ、でも、お母さんがね」ジェイは冷たく答えた。

コールマンはアダムから、彼の仕事と、この惑星の物理学的および生物学的環境の概略の話を聞いた。アダムの言うところによると、ケイロンは事実上地球と同年齢で、その母星とともに、太陽やその近辺の星々を生んだ星間ガス雲の凝集を引き起こした同じ衝撃波によって誕生したものだという。現在ケイロンや地球で生まれてくる人々の体内に、その同じ第一世代の恒星——超新星爆発によりくだんの衝撃波を発生させた——の内部で形成された重元素が含まれているのだと思うとふしぎな気がする、とアダムはコールマンに言った。「生まれた場所こそ何光年も離れているけれど、ぼくらの体をつくっている材料の出どころは同じなんですよ」

ケイロンの地表は、地球のそれと同様の地核形成過程《テクトニック・プロセス》によって作りあげられたもので、ケイロンの科学者たちはすでにその大陸移動、造山運動、堆積現象、火山活動、浸蝕作用などの歴史のほとんどを解明していた。地球と同様ここにも周期的に逆転を繰り返す磁場が存在し、その変動ぶりは、海嶺沿いに湧出し冷却して広がっていく海底の動きに一貫した記録を残している。ケイロンの双生児《ふたご》の衛星が引き起こす複雑な潮の干満のサイクルが解明されたことから、これまで周期的に起こった海進の時期も割り出された。さらに地震波パターンの分析から、活断層のネットワークとサブダクション帯の地図が作られ、火山‐地震帯の所在もほとんどつきとめられた。

　生物界でもっとも興味深いのは、ある程度ネコ科の特徴をあわせ持った猿に似た種族で、オクシデナの北部に棲み、〝モンキャッツ〟と呼ばれている。これは何十年も前に、まだ幼なかった創始者《ファウンダー》たちが、〈クワン・イン〉の自動探査機から送られてきた映像をひと目見て作りだした名前である。この生物は、純肉食動物から進化した雑食動物で、かなり進んだ社会的秩序を持ち、簡単な道具を作る段階にまで達していた。ケイロン人たちはこのモンキャッツに興味をよせ、観察を続けているが、ほとんどの場合は攻撃をかけられないかぎりその生活に干渉することはなく、また手を出すたびにひどい目に遭うことを知ったのか、モンキャッツたちも今ではすっかりおとなしくなっている。その他の目ぼしい危険な生物としては、ジェイがすでにコールマンには話していたダスクレンドや、主としてセレーネ大陸の南部からテラノヴァとつながる地峡にかけて生息している――中にはケイロン内海まで広がっている種類もある――有毒の爬虫類や巨大昆虫、アルテミアで発見された恐しい鉤爪と牙のようなくちばしを持って目に入るものすべてに襲いかかってくる有翼の哺乳類、それに程度の差はあっても四つの大陸全域に広がっている猫や、犬や、熊に似たさまざまな食肉獣などがあげられる。

コールマンは、ジェイの言っていた、街から外へ出るときは武器を持つというケイロンの習慣を思いだし、たぶんそれは創始者《ファウンダー》たちがはじめて基地から外へ足を踏みだしたころにまで遡っての伝統なのだろうと推測した。子供たちの振舞いを見ていると、それは創始者《ファウンダー》たちがごく幼いころのことだったのではないかという気がする――つまり彼らは、機械があろうとなかろうと、早いうちに自分の面倒は自分で見るようしつけられたのだろう。おそらくそれが、ケイロン人たちのあいだで顕著な自立の精神と、深いかかわりを持っているのにちがいない。

「ほかにしようがないでしょう？」コールマンがその件をただしてみると、アダムは答えた。「当然創始者《ファウンダー》たちは、銃器の扱いを覚えなきゃならなかったんです。子供ってどんなものか、あなたにもわかるでしょう？　いつでも機械がそばについててやるというわけにはいかない。そのことは、ぼくより母に聞いてみてください」

部屋の向こう側からキャスがほほえみかけた。「わたしは、いちばん最初に創造された組だったの。全部で百人くらいいたわ。レオン――アダムの父親よ――もその仲間でね。わたしたち、火器の使いかたを教えてくれた機械を、その映像センサーが大きな黒い耳みたいに見えることから、ミッキー・マウスって呼んでました。わたしがダスクレンドを撃ったのは六つか……もう少し小さいときでした。そいつは、衛星からでも見つからない岩の下に潜んでいて、レオンに襲いかかったの。おかげで彼、今でも足をひきずっているのよ」くっくっと笑い、「かわいそうなレオン。あの人を見てると、ラーチを思い出すわ」

聞いているうちに、コールマンの目は大きく見開かれた。「そういう時代があったとは、思いもよらなかった」と彼は告白した。「しかし、たしかに……そう、当然そうだったんでしょうな。お子さんがたも、そのころの子供たちとそう変わってない気がする」

「どういうこと?」キャスがたずねた。

コールマンは肩をすくめ、それとなくボビイとスージーの方へうなずいてみせた。「小さいのに、ものわかりがいいし、自分の考えや判断に自信を持っている。とてもいいことだと思いますよ」

「ふうん、少なくともひとりの地球人がそう思ってくれるのは嬉しいな」と、ボビイが言いだした。「こないだ街で、空の上に何か目に見えないものがあるとか、赤ん坊を生むのは悪いことだとか言ってた人は、そう思ってなかったみたいだよ。死んだあと永遠に苦しむことになるんだってさ。でも、死んでもいないのに、どうしてわかるのかな? おかしいよね」

「マーケットで、死んだ人たちが話しかけてくるって言ってた女の人もいたわ」スージーがボビイに言った。「あれなんか、もっとおかしいわよ」

「でも、みんなそんな人ばかりってわけじゃないんでしょう?」ボビイは期待をこめた目で、コールマンを見つめた。

「みんなそうってわけじゃないと思うよ」コールマンは笑顔で答えると、アダムの方へ、次にキャスの方へ顔を向けながら、「ここには――その、少なくともわたしの見た範囲では、宗教ってものがないように思えるんですが、どうなんでしょう?」宗教を生活の一部として育った彼は、むろん早くからそのことに気づいていたのである。

　アダムは、かなり長いあいだ考えこんだ。「そうですね……」ようやく、ゆっくりと口を開くと、「ぼくらは、無数にある銀河の中の、塵の一粒の上で、自分たちの力で生きている存在です。守護天使が味方についていると考えても、この状況は変わらないし、そんなものを発明するかどうかはぼくらの勝手です。でたらめをやれば、宇宙は見逃がしてはくれないでしょう」そこで言葉を切り、コールマンの表情をうかがってから、また語をついで、「でも、よく考えてみれば、実際そう冷たいことでも淋しいことでもないはずです。たしかにこれだと、ぼくらのために自然を支配して問題を解決してくれる超自然的な偉大なる兄弟《ビッグ・ブラザー》なしにやっていかなくちゃならないわけだけれど、もともといないのだとすれば、それで何かを失うわけでもない。かえって、そういうの副産物として考え出される馬鹿げた話にびくびくしないですむってもんです。つまりぼくらは完全に自由に自分の運命を決定し、自分の判断を信頼していける。ぼくにとっては決して悪い気分じゃないんですけれどね」

　アダムのこの哲学と、自分がつね日頃聞かされてきた教義とを比較するあいだの数秒間、コールマンはためらったが、思いきって言ってみた。「うーん——そういうのを傲慢の罪に数える人もいますよ」

「傲慢ですって？」アダムは、ふっと微笑を浮かべた。「それは、ぼくなんかと違って、よっぽどよく〝わかっている〟自信のある人たちなんでしょうね。ぼくは、ぼくがとらえた事実を、できるだけ忠実に解釈しているだけなのに」またちょっと考えて、「とにかく、誇りを持つことと傲慢になることは同じじゃない。ぼくはたしかに、人間であることに誇りを持ってはいますけど」

「その人たちは、謙譲の美徳こそ尊いんだと言うでしょうがね」とコールマン。

「それはそうです」アダムは即座に同意した。「しかし、謙譲と卑下とは、これもまた同じじゃありません」

コールマンが思わずキャスの方に目を向けたのは、彼女の意見が聞きたい気がしたからだった。

「もし、信仰体系の基礎が、その表面の見せかけとは逆の、死や、憎しみや、老衰や、非人間化や、屈辱などに対する病的な強迫観念にあるものだったら、わたしたちに宗教はありません」彼女はコールマンを見つめながらそう言い、ついでちらりと孫たちに目をやった。「でももし、その意義が、生命や、愛や、成長や、目的の達成や、人間の創造性などに対する讃仰《さんぎょう》を謳いあげることにあるなら、そう、ケイロン人も宗教を持っていると言っていいでしょう」


外に出ていた連中が戻ってくるころには、みんな腹をすかせていたが、ここでキャスとスージーは、用意をキッチンの自動調理機にまかせるのをやめて、ミキサー、混合機《ブレンダー》、スライサー、皮むき機《ピーラー》、自動調節こんろ、それに自分たちの手しか使わない昔ふうの料理法をためしてみることに決めた。その結果は満場一致の大成功で、食事のあいだ地球人たちはおもに航行中の思い出に残っている出来ごとを披露し、またケイロン使節団の一員に予定されているキャスは、そのときのために〈メイフラワー二世〉の推進システムについていろいろと聞きたがった。もっともコールマンの知識では、彼女がすでに知っている情報にあまり多くをつけ加えることはできなかった。

そうこうするうち、このあと夜をどう過ごそうかという話になった。「ティムが、彼とそこのお嬢さんがかよっている格闘技学校《マーシャル・アーツ・アカデミー》のことを話してくれたんだが」とハンロンが言いだした。「ちょっとしたものらしいんでね。ジェイはぜひ見たいと思うし、おれも一緒にいってもいいと――」

「ぼくが？」ジェイが頓狂な声をあげた。「もちろんぼくもいくけど、本当はあなたがいきたいんじゃないの？」

「ブレットは軍隊で、素手の格闘の先生なんだよ」とティムが説明した。

アダムは仕事があるということで外出をことわり、ボビイとスージーも、今夜この近くで上演されるミュージカルを見るのを楽しみにしているからということだった。コールマンは、たぶんキャスはそちらについていくものと思ったので、どっちに同行するかコインでも投げてきめようと思案していた。ところが驚いたことに、キャスは、ふたりだけでどこかへ飲みにいかないかと言いだしたのである。「あれはもう、何度も数えきれないくらい見たのよ」

これをことわる手があるものか、とコールマンは思ったが、同時に、なんともこれはおかしなことになったものだぞという気分が心にしのびこんでくるのを、どうすることもできなかった。

キャスは街にある〈ふたつの月〉という店へいこうと提案した。彼女が友だちとよくいく場所で、こういう夜に気分よく歩いていくにはちょうどいい距離にあるのだという。その道すがら、ふたりは昼間コールマンたちが足をとめた家の前を通りかかり、彼はふと思いついて、そこで見たペンキ屋のロボットのことを話した。「まるでペンキの塗りかたを教わってるみたいに見えましたよ」

「きっと本当にそうだったんだと思うわ」キャスが答えた。「あなたの見た人は、たぶん腕をにぶらせないために、一日か二日のんびりやってただけなんじゃないかしら。ややこしい雑用を片づける機械がそばについててくれれば、楽なもんだし」

「機械に仕事をとられる心配はないのかな？」

「その仕事が機械にできるのなら、人間はもっとほかのことをして暮らすほうがいいでしょうね」

短い沈黙ののち、コールマンが言った。「ああいうロボットたち――本当のところどの程度の頭を持ってるんです？」

「情報網《ネット》で伝えられるコンピュータの中の精密な自動適応学習プログラムでコントロールされているだけのことよ。あなたがたが使ってる技術とそんなに違ったものじゃないと思うけど」

「すると、知性とか……自意識とか、そんなものは何もないと？」

キャスは短く笑った。「もちろんよ……でも、話してみるとなんとなくはぐらかされるみたいでしょ？　そこで思い出してほしいのは、彼らがぜんぶ、子供たちに合わせてその教育用につくられたシステムから発展したものだってこと。彼らの言うことの大部分は、あなたが自分を投影して、彼らの意見みたいに受けとっているだけなのよ」

「でも連中には人間的な価値判断の能力もあるみたいに見えますがね」とコールマンは反論した。「人間の考えかたがわかりすぎている」

キャスはまた笑った。「そうかしら？　でも本当はそんなことないのよ。しっかり聞いてみれば、客観的な、事実にもとづいた情報は別として、意見なんか何も言ってないことがわかるはずだわ。ただこっちの言葉をひっくりかえして質問の形で投げかえしてくるだけなんだけど、あなたはそんなふうにはとらないわけ。何か意味のあることを言ってるみたいに思ってしまうのね。本当は何もありゃしないのに」

「触媒ってわけか」コールマンは、また数秒間考えてからうなずいた。「なるほどね、そうか、やっとわかりましたよ。彼らがやっているのは、こっちも気づいていない頭の中の思考を引きだすことなんだな」

「そのとおり」キャスが明るく答えた。「子供の教育は、それだけで充分なのよ」

〈ふたつの月〉は、狭くて奥行きの深い前庭をはさんで、マグレヴのターミナル駅と向かいあう雑然たる一群のビルの中央付近に当たる建物の地階と一階の一端を占めており、すぐ上は書店で、またそれより上は住居になっている。歩道より低くなった階ではほとんど毎夜フロア・ショウがあり、上の階には小さめの静かなバーがふたつ入っている。キャスはその小さなバーのひとつを選び、コールマンはそれに同意しながら、そのときはじめて、楽しいロマンティックなひとときが展開しそうな予感に身をひたすことができた。どうしてこんなにうまくことが運んでいくのかは、いまだ彼の理解の外にあったが、もしことそこに至れば、むろん彼に否やはない。

だが、スワイリー、スタニスラウ、ドリスコル、それにカースン――この連中が来ている可能性も考えに入れておくべきだった！　もはや逃げだすわけにもいかない。片隅にいる制服の四人組にコールマンが気づくより早く、スワイリーは入口を入ってくる彼を見つけてしまっていたからだ。「世間は狭いですなあ、班長殿」ドリスコルが満面に笑みを浮かべて声をかけた。

「まったくだな」浮かない顔で、コールマンは答えた。

コールマンとキャスが席に着いて間もなく、スワイリーのレーダーは、パダウスキー軍曹をはじめとするB中隊の数人が、バーの外の表ドアを入ってくるのを探知した。声高にしゃべりあっている彼らは、かなり酔っているらしい。アニタやその他、旅団の女の子たちが、兵士らといちゃついているのが見える。コールマンはがっくりした思いで首をふったが、もう実際上彼とはなんの関係もないことだ。ロビーでしばらくどこへ入ろうかと話しあって気をもませたが、結局彼らはD中隊の面々がいることには気づかず、階下の方へ降りていった。

そのあと一同は前よりもっとのんびりした気分になり、コールマンは、キャスの友人がひとりまたふたりと座に加わってきたり、仕事帰りにもう二時間も前からここで一杯やっているというあのペンキ屋がコールマンを見つけてやってきたりするうちに、連中のいることもすぐに忘れてしまった。

ケイロン人の通貨は、おたがいの尊敬なのだということが、その人々の話を聞いているうちに、だんだんとコールマンにもわかってきた。彼らは、あらゆる形態の知識や熟練に対して尊敬を払い、それを態度にあらわすのだ。たぶんそれが――と彼は思った――第一世代が、両親の地位や社会的立場や富や遺産といったものがなんの意味も持たない、機械の管理する環境の中で、競いあい、自己を確立していくためにつかんだやりかただったのだろう。そしてそれ以来ずっと、文化の発展の中でも、その姿が保持されてきたのだ。

彼は、十六歳のとき上院議員の息子を相手にした行為が大きく自分へはねかえってきたことを思いだしていた。ふたりの保安官代理は、街の留置場の監房の中で、彼にいやというほど〝尊敬〟ということを叩きこみ、またそのあと軍隊もずっと〝尊敬〟の大切さを教えこもうとしてきた。だがそれは、地球型の尊敬にすぎなかったのだ。彼は、今になってはじめて、その言葉の本当の意味を教えられたように感じはじめていた。真の尊敬は、努力して克ち得るものなのだ。強制すべきものではない。真の指導者には、人は命令によってではなく自分の意志で従う――ちょうど核融合コンビナートの人々がキャスに、アダムの子供たちがアダムに従うように。ケイロンの人々はたがいに背中を向けあうことができる――コールマンも自分の小隊にはそれができるが、おそらくこれは、ハワード・カレンズのような人間には思いもおよばぬことだろう。ここの人々は、自分と同類なのだ。信じにくい話だが、彼はここが自分の故郷だったような、くつろいだ気持になりはじめていた——生まれてこのかた、どこへいっても味わったことのない感覚であった。

なぜなら彼は、このときはじめて、自分をひとりの人間として——〝合衆国陸軍軍曹〟でも〝通し番号五六四八七三九二一〇〟でも〝白人、アングロサクソン、男〟でもない〝スティーヴ・コールマン、宇宙で唯一の存在である個人〟として——認識することができたからである。

いい気分だった。

19

幹部会《ディレクトレイト》との拮抗勢力をなす第二院である衆議院《フロア・オブ・リプレゼンタティヴス》でメリーランド居住区を代表する二議席のうちのひとつを占めているポール・レチェット議員は、旅の終わりの数年間にそこで討議されたほとんどの議案に対して、穏健一途の評価を得てきた人物であった。科学者ではないが、人類の歴史にこれまでずっとつきまとってきた諸問題を解消しうる唯一の方法として科学の進歩を強く唱道する彼は、自分の職業の範囲内でも、伝統がつくりあげた慣習などよりはるかに大きな可能性を持つことが証明されたと思われる科学的方法の有効性を、固く信奉していた。したがって彼は、常に用語を明確に定義し、事実を客観的に蓄積し、その意味内容を公正に評価し、そしてその評価を明確に検証するよう努めている。かくて当然ながら彼は、あらゆる陳情者にある点までは同意し、あらゆる特殊権益をある程度までは支援し、あらゆる少数意見にある限度までは共鳴し、あらゆる派閥に対して条件つきで賛成することになる。合理化には細心、外挿には慎重、一般化には懐疑的、独断論には猜疑的である。感性や情熱より理性と論理の方に感応し、討論にさいしては常に偏見を排し、判断は厳密な妥当性を基盤とし、新たな情報に接すれば再考をいとわない。その結果、彼には社会的に高い地位を持つ友人はほとんどなく、また強力な支持者もいない。

　それでも彼はその基本方針には忠実で、常に慎重さを旨とし、衝動に身をまかせたりはしない。だからこそフルマイア判事は、自分の懸念する事態が舞台の裏側で政治的に形をとりはじめているのではないかという疑念を、安心して彼に打ち明けたのだった。

　フルマイアは、レチェットの行動力については確信がなかったものの、レチェットがいつもながら日々の暮らしにあくせくしている声なき大衆の側に立っていることを、本能的に見ぬいていた。その対極には、声高に集団の運命を論じあい決定しようとする一部少数の人々がいる。銀行と金融業界は、さきざき土地の所有権をめぐって大混乱が起こるという真剣な予測を掲げ、政府が全責任をもって未使用地の適切な調査を行なったうえで、正式な不動産権利証書を作成し、実際的な抵当権を設定して分割を行なうよう要請しており、そのための費用は惜しまないと申し出ている。製造業と原材料産業を代表する圧力団体《ロビー》も、〝非能率と浪費という無思慮な放蕩〟を抑制し〝公平で正当〟な競争を奨励するため通貨制度を導入すべきだという点で金融界に賛意を表しているが、ただし抵当権の設定に対しては、ケイロンの土地開発は〝先住権によって〟すでに実力による獲得が進行していると考えられることから、反対を唱えている。またその仲間うちでも、価格や賃金については意見がくいちがい、製造業界がケイロンの安い（早く言えばただの）原料の使用には規制を設けず消費者物価を保護するよう望むのに対して、物資供給側はそれとまったく逆のことを主張している。教育および医療関係者は、ケイロン人が健全であればそれをいかに指導し、不健全であればそれをいかに扱うかという職責の遂行に心を砕いているが、本心はその費用をまかなうための徴税方式の方をもっと気にしているようだし、一方法律関係者は、その徴税の便宜にかこつけて、まずはきちんとした法体系の確立に心を向けている。他のグループも税制については、自分の分野が他より優遇される保証があれば賛成という立場をとっており、その例外は、もともと税を免除されているためそれを気にかける必要のない宗教界の指導者層だけだ。だがその彼らも、〝この惑星にはびこっている悪徳と退廃の根を絶つ〟ため牧師を学校に配置するという動議をめぐって教師たちと対立し、その〝退廃〟の原因が文化の問題か魂の問題かで医師たちと角《つの》つきあわせ、またケイロン人の融通無碍な――ときには同時進行の――一夫多妻と一妻多夫の慣習を違法化しようとして法律家と衝突し、さらに教会設立のための〝緊急〟助成金の是否では周囲のすべてを敵にまわしている。万事がその調子であった。

　フルマイアが憂慮したのは、こうした混乱の中から、カレンズが、武力を手にいつでも暴発しかねないボルフタインの支持を背景にして、事実上の独裁者として浮かびあがってくることだった。どの派閥から見ても、こうした権力の集中は、自派の主張を通すために自分たちだけが利用できる強力な武器として目に映りやすく、したがってどんな犠牲を払ってでもその手綱を他派には渡すまいとするだろう。かかる一触即発の状況下では、どんなことでも起こりかねない。フルマイアは、ひとたび欲求不満が臨界を越えたが最後、ささいなことから派遣団全体がまっぷたつに割れ、果ては流血を招く強い可能性があることを感じとっていた。これを沈静させるだけの影響力を持ちうる勢力として彼に思いつけるのは、〈メイフラワー二世〉全住民による、より穏健な総意の結集だけだった。たぶんレチェットなら、事態が手におえなくなる前に、なんらかの方案を立ててくれるのではなかろうか。

レチェットも、ケイロンの文化ははじめ予想されていたような、地球のシステムにすんなりと吸収されるほど無邪気で幼稚なものとはほど遠い、それなりの独自の過程を経て高度な発達をとげた存在であって、そうやすやすと変化に応じるものでないことは認めていた。双方がたがいにぶつかりあって、自然の平衡が成立するのを待っているわけにはいかない。そうなる前に、何かがどこかで火を噴くだろう。

ケイロン側は、〈メイフラワー二世〉が到着前から求めていた地表の収容施設の要請に応えると同時に、彼ら自身の将来の需要をも見こして、カナヴェラル市とそこからフランクリン方面に向かう地域とを、当初の予定よりもかなり大きな規模で開発しおえていた。現在のところ、地表へ降りたのは〈メイフラワー二世〉の人口のおよそ四分の一だったが、幹部会がその人々に他へ移らぬよう指示したことが主因となって、ケイロン側が期待していたと思われる恒久的な居住地への移転があまり進まず、そのため降下のペースは急速に落ちていた。住宅増設用の土地が残り少なくなるにつれて、当然ながら船に残っている人々は不安をつのらせはじめた。

レチェットはフルマイアに、地球人の居住地をフランクリンのようなまったく異質の環境の近くに建設するのは——少なくとも当面のところは——得策ではないような気がする、と伝えた。地球人には再調整の時間が必要だし、そのあいだは、慣れ親しんだ生活習慣にしがみつこうとするだろう。フランクリンがすぐそばにあると、それは緊張の原因にしかならない。そこでレチェットの考えは、地表への移住を一時完全に停止し、従来の計画を全面放棄して、どこか別の場所に過渡的な地球人居住地を建設しようというものだった。セレーネ西部の南海岸にあるイベリアと呼ばれる地域がよさそうだと彼は言った。そのあとどうなるかはレチェットにもわからないし、自信をもって予測できることなどひとつでもあるかどうか疑わしかったが、短期的に見れば、これで一般大衆は破壊的な影響を受けずに落ちつけるチャンスを手にできるし、また過激な論をなす人々には頭を冷やして考えなおす機会を与えることになるだろうというわけだ。

フルマイアもこの案を支持して、同じように考えはじめている人も多いと思うよと答え、かくてレチェットは正式に〝分離政策〟運動をスタートさせることで、遅まきながら選挙に立候補する計画を練りはじめた。ただちに必要なのは後援会だが、彼はその政策上、派遣団の科学者たちの大部分と親しい仲だったので、後援者の名簿のトップにはその人々の名前を並べるのが適当と思われた。その中にはジェリー・パーナックの名もあり、特にレチェットはここ数年来、彼の研究に注目していた。そういうわけで、レチェットはある晩、パーナックとイヴ・ヴェリッティを、おもに政治家やマスコミ関係者がよく使うコロンビア地区のレストラン〈フランソワーズ〉へ夕食に招待し、自分の立場を説明した。

「うまくいくとは思えませんね」レチェットの話が終わると、パーナックは首をふりながら言った。「この船内じゃ、みんなほかにもいろんなことを言ってますが、どれもうまくいきそうにない。これまでの経験が、ケイロンにはいっさいあてはまらないんだということが、彼らにはまだわかっていないんです。これは、独自の新しい法則に支配される、まったく新しい現象なんですよ」

「どういうことかね、ジェリー？」テーブルごしにレチェットがたずねた。いくらか瘠せぎすで中背の、薄くなりかけた髪と乾燥気味のピンクの顔色をした、四十代後半の男である。鼻や頬が赤みがかっているため、すぐ激しやすい性格のように思われることが多いが、彼の穏やかな態度に接し、柔らかなもの言いを聞けば、そんな思いこみはすぐにひっくりかえってしまう。

パーナックは片手を半分あげ、その多彩な表情の変化はますます激しくなった。「これまでに何度か、社会が相《フェーズ》の変化を経験することがその進化にとってまったく新しい画期的な事件を引き起こすという話をしましたね」と彼。「つまり、地表《した》で起こってることは、まさにそれなんです。われわれの法規をこの文化に外挿するわけにはいかない。応用はきかない。ケイロンには通用しないんですよ」

レチェットがすぐには何も答えずにいると、イヴ・ヴェリッティがもっと懇切な説明を加えはじめた。「三世紀以上にわたって、わたしたちは、富の配分に関する古めかしい考えかたを高度技術という突発的な事態に合わせようとして、もがいてきたんです。ここで、まずかったのは、昔ながらの、資源はあくまでも有限なものだということを人々に納得させるという条件づけが、疑う余地のない当然の分別として何世代も語りつがれているうちに、絶対的な真理のように思いこまれてしまったことでした。富というのは、常に競争して戦い取るものだったわけです。奴隷や領土が時代遅れになり、技術が富のおもな源泉になっても、わたしたちはほかのものと同じようにそれを奪いあい、誰もがそれを、避けられない自然のことだと思っていました。新しい事実を、古い理論から切り離してとらえることができなかったんです」イヴはワインをひと口すすって、また話を続けた。「しかしケイロン人は、そういう洗脳を受けずに育ちました。科学と高度技術に囲まれた状態で、それを当然のこととしてスタートを切った彼らは、新しい技術は新しい資源を生みだすものと考えています……それも、無限にです」

レチェットは、じっと皿に目を落としながら、口の中のものを食べおえると、「それじゃ、まるでみんな億万長者みたいだね」と言った。

「まさにそうなんですよ」とパーナックが、「いちおう、物質的にはね。だから、もの持ちであることはなんの自慢にもならない——なんの力にもならない。だから地表《した》には、指導者というものもいないのです」

「どうしてかね？」レチェットが、けげんな表情でたずねた。

「人間は、なぜ指導者に従うんでしょう？」とパーナックは答えた。「力の集中を求めるからです。ではなぜ力の集中が必要か？　それは、最終的には力が富を管理し、意志を他人に押しつけることができるからです。しかし、すでに欲しいだけの富を手にし、また他人に自分の意志を押しつけることなど教わったことがないから興味を持ってもいない、そういう億万長者の一族に、指導者の必要があるでしょうか？　ケイロン人には、そんなものは必要ない。また彼らには、脅威を与える敵もいない。十字軍を起こそうとしても、彼らははなもひっかけないでしょうね」

レチェットは食事を続けながら、しばらくのあいだ考えこんだ。彼自身も前に同じような考えをひねくりまわしてみたことはある。だが、高度に発達した文化が、たとえ外敵に対する防衛の問題がないにせよ、消費に関してなんの規制も設けずに実際に成立するという状況を明確に把握することは不可能だった。それは彼の半生をかけて頭の中に叩きこまれたあらゆる原則に違背するものだったからである。

そんなことを思いかえしているうち、イヴの言った洗脳という言葉が、ふと頭の中にひらめいた。そう、考えてみれば彼自身も、他の人々と同じ過程を経て育ってきたせいで、富や地位を物質の所有と切り離して考えることができないのにちがいない。しかし、たとえいかなる規制をも無意味なものにするほど豊富な物資供給能力を持った先進社会といえども、それが無限の富を意味することにはならないはずだ。この矛盾は、実は用語にある――〝富〟とはその定義上、価値が高く供給のかぎられたもののことだからである。言葉を換えて言うなら――ケイロンでは所有が富を意味せず、したがってあらゆる人間に共通する成功への願望を満たしてくれないとしたら、いったい何がその代わりになるのだろうか？

「きみの言わんとすることも、ある程度わかるよ」ようやくレチェットが口を開いた。「しかし、人間というやつは、物質的な目的を達したあとも、他人に認められたいために、貯めこむのをやめないものだが」

「そのとおりですわ」イヴが賛意を表した。

レチェットは、けげんそうな顔をした。「わたしが言いたいのはそれだ——ケイロン人は何によって満足感を得るのだろうか?」

「いまおっしゃったじゃないの」とイヴ。しばしじっと相手の顔をうかがい、ついで微笑しながら、「まだおわかりにならないの、レチェットさん?」

パーナックが、さらにちょっと間をおいてから、やおらフォークをおき、テーブルに身をのりだした。「ケイロンでは、富はその人の能力なんです! 気づきませんでしたか? 彼らはよく働くし、やるときには全力を尽くす、そして常に向上につとめている。いいことであれば、何をしようとそれは問題じゃない。そしてみんながその価値を認める。あなたの言われた他人に認められること——それが彼らの通貨なんです……能力を認められることがです」肩をすくめ、両手をひろげて、「これでかなり意味が通るんです。いまあなたも、それこそみんなが求めるものだと言われましたね。そう、ケイロン人は、象徴的なものを媒介とせず、直接それを支払っているんです。世の中をわざわざややこしくする必要はないでしょう?」

あまりにも異常な話に、レチェットはとっさには何も言えなかった。パーナックからイヴへ、そしてまたパーナックへと視線を移し、それからフォークを皿の上におくと、その情報をかみしめようとするかのように、うしろに背をもたせた。

「ケイロンで粗雑なつくりのものを何かごらんになりまして？……ドアの立てつけが悪いとか、モーターが始動しないとか」イヴが彼にたずねた。「あそこで、そんな経験をなさったことがおありですか？　あれに較べたら、わたしたちの使ってるものなんか、くず同然ですわ。きのう、こっちの企業が市場調査のためにフランクリンで開いた見本市へいってきたんですけど、ケイロン人側はあれを冗談の一種だと思ってたみたい。あそこの子供たちの様子をお見せしたかったわ——こっちのデザインやつくりかたをおかしがって、大笑いしているのよ。関係者にとっては大失態だったでしょうね」

「それが、彼らの富なんです」とパーナック。「なんだろうと、仕事にいい腕を持ち、それを磨いていくことによって、それが得られるわけです。狂人ででもないかぎり、わざわざ貧乏になる道を選んだりはしないでしょう？」

「つまり、名声とか、そういったものかね？」レチェットも、ようやく興味を感じはじめたようだ。

「それも一部です」パーナックはうなずいた。「彼らが、文化的条件づけによって満足を感じるようになっているものは、それとは違いますが、だいたいそういう考えかたでいいと思いますよ」

レチェットはふたたびフォークを手にとった。「そんなふうに眺めてみたことはなかったよ。面白い考えかただ」そしてまた食べはじめようとしたが、ふいにその手を休めると、顔をあげた。「つまり、彼らの第一世代は、おたがいを評価しあうのに、それしか道がなかったんだな……仕事は機械がぜんぶやってくれるし、われわれの伝統的な富などまったく無意味だったわけだから。そしてそれが、彼らの思考の基底に刷りこまれてしまったのか」彼はゆっくりとひとりうなずいて、さらに思索を進めた。「最初の何年間かの経験から植えつけられた、まったく異質の条件づけだ……各個人の特技みたいなものがその基盤になっている。それで、権力集団に見向きもしないことの説明もつく。よその集団に脅威を感じる理由もないわけだ」

「そういうたぐいのものに染まった両親たちを見ならうこともなかったし」パーナックが同意した。「等級、階層、黒人、白人、ソヴィエト、中国……彼らにとってはみんな同じなんです。そんなことはどうでもいい。問題なのはその当人だけなんです」

「それに、計画されたことか偶然かはわかりませんけど、それがそのほかのいろんな問題も解決したみたいです」とイヴ。「例えば、犯罪。窃盗や強盗は成り立たない——他人の能力を盗むことは不可能ですから。まあ、能力があるふりをすることならできるでしょうけど、人を見る目の肥えたケイロン人が相手じゃ、永続きはしないでしょう。彼らがそういう騙《かた》りを見破るのは、わたしたちがつり銭のごまかしに気がつくのと同じようなものなんでしょうね。実際、彼らにしてみれば、それが取引きなんですから。たしかに、暴力がはびこった時期もあったようですけど、それだって、今通信《ビーム》が入っているアフリカのありさまや、二〇二一年の出来ごとに較べたら、ものの数じゃありません。深刻な問題に発展することはないんです。ナポレオン志願者に取り入る動機が、誰にもないからです。みんなが欲しがっているものを与えることが、彼にはできないのですから」

また短い沈黙のあと、レチェットが言った。「しかし、それにしてもふしぎな通貨制度だとは思わんかね。つまり、足し算もできないし、どんな算術にもあてはまらないということだよ。支払いをしても、こっちのふところは痛まない。どうもその——よくわからんが——無理なような気がするんだが」

「有限の算術にはあてはまりませんね」パーナックが言った。「でも、それがなぜまずいんでしょうか？　われわれの通貨の概念が有限の本位制を基礎にしているのは、われわれがそれしか知らなかったからにすぎません。ケイロンの通貨を裏づける金《きん》にあたるのは、彼らの心の能力で、それを彼らは無限の資源だと考えています。だから、取引きの計算には、無限大の数学が使われることになります。無限から何かを引いても、残りは無限です」肩をすくめ、「これでちゃんと理屈は通りますよ。われわれの目からみると気ちがいじみていますが、彼らの思考にはそれがぴったりなんです」

「たしかにそれで話は通るようだな」レチェットはいちおう認めた。ふたたび椅子の背にもたれると、ふたりの顔を交互に見ながら、あきらめたように両手を広げ、「では結局、さっき話した件について、きみたちの協力は得られないということだね？」

「あなたがどうこうってことじゃないんですよ、ポール。ぼくらは、あなたはすばらしい人だと思っていますけど……」パーナックは眉をひそめ、申しわけなさそうにため息をついた。

「ただ、長い目で見て分離政策がなんらかの解決になるとは思えない。実際、正直なところ、議会制度もそう長くは保《も》たないと思います。下の惑星へ降りたら、そんなものはもう前世紀の遺物なんです」

「そうかもしれんが、それは長い目で見ての話だ」とレチェットは答えた。「それよりわたしが憂慮しているのは、短期的に何が起こるかということなんだよ。そいつをなんとかするために、協力者がほしいんだ」

「今回の相変化が訪れる前だったら、その方法が適切だったと思います」パーナックは答えた。「でも、今となっては、なんの役にも立たないでしょう」

「ほかに手だてがあるのかね？」レチェットがたずねた。

パーナックは肩をすくめた。「ただ組織が自然に消滅するのを待つだけですよ」

「そうやすやすとは消滅してくれないだろうな」レチェットが指摘した。「ついさっきまでわたしがいた、ここから数ブロックさきの部屋で、今何が起こっているか聞かせてあげたいよ」

「その連中が何をやってたって無駄でしょうね」とパーナック。「彼らは進化の趨勢にさからっているんです。カヌート王と同じことです」

「だが、連中が降参するまでには、多くの犠牲者が出るだろうな」レチェットは、もうひと押ししてみた。

パーナックは、一瞬ぐっと眉根にしわをよせ、くちびるをすぼめたが、やがて表情をもとに戻すと、ちらりと歯をのぞかせた。「本当は、その人たちも、誰かが考えてくれるのを待ったりせず、自分の将来は自分で面倒を見るようにしなきゃいけないんです。古いものにしがみついていちゃいけない。ケイロン人の考えかたを見習わなきゃね」ふと躊躇してから、彼はつけ加えた。「イヴとぼくは、そうしようと思っているんです」

「どういう意味だ？」レチェットはたずねたが、実は口に出す一瞬前に、彼にも答えはわかっていたのだった。

パーナックが、イヴに目をやった。彼女は片手を彼の腕にかけて、元気づけるようにぎゅっと握りしめながらほほえみ、それからふたりは一緒にレチェットの方へ視線を戻した。

「状況がわかれば、誰でも同じことをするでしょう」パーナックはそう言って、まるで弁解するような笑顔を見せた。「お役に立てないのは、このためなんです。つまり、ぼくらは、いくことにしたんですよ」

「なるほど……」これが十分前ならレチェットはびっくりしたのだろうが、今の彼にはもう、驚いてみせることすら不自然なように感じられた。

パーナックは、ひょいと両手をあげた。「向こうの大学へいって、やっていることも見てきました。信じてもらえないかもしれませんが、ぼくにその気さえあれば、もう仕事の内容もきまっている——彼らがいいと言ってくれた、それだけでいいんです。住む家はただでもらえる……立派な家が。あるいは、好きなように建ててもらえる。ことわる手はないでしょう？　ぼくらはケイロン人になるんです。旅が終われば、みんながそうなるんです。カレンズみたいな連中が何を言おうと、誰も気にかけなければ、彼に何ができるでしょう？　ぼくが言ったのはそういうことです――みんな、ケイロン式に考えるようにしなけりゃいけないんですよ」

「しかし、連中にはまだ軍隊というものがある……始末の悪い武器《ハードウエア》もいっぱいあるんだぞ」レチェットが念を押した。

パーナックは、いろいろな形に顔をゆがめ、やがてまたため息をついた。「わかっています。そのことも考えてみたんですが、でも、深刻な問題を引き起こすような火種がここにあるでしょうか？　すべてがおさまるまでには、ひとつやふたつ火の手があがるかもしれませんが、そういう状態が長引くことはないでしょう」首をふってみせ、「ぼくらは、それが唯一の方法だと確信しています。ほかの人たちを同じように考えさせることはできませんが、それぞれ時期が来れば、気持は変わると思います。それ以外のやり方は、事態を悪くするだけでしょう」

レチェットは、しぶしぶとうなずいた。「ふうむ、どうやらそれが結論のようだね」

パーナックは両手をひろげてうなずいた。「ええ。申しわけないと言うか、なんと言うか……でも、そういうことなんです」

レチェットは、なおしばらくふたりを見つめていたが、やがて姿勢をただすとなんとか笑顔をつくって見せた。「さて、どう言えばいいのかな？　幸運を祈るよ。何もかもうまくいくようにな」

「どうもありがとう」パーナックが礼をのべた。

「ずっとおつきあいはつづけていただけると思ってますわ」イヴが言った。

「約束しよう」レチェットが答えた。

ちょうどそのとき、ウェイターが次の料理を出すために皿をさげにやってきた。「地表《した》からのニュースを聞かれましたか?」皿をかさね、パン屑を手でナプキンの中へ払い落としながら、彼はたずねた。

「ニュースだって?」レチェットが、ふしぎそうに顔をあげた。「いつのことだね? ここへきて、もう一時間ほどになる。それまでは特に何もなかったと思うが」

「十五分ほど前に入ったんです」ウェイターは暗い表情で首をふりながら答えた。「悪い知らせです。地表《した》で……フランクリンのどこかで発砲事件があったとか。少なくともひとりが死亡——こっちの兵隊のようです。なんでも〈ふたつの月〉とかいうところで起きたんだそうです」

20

〈ふたつの月〉の地階のバーは、発砲事件でしばらく騒然としたあと、もう落ちつきを取り戻していたが、正常と言えるような状態にまで回復するにはまだ少し時間がかかりそうだった。コールマンとキャスは、上から駆けつけた連中と一緒に部屋の一方の壁ぎわに立って、SD分隊の指揮をとっている少佐が現場にいたケイロン人たちから供述をとるのを黙って見つめていた。店内のほかのケイロン人たちは席についているものも立っているものもあり、あるものは成りゆきを見守り、あるものはおたがい低い声で話しあっている。みんな事態を冷静に受けとめているようで、その点は、二人のSD警備兵の監視のもと、数人の友人たちと一緒にすわっている直接の当事者である美しい二十歳《はたち》そこそこのふたりの女とひとりの男も同じであった。パダウスキーの一行と一緒に来ていたB中隊のウィルスン伍長の死体はすでに片づけられていた。ずっと向こうの隅では、ウィルスンと同じ小隊のレムリー一等兵が椅子にかけて、ズボンの一方を切り開いた片脚を前の椅子の上に投げだし、軍の衛生兵がその大腿部の弾創を手当てし包帯を巻いている。バーの中央あたりでは、ふたりのケイロン人が床の血痕を洗い流し、こわれたグラスを片づけている。パダウスキーはむっつりした表情で、あとの仲間と一緒に、それより人数の多いSD兵のうしろにすわっており、少し離れたところには、真青な顔のアニタが身を震わせながら立っていた。

コールマンたちが最初に聞いたのは、階下からの一発の銃声と、それに続く仰天したわめき声と何かのこわれる音、そしてまたもう一発の銃声だった。数秒後、一同が地階のバーへとびこんだとき、ウィルスンはすでに眉間を射ちぬかれて死んでおり、レムリーは脚から血を流して床に倒れていた。パダウスキー以下の数人は、若いケイロン人女性のひとりの手にある三十八口径オートマチックを向けられて、あやふやな表情でカウンターのそばに立っていた。店内には、他にもいくつか銃が見えた。緊張した数秒が過ぎて、パダウスキーは降伏するしか手がないことを認め、そのあと、驚くべき早さでSDの一隊が到着したのだった。

どうやらパダウスキー一行の中には、ケイロンでは女性も他の品物と同じように欲しければ手に入ると思った連中がいて、その中のふたりが、カウンターにいたふたりの娘を誘い、娘たちがその気はないと一度ごとに口調を強めてことわっているにもかかわらず、みだらな口説きを繰り返したものらしい。その兵士たちはひどく酔っていて、周囲の店内から何人かが制止の声をかけたのにも耳をかさず、腹を立ててますます荒れだした。言い争いがはじまり、そのうちレムリーが娘のひとりの体に手をかけて抱きすくめようとした。娘が銃を出して彼の脚を射った。もしここでウィルスンが銃をぬいてあいだに入ろうとしたケイロン人たちの方へ向けたりしなければ、たぶんそれ以上の発展はなくてすんだのだろうが、ここにおよんで、店の奥にいた別のケイロン人が、彼を射殺してしまったのである。

　SDの少佐は証人の最後のひとりの供述をコムパッドに記録しおわると、くだんの女性ふたりと男性ひとりがすわっているところへ歩みよった。彼を見あげる三人の表情には、懸念も、謝罪の色もなく、かといって挑戦的なそぶりもない。その顔は、不幸な出来ごとだったがしかたがなかったのだと語っており、罪の意識はまったくないらしい。どちらかといえば、周囲で見ている他のケイロン人たちと同様、この状況を地球人がどう扱うだろうかと、興味を抱いているかのようだ。

「こちらの人間がひとり殺されているので、われわれは所定の手続きを踏まなければなりません」と少佐が告げた。「わたしはあなたがた三人と同行するよう命令を受けています。承知していただければ、誰にとっても、ことは簡単にすみます。申しわけありませんが、他に選択の余地はありません」

「ことわったら、その命令を強制執行するつもりですか、少佐？」ウィルソンを殺したケイロン人がたずねた。しなやかで強靱そうな体軀と、細いがいかつい顔を持ち、外見より実用本位の、窮屈すぎない程度にぴったりした黒い服を着た男だ。その姿からコールマンは、昔の西部劇の悪役を思いだしていた。男の態度は穏やか、口調は平静で、答えた言葉も挑発ではなく単にそう訊きかえしたにすぎなかった。

　少佐はしっかりとその視線を受けとめた。「わたしの職務は、受けた命令の遂行に全力を尽くすことです」直接の返答を避けて彼はそう答えた。事態を残念に思う気持は誰にも劣らないが、妥協はできないという口調だ。

たぶんその機転が効を奏したのだろう。男はなおしばらくじっと目をすえていたが、やがてうなずいた。「いいでしょう」コールマンは内心ほっと安堵の息をついた。ふたりの女も、男に交渉をまかせる気でいたらしく、たがいに軽くうなずきあうと、立ちあがって、持ちものを手にとった。SD兵の中のふたりが進み出ると、コールマンが驚くほどの敬意をこめた態度で彼女たちに手を貸した。

少佐は、ちょっと躊躇したのち、男に向かって言った。「その……状況から見て、あなたの銃をお預け願えるとありがたいのですが。よろしいでしょうか?」

「われわれは囚人だということですか?」男が反問した。

「その言葉は使いたくありません」少佐は答えた。「法律上どうこう言うつもりもありません。ただ、こちらの当局は当然審問会を開くと思いますし、銃は証拠品として必要になるでしょう」

「それは、そちらの習慣です」ケイロン人が言った。

「死んだのはこちらの人間です」と少佐。

ケイロン人はその言葉の意味を考え、もっともだと思ったらしく大きくうなずくと、拳銃を手渡した。レムリーに傷を負わせた娘もそれにならった。少佐がもうひとりの娘に武器を持っていないかどうかたずねなかったのは意味深長だぞと、コールマンは思った。護衛たちがパダウスキーとその仲間に立つよううながしはじめると同時に、少佐は、コールマンはじめD中隊の面々が上の階で一緒だったケイロン人たちと立っているところへつかつかと歩みよってきた。すでに彼は、一同の名前を聞きとり、事件を直接目撃したわけではないことを確認していた。「もういってよろしい」と彼は申しわたした。「公聴会に証人として呼ばれるかもしれんが、その場合はしかるべき筋から連絡がいくだろう」

「こっちの居場所は、その筋にはお見とおしでしょうからな」とコールマンは答えた。

キャスのポケット通話機がピーッと鳴り、彼女はそれを手にとって応答した。ニュースを聞いたアダムが、彼女とコールマンの無事を確認してきたのだった。コールマンは、話している彼女をその場に残し、店から出ようと集まりはじめた人々をはずれてドアのところに立っているアニタに近づいていった。「どうしてあんな連中にくっついてるんだ？」と、低い声で、「これですっかりわかっただろう。手を切れよ」

振り返った彼女の目に、悔悟や自責の色はなかった。「あなたの知ったことじゃないわ」きしるような声で、「どう楽しもうと、わたしの勝手、わたしの人生よ」

コールマンはふんと鼻を鳴らした。「あれが楽しいのかい？」

「わたしの気持がわからないの？　あの人たちは何もしてないわ。ただちょっと飲みすぎただけよ。あのめすども、あんなことまでする必要はないのに」

「彼らには彼らのやりかたがあるんだってことも考えてみるべきじゃないかな」とコールマン。

ショックがうすれるにつれて、アニタの目には光が戻ったが、すぐにそこには怒りがくすぶりはじめた。「どうしてそんなことを？　ブルースは殺され、ダンは脚に穴をあけられたっていうのに、向こうの身になってみろですって？　いったいあなたって、どういう人なの？」コールマンの肩ごしに、通話機をポケットへ戻しているキャスの方を嘲るように見やりながら、「なるほど、理由はわかったわ。あなたも手が早いのね。あの女、いかが？」

その言葉は無視して、コールマンは低い声で言った。「とにかく考えてみるんだ。きみのためだぞ」

「さっき言ったでしょ、もうあんたの知ったことじゃないって。放っといてちょうだい。話なんかしたくない。とにかく——あっちへいって、わたしに干渉しないで」

パダウスキーが、数フィート先からこっちを睨みつけていた。SDの警護の下でいくらか自信を取り戻したらしく、「かわいい人殺しのあまとくっついてるがいい。その女に近づくなよ。金髪野郎」吐きだすように、「きさまらのことは忘れんぞ」そしてドアへ向かう直前、振り返ると、店内全体をねめまわした。「きさまらみんなもだ」ひときわ声を大きくして、「忘れんからな。見てろよ」

「さあ、いくんだ」SD兵のひとりが彼の脇腹を銃床でこづいて、アニタと、両脇から衛生兵と別のSD兵に支えられているレムリーのあとから、階段の方へ連れ去っていった。コールマンは彼ら全員が出ていくのを見とどけ、それから連れのところへ戻った。

「あの女の人、お友だち？」キャスがたずねた。

「ちょっと前まではね。でも、あの様子だと、もうそうじゃなさそうです」

「きれいな人じゃないの。何をしてるの？」

「旅団の通信専門家ですよ」

キャスが、わが意をえたりというように眉をあげた。「じゃ、頭もいいのね」

「あんな連中にくっついているより、ずっとましなことができるはずなのにね。易きについてしまうくちなのかな……とにかく、それですむあいだはね」

「残念ね」キャスが言った。

音楽が流れだして、人々はカウンターやテーブルに散り、あちこちで話し声が聞こえはじめた。コールマンとその仲間は上の階へ戻り、さっきまですわっていた席に腰をおろしているあいだに、ドリスコルがカウンターからみんなにもう一杯ずつ飲みものを運んできた。しばらくは今の事件の話が続き、あんなことになったのは残念だということで意見が一致し、このあとどうなるのだろうと心配しあい、それからやがて話は別のことへと移っていった。

「ここではみんな、ほどほどということを覚えなけりゃいけないんじゃないかな」スタニスラウが、半分空になった黒くて泡の多いケイロンのビールのグラスを見つめながら言いだした。ゆっくり、首をふって、「なあ、妙に聞こえるかもしれないが、ときどきおれは、代金を取ってくれればいいのにと思うことがあるんだよ」

「その気持はよくわかるよ」とカースンが言った。ドリスコルも黙ってうなずいた。

「おれはあんまり賛成できないなあ」とスワイリー。つまり、賛成しているということである。

コールマンはそれを茶化してやろうとして、ふと、みんながひどく真剣であることに気づいた。彼は眉根をよせ、ひとりひとりの顔を順に検分しはじめた。

「つまり、何も払わなくっていいということが問題なんだ」とうとうまた、スタニスラウが言った。「ここへ来て飲む、レストランに入って食べる、店からなんでも持ってくる、それがみんなただなんだ」深く腰をかけなおすと、同意を求めるようにぐるりと一座を見まわし、みんなが同意しているのを知ると、絶望したように首をふった。「はじめは夢の世界かと思ったんだが、すぐにうんざりしちまった。もう面白くもなんともないんだ。班長、みんなそう思いはじめてるんですよ」

「何か借金してるみたいな気がして、おれたちなりに返したくなるんですよ」ドリスコルがそれを裏づけた。「ただ乗りする気はないんだ。でも、おれたちが持ってる紙切れは、ここじゃなんの値打ちもない。どうすりゃいいんです？」

「そのうちわかりますよ」同じテーブルにいたケイロン人のひとりが、まったく平然とした口調で答えた。

「遅くても、わからないままでいるよりはずっといい」別のひとりがそう言い、まだ席にいたあのペンキ屋の方へちらりと視線を向けた。ペンキ屋は鷹揚にうなずいただけで、何も言わなかった。

「どういうことかね？」ドリスコルが、そのケイロン人の顔を見ながらたずねた。

ケイロン人は、言うことが軽蔑的に聞こえはしないかと懸念するように、しばしためらった。キャスがその視線をとらえ、大丈夫というようにうなずいてみせた。「つまり」とケイロン人は口を開きかけて、またちょっと言葉を切ってから、「ここの人間は、たいてい十歳になったころからそう感じはじめるんだ。気にさわったら謝るよ——だけど、そういうことなのさ」

カースンは眉をひそめてその言葉の意味するところを考え、ついで首をふった。「そいつは無理だろうな」と彼。「そんなやりかたで、世の中うまくいくもんじゃない」

好奇心とものの思いのないまぜになった表情が、聞いているスワイリーの顔に浮かんだ。だが彼は何も言わなかった。つまり、賛成ではないということだ。

21

ジーン・ファロウズはケイロンを、ケイロン人を、そしてその無法で不信心で異質で敵意に満ちたこの場所に関係のあるあらゆるものを憎みはじめていた。二十年にわたり〈メイフラワー二世〉で、日ごとに、月ごとに規則ただしく送ってきたおなじみの生活に別れを告げた今になって、彼女はようやく気づいたその暖かさと安全さとを懐かしく思い起こし、自分にも理解できるその正常で文明的な環境の中へ帰ることを切望しているのだった。彼女に理解できるのは、予算と経費のかねあいで何を優先するかが決まり、明確な法律が行動の限界を定め、厳格な保証のある書類が役割と権限――彼女自身のも他の人々のも――を規定する、そういう生活だ。だが今、彼女の周囲にさかまく無秩序の海の中では、個人は岸辺のありかも投錨すべき港もわからず、目じるしの星すらなしに嵐にもてあそばれる紙の船のようにむなしくあがくしかない――こんな世界は理解できないし、しようという気にもなれない。ここに彼女の居場所はないし、彼女もいたいとは思わない。もう一度〈メイフラワー二世〉で二十年間かけて地球への帰路につくという奇跡を、彼女は心ひそかに夢みていた。

故郷のミシガンで州立大学生物学科の大学院生だった彼女は、かつては生化学と原始生命体遺伝学を専攻したいという野心を持っていた。その研究によって、生命のない物質がいかにみずから秩序を得て生命の証しを示す複雑な化合物になるかをいささかなりとも解明したいと思い、またその内心には、その知識が、新生アメリカの人口爆発にともなう食糧の増産に寄与するだろうという、いちおうの理由づけもあった。だがそのころ、バーナードと出会ったとき、若かりし彼の全世界を蔽う大改革の夢と熱意は、彼女の政治意識を目ざめさせ、彼女は彼にいざなわれて、それまで存在にすら気づいていなかった人間相互の関係や動機づけというまったく新しい次元の世界に足を踏み入れることになった。ここで彼女は、世界を形づくり人々の運命を打ちだしていく力が、決して培養皿や遠心分離した沈澱物の中にあるのではなく、自覚を持ち、組織され、行動する人々の頭と心と魂の中に見出されることを知ったのである。かくてふたりは、ともに政治集会を渡り歩いて同じ立場で発言し、大会では一緒に声援を送り、指導者たちの演説に拍手し、そしてついにはケイロンにその理想とする社会を築きあげるべく、相たずさえて地球をあとにしたのだった。

しかし、賛同者の集まりが途絶えはじめるにつれて、旅のはじめ数年間は活発だった政治活動への意欲は、支えを失って薄れていった。しばらくのあいだ彼女は、よみがえった昔の専門分野への関心に身をまかせて、プリンストン・モジュールで遺伝子組み替え関係の専門家養成コースをとり、のちには研究や高校レベルの教職にまで活動範囲を広げていった。プリンストンでの仕事や教職を通じて、彼女は研究に従事していたジェリー・パーナックや、同じころ教育庁の事務員だったイヴ・ヴェリッティとも出会った。事実ふたりを最初に紹介したのはジーンであった。

ジェイが、ついでメアリーが生まれてからも、彼女はプリンストンの講義を聴きにかよったり、読書時間を決めたりして、それまで培ったものの維持につとめたが、時日がたつにつれて出席は間遠になり、読書も絶えず一日延ばしに、決してやってこないことが自分でもわかっている明日へと持ちこされるようになっていった。いつの間にか彼女は、DNA転写メカニズムよりもマイホームの建築記事の方を読みふけり、データバンクからの放送も細胞分割の講義よりは軽いホーム・コメディの方にチャンネルを合わせ、遺伝の統計を論じる友だちより料理の秘訣を教えあう友だちと時間を過ごす方が多くなっていた。しかし彼女は、自分の目で見ても文句なく自慢できるふたりの子供を育てあげたのだ。そのため払った犠牲に報いてもらう資格は充分あるはずだ。なのに今、ケイロンは、その褒賞を彼女から奪い去ろうとしている。

壁の大きなスクリーンの前のソファにすわっている今も、そのことを考えるたびに、怒りに彼女は全身が震えだすのを感じた。スクリーンではハワード・カレンズの顔が、昨夜射たれた兵隊の死の大きな一因としてウェルズリーの〝優柔不断政策〟を攻撃し、〝現状が明らかに必要としている確固たるその把握をめざすなんらかの積極的主導体制〟の必要を説いているところだった。

「二十三歳の青年です」つい数分前、カレンズは言った。「まだほんの子供のころ、鎖も枷もない新たな世界で可能性に溢れた人生を……神の御心に沿った誇りと尊厳にみちた人生を送るチャンスを与えられるべく、われわれに身をゆだねたひとりの人間――それが、その世界を見、その空気を呼吸したとたんに命を絶たれたのです。ブルース・ウィルスンは、きのう死んだのではない。彼の人生は、三歳のときに終わっていたのです」

ジーンは、その兵隊をかわいそうには思ったが、カレンズが主唱していると思われる、今後さらに多くの衝突とそれにともなう流血を引き起こしそうな方策に、むしろより大きな不安を感じていた。どうしていつもこんなふうになってしまうのだろう、と彼女は自問してみた。彼女が望んでいるのはただ、居心地のよい安全な生活と、自分の子供たちが成長して立派な一人前の責任ある大人になり、母親のまわりに心強い親愛感のまゆをつむぎだしてくれることと――それが彼らにも彼女と同じよき将来を約束する――それだけだというのに。それを期待していいだけの犠牲は払っている。誰に迷惑がかかるわけでもない。なのにどうして、彼女のせいではない他人の喧嘩沙汰が、今になってその願いを根底からくつがえすようなことになってしまったのだろうか？

この日の朝、彼女の知るかぎりこれまでなんら目立った活動をしていなかったポール・レチェットが、遅ればせながら選挙に立候補すると発表し、セレーネのどこかにあるイベリアという土地に地球人独自の植民地を建設することを提唱した。地球から来た人々が、当分のあいだは他からの破壊的な影響を受けずに従来と同様な生活を続けられるようにし、もしそこが充分な人数を維持していけるようならこれを永久的なものにしたいというのだった。ジーンにとってこれはまるで神の恵みのような話だったし、またそれから数時間のうちによせられた一般からの支持の声に、もしなんらかの意味があるなら、他の多くの人々にも同じように感じられたのにちがいない。どうしてこれまで誰も、こんなふうに考えようとしなかったのだろう、と彼女はいぶかしんだ。わかりきった話ではないか。どうしていつも、常識的に当然と思われる公共の福祉よりも政治上の利益の方に重きをおくカレンズみたいな頑固者が出てくるのか？　彼はもう、レチェットを重大な脅威と見なし、自分の支持者たちに向かって行動をうながしていた。

「この無秩序かつ未熟な種族との対立を恐れて、われわれが惑星の裏側に逃げかくれしなければならない理由がどこにあるのでしょう？　その彼らたるや、すべてわれわれから与えられた海山の恩誼を当然のように受けとめ、何もかも、まるで価値のない屑物のように勝手な浪費を続けているのです」カレンズがスクリーンから訴えている。「誰の科学力と労働力が〈クワン・イン〉のアイデアを生み、建造し、またそれとともにケイロンの今日の繁栄を築いた機械をも用意したのか？　いや、そもそも誰の知識と技術が、ケイロン人そのものをつくりだしたのか？　その当の彼らが今、ここにあるすべては自分のものだと主張し、われわれが与えた饗宴の席から、われわれを物乞いか何かのように追い払おうとしている」効果を考えてちょっと間をおき、それから銀髪の下の顔をぐっとゆがめて怒りをあらわにすると、「わたしは拒否します！　そんなふうに追い払われはしない。そんなことを考慮するつもりもない。胸を張り、腹を割って申しあげるが、そのような提案は、軽蔑にも値しない卑怯未練な屈辱的行為としか言いようがない。われわれは、はるばる四光年の空間を渡ってここまでやってきた以上、ここにとどまり、取るべきものは取り、その当然の権利を享受しようではありませんか」この勧告に賛同する嵐のような拍手が起こった。ジーンはうんざりして、ジーヴズにスクリーンのスイッチを切るように命じた。

先刻レチェットの話を聞いたあとしばらくのあいだ、彼女はその発表が引き金になって、もっと明確な公式の政策を引きだすような世論の地すべりを起こすのではないかという淡い期待を抱いたのだったが、その希望はそれからわずか二時間後に泡と消えていた——イヴとジェリーがケイロン流の生活に入るため引っ越すからと言って、お別れにやってきたからである。どうやらもうかなりの数の人間が同じ挙に出ているらしく、軍隊から脱走したものもいるという噂さえ流れていた。ジーンとしては、イヴもジェリーも自分を見捨てていくのだという気持を捨てきれなかったが、なんとか明るい表情を保ってふたりの幸運を祈った。まるでケイロンが、彼女ひとりに狙いを定めて、その世界を引き裂き、慣れ親んだ生活のあらゆる面を破壊する陰謀をめぐらせているような気がした。

いま住んでいるこの家とて例外ではない。もはやここは、〈メイフラワー二世〉から移ってきたとき感じた夢の世界ではなく、同じ陰謀の一部にすぎなかった——ちょうどイヴとジェリーを大学での研究員の地位と無料の住居とで誘惑したのと同じく、これは彼女に魂を売り渡させるための安っぽい賄賂だったのだ。ケイロンは、彼女を放っておくつもりはない。ケイロン流に変えてしまう気なのだ。あたかもウイルスが生きた細胞に侵入してその生命活動を乗っ取り、自分の複製をつくり出させるように。

その考えに彼女は思わず身震いして、ソファから立ちあがり、バーナードの姿を求めた。彼は、村の公共施設で間に合わない点を補うためジェイとふたりで工作室に改造した地下の一室にいるにちがいない。バーナードは最近、〈メイフラワー二世〉にいたときよりも、ジェイの機関車に興味を示している。彼がそうしているのは、今の彼女の不安を少しでも軽くするため、ジェイがなるべく家にいるように考えてのことだろうと、ジーンは思っていた。しかし彼のその熱意も、ジェイの、ときには深夜にまでおよぶフランクリン行きを押さえる効果はなく、しかも出かける前にはバスルームで何時間も髪型をいじくりまわし、ジーンには思いもおよばなかったような好みのシャツとズボンの組みあわせを果てしもなく試み、しかもこれまでは言われないかぎり手にとろうともしなかったネクタイまで締めてみている。まあ彼が何をしていようと、ありがたいことに少なくともメアリーの方は、団地内の友だちとの行き来だけで満足してくれているようだった。

ジーンが入口に立ったとき、バーナードは、テスト用のジグに取りつけたすべり弁とクランクの組み合わせをいじっているところだった。彼が小さなロッドを押すと、それにつれてあらゆる部分がいっせいになめらかにすべったり回転したりするのだったが、どこがどんな役割を果たし、全体がどんな働きをするのか、見ているジーンには見当もつかない。やがてバーナードは、ロッドを引っぱってすべてをもとの位置にもどすと、顔をあげて微笑を浮かべた。「軍の教育にはまったく脱帽するよ」と彼。「スティーヴ・コールマンのことさ——あの男は、たしかに自分のやることを熟知している。おかげでジェイは、この世界でも第一級と言えるものを作りあげたようだ」そこでジーンの顔色に気づいて、彼は口調を改めた。「おい、元気を出してくれよ。いろいろ勝手が違うことはわかるが、二十年もたってるんだから、しかたがないだろう？　慣れるのには時間もかかる。みんなそうなんだよ」

「あなたは平気なの？　この……世間の様子が……ちっとも苦にならないようね。イヴやジェリーみたいに」彼が理解を示そうとしていることはわかっていながら、彼女は声のはしばしの棘を隠しきれなかった。

「ジェリーが面白いことを言ったっけ――だが、一理ある意見なんだ」ジグを前の工作台の上におろし、椅子に深く腰を沈めながら、バーナードは答えた。「ケイロン人にはいろいろ変わったところもあるが、尊敬を示すことを知っている――それもおたがいに見せあうだけではなく、われわれに対してもだ。これは人間のありかたとして、決して悪いことじゃない。いかにもわれわれとしては、これまで慣れ親しんできたものの一部を捨ててかからなければならんが、埋めあわせは充分つくんだ」

「ゆうべ殺された青年に対して見せたのも尊敬だったって言うの？」ジーンが苦々しげに言いかえした。「おまけに、こっちの人たちの話だと、彼らはその人殺しの男を罪に問おうともしていない。いったいどういう神経で暮らしているのかしら？　わたしたちも、彼らの基準にすなおに合わせて、あっちのきめた一線を超えたものは誰でも射ち殺さなきゃいけないの？　そのうちジェイが、何か悪いことを言ったってことで、病院に入っているとか――もっとひどいかもしれない――そんな電話がかかってくるまで、なんの手も打たずに待ってろっていうの？」

バーナードはため息をつき、それでも抑制のきいた声で言った。「おい、ちょっと待てよ……その〝青年〟っていうのは、酔うなという厳命に違反して、何度も周囲から警告を受けていながら女の子に乱暴しようとしたんだぞ。それにヴァン・ネスだが、あそこで仲裁に入った人たちの中に、彼の息子がいたんだ。さあそこで、もし酔って正体をなくした男がきみの子供の目の前で弾丸の入った銃を振りまわしたら、どうする？　誰だろうとだ、どうすればいい？」

「どうしてわかるのよ」ジーンが突っかかった。「あなたはその場にいたわけでもないのに。それに、さっきカレンズが言ってたこととはずいぶん違うわ。彼と同じ意見の人も大勢いるのよ」

「あの男はただ感情にまかせてしゃべっているだけだよ、ジーン。わたしもここで二、三分聞いていたが、お話にもならん。あいつの頭にあるのは、ウェルズリーに対抗して少しでも票をかせぐことと、レチェットの抬頭にストップをかけることだけさ。それに、ケイロン人が何もかも自分のものだと言ってるというあれ——まったくでたらめもいいところだよ！　あれほど真相から遠い話もないが、それでも信じるやつは信じるんだな」ふと口をつぐみ、眉をひそめた。〈ふたつの月〉にいなかったのは事実だが、彼は今朝早くコールマンに連絡して、公平な目でみた状況を聞いていたのである。しかし、今のジーンの様子を見るかぎり、それは言わない方がいいだろう。「とにかく、この射殺事件の事実関係は記録されているんだ」と彼。「ジーヴズにきいてみればわかることだよ」

だがジーンはもう、その話を心の中から追い出そうとしているようだった。数秒間、うつろな目つきでバーナードを見つめ、やおら口を開くと、「本当は、そんなこと、どうでもいいの。問題は——ああ、ほかにどう言えばいいのかしら——あなたのことなのよ」

バーナードは、自分でも意外なほど落ちついていた。「遠慮なく言ってごらん」

ジーンは片手をひたいにあて、きまりきったことを言うのがたまらないとでもいったふうに首をふった。「はじめて会ったころのあなたは、外でこんなことが起きているとき、すわりこんで汽車で遊んでるような人じゃなかった」と、ようやく彼女は答えた。「わからない？　大事なのは、いま外で起こっていることなのよ。あなた、わたし、ジェイ、メアリー、みんなのこれからの生きかたに関係してくることよ——たぶんこのあと一生のね。二十年前、あなたは——わたしも一緒に——自分で生きかたをきめたわ。なのに、どうして今は、ここに閉じこもって、ほかの人たちに——見えっぱりで傲慢で貪欲で恥知らずの人たちに——何もかもまかせておくの？　どうして何かしようとしないの？　そのことなのよ。それががまんできないのよ」

バーナードは何も答えず、ただ自分に問いかけるように眉を動かした。

ジーンは哀願するように両手をあげた。「けさポール・レチェットが言ってたことは、とても筋の通った話だと思わない？　あれしか方法はないんじゃないかしら？　でも、それを押し進めるには支持者が必要なのよ。わたし、あなたは今すぐにでも協力を申し出て、わたしたちにもできることがあるかどうか見つけてくれると思ってた。ところがあなたは、その話に触れようともなさらない。そりゃあ、わたしだってもう二十年も年はとったけど、昔よく話しあったことだけは忘れていないわ。わたしたちは新しい世界の——わたしたちの、本来そうあるべき世界の——建設に手を貸す予定だったじゃないの。さあ、その旅は終わった。わたしたちはここに着いた。いよいよ新しい世界の切符を手に入れることを考えるときが来たんじゃないかしら?」

バーナードは立ちあがると、ゆっくりと部屋を横切り、向こうの壁の道具棚をじっと見つめながら、答えるべき言葉を心の中で反芻しなおしているようだった。やがて大きなため息をつくと、入口から一歩中へ入っていたジーンの方へ向きなおった。「今からでも建設はできる」彼は言った。「ただそれは、あのころわたしたちが考えていたようなものじゃない。ジェリーが言っていただろう?——この社会全体が、すでに相変化の段階を通りぬけてしまったんだ。それをもとへ戻すのは、鳥を爬虫類へ戻すことが不可能なように、もう無理なんだよ」バーナードは一歩足を踏みだした。説得力のある、力強い口調で、「いいかい、このことは自分でもう少し見きわめがつくまで言わないでおこうと思っていたんだが、もうそんな考慮は要らないだろう——おたがいにね。カレンズやその仲間たちは、われわれがあとにふり捨てた世界に属する人間なんだ。もうあんな連中は必要ない。わかるかい? あれはもう過去のものなんだよ」

「バーナード、あなた、何を言ってるの?」

「ジェイとポート・ノルデイへいったとき、もっと北の方に新しいコンビナートが計画されているという話をきいたんだよ。技師が必要になる――核融合の専門家がね。そして、わたしなら問題なくそこに、それも最上級職で入れるというんだ。事実上、勧誘に等しい話さ。考えてごらん――それこそ、いつも話していたわれわれだけの場所だ。もうメリックやほかの連中の世迷い言ともおさらばできるんだよ！」バーナードは両手を高くあげた。「わたしは生まれてはじめてわたしになれるんだ……きみもだ、みんながそうなるんだよ。もう、われわれが何者でどうあらねばならないかなどという、連中のご託宣を聞かされなくてすむんだ。どうだね、そうなったら……」期待した反応が返ってこないのを知って、彼の声は尻すぼみに消えていった。ジーンは首をふって無言の抗議をしながら、そろそろとあとじさりしてドアから外へ出ていこうとしていた。

「あなたも取り憑かれちゃったのね」小声で、しかしきっぱりと、「イヴやジェリーと同じだわ。ああ、もうこんなところ大きらい！　わたしたちみんなにここが何をしようとしてるか、あなたにはわからないの？」

「おい、待てよ、わたしはただ――」

ジーンはくるりと身をひるがえすと、エレベーターへ走りだした。ケイロンは彼女の人生を、子供たちを、友人たちを、そして今や夫までも奪い去ろうとしている。一瞬、ふと彼女は、〈メイフラワー二世〉が抱えている爆弾を落として惑星上のケイロン人を一掃してくれればいいのにと思った。そうすれば自分たちは、すっきりとした正しい再出発ができるだろう。だがすぐに彼女は、そんなふうに考えたことを恥ずかしく思い、それを心の奥に押しこみながらラウンジに戻った。それから、向こうの壁ぎわのキャビネットをじっと見つめ、一瞬の躊躇ののちそこへ歩みよると、大きなグラスに強い酒を注《つ》いだ。

22

「すごい腕前ね」シャーリイが、床にすわっている娘のサイの肩ごしに、テーブルの上がよく見えるように身をのりだしながら、畏怖に打たれたような声を出した。「あの手の動きは、きっと遺伝的な突然変異か何かよ」

「手くせの悪さなんて、自慢できることじゃありませんよ」ドリスコルは顔もあげずにつぶやきながら、両手でひと組のカードを手ぎわよくそろえ、数回切ってから空中で鮮やかにシャッフルし、それからテーブルの上へ、まるでカードがそれぞれの場所へ自分ですべっていくかのようななめらかさで、鮮やかに配りおえた。

「さあて、今度はどんな手が来たかな？」アダムが自分の前のカードをすくいあげ、小さな扇形にひろげながら言った。テーブルの反対の側で、〈メイフラワー二世〉から来た市民の娘ポーラと、アダムの友人の黒人青年チャンもそれにならった。

「見なくて結構」ドリスコルが、こともなげに言った。「そちらはキングのワン・ペア」アダムが鼻を鳴らして表を上にテーブル上へ投げだしたカードは、ハートとスペードのキングに三枚のくず札だった。

「わたしのは？」サイがドリスコルの方をうかがいながらたずねた。体をちょっと傾けて、うしろにいる母親に自分の手を見せている。

ドリスコルはじっと彼女を見つめた。「クィーンが三枚。でも、こちらの手の方が強い」と彼。サイとシャーリイは、まいったという表情で顔を見あわせた。

ポーラがいたずらっぽい目で、彼を見ながら、「あたしのとはどう？」と、さぐりを入れるような口調でたずねた。

「そりゃ、ぼくの方が強いよ」ドリスコルは、一瞬きらりと目を光らせ、「種明かしをおのぞみなら、エースの数で勝ちさ」

「絶対に？」とポーラ。「でも、まさか賭ける気はないでしょう？」ポーラは、うしろで見ているやはり〈メイフラワー二世〉から来た友だちのテリイに笑顔で目くばせした。

ドリスコルは平然と彼女を見かえした。「やってみようか」と彼。「もちろん、きみが本気なら、お金を賭けたっていい」

「いくら？」ポーラがたずねた。

ドリスコルは肩をすくめ、「いくらなら出せる？」

「二十では？」

「いいとも、受けよう」

「五十？」

「まだ大丈夫」

「百？」

「よし、百だ」

ポーラが満面に笑みを浮かべ、四枚のエースをぴしりとテーブルにおいた。「あなたの負けよ！　さあ、どうする？　あたしの勝ちよ。どうせはったりだってわかってたんだから」

「はったりとはおそれいったね」ドリスコルがさらに五枚のエースを出してみせたので、部屋は爆笑と拍手喝采の渦に包まれた。

「おい、ぼくにはまだきいてないぜ」チャンが言いだした。「こっちの方が強いぞ」

「何だって？」ドリスコルは驚いたようだ。

チャンはカードを投げだすと、二本の黒い指をそろえてテーブルごしに狙いをつけてみせた。「スミス・アンド・ウェッソンならエース五枚にだって負けないさ」にやりと笑って立ちあがり、「みんな、もう一杯どうかね？」テーブルの周囲から賛成の声がいっせいにあがり、チャンは部屋の反対の端にあるカウンターへ歩いていった。

ドリスコルが、地表へ降りたら連絡してくれるようにというシャーリイの言葉に従って連絡をとったところ、彼女は彼をフランクリンでのパーティに招待し、誰でも連れてきてかまわないと言った。そこでドリスコルは、コールマン、スワイリー、マドック、それにスタニスラウを誘い、スタニスラウがシロッコを一緒に来るよう説き伏せ、シロッコが〈メイフラワー二世〉の女の子も何人か誘っていこうと提案したのだ。アダムはサイと友だち同士なのでキャスと共に招かれ、その双生児の兄弟のケイシーと、船の人間であるケイシーのガールフレンドも来ていた——例の、コールマンには心あたりのなかった〝陽気な女性〟である。

会ってみて、彼女はボルティモア・モジュールのアパートに住んでいるヴェロニカという名の、すらりとした赤毛の女性であることがわかった。事実、一度も顔を合わせていないわけではないようだが、これまでコールマンはそれが誰だか知らなかったのである。さっきこのカウンターで話していて、彼女はコールマンに、彼が彼女に対するのと同じくらい興味を惹かれた様子を見せた。「もちろん、行ったことはあるけど」瞳に悪魔的なきらめきをたたえた彼女の質問に彼はそう答えた。「二十年のうちには、行ったことのないところなんて、遅かれ早かれほとんどなくなっちまうもんだし」

「それで、あなたみたいなハンサムな軍曹さんが、なんの用でボルティモア・モジュールくんだりまで？」

「どうしてそんなことが気になるんです？」

平然と答える彼の表情を、ヴェロニカは数秒間じっと見つめ、そして低い声で、「あなたなのね？」

「その言葉の意味が仮りにわかったとしても、こっちがそれに答えるとは思ってないよね」これでおたがいにわかりあえた。相手がわかったことを認めあうと同時に、双方の分別もテストでき、そして共に、わかったことに満足した。これ以上何も言う必要はない。

発砲事件のあと、〈メイフラワー二世〉の兵士は公共のバーへの立入りを禁止されていたので、パーティを開くには最高のタイミングだったなと、コールマンはカウンターによりかかってグラスを手に店内を見まわしながら、あらためてそう思った。スワイリーとスタニスラウは、彼のすぐうしろのコーナーで、ケイロン人の男女数人と話している。どうやらこの惑星上の交通機関のことをたずねている様子だ。シロッコは店の中央付近の別のグループに混じって、戦争のニュースについて議論をはじめている。少々くつろぎ過ぎのマドックはずっと向こうのアルコーヴにおかれた寝椅子《カウチ》に寝そべっており、その腕に肩を抱かれている〈メイフラワー二世〉からきたもうひとりの女の子ウェンディはどうやら本当に眠っているらしい。発砲事件の翌朝以来、派遣団をいくつかの派閥に引き裂いてしまった政治抗争から身を遠ざけていられるのは、特にありがたかった。カレンズは地球の法律をフランクリンに施行することを主張しているし、レチェットは全員イベリアへ移ろうと呼びかけているし、ラミッソンとかいう人物は議会を解散してケイロン人に同化しようと言いだしたし、そのただ中にあってウェルズリーは、どこか中間に進路を定めようとつとめている。一方でカナヴェラル地区にとどまるようにという指示を無視して出ていくものがあるかと思うと、他方ではカレンズ支持を表明し強行政策を要求して反ケイロン人デモを繰り広げる一派がある。パダウスキーとアニタも含め〈ふたつの月〉で彼と一緒だったグループは、カナヴェラルの軍基地内に拘禁され、命令不服従および治安紊乱行為の審問が開かれるのを待っていた。それに加えてレムリーは暴行罪、パダウスキーは隊員の監督不行届および公衆に対する脅迫で告発されている。パダウスキー一派が基地に拘禁されているおもな理由はこの脅迫にあった——つまり一部の政治家が、もし彼らを出してやればケイロン人から報復があるかもしれないていた。コールマンは、報復の危険などまったくないと考えていた。彼が会うケイロン人たちに、この事件を重視しているものがひとりもいなかったからで、彼としてはただ、ひとりでも多くの政治家がそれと同じ見解を取り、事件を自分に都合のいいように宣伝に利用するのをやめてくれるよう願うばかりだった。もし彼らが手を引いて、軍がその内部の人間を軍のやりかたで処理するのにまかせてくれれば、もう何もかも忘れられてしまったのではないかと、彼はひそかに考えていた。

キャスは、ドリスコルが腕前を披露しているテーブルの向こう側で、アダム、ケイシー、それにヴェロニカと何か話しあっている。最初のころに較べれば、彼女といてもかなりくつろげるようになってはいたが、それでもまだコールマンは、彼女のような人間になんのこだわりもなく自然に受けいれられ、しかも〈メイフラワー二世〉の中でも特別な人間であるかのように遇される状況に慣れるには、かなりの努力が必要だった。はじめてアダムの家から〈ふたつの月〉まで一緒に歩いたときの彼は、まるで自分がアダムのところにいる故障ロボットのラーチになったような気分だった――ぎごちなくて、場違いな感じで、しゃべることにも、状況への対応にも、まるで自信が持てないのだ。しかしあの晩を通じて、途中で発砲さわぎがあったにもかかわらず、またアダムの家へ帰るときもそのあとも、さらに翌日の勤務明けに街で会って食事にいったときも、彼女の屈託のない打ちとけた態度は少しも変わらなかった。こうして彼の心の防壁も少しずつくずれてきてはいたが、それでもまだ、かりにも核融合プラントの所長か何かそういった立場にいる彼女のような人間が、歩兵中隊に降格された一技術下士官に対してあんなふうに接してくれることが、彼には腑に落ちなかった。どうして彼女はああなのか？　いや、それを言うなら、どうしてあらゆるケイロン人が、あらゆる地球人に対して、単なる社会的儀礼以上の興味を示すのだろうか？

「そりゃあ彼女があなたを誘惑してるんですよ」うしろでささやき声がした。

コールマンが肘を軸にくるりと振り向くと、スワイリーがカウンターに両腕をおいてよりかかり、そのうしろの棚に並んだボトルをまっすぐ見つめていた。コールマンはぐっと眉をあげた。これがほかの人間だったら彼ももっとびっくりしたのだろうが、スワイリーの読心能力は、これまたＤ中隊が当然のように受けいれている神秘のひとつだった。数秒おいて、スワイリーは続けた。「彼らは、おれたち全部を誘惑してるんです。それが彼らの戦いのやりかたなんです」

コールマンは何も言わず、頭の中に浮かぶ疑問をスワイリーに読みとらせるようにした。思ったとおり、スワイリーは説明をはじめた。「彼らは爆弾を作ったり軍隊を組織したりはしない。それはやっかいだし、関係のない人間まで傷つける。彼らは根元に手を伸ばしてくるんです。相手に、これまで出会ったことのないような疑問を抱かせて考えこませるようにし、土台の石をひとつずつはずしていき、やがて屋根がくずれ落ちるのを待つってわけです」ふと言葉を切り、また壁を見つめながら、「あなたは技術屋で、彼女は核融合コンビナートの一部を動かしてる。あなたが望めば、彼女は職場を提供できる。つまり彼女はそう言ってるんですよ」

スワイリーが言うほど単純に割り切った形でではないが、コールマンも、そういうパターンがあることにはすでに気づいていた。現状を見るかぎり、スワイリーの言うことは本当かもしれない。だがコールマンは、キャスの場合、スワイリーは何かを――単なる政治的動機ではなくもっと個人的な何かを、見落としていることを確信していた。

誰かの手が彼の腕に触れ、そこから上へすべってうなじをさすった。振り返るとキャスが戻ってきていた。「あなたがた、ここで独身者パーティでもはじめるつもり？」と彼女。

「だったら、話がまとまる前にぶっこわさなきゃ」

コールマンは、にやりと笑った。「ご明察。また仕事の話がはじまるとこでしたよ」そう答えてから、ヴェロニカがキャスの双生児の息子のあいだにすわって生きいきと、実に楽しげに話している方を目でさし示した。「あそこじゃ誰かさんが大受けみたいだ」

「ほんと、楽しい人ね」キャスが同意を示した。「彼女、ケイシーに、建築家になる手ほどきをしてほしいんだって。彼女ならやれるでしょうね。頭のいい人だから。あなたとは長いおつきあいなの？」

コールマンは思わずほほえんだ。「見かけたことがあるだけ。妙に聞こえるかもしれないけど、今夜まで面と向かって会ったことはなかったんですよ」

「二十年も同じ船に乗っていて？　まさか、そんなこと不可能だわ」

コールマンは肩をすくめた。「海ではいろいろふしぎなことが起こるっていうけど、たぶん宇宙じゃそれ以上なんでしょう」

「で、あなたがスワイリー伍長さんね。そこにないものが見えるんですって？」キャスがぐるりと振り向きながら言った。「シロッコ大尉殿が、あなたの能力のことを話してくださったのよ。いい人ね。あなたが船で、演習をぶちこわしにしたお話も聞いたわ。すごいじゃないの」

「どうせ負けるなら勝つ方がいいでしょう」とスワイリーは答えた。「ずるをして勝つのは負けと同じだし、何をしたって負けは負け。だったら楽しんだ方がいい」

「じゃ、正々堂々と勝ったら？」キャスがたずねた。

「それは、組織に対して負けることになる。ドリスコルとカードで勝負するようなもんですよ――組織ってやつは、自分でエースがつくれるんだから」

ちょうどそのとき、隅の方にいるグループの中からケイロン人の娘がひとりやってきて、スワイリーの腕に手をかけた。「飲みものを取りにここへ来たんだと思ってたのに」と彼女。「あそこじゃみんなのどがからからなのよ。あたしも運ぶのを手伝うわ。そしたら一緒に戻って、もっとマフィアの話をしてくださるわね？　ちょうど面白いとこだったんですもの」

コールマンは驚いて目をまるくした。「こいつが？　なんだってこの男がマフィアのことなんか知ってるんだい？」

女の子は、けげんな顔でコールマンを見かえした。「この人の伯父さんは、ニューヨークのウェストサイド全部を取りしきってて、五十万ぴんはねしたのよ。それが発覚したので、結局その五十万をはたいて、船に乗る権利を買ったんだって。知らなかったの？」

コールマンは、ただぽかんと口をあけて彼女を見つめるばかりだった。スワイリーは子供のころ、伯父に連れられて〈メイフラワー二世〉に乗り、その伯父は出発して十五年後に心臓病で死んだという話は聞いていたが、知っているのはそれだけだったのだ。「おい、どうしておれたちにその話をしなかったんだ？」女の子に引っぱられて行きかけるスワイリーに彼はたずねた。

「きかれなかったからですよ」スワイリーが肩ごしに答えた。

がっくりした気分で首をふりながら、彼は振り返ると、もう一度キャスに目を向けた。スワイリーが去った今、彼女の態度はぐっと打ちとけたように思われた。灰緑色の瞳が、やさしく、だが念入りに彼の顔をまさぐる——まるで頭の奥の思考を読み取ろうとでもするかのように。その視線にじっと耐えているうち、突然彼の心に、ぴったりしたピンクのドレスの下の健康的なふっくらした肉体や、やわらかくカールした髪のほのかな香りや、よく陽に焼けたすんなりした腕の肌のなめらかさが、ひどく身近なもののように感じられた。どこか頭の奥の方で、最初から今夜はこれのやってくることを予感していたような気もするのだが、今はじめて彼は、意識してそれを受けいれようとしていた。その彼が求める勇気づけの色が彼女の瞳からはにじみ出ていたが、それでも半生にわたる条件づけの壁を彼はまだ破ることができなかった。永遠とも思われる数秒間、彼はあたかも、言いたいこともしたいこともわかっているのに口や体が麻痺して動かないあの悪夢の中にいるような気がした。それが思考に刻みこまれた習性に引き起こされた反射作用にすぎないこともわかっているのに、彼はそれを克服することができないのだった。

しかしやがて彼は、説明も理屈も要らないのよと告げているようなキャスの微笑に気づいた。まだまっすぐに彼を見つめたまま、彼女は、周囲をはばかる小声で静かに語りかけた。

「わたしたち、おたがいに人間として好きあっているし、おたがいのありかたを尊敬しあってもいるわ。こんなとき、ケイロンじゃ、ぐずぐず迷ってる必要はないの。そういうふうに感じているもの同士は、もしふたりともそうしたければ愛しあうのが普通なのよ」ちょっと間をおいて、「あなたもそうしたいんじゃなくて？」

コールマンはさらに一瞬ためらったが、彼女の目の中で踊っているとらえどころのない光が何を語りかけているのかが意識の表層に現われてくるにつれ、彼の顔にはおのずと微笑が浮かんだ——自分は、自由な世界の、自由な人間なのだ。そしてふいに、壁は砕け、消滅した。

「そうだとも」と彼は答えた。それ以上何も言うことはなかった。

「ポート・ノルディにいるのはウィークデイだけなのよ」とキャス。「フランクリンにも家があるの。ここから遠くはないわ」

「そう言えばおれは、あすの朝、早番なんだっけ」とコールマン。

彼はもう一度微笑を浮かべ、彼女もいたずらっぽくほほえみかえした。「じゃあ、もうここで時間をつぶすことなんて……」と、ふたりは一緒に、同じことを口にした。

23

キャスは言葉を切って背を向けるとベッドの脇のナイト・テーブルにのっている水差《カラフ》しからワインをグラスに注ぎはじめ、コールマンは柔らかい枕によりかかって満ち足りた思いで室内を見まわしながら、久しく忘れていた暖かく快いくつろぎの感触を味わっていた。そこは居心地のいい、明るいやさしさに満ちた部屋で、ベッドカバーや、つやつやしたカーテンや、ふわふわの敷物はみなパステル・カラーで、棚や出窓の台にはかわいい小物がいっぱい並んでいる。いろんな面で、ボルティモア・モジュールのヴェロニカのアパートを思い出させる場所だった。向かい側の壁には、十二、三歳くらいの腕白そうな男の子ふたりの笑顔の写真がかかっており、それだけ幼い顔の中にもケイシーとアダムの面影ははっきりと読みとれたし、そのまわりにかかっている写真もキャスの家族なのだろうと彼は思った。鏡台の上の額に入った写真は、コールマンくらいの年輩の、アダムに似ているがケイシーにはあまり似ていない黒髪で髭をたくわえた男のもので、たぶんこれがレオンだろう。そう思いながら、たずねないでおくことにしたのは、キャスが気を悪くするのを気づかったというよりむしろ、彼自身の文化による抑制のせいだった。それに加えて、二十世紀ニュー・イングランドの農場風景を描いた絵――彼がそのことを口にしたときキャスは友人のひとりに贈られたものだと言った――が、彼の興味を惹いた。ケイロンに到着して以来、彼はこの種の、ケイロン生まれの人間は誰ひとり知るはずのない地球の生活をしのばせるたぐいのものを、しきりと目にすることに気づいていた。そこできいてみてわかったのは、機械を通じて間接的にしか知ることのできない、彼らの生みの親である惑星に対する郷愁の念が、ケイロン人のあいだにはかなり広く浸透しているということだった。

キャスはナイト・テーブルから向きなおると、すわりなおしてワインをひと口すすり、そのグラスをコールマンに渡して、またその腕の中に身をよせてきた。「ねえ、スティーヴ、機械とコンピュータから生まれてきたわたしたちのこと、あなたにはとても奇妙に見えるでしょうね」柔らかい笑い声を立て、「きっとあなたの船には、わたしたちが人間とはまったく違った存在だと思ってる人が大勢いると思うわ。ラーチみたいな歩きかたをして、金属的で単調なしゃべりかたをすると思われてるんじゃない？」

コールマンは苦笑しながらグラスに口をつけた。「そうひどくはないさ。でも、中にはずいぶん妙な想像をしてるやつもいる――少し前までいたことはたしかだ。機械に育てられた子供はどうしてもある程度……なんというか、〝非人間的〟――例えば冷たい感じだとか――になるはずだという考えを捨てられない人間は、まだ大勢いると思うよ」

「まるで見当違いね」と彼女。「ただし、こっちには比較するものがないわけだから、あんまり大きなことも言えないと思うけど。でも」――軽く肩をすくめ――「温いし、親切だし……それに楽しいことや面白いことだっていたるところにあるし。地球の子供の大半は、生涯かかって解決しなければならない問題をいっぱい抱えて育っていうけど、どう考えたってそんなものが頭につまってないのを惜しいとは思えないわ。わたしたちが覚えなければならないのは、おたがいそれぞれ得意なものは何かを知って認めあうことと、場合に応じて違った人間を指導者に立てることだけ。だから、あらゆることに秀でた人間なんているわけがない以上、恒久的で絶対的な〝上司《ボス》〟とあなたがたが呼ぶような存在が出てくることはありえないのよ」

「地表に降ろしてもらうまで、どれくらい〈クヮン・イン〉にいたんだい、キャス?」

「ずいぶん小さいときのことだから、記録を調べないとわからないけど、あそこじゃ部屋も設備もかぎられていたから、基地ができるとすぐ最初の組は移動したのよ」

「だが、そのころから見ると、あの船もずいぶん変わったようだな」コールマンが指摘した。

「われわれが到着してすぐ〈メイフラワー二世〉からあそこへ飛んだ日に気がついたんだが……シャーリイとサイがトニイ・ドリスコルと会った日だ。船首が、少なくとももとの倍以上にふくらんでいた」

「ええ、ここ十年から十五年くらい、あらゆることをやってみてるから」

「それから、船尾の改造はいったい何なんだい?」好奇心からコールマンはたずねてみた。

「何かまったく新しいタイプの駆動システムみたいだが」

「そうよ。研究チームのひとつが、〈クヮン・イン〉を反物質駆動のテスト用に改造しているの。実のところこの計画は、もうほとんど完成の域に達してるのよ。地球だって、同じような研究はやってるんでしょう？」

コールマンは驚いて眉をあげた。「そりゃそうだが。しかし――まいったな！　こっちでそんなものが、それほど進んでるとは思わなかった」

反物質に潜むエネルギー利用の実験と研究は、地球でも今世紀のはじめごろから、まず兵器の開発に関連した形で進められていた。その魅力は、物質と反物質を一緒にしたとき理論上生ずるエネルギーである――効率百パーセントの物質‐エネルギー転換に較べたら、熱核融合などものの数ではない。爆弾用に、また放射ビーム源として、この反応過程はおそろしいほどの可能性を秘めており、またそうしたビームは宇宙船の推進にきわめて高効率の手段を提供するだろうという考えは、ずっと昔からあった。

もし〈クワン・イン〉の艤装がその線で行なわれているとすれば、ケイロン人たちは、地球ではまだ議論の途上にある多くの問題をすでに解決してしまったのにちがいない、とコールマンは思った。考えてみると、たしかにここでは惑星全体が、不合理な慣習に邪魔されることも既得権者の利益のために足を引っぱられることもなく、ひたすら進歩を生みだす発電所のようなものなのだ。もしこのような体制が、ケイロン全土に人々があふれるまで続けば、一世紀以内に地球は石器時代に近いほどあとに取り残されてしまうだろう。「実際に、どこかへ飛んでみたことはあるのかい？」と彼はキャスの方へ向きなおってたずねた。「〈クワン・イン〉だが……ここの周回軌道に入ってから、どこかへ行ったことがあるのかい？」

彼女はうなずいた。「ふたつの月と、それからこの星系内の全惑星へはね。でもそれはずいぶん前のことだし、駆動法も昔のままでのことよ。全星系に恒久的な基地を建設する計画もできてるんだけど、そのための船の建造は、動力源がきまるまで延期されているの。そのために、〈クワン・イン〉が試験台になってるわけ。十年もたたないうちに時代遅れになってしまうかもしれない普通の核融合駆動機関をやたらにつくってもしようがないでしょ。そのあいだに、ケイロンでもやることはいっぱいあるから、そう急ぐこともないしね」彼女は彼の方に顔を向け、頬を彼の肩に沿って動かした。「でも、どうしてわたしたち、こんなこと話してるの？　自分が仕事の話をはじめたらとめるようにってことだったわね。いいわ、そうする。もうやめなさい」

コールマンは笑って、彼女の髪をなでた。「たしかにそうだ。それじゃ、今からなんの話をしようか？」

彼女はさらに近く身を寄せ、彼の胸に腕をすべらせた。「地球のことを話して。わたしがどんなふうに育ったかは、もう話したわね。あなたの方はどんなぐあいだったの？」

コールマンは悲しげな笑みを浮かべて、「話して聞かせるほどの家柄じゃないし、祖先に有名な人が大勢いるわけでもないよ」と念を押した。

「そんなことに興味はないわ。あそこに住んでいてあそこから来た誰かさんのことが聞きたいだけなのよ。お生まれはどこ？」

「生まれたのはシカゴという都市さ。聞いたことあるかい？」

「もちろん。湖のそばだったわね」

「そう――ミシガン湖だ。どうやらあまり歓迎されない子供だったらしい。母親は遊び好きでね――男友だちのあいだを泊まり歩いてるようなありさまだったらしい。ずいぶんおれが邪魔だったろうと思うよ」

「お父さんもそんなふうだったの？」

「父親が誰かはわからずじまいさ。どうやら誰にもわからなかったらしい」

「まあ、そうだったの」

コールマンはため息をついた。「そういうわけで、おれは家出してはあらゆる馬鹿なことをやらかし、結局州立の問題児収容センターで育ったようなもんさ。ときどき、あちこちの家庭に預けられたが、うまくいった試しがなかった。でも、最後に行ったところは、本気で取り組んでくれた。正式の養子にしてくれて、今の名前はそれでできまったんだ。そのあと、ペンシルヴェニアに引っ越した……義父はＭＨＤ関係の技師で、おれがそっちに興味を持ったのもたぶんそのせいだろう……ところが、ある事件がもとで、とうとう軍隊へ入る羽目になっちまった」

「そこで工学技術を勉強したの？」キャスがたずねた。

「それはもっとあと――船に乗ってからだ。軍でも最初は歩兵だった……アフリカで何度か戦闘も見た。船に乗ってからは、ずっと工兵隊にいた……つい一、二年前まではね」

「旅に参加したのはなぜ？」

コールマンは肩をすくめた。「さあね。たぶん、どうころんでもそれまで以上ひどくなるおそれはないと思ったからじゃないかな」

キャスは笑いながら仰向けに身を倒し、天井を眺めた。「あなたって、わたしたちとおんなじね。誰の子供かもわからないなんて」

「そんな人はいっぱいいいたよ」とコールマンは言った。「戦後のどさくさにはね……それがどうかしたのかい？」

「どうもしないわ」とキャス。彼女はしばらく黙って横になっていたが、やがて、ひどくよそよそしい声で、「でも、やっぱり同じじゃないわね。つまり、実際にあそこで生まれたことはたしかなんだから……世代を通じて直接に、そもそものはじめからつながっていることがわかるというのは、すばらしいと思うわ」

「なんの話だ？」

「生命よ！　地球の生命。あなたはその一部なのよ。すてきだと感じない？　絶対そうだと思うわ」

「きみだってそうさ」コールマンは強い口調で言った。「ケイロン人の遺伝子だって、地球人と出どころは同じだよ。遺伝情報をいったん電子符号にして、それをＤＮＡに戻しただけのことさ。どうってことないだろ？　データバンクに入れられた本だって、また印刷されれば同じ本なんだから」

「技術的にはそのとおりね」キャスは同意した。首を起こし、どこか遠くを見るような目つきで、壁にかかっている子供たちの写真を眺めながら、「あの子たちはもう惑星全体に散らばってるかもしれない。こんな暮らしかたは、あなたの目から見ればずいぶん変わってるんでしょうけど、それでもそれなりに幸福な家族なのよ」つぶやくように、「でもやっぱり、完全に同じじゃないわ。そのどこをとってみても、五十年前より以前に地球で起こったいろんなことと、どうしてもつながりが感じられない。なんて言えばいいのか、その、よくわからないけど……なんとなくくやしい気がするのよ」

彼女の心に去来したものがなんだったのか、コールマンがその意味に気づいたのは、およそ一時間後、カナヴェラルに向かう磁気浮揚車《マグレヴ・カー》に乗っているときのことで、そこに展開した荒涼たる思いは、明朝夜明け前にきびしい一日の勤務がはじまるまでせいぜい一時間ほどしか残っていない睡眠時間すらも、彼から奪い取ってしまった。

家族？

地球？

それらすべてがどうつながってくるのかがわかりはじめると同時に、彼は慄然として座席の上で居ずまいをただした。たぶんスワイリーは、そこまで読みとっていたのかもしれない。してみると、ケイロン人の誰かれが、地球人とかかわりを持ちたがるのは、そのせいだったのだ！

地表の軍基地となる仮兵舎として、ケイロン側は、後日カナヴェラル市が拡張されたときに学校として使う予定で最近建てられたばかりの一群のビルを提供してくれていた。その管理および社交用の区画は、軍も同じく管理と社交用に使っている。各種の教室や寄宿舎のある区域の大部分は兵隊の宿舎にあてられ、一部は営倉として使われている。体育館とスポーツ・センターは店舗や兵器庫や駐車場になり、公共食堂はそのまま利用されている。

コールマンが兵舎内のオーマー・ブラッドリー区にあるハンロンと共有の部屋に戻ったのは地方時で〇四〇〇時過ぎで、これはケイロンの二十四〝長時間《ロングアワー》〟制でもやはり地球と同様ぐったりする時刻であることに変わりはなかった。ハンロンが夜間勤務で部屋には自分ひとりだったのを幸い、彼はシャワーを浴びる間も惜しんでシーツのあいだにもぐりこみ、呼集のかかる〇五三〇まで誰にも邪魔されず眠ることにした。

まさしくその寝入りばなに、部屋をびりびりと震動させて一発の爆発音が響きわたり、彼は目がさめたことに気づくより早く立ちあがっていた。建物の外からさらに続けざまに爆発音がとどろき、それに続いて銃声、叫び声、それに駆けまわる足音。数秒遅れてサイレンが鳴りはじめ、室内のスピーカーがわめきだした。「一般警報《ゼネラル・アラート》！　一般警報！　営倉棟から脱走者あり、将校兵全員《ゼネラル・ファウルアップ》、所定の各警報司令所に出頭せよ」

あとはもう総員大混乱だった。

コールマンは中隊事務室でシロッコを見つけた。ウェッサーマン大佐の方からおりてきたいくつかの命令がたがいに矛盾しているため、シロッコは独自の判断でD中隊の人員の大半を外部からの侵入に備えてそのブロックの守備にあて、そこを通り抜けている道路に非常線を布くよう命令していた。彼はコールマンに第二、第三小隊から選抜した混成分隊をまかせ、なんでも適当と思われる方法で援助するよう外へ送りだした。分隊はすぐにSDの一分隊と出会い、そのあとに続いて、最初に衝突が起こったらしい兵営裏手の西ゲートへ向かった。はじめコールマンは、〈メイフラワー二世〉から運びおろされた輸送機が数機おかれている駐機場《モータープール》に歩哨を立てるつもりだったのだが、向こうの指揮者の方が位が上で、また駐機場は、SDの別の一隊がすでに固めているということだった。ついで、兵営内の全照明が消えた。

かくして全軍の約半数が、脱走兵の一団が追いつめられて抵抗している西ゲートに集まってしまったらしい。その混乱が最高潮に達したとき一連の爆発が起こり、営倉棟と倉庫の一帯が煙に包まれた。煙が晴れたとき、一機の輸送機が姿を消していた。駐機場の警備はがらあきになっていたのである。

西ゲートの一団はやがて降伏したが、それはほんの数人の人員と多数の囮装置だったことが判明した。レーダーによって、輸送機は低空飛行で一路ケイロン内海を越えようとしていることがわかり、カナヴェラル基地で待機していた二機の迎撃機が発進、追跡し、内海の向こう岸付近で追いついてミサイル二基の威嚇発射によって向きを変えさせ、カナヴェラル基地へ誘導した。乗っていたものはSD兵によって拘留された。

しかし、翌朝行なわれた尋問で、事態は安泰どころではないことがわかってきた。西ゲートグループのリーダーだったデイヴィス一等兵は、パダウスキーから、西ゲートが駐機場突入のための集結地点だと聞かされていたという。とすれば、デイヴィスは追手を引きつけるために利用されたのか、それともパダウスキーが最後の瞬間に計画を変えたのか、どちらかだ。西ゲートには他に誰も姿を見せず、デイヴィスの一団だけがそこに取り残されていたのである。だがその一方、輸送機が着陸してみると、そこに乗っていたのはほんの数人で、その中にもパダウスキーの姿はなかった。彼らの話によると、輸送機を手に入れた直後パダウスキーから無線で、自分は主力グループと一緒にオーマー・ブラッドリー区で包囲され動けなくなってしまったので間に合ううちに逃げるよう連絡してきたのだという。しかし、そのオーマー・ブラッドリー区はシロッコが内外ともしっかり守りを固めており、近づいてきたものはなかった。こうして、あのさわぎのあいだのどこかで、パダウスキーほか二十三名の重武装兵士が蒸発してしまっていることがわかったのだ。

　西ゲートで脱走兵二名と歩哨一名が死亡、営倉棟では二名の歩哨が重傷を負った。拘留されていたアニタを含む女性六人も姿を消していた。

「最初から最後まで、なんともみごとなどじが続いたもんだよ」その晩遅く、コールマンと事件について意見を交換していたシロッコが、口髭を引っぱりながら言った。「手違いなど起きるはずのないところで手違いが起きすぎていると思わんか――飛行機の見張りはおらず、配電室の見張りもおらず、いくつもの部隊が一カ所に集まるよう命令を受けていて、ほかの場所には誰もおらん……おまけに、やつらはどうやって銃を手に入れたんだ？　どうも気に入らんな、スティーヴ。まったくどう考えても気に入らん。この騒動は、徹頭徹尾おかしな匂いがぷんぷんするよ」

24

フランクリンの郊外にあるこの大学に来てからまだ日も浅いうちに、ジェリー・パーナックは、ケイロンの理論および実験物理学が、地球で研究の主流をなしている方向からかなり違った道を進んでいることを知った。とはいえ、地球より大きく先んじているわけではない。ケイロンには伝統的な思考方法もなく、当人の生存中にはその説に異議を立てるのもはばかられるような権威者もいないことを思えば、むしろ当然のことなのだろうが、研究全体がおよそ思いもかけない方向へ逸脱していたのである。そして、その方向に沿って彼らが遭遇したことの中には、パーナックの度肝をぬくようなものもいくつかあった。

〝大爆誕《ビッグ・バン》〟は絶対的創造行為を意味するものではなく、現行の空間と時間の概念自体にもとづく物理法則が意味を失うような何かもうひとつ前――そういう言葉が適用できるならだが――の時代からの相変化をなす特異点であるというパーナックの主張は、当時の地球における一般的見解を代表するものであった。事実、ビッグ・バン以前を支配していた奇奇怪々な状況に関して、直観的に意味を持ちそうに見えるような概念モデルによる記述こそまだ現われてはいなかったものの、その属性の一部らしきものは、理論数理物理学の一分野の抽象的記号論の中から、ぼんやりとほの見えはじめていたのである。

　バリオンと中間子《メソン》にはじまり、それらを単純化したものと見られるクォークに至る、物質の究極をさぐる研究分野を悩ましたあのめまぐるしい粒子の氾濫は、二十世紀末に至り、段階的な〝世代〟の形できれいに整理がつけられた。各世代は常に八種の基本粒子――六種のクォークと二種のレプトン――から成る。第一世代に含まれるのは〝アップ〟と〝ダウン〟のクォークで、それぞれが強い核力によって定まる三つの〝色《カラー・チャージ》〟を持つから都合六種、それに電子、および電子型《タイプ》ニュートリノである。第二世代を形成するのは〝ストレンジ〟と〝チャーム〟クォークで、これにも三つの色があり、それにミューオンと、ミュー型ニュートリノだ。第三世代は〝トップ〟と〝ボトム〟クォークに、タウ粒子とタウ型ニュートリノ、以下同様に続く。

　この世代区分を特徴づけるのは、各世代の全メンバーが、それぞれ他の世代の中にも質量以外の特性がまったく等しい対応粒子を持っていることである。例えば、ミューオンは、質量を二百倍重くした電子にすぎない。事実、各世代の粒子は、〝基底状態〟にある第一世代のそれを順次高い励起状態へあげていったものであることがすでに明らかになっている。原理的には、充分な励起エネルギーさえ与えれば、生みだされる高世代の高さに上限はないはずで、実験結果もその予測を裏づける傾向にあった。しかもどこまでいっても、創りだされるあらゆる奇妙なヴァリエーションは、同じ八つの基底状態クォークおよびレプトンと、そのそれぞれの反粒子と、それらの相互作用をつかさどる場の粒子とで説明できるのである。かくして、一世紀近くにわたって世界じゅうの科学者が積みかさねた膨大な研究の末に、壮大なる単純化が達成されたのだった。が、この追及は、はたしてクォークとレプトンの段階までで終わりになったのであろうか？

　その答えはノーと出た。地球の反対側に位置するふたつの物理学者チーム――ひとつは小笠原教授に率いられた東京科学大学の、もうひとつはシュライバーという名のアメリカ人が指揮するスタンフォード大学の――が、クォークとレプトンを統一するまったく同じ理論を展開し、同時に発表したのである。ここにおいて、基底状態世代の十六種の実体および〝反実体〟は、たった二種の、それも驚くほどわずかな固有属性しか持たない構成要素によって説明されることとなった――その属性とは、両者ともに二分の一単位のスピンを持つこと、および、一方は三分の一の電荷を持ち、他方は持たないということである。それ以外の、根元的な属性と考えられていたものは、例えばクォークの色とか、クォークの〝香り《フレーバー》〟とか、さらには質量すらも、驚いたことにこのふたつの基本構成要素の配列の組み合わせによって出てくるのだ――ちょうどメロディは音符の配列によって現われるが、一個の音符の属性としては表現できないように。

　こうして二種の構成要素とその〝反構成要素〟こそ実在だということになった。一個のクォークないしレプトンは、三個の構成要素または三個の反構成要素の三つ組として成り立つ。二種の構成要素から三個とる取りかたは八つ、二種の反構成要素から三個とる取りかたも八つだから、これで合計十六の基底状態世代の実体と反実体ができるわけである。

二種の構成要素または反構成要素から選ばれて各三つ組ができるのだから、その三つ組は、同じ種類のものが三個か、あるいは一方の種類が二個で他方が一個かの、いずれかの形をとる。後者の場合、二個プラス一個の順列の数は三通りで、それがクォークの色を生みだす。また、三個とも同じ種類の場合の配列は一通りで、それがレプトンであり、これによってレプトンが色を持たず、強い核力に反応しない理由も説明できる。

かくて一個のクォークもしくはレプトンは、常に三つの構成要素または反構成要素であらわされる。質量は、その三つ組の中に二種類が混じっていない場合に現われる。混じっている場合には質量は現われず、これで基本力を伝達するベクトル粒子――グルオン、光子、無質量ベクトルボソン、それに重力子――が説明される。

小笠原教授はこのふたつの基本構成要素を、古代日本の自然力信仰にちなんで〝カミ〟と名づけることを提案した。日本の神々は二種類の魂を持っている――おだやかな〝和御魂《にぎみたま》〟と猛々しい〝荒御魂《あらみたま》〟である――そこで小笠原は二種類のカミを〝ニギオン〟および〝アラオン〟と命名し、国際標準化委員会はうやうやしくこれを受理して公認の物理学学術用語の社《やしろ》に祀った。一方シュライバーの方は、さまざまな三つ組の並びを覚えやすくするために、例えばアップ・クォークを〝ディー‐ダム‐ダム〟、ダウン反クォークを〝ダム‐ディー‐ディー〟、陽電子を〝ダム‐ダム‐ダム〟というぐあいに軽く口ずさめるような呼びかたを編みだしており、したがって〝ダム〟とディーがその名前ということになるが、ここから彼の弟子たちはすぐに両者を合わせて〝トゥイードル〟と呼び、結局この名称の方が、〝ニギーニギーアラ〃といったたぐいの繰り返しに早くもうんざりしていた全世界の科学者たちに広く受けいれられはじめ、科学の威厳を守ろうとする向きの顰蹙《ひんしゅく》を買うこととなった。だがその科学者たちも、これで量子力《りき》ダムと相対《そうたい》ディー理論が遂に統一されたのだというシュライバーの強弁に対しては、あまり好意的ではなかった。

　両方の単語の最初の文字が同じ〝d〃だったため、やがてダム《dum》はUで、ディー《dee》はEで表わされるようになった。ダムは三分の一の電荷を持ち、ディーは持たない。ダム二個とディー一個で、アップ・クォークができるが、その三つの色は三つの順列UUE、UEU、EUUで表わされる。同様にディー二個とダム一個では、UEE、EUE、EEUという三つの色を持つダウン反クォークができる。同じように二個の〝反ダム〃と一個の〝反ディー〃はアップ反クォーク、反ディー二個と反ダム一個はダウン・クォークになる。ダム三個では、単位電荷を持つが色を持たない陽電子ができて、これはŪŪŪと表わされ、各三分の一の〝反電荷〃すなわち負電荷を持つ反ダム三個では普通の電子ができて、UUUと表わされる。ディー三個では電荷のない電子型ニュートリノ、反ディー三個では電子型反ニュートリノで、以上で基底状態世代は完結する。このように、〝反トゥイードル〃が必ずしも反粒子を作るとはかぎらないし、トゥイードルが正の粒子を作るともかぎらない。しかし、通常物質の世界では、トゥイードルの方が反トゥイードルよりも優勢で、例えばアップ・クォーク二個とダウン・クォーク一個でできている陽子は、それぞれのクォークの色によって変わるが例えばUUE：UEU：ŪĒŪといった三つ組トゥイードルの三つ揃いで表わされる。

この図式により、ついに、以前は経験的に観測される奇妙な暗合と見られていた数多くの事実の説明がつくようになった。例えばなぜクォークは三色を呈するのか――ダムとディー一個と二個の並べかたは三通りあって三通りにかぎるからだ。なぜレプトンは〝白色〟で強い核力に反応しないのか――UUUあるいはEEEの順列はひと通りしかないからだ。それに、なぜクォークとレプトンの電荷は等しいのか――それは同じトゥイードルでできているからだ。そしてこの〝トゥイードル力学〟をさらに突っこむことによって、何がビッグ・バンに火をつけたのかをさぐる研究への最初の考察の道が開かれたのであった。

数学的指標は、大きさの決定できない奇妙な属性を持つ純粋な〝トゥイードル物質〟の〝流体〟によって占められた原初以前の領域があったことを示した。ただそこでは、時間と空間が複合次元として一体化しており、既製の物理学用語で表現できるいかなるものによっても類推は成り立たないのである。ただし、もしその中に空間と時間が分離して膨張する部分がなんらかのメカニズムにより発生すると――あまり正確な比喩ではないがこれをソーダ水の中の泡に譬える向きもある――泡の内部における〝圧力〟の減少が引き金になって、〝トゥイードル空間〟から原トゥイードル物質を析出させ、本来は無時間だったもとの領域の〝擬似時間的〟側面を保持していたトゥイードルと〝擬似反時間的〟側面を保持していた反トゥイードルの爆発的生成が起こるというふうに考えておくことも可能であろう。ここで両者相互の親和性により、その結合は一転して濃密な光子流体と変じ、そこではふたたび無時間が確立され、それが、動く光子では時間が流れないことや、知覚される宇宙における時間の流れかたと光速とのあいだの奇妙な関係を説明することで、相対論に結びつくのである。一方、原子核に近い稠密さを持つその原初光子流体の高エネルギー状態は、実体としての〝三つ組トゥイードル〟の形成を促進して、強い核力が支配的な状況下で相互作用する物質を生じ、それが空間と時間の分離によって導入される不一致に関する非アーベル的ゲージ対称の復活にあたる。このあとに、すでに解明ずみの原理にのっとった宇宙の進化が続くことになる。

　地球で今のところ主流となっている理論は、宇宙における物質の反物質に対する優位を、ビッグ・バンの最初の段階における諸反応のあいだに生じた十億分の一の不均衡に帰している——そこでは、現宇宙では見られない、バリオン数保存則を破るような崩壊パターンを持つ異様な粒子を大量に生みだせるエネルギーが得られたのである。現在の宇宙では、それは一時的な〝仮想粒子〟としてごくまれに出現するだけで、十の三十一乗年という測り知れぬ——とはいえ測られてはいるわけだが——陽子の平均寿命はそこから割り出されたものである。

　仮想粒子が〝仮想〟であるのは、現在の宇宙の状態では三つ組トゥイードルの保持に必要なエネルギーが供給できないからだと考えられる。したがって、反物質をつくりだす唯一の方法は、仮想粒子対の両成分を、たがいに再吸収しないうちに引き離して存在を保持するに足るだけのエネルギーを一点に集中することで、事実上それには少なくともその質量に相当するエネルギーの供給を要するし、また現実に巨大加速器によってそのとおりに行なわれている。反物質を消滅させることでいくらかでも正味のエネルギー利得があるのかどうかという懐疑論がひろく出まわっている理由はここにある。これではせいぜい手のこんだ蓄電池としか思えないし、だとしても効率の高いものとはお義理にも言えない。加速器に注ぎこむエネルギーを、反物質を使う予定のところへそのまま用いる方が、はるかにましというものだ。

ケイロンの物理学が地球のとは別の道をたどりはじめたのは、この最後の部分からであった。ケイロン人は、質量とエネルギーの等価性を時空そのものを含むところまで拡張するというめざましい一歩を踏みだしていた——これらの三者すべてが、単に同じ〝もの〟の別の表現形式だというのである。原初のトゥイードル物質の領域内で形成される衝撃波が創りだすエネルギー勾配が、その時空複合要素を〝引き裂い〟て、一般に通用している物理法則が生きてくるような空間と時間というなじみ深い次元に分解するだけの大きさを持っていることがそこから導き出された。かくしてケイロン人は地球の科学者たちがなんとなく独断的に設定していた断絶の根底にあるものを見つけだしたのだった。

それに続いて起こる空間の膨張は、ケイロンの質量‐エネルギー空間の等価関係からただちに出てくる——冷えゆく光子流体は、事実上、物質の三つ組のみならず空間にも形を変え、その比率は温度によって変化し、宇宙が冷えるにつれて三つ組に変わるものより空間に変わるものの割合は増してゆく。したがって、遠い銀河の示す赤方偏移は、空間の膨張によって起こるのではないことになる。ケイロン人は、その原理全体を正反対にひっくりかえして、空間の膨張は波長の伸長によって生じるのだという結論を出していた。換言すれば、放射が空間を規定するのだから、冷えて波長が伸びるにつれて空間は大きくなるわけである。このようにしてケイロン人は、空間の属性を時間の属性とともに光子に関連づけることにより、トゥイードル力学と一般相対論との結合をなしとげたのだった。冷えていく光子流体から取り残された三つ組トゥイードルである物質の〝島〟は、外界に創りだされた巨視的領域で重力が支配的影響力を持ちはじめるようになっても内部的には強い核力の支配を受け、いろいろな点で、そもそもの出所たる領域の小宇宙として振舞うのである。

さらに驚くべきは、ケイロン物理学の対称関係から出てくるもうひとつの予言で、そこではこの宇宙とともに、反物質が存在し〝反時間〟が逆行し〝反空間〟が最初の体積ゼロから縮んでいくという風変わりな〝反宇宙〟が創造されることが要請される。宇宙も粒子も同様、対創成するのだ。そしてそれぞれふたつの別次元に分解して時空をなすその二元的宇宙に、トゥイードルと反トゥイードルが示す二重の二方向性が対応する――すなわちダム、ディー、反ダム、反ディーは、無時間、無空間のトゥイードル空間領域を占める同一の究極的実体の、単なる空間的、時間的、反空間的、反時間的投影にすぎないのである。

そしてもっとも驚くべきは、ダム、ディー、反ダム、反ディー、それに両宇宙として知覚される投影のすべてが、トゥイードル空間内のただ一個の〝超トゥイードル〟に帰せられるという点であろう。つまり宇宙がスクリーンとなって、そこにスクリーン自体の空間と時間の次元分離の帰結である同じ投影が何度も何度も繰り返されるわけで、言うまでもなくこれが、あらゆるダムが他のあらゆるダムと同じであり、あらゆるディーが他のあらゆるディーと同じである理由なのだ。ちょうどタイプライターが紙をつくりだしながらタイプしていくようなもので、その平面宇宙に生まれた平面人は、彼らの〝平面時間〟内で次々に出会う人がなぜみんな同じ姿をしているのかと思い悩むことになるだろう。

通常の宇宙へはトゥイードルの方が反トゥイードルよりも多く投影され、反宇宙へは反トゥイードルの方がトゥイードルよりも多く投影されるという事実が、ケイロンの物理学によれば、この宇宙が反物質でなく物質でできている理由となる――これと対をなす反宇宙ではもちろんそれと反対になっているわけだ。したがってその解釈によると、反物質を手に入れるには、宇宙の一部に小さな反宇宙のように見える場所をつくり、トゥイードル空間を〝欺いて〟そこにトゥイードルでなく反トゥイードルを投影させればいいことになる。言葉を換えれば、地球の科学者のほとんどが不可避と考えているような、無から反トゥイードルを創造するために膨大な量のエネルギーを消費するような方法をとらなくても、すでに存在している物質のトゥイードルを〝ひっくりかえして〟反トゥイードルにしてやることが可能なのではないだろうか？

彼ら自身すら驚いたことに、それは可能だったのだ。ケイロンにおけるその開発は、まず高エネルギー慣性核融合駆動装置を利用してプラズマの濃度を高め、ついに〝沸騰〟させて、ごく小さな体積の中にビッグ・バン初期の状態の再現ともいえる純粋な光子流体をつくりだすことからはじまった。その領域内では空間と時間が再結合し、内側に向かう力で爆縮された中心部には瞬間的に反宇宙を逆向きにしたような奇怪な状態が生じ、同じ瞬間この過程で解放されたトゥイードルの大部分が反トゥイードルに変換し、高エネルギー状態にあるため結合するとき多くは放射線でなく反クォークや反レプトンになる。それよりは小量だが物質粒子も生ずるので、対消滅により、本物のビッグ・バンと同様かなりの損失は出るはずだが、こうして得られる正味の収量はこの過程を引き起こすために費やされたエネルギーに較べればはるかに多い。このモデルが正しいことを、ケイロン人は、オリエナのはずれにある研究施設で実験により証明しおえていた。

ということはつまり、彼らは、かなりの量の反物質を安価に〝買う〟ことができることを意味する。パーナックが何年にもわたって考え続けていた〝スモール・バン〟を利用する方法を、彼らは事実上すでに手にしていたのである。

まったく新たな境地をひらく理論だ――パーナックは、研究所の自室で椅子の背にゆったりともたれ、今しがたまで正面のスクリーンに映しだされる情報に集中していた頭を休めながら、つくづくとそう思った。彼がはじめて垣間見たそれは、物理学だけに納まるしろものではなかった。それは物理学的解釈を伴った完全に新しい実存哲学だったのだ。

前世代の地球の思想家が描いてみせた陰鬱な宇宙像――自然界の珍しい偶然によって生みだされ、闇の中の火花のように一度短く花開いたあとはただ無窮の彼方へ消散し、情け容赦のないエントロピーの冷たい手の中に包みこまれていくという――は、ケイロン人の心の中にもはや座を得ることはない。ケイロン人にとってこの宇宙とは、同じような無限の姉妹宇宙を擁する〝大宇宙〟の中の一原子にすぎず、それらの宇宙のひとつひとつが、空間のあらゆる点において、ちょうど夏の積乱雲が雨滴を凝結させていくような勢いで宇宙一族を形成したその源領域と共存しているのである。この源領域を通じて、どの宇宙も他のあらゆる宇宙と結合することができるし、結合して源領域に入ることによって、かの反物質の投影が実証するとおり、あらゆる宇宙がその果てしない無限の超世界——その想像を絶した広大さに比すれば、微生物から探知可能な最遠のクェーサーに至るあらゆる存在物も単なるひとつまみの影にすぎない——によって支えられ、はぐくまれ、補給を受けることができるのである。

パーナックは、今まで向かっていたデスクから立ちあがると、窓ぎわへ歩みより、この建物の両袖をなしている左右の棟のあいだにひろがる芝生へ目を落とした。もう昼休みが近いので、そこには大勢の研究員や学生が姿を見せはじめ、日なたに寝そべったり、あちこちでゲームに興じたりしている。つい先日まで彼と一緒に暮らしていた人々は、宇宙とは冷たく空虚で、崩壊と衰退とそして究極的には死に至る力に支配されたもの——そこでは生命と呼ばれる脆弱で奇異な現象は、物質的秩序の中に正当な場所も与えられないはんぱものとして、不安定なままほんのつかのま現われるにすぎない——と考え、無常感と恐怖をあらわに表明していた。科学が、知り得るあらゆるものをその始源まで探査しおえたとき、そこに書かれていた答えは、そうした索莫たるものだったのだ。

だがケイロン人の見る宇宙は、およそそれと対照的に、豊かで輝かしく、活気に満ち、構成のどの段階、どの規模をとってみても、そこには一様にみずから律しみずから序する逆らいがたい進化の力が働いて、プラズマから原子、原子から分子をつくり、ついで生命そのものを、さらにそこから精神という最高の現象およびその精神がつくりだすあらゆるものを生みだしている。この進化の流れに逆らって走るさざ波にも、川面を流れに向かって吹くそよ風と同様、それを堰きとめる力はない。未来への展望が示す新たな地平は、どこまでもひろがる知識の眺望、想像を絶する資源、限界を知らぬ希望へと、果てしなくひらけている。ケイロンの科学は、知り得るあらゆるものの探査にかかるどころか、まだほとんど学ぶ作業に手をつけたばかりなのだ。

したがってまたケイロン人は、宇宙の究極的な停滞と衰退を避けられぬものとして受けいれることを断固として拒否する。食物の供給を断たれた有機体が死んで分解し、建設者に見捨てられた都市が崩壊して塵に帰するように、エントロピーの増大は、エネルギーと生命の源から孤立した閉じた体系の中でのみ起こるのである。しかるにケイロン人の宇宙は、もはや閉鎖系ではない。土中に根を張り水と陽光を浴びる苗木のように、あるいは子宮の中で分割を続け徐々に形をなしていく卵細胞のように、それは生い繁り成長する有機体――無尽蔵の源から補給を受けている開放系なのだ。

そして、そのような体系にとり、宇宙を支配する法則は、死ではなく生なのだ。

だが奇妙なことに、現在パーナックを悩ませているのは、まさにそうしたケイロン人の生への讃仰を彼が身につけはじめたという、その認識なのだった。彼の悩みの根源は、彼らの歴史や行動様式を知れば知るほど、彼らがいかに頑強に、貪欲に、その讃仰を表現する自由を守ろうとしているかがいろいろわかってきたことにあった。しかも彼らは各個人としてそれを守っているだけで、奇妙なことに、集団の総意としてそれを守ろうとする気配がまったく見られない。〈メイフラワー二世〉がやってくることを、彼らは二十年以上も前から知っていたのだし、いかにさりげなく愛想よく振舞っていても、彼らが自分たちの未来を偶然や他人の好意にゆだねてしまうような受け身で従順な人種でないことだけは確かである。それに現実主義者でもある以上、必ずや想定される最悪の事態に備えているにちがいないと、パーナックは考えていた。まだ誰からも兵器の話を聞かされたことはないものの、ケイロンの科学についてわかってきたことから推しても、彼らは強力な最後の手段を秘めているに相違ない。

しかし、ケイロン側から敵意を向けてくることはないはずだと彼は信じていた。彼らは地球人を恐れず、船の到着以来あまたの事例が示すように、平然と受けいれているからだ。地球人がどんな生活のしかたをしようともわれ関せずの立場をとっているが、いっぽう、自分たちの生活に口を出させるつもりも毛頭なく、また資源は無尽蔵だと考えているからその奪いあいなどという発想にわずらわされることもない。むしろ信用できないのは地球人の側——少なくともその一部だろう。カレンズは今もなお扇動的な演説をしては相当数の支持者を集めているし、フルマイア判事はウィルスン射殺事件を不起訴とした判定をくつがえすことを拒んだため、一部の過激派から非難を浴びている。それについ最近、パーナックはケイロン人たちから、私服の軍情報部員らしい地球人がフランクリンの街の中を歩きまわり、極度の偏見や恨みや敵意を持った個性的なケイロン人——いわば古典的な意味での煽動家や反抗運動の組織者の候補に分類できるたぐいの人物――を割り出すためとおぼしい質問を繰り返しているという話を聞かされた。ケイロン人は、これに興味を持つというより面白がっているので、その種の試みが成果をあげているとはとうてい言えないが、何者かがケイロン人の不安をかき立てる火種を探しているらしいという事実は残る。その意図を察するのにたいした推測は必要ない。地球の政治史に、大衆の目からは強硬に見える政策を正当化するため、権力側がわざと騒動を起こさせた事例は、枚挙にいとまがないほどあふれている。もしなんらかの党派、それもかなり強大な派閥が、実際に衝突を引き起こそうとして手をまわしているのだったら、そしてもし、ケイロン人に対するパーナックの見かたに、当たっているところがあるとしたら、その党派はいずれ腰をぬかすほどの驚きを味わわされることになろう。それはいっこうかまわないのだが、パーナックが心を痛めたのは、その過程で、無辜《むこ》の人々が大勢傷つくだろうということであった。ここまでわかったからには、今のまま圏外に身を避けて、ことの成りゆきを傍観しているわけにはいかない。

イヴと一緒にレチェットの話を聞いたときの自分はひどく気がせいていたし、それに少しばかり無邪気すぎたかもしれない、と、彼はいま思いなおしていた。放っておきさえすれば、地球人はいずれケイロンの機構の中にひとりでにとけこんでいくはずだという当時の確信はゆらいでいないが、みんながその成りゆきを放っておいてはくれないだろうことがはっきりしてきたのである。永久分離策がその答えになるとは今もって思えないが、近い将来においては、事態を冷静に把握できる人物――レチェットのような――に運営をまかせておく方が安心というものだ。いま思うと、レチェットの支持依頼に対してあのように答えたのは誤りだった。しかし今から態度を変えても遅すぎるということはあるまい。具体的にどんな助力ができるかはわからないが、ケイロン人の知りあいもふえたし、彼らの考えかたも理解できるようになった。この知識は当然何かの役に立つはずだ。

レチェットは今〈メイフラワー二世〉にいるが、パーナックはそこへあがっていく気にはなれなかった――いわば〝脱走者〟である自分を当局がどう扱うか、見当がつかなかったからだ。軍は、脱走兵を捕えるために、SDの一隊を送り出している。ところが噂によると、その任務で派遣されたSDの中にも、帰ってこないものがいるらしい。こうなると、どこか上の方では、何かパニックに近い状況がすでに起こっているかもしれない。しかしまた、こうした問題に対する自分の考えかたを電子回路を通じて伝えるのも、賢明な策とは思えなかった。だがイヴの話によると、たしかジーン・ファロウズがきわめて活動的なレチェット支持者としてキャンペーンを張っているという……これは、いい取っかかりになるかもしれない。

彼はひとりうなずいた。そうだ、そうしよう。まずジーンに電話をかけ、それからコルドヴァ村へ出向いて、彼女とバーナードに話してみるのだ。

25

レイトン・メリックは、ゴシック建築のアーチのような眉に、そのアーチを支える溝つき円柱さながらに両手の指をそえて、じっとデスクの面を見つめながら言葉を選んだ。「ああ、きみの記録に目を通していたんだがね、ファロウズ」やおら目をあげながら、「これで見ると、細目への一貫した注意力は抜群……すべてに完璧を期し、報告書式も適正。ふうむ、立派だ、実にすばらしい……この職にあって何より望ましい種類の能力だよ」

「どうもありがとうございます」見えすいたおせじだ。バーナードは無表情を装いながら、次に来るのはなんだろうといぶかしんだ。

メリックは、両手をぱたりと胸の高さまで落とすと、「ところで、住み心地はどうかね？ご家族は慣れたかな？」

「ええ、二十年のブランクのあとにしては、うまくいっています」バーナードは、わずかに頬をゆるめた。「ジーンは少々とまどっているようなところもありますが、すぐにしっくりするでしょう」

「それはよかった、大変結構だ。ところで、ケイロン人とわれわれの関係の問題だが、きみは全体としてどう見るかね？」

「胸がすっきりするほど正直で率直な人々だと思います。その良さはよくご存じと思いますが」バーナードは軽く肩をすくめ、「まだここへ来て間もないのですが、今までのところ何もかもうまくいっていると思います。もっとずっとひどい事態になっていてもおかしくはなかったところです」

「ふうむ……」どうやらメリックの望んでいた答えとは違ったようだ。「何もかもとは言えんはずだが」と彼。「一週間前にウィルスン伍長が射たれた事件はどうだ？」

「不幸な事件でした」バーナードはうなずいた。「しかし、わたしの意見を申せば、あれは彼がみずから招いた災厄ですよ」

「かもしれんが、わたしが指摘したい点もそこにあるのだよ」とメリック。「むろんきみは、彼らのあいだで法律代わりとなっている暴民政治を容認するつもりではあるまいが。それともきみは、誰かの気に入らぬことをしたというだけでその場で射ち殺されるかもしれぬ危険の中に、わが民衆をさらしてよいと思うのかね？」

バーナードはため息をついた。例によってメリックは、自分の欲しい答えが戻ってくるまで、あれこれ理屈をこねまわすつもりらしい。「もちろんそんなことはありません」バーナードは答えた。「しかし、みんなどうも問題を誇張しすぎているように思いますが。あの事件は決して、今後の成りゆきを代表するようなものではありませんよ。ケイロン人の行動は、こちらの扱いかたに応じて、そのとおりに返ってくるのです。よけいな手出しをしたり、他人に迷惑をかけたりしないよう気をつけてさえいれば、恐れることなど何もありはしません」

「すると誰もが、自分が法律だと思っているわけだ」メリックが断定した。

「いいえ、法律は潜在的にですがたしかにあって、それがあらゆる人々に適用されるのですが、ただその読みとりかたを学ばなければならないのです」そう言ってから、バーナードはふと眉をひそめた。これは自分の言いたかったことではない――当然、人によって読みとりかたが違うのかと反論されるだろう。問題は、ケイロンの社会ではそれがみごとに機能している点にあるのだ。「つまり、わたしが言いたいのは、問題は一部の人々が唱えているようなひどいものではないということなのです」弁明しながら彼は、同時に、その言いかたのもの足りなさを痛感していた。

「カナヴェラルの兵舎から脱走したあの兵士たちに関する最新情報を聞いていると思うが？」メリックが言った。

「はい。しかしあんなことは長続きしませんよ。軍がすぐに処理できなければ、ケイロン側が始末をつけるでしょう」

パダウスキーとその一党は、どうやって逃げたものか、ケイロン内海の向こう岸の人口稀薄な地域に姿を現わし、山あいで山賊暮らしをはじめたらしい。ケイロンのような世界で山賊の真似などをしてなんになるのかわからないが、ケイロン人に対する報復と考えればいちおうはうなずける。すでに人里離れて孤立していた家が二軒襲われて略奪を受け、そのさいケイロン人五人と兵隊がひとり殺され、また、十五歳の少女を含む三人のケイロン人女性が凌辱されていた。軍はその地域を空からと、徒歩の捜索隊との両面で探索しているのだが、まだなんの収穫もない――裏切り者たちは、身を隠す訓練を充分に受けているのだ。衛星も探査地点を明確にしないかぎりあまり役には立たず、まして起伏の多い地形ではなおさらだった。

しかしバーナードは、ケイロン人なら軍隊がいなくても充分にこの問題を解決できると考えていた。ケイロン人の中には、ほとんどあらゆる部門にわたる熟練者が育っているらしく、その中には、過去のいつか呼びだされて手に負えないやっかいものを取り押さえたり、必要があれば始末した、すばらしい射撃の名手や山狩りの名人などもいることだろう。例えばヴァン・ネス――人ごみの室内で鮮やかにウィルスンを射ち倒した男――の腕など、どう見ても素人ではない。あとで知ったのだが、このヴァン・ネスという男は、地図製作者兼木材伐採者であると同時に、経験ゆたかな狩猟家兼探険家で、またジェイが一度訪れたフランクリンの学校で武器の扱いと格闘技の両方を教えている人物でもあった。事実、ジェイの話によると、ある日の午後いっぱい半島沿いの丘陵地帯まで出向いてその学校の野外活動の一部を見学したコールマンは、ケイロン人の中には軍最高の狙撃手に匹敵する腕の持ち主が何人もいることを、帰るまでに確信するに至ったという。

しかしメリックは、その線を追及する気はないようだった。「だが、すでにケイロン人も殺されているのだぞ。彼らの忍耐がいつまで保《も》つか――少なくとも彼らの一部が、こっちの市民に無差別報復をかけようと動きだすまでに、どれだけの時間が残されているだろうか？——結局、きみがそれほど礼讃しているのは、彼らの共食い的な生活態度にほかならないのではないかね？」

「そんなことは言っておりません。まず何より、彼らがそういう無差別的行動に出ることはありえないのです。こちら側の人たちにわかっていないのは、まさにその点で、彼らを恐れる必要がない理由もそこにあるのです。ケイロン人は、一定のグループを線で囲んでその内側にいる人間はみな同じというような考えかたをしないのです。現在あそこにいる暴徒の一団と同じ制服を着ているからといって兵隊全部を憎んだりしてはいませんし、ましてや地球人全体を敵視することなどありえません。彼らは、そういうものの考えかたをしないのですよ」

メリックは数秒間冷ややかに彼を見つめたが、まだ納得できない様子だった。「いや、とにかくわたしに言えるのは、世の中きみのようなすばらしい人間性への信頼を持ちあわせているものばかりではないということだ——わたしも含めて、とつけ加えておく方がいいかもしれんな。このほど幹部会からわたしに伝えられた公式見解——これにはきみもわたしも、個人的見解とは関係なく、従う義務がある——も、ケイロン側による報復的実力行使の可能性を無視することはできないという内容なのだ。したがってわれわれは、将来におけるそうした不測の事態を考慮しておかなければならん」

バーナードは、うやうやしく両手をひろげてみせた。「いいでしょう、用心するに如くはないということはよくわかります。しかし、それがこの船内の技術部門とどう関係してくるのかが、もうひとつわかりませんが」

メリックは一瞬眉をひそめたが、ここでどうやら遠まわしに話を進める試みを放棄したらしい。「現在、わが方の人間およそ一万人が、カナヴェラル市およびその近郊にいる」まっすぐバーナードを見すえながら、「その人々の生活は、家庭用の電力から、口にする食物に至るまで、あらゆる面にわたって、ケイロン人の労働力と施設とに大きく依存している。今もし地表で大規模な衝突でも起これば、彼らの運命は完全にケイロン人の掌中に握られてしまうだろう」バーナードが何か言おうとするより早く、さっと片手をあげて制止し、「もちろんそのような状態を容認しておくわけにはいかん。そこで、万一その必要が生じたとき、こちらの人間を守るための純粋な予防措置として、もし状況がそうなってもわれわれの手で基本的供給が続けられるという保証を手にしておかなければならないということになった。技術的に後退した環境に甘んずることは考えられないので、この責務を果たすには、最新の産業工程に関するかなりの専門的知識が必要とされ、したがってわれわれ技術部門の役割が欠かせないわけだ。これで要点はわかったと思うが」

一瞬、バーナードは目を細くした。仰々しい理屈づけを取り払えば、これはまさしくキャスが核融合コンビナートで言ったこととぴったり符合するではないか。とすると、メリックの意図は何か——パダウスキーを口実に幹部会が計画の推進を決定したので、監視要員を予定より増やしたいのだろうか？　「まだはっきりわかりません」と彼は答えた。「そうすると何か、ケイロン側の重要施設を、われわれが接収するというお話のように聞こえますが。それでは事態を悪化させるだけではないでしょうか？」

「何も接収するなどとは言っておらんよ。わたしはただ、彼らの施設の操作にわれわれも親しんでおき、万一必要なときに供給を保証できるようにしたいと言っているのだ。すでに一度ポート・ノルディイをはじめ数ヵ所の施設を見学してみて、われわれにも充分やっていけるという自信が持てた。前のときはあまりみんなに時間を取らせてもどうかと思っていたが、もう全般的に実行の目途がついたようだから、きみにもひとつ、ノルディイの様子を見てきてもらいたい。ホスキンズを連れていくといい。むろん彼は前のときわれわれと一緒に行っているわけだが、復習の意味で害にはならないはずだし、きみも勝手を知った人間がついている方が何かと都合がいいだろう。要するに、このことをきみに伝えたかったのだよ」その当然のような口ぶりからすると、メリックは、バーナードが公式にはまだ何も知らされていないこの件を、すでに公知のことと思っているかにみえる。しかし同時に、ちらちらとバーナードを見る目つきからすると、彼は拒否の返事が返ってくるかもしれないという予感を隠しきれないでいるようにも思われるのだった。

バーナードは、もう少し相手の手のうちをさぐってみることにした。「すみませんが――前のときというのはなんのことでしょう？　ちょっと思いあたらないのですが」

メリックの眉が、驚きの表情を示してぐいとあがったが、正直な反応としてはいささか早すぎたようだ。「前回ポート・ノルディイのコンビナートを見にいったときだよ」バーナードは無表情に見つめかえす。メリックは、困ったような顔つきになって、「おい、知らなかったなんて言わないでほしいね。少し前に、ウォルターズとホスキンズを連れていったんだよ。ウォルターズから何も聞いていないのかね？」

「誰からも、何も聞いていませんが」

　メリックの困惑の表情はますます深まり、眉間に縦じわがよった。チッと舌を鳴らすと、「いや、そいつは申しわけないことをした。こちらのミスだな。待てよ――あれはいつだったか、正確には思い出せんが、たしかきみは当直中だったと思う。それで、あのときは連れていけなかったんだよ」真っ赤な嘘だ。あのときバーナードは休暇で、ジェイとあそこにいたのだから。「だが、このミスもうすぐ正されるわけだ。なかなかの場所だぞ。一次工程の大部分を指揮しているのが女で――すばらしい女性だよ――だから、施設そのものだけでなく、人間関係にも興味を持てるだろう。そこでさっそくだが、一刻も早くホスキンズと打ちあわせに入ってほしい。わたしはこれから数日のあいだ手を離せない仕事があるのでね」

　明らかに、なんらかの異常事態が発生しているらしい。このまま話を終わらせてしまう気になれず、バーナードは言ってみた。「ウォルターズも一緒にどうでしょうか？　彼にも復習は役に立つと思いますが」

　メリックは大きく息をつき、じっと深刻な表情になった。「うーむ……ウォルターズか。こうなると、もうひとつ話しておかなければなるまいな」重々しい声で、「士官ウォルターズは、もうおらんのだ。彼とその一家は、二日前、コルドヴァ村から姿を消したきり、消息を絶った。きのうの当直にもむろん出てきていない。逃亡したと考えるしかなかろうな」そう言って、悲しげに首をふった。「失望したよ、ファロウズ、失望もいいところだ。もう少しましな人間だと思っていたのだが」

そういうことだったのか！　メリックお気に入りの青い瞳の坊やが裏切り、そのため代わりが必要になったのだ。バーナードの技術者としての資質など、メリックにはどうでもいいことだった。彼の関心はただ、どう見ても頭の痛いこの窮地からぬけだすことにしかなかったのだ。さっきここにすわってからずっと聞かされてきた遠まわしの話しぶりを思いかえすにつけ、バーナードの脳裡には、まったく初対面の相手とさえ気さくに心を開いて話しあうキャスの面影が、すがすがしい微風のようによみがえってきた。「あなたが自分でやりゃいいんだ」それは、彼自身それと気づくより前に、われ知らず口を突いて出た言葉だった。

「なんだと？」メリックが椅子の中で身をこわばらせた。「いまなんと言ったんだ、ファロウズ？」

「代わりは自分がつとめりゃいいって言ったんですよ」突然、何年にもわたってバーナードに取り憑いていたおびえの感覚が消失した。彼がみずからそこに甘んじてきた〝立場〟が、まるで古い皮膚がはがれるように、ねじれ、めくれ、くしゃくしゃに縮みながら落ちていった。生まれてはじめて彼は本来の彼――彼自身になり、個人としての自己主張を行なうことができたのである。そして、目の前のデスクの向こう側にすわっている花崗岩づくりの大聖堂にひびが入り、粉々に砕け散ったあとには……その中には何もなかった。まやかしだったのだ。これと同じようなまやかしから、彼は生まれてこのかたずっと逃げまわってきた。今ようやく彼は、逃げるのをやめたのだった。

　バーナードはゆったりと椅子の背にもたれ、メリックの憤怒の表情を穏やかな凝視で受けとめた。「あのコンビナートを停めようとするものなんてどこにもいませんよ。あなたもご存じのはずだ」と彼。「ごたくを並べるのはよしましょう。わたしは船を無事ここへ着けるために働いてきただけだし、昇進させたい若い連中も大勢います。職責は果たしました。これで辞めさせていただきます」

「そんなことはできんぞ！」メリックがつばをとばしながらわめいた。

「もう辞めました」

「契約というものがあるんだ」

「わたしは七年以上勤めていますから、現在は三カ月ごとの任意更新になっています。したがってあなたには、最大限三カ月の借りがあることになる。いいでしょう、借りは返します。しかし航行中にたまった休暇が三カ月以上ありますから、今すぐそれを申請します。五分以内に承認書を書いてください」彼は立ちあがり、ドアに向かって歩きだしながら、「それから経理課に遡及給与《バック・ペイ》のことは気にするなと言ってやってください」と肩ごしに振り返って言い残した。「どうせもう必要はありませんから」

　その晩遅くバーナードがシャトル基地から家へ帰り着くと、ジェリー・パーナックがやってきていた。パーナックは夕食の席上、前にレチェットの分離政策に反対したのを今は考えなおしているのだと打ち明けた。ジーンがその線で活発に動いていることはイヴから聞いていたが、バーナードはどうなのだろうか、もしよければ協力したいのだが、というのだった。

バーナードには、なぜパーナックが心変わりしたのか見当がつかなかった。「あんたがたのことだから、出かける前に、何もかも計算ずみだと思っていたんだがね」ラウンジの、床が一段低くなった一画で、食後の飲みもののグラスを傾けながら彼は言った。「現状を見てみたまえ――あんたとイヴのあとに続いて出ていくものが、ひきもきらない。あんたがたが正しかったんだ。このまま放っておいて、事態がひとりでに解決するのを待つほかはないんだと思うよ」

「あなたもそうなさりたいんでしょ？」ジーンの声にはかすかな非難の響きがあった。「わたしたちにもそんなふうになってほしいのね。でも、それがどういうことか、本気で考えてみたことがあるの？　なんの規範も、秩序も、道徳もない……ねえ、ジェイとメアリーがどんな育ちかたをすると思うの？」

最近ではジェイとメアリーが彼女の武器だった。それが彼女自身の心にある変化への怖れの正当化にすぎないことはわかっているが、バーナードとしては人前でそうはっきり言うわけにもいかない。「もちろん子供たちには、最高の人生を送るチャンスをつかんでほしいと思っている。そして、そのチャンスはここにあるんだ。わたしたちが一度あとにした古い世界を、惑星の反対側へいってまでつくりなおす必要はない。どうせ長続きはしないだろうしね。もう過去のものなんだ。きみもはっきりと現実に目を向けるようにしなきゃいけないよ」

「ぼくらのことなら心配ないよ」ジェイがソファの端から母親を見つめながら言った。「ぼくらは変わりゃしない。馬鹿なことをやるやつは、どこへいったってやるさ」ジェイが食事中の会話に活発な興味を示し、食後も話に加わってきたのは、バーナードにとって軽い驚きだった。もうそろそろだな、と、バーナードは思った。

ジーンはまだその前途を熟視することを拒否するように首をふっていた。「でも、どうして終わりにしなきゃいけないの？」哀願するようにバーナードへ目をやり、「船にいたあいだずっと、わたしたち幸福だったわ。そう思わない？ ジェリーやイヴみたいな友だちがいて、子供たちがいて……あなたのお仕事もあったし。どうしてこの惑星は、それをみんな取りあげるの？ そんな権利はないはずよ。わたしたちは何も要求してるわけじゃないのに。何かが——何もかもが、間違ってるのよ」

バーナードは、うなじに血がのぼるのを感じた。彼女が示そうとする哀れっぽさが、神経をさかなでするのだ。ゆっくりと、慎重な手つきで酒をグラスに注ぐことで、彼は感情の昂ぶりを押さえつけた。「どうしてきみは、わたしがあの生活をすばらしいと思っていたと確信できるんだね？」と彼。「そのついでに、わたしが何を望むべきかまで、自分にきめる権利があるなんて思ってるんじゃないだろうね？」どんと瓶をテーブルにおろし、顔をあげながら、「いいや、こっちにとっては、すばらしくもなんともなかった。もうたくさんだ。きょう、メリックに、自分で勝手にやりやがれと言ってやったよ」

「なんですって？」ジーンが恐怖の声をあげた。

「自分でやれと言ったのさ。もう終わったんだ。われわれはもうわれわれ自身なんだ。わたしはこれから三カ月間、ノルディでプラズマ力学を勉強し、そのあともっと北の海岸沿いに新しいコンビナートを建設する計画に参加する。これからみんなでノルディへ引越して、もっとさきのことが決まるまでそこで暮らすんだ」

ジーンは首をふって抗議した。「だって、そんなこと……わたしは行かないわよ。イベリアへ行きたいのよ」

「わたしが何年も我慢してきたことを、やつらはそっくりまたイベリアではじめようとしているんだぞ！」ふいにバーナードは、グラスをぴしりと置いて大声を出した。顔が真赤になっていた。「あんな生活はもうこりごりだ。こっちの望みが何か、たずねてくれた人間が誰かいたか？　ひとりもいない。自分が何者で、どうあるべきだと見られているか、そういう型にはまった考えかたにはもううんざりだ。それに耐えてきたのは、きみや子供たちを愛していたから、そしてほかに選択の余地がなかったからなんだ。そう、今度はわたしが選ぶ番、きみがわたしにつくす番だ。わたしがノルディへ行くと言ったら、行くんだ！」

ジーンは驚きのあまり何もできず、ただぽかんと口をあけ、いっぽうジェイは驚きの色をあらわにしてじっと父親を見つめていた。パーナックは二、三度まばたきし、雰囲気が落ちつくのを数秒のあいだ待ってから、「しかし問題は、事態がそう単純じゃないという点なんです」と、ようやくつとめて平静な声で話しだした。「もし誰もが、自分で選択できるように放っておいてもらえるのなら、あなたの言われるとおりなんですが、実際はそうじゃないんですよ。騒ぎを起こそうと画策している一派があるし、わたしがケイロン人を見てきた印象が正しければ、その騒動が、どえらいことに発展しかねない。もしイベリアの一件が実現すれば、少なくともそれがぜんぶおさまるまでみんなを隔離しておける――わたしが言いたいのはそれなんです。たしかに、ずっと将来まで続くものとは思えない。でも、いま心配なのは、そんなに先の話じゃないんです」申しわけなさそうに、ちらりとジーンの方を見、「すみません、わたしの意見はそういったところです」

バーナードは、話題が変わったことでいくらか落ちつきを取り戻し、ふたたびグラスを手にすると、ひと口すすって首をふった。「ちょっと大げさに考えすぎているんじゃないかね、ジェリー？　正確に言って、どんな騒動が起こると思うのかね？　これまでに何か似たようなことはあったかな？」同意を求めるように左右を見わたし、「檻から外に出ることを許されていなかった愚かものがひとり野放しになった――いかにも無情な譬えで申しわけないが、そんな感じだよ。みんなもそんなふうに見ているだろう」

「夜のニュース、ご覧になった？」とジーン。「パダウスキーの仲間の三人が逃げだして、投降してきたんだけど、そのあたりで死体もふたつ見つかって――それがケイロン人だったのよ。こんなことが続いたら、早晩このカナヴェラルで仕返しがはじまるわ」

バーナードはきっぱり首をふって、その考えをしりぞけた。「そういうことはない。彼らはそういう人間じゃない。もともとそんな考えかたはしないんだ」

「でも、どうしてそうはっきり言えるの？」

「彼らのことがわかってきたからさ」

「わたしは、そのもうひとつ先がわかったんです」パーナックがふたりに向かって言った。その語調の何かに惹かれたように、ふたりは一緒にそっちを振り返った。彼は膝の上で両手をひろげてみせ、「わたしがいま心配している騒動っていうのは、そういうものじゃないんです。もし、これがもっと進んだら……もし、軍が本気でカリカリしはじめたら、特に、もしそれが船にある兵器を使おうとするところまでいったら、もしそういう方向に事態が向かうとしたら、死体がひとつふたつどころじゃすまなくなると思うんですよ」

バーナードは半信半疑の面持ちで彼の方をうかがった。「わからんね、ジェリー。どうしてそんなふうにエスカレートするんだ？　ケイロン人というのは、とにかくそんなこととは縁のない連中なんだよ」

「わたしは、いくつかの研究室で、彼らのやっていることを見てきました。だから信じてほしいんですが、それこそ魂の吹っとびそうな話なので」とパーナック。「連中は決して馬鹿じゃないし、またむろん他人に土足で踏みつけられながら黙っているような人間でもない。彼らは、〈メイフラワー二世〉の攻撃に対処できるような何かを、いや、たぶんそれ以上のものを手にしているんです。二十年以上前から、今日《こんにち》あることを予測していたんですからね。あとはもう、想像がつくでしょう」

バーナードは自分のグラスをじっと見つめ、やがてまた首をふった。「そいつはいただけないね」と彼。「戦略兵器に何か関係のありそうなものなど、ここでは見たことも聞いたこともない。そんなものがどこにあるというんだね？」

「われわれはフランクリンしか見ていないんですよ」パーナックは答えた。「その外には、惑星全土がひろがってるんです」

「そいつは被害妄想に近いよ」とバーナード。「なあ、ジェリー、あんたは科学者じゃないか。いったい証拠はどこにあるんだね？　いつからそんな、根も葉もないことを信じるようになったのかね？」

「腹の奥にひびくんですよ」パーナックは答えた。「兵器がなくちゃならないはずなんだ。言っときますが、わたしには彼らの心の働きかたがわかるんです」

ふいにジェイが立ちあがると、急いで部屋を出ていった。バーナードはけげんそうに目でそのあとを追ったが、すぐにパーナックへ視線を戻すと、「しかし、全員イベリア送りというのも、みじめな話じゃないかね？　それに、あんたの言うとおりだとしても、いちばん安全な場所はむしろここだろう――ケイロン人と入り混じっているわけだから。こうしていれば、誰もこのあたりに大きな爆弾を落とそうとはしないんじゃないかな」ジーンの方へ顔を向けてにやりとした。「これでジェリーの応援もおしまいだな」

だがパーナックは、にこりともしなかった。「二万マイル上空の宇宙にいるあの船はどうなんです？」と彼。

バーナードがそれに答えるより前に、ジェイが、はじめてフランクリンを探険に出かけたとき持って帰った風景画を抱えて戻ってきた。それをテーブルの端に立て、みんなに見えるように支えながら、「この中の、変わったところに気がつかない？」と彼はみんなに問いかけた。

パーナックとジーンは、ふしぎそうに顔を見あわせた。バーナードは言われるままに、しばしその絵を見つめ、それからジェイの方を向くと、「なかなかいい山の絵じゃないか。これが何か、いま話していたことと関係があるのかい？」

ジェイはうなずき、片隅の雲のあいだから顔をのぞかせているケイロンの月のひとつを指さした。「これはレムス」と彼。「この絵が描かれたのは一年以上前なんだけど、見てみると、描いた人はこまかい点まで精密に気を配って描いたことがわかる。ぼくは、この太陽系やその中の各惑星についていろいろ読んでいて、そのうち、この絵のレムスを見たとき、おかしなところがあるのに気がついたんです」ジェイの指がさらに近づき、レムスの表面の、おそらくクレーターだろう、くっきりと黒いふたつの模様のあいだに挟まれたなめらかな部分をさし示した。「ケイロンのデータバンクで、最近の写真を見てみたら、このふたつのクレーターのあいだの平らなところが、別のひとつでつながってる……それも、数百マイルもありそうな大きなやつでね。調べてみるとそのとおりで、ちょうどここに大きなクレーターがある——それが一年前にはなかったわけです」

ジェイの言葉の意味がわかってくるにつれて、バーナードは眉をひそめた。「ジーヴスにきいてみたか？」と彼はたずねた。

「うん。そしたらジーヴズは、それは、危険なのでリモート・コントロールで行なわれた実験にともなう事故でできたんだって――何か反物質の研究に関するものだって言うんだけど」ジェイは顔をしかめ、髪を指で引っかきながら、「でも、そんなことなら、誰かが何かのとき話してくれてもいいはずでしょう……それに、ケイロン人がそんな失敗をするなんて、珍しいことだし」そう言って彼は、茫然と彼を見かえす顔を見まわした。「でも、今の話を聞いてるうちに、もしかするとこのクレーターは、何か大きな兵器のテストでできたものかもしれないと……」

バーナードもパーナックも、それにジーンも、長いあいだじっとその絵に目をすえていた。パーナックの目は真剣そのものだし、ジーンは不安げにくちびるをかみしめている。ようやくバーナードがうなずき、あとのふたりに顔を向けた。「よろしい、わたしもきみたちに同調しよう」と彼は言った。「あそこで大仰な演説ばかりぶってる連中に、こいつの処理をまかせておくわけにはいかん。イベリア行きの話など、こうなったらもうどうでもいいようなもんだが、とにかくこの件には、レチェットにもかんでもらう必要がある――それも、今すぐにだ」

26

その朝、ごく早い時刻に、カナヴェラル市の中心部で最初の爆弾が爆発し、シャトル基地へ向かう磁気浮揚《マグレヴ》鉄道の支線がフランクリンと半島をつなぐ本線から分岐するターミナル駅に大きな被害を与えた。ただちに行なわれた爆発物専門家の手による調査で、それはフランクリン発の車輌に仕掛けられていたことが判明した。そのとき乗っていたのは、街で夜どおし飲んで引き揚げる途中の地球人が八人だけ。全員が即死だった。

第二の爆発はそのすぐあと、軍兵舎の正門近くで起こった。死者は出なかったが、歩哨ふたりが負傷、いずれも重傷ではなかった。

三つ目の爆弾は、日の出から数時間後、シャトル基地内の発着台《パッド》に乗っていたケイロンの垂直離着《VTOL》旅客機を完全に破壊し、近くで作業中だったケイロン人二名が死亡、三名が負傷した。機内には誰もいなかったが、これは一時間以内に政府の事務官や、技師や、軍の将校など、五十二人の地球人を乗せて、オクシデナの内陸五百マイルにあるケイロンの宇宙航空機研究製造施設を訪問のため出発するはずのものであった。

午前中のなかばには、地球側のニュース解説は、この展開をパダウスキー一味の暴虐に対するケイロン人の反撃ととらえ、もし先般この惑星の〝安定回復〟の第一着手としてフランクリンに地球の法律を施行することを公約したカレンズが次の選挙に勝って長官におさまったらどうなるかわからないぞという地球人への警告であるという結論を出していた。ケイロン人側は冷静かつ率直にインタビューに応じ、この事件にはまったく関与していないと述べたが、この報道はきわめて軽く流されただけに終わった。地球人の反応は多種多様だった。一方の極に抗議集会や反ケイロン人デモがあり、その中には規制を失った暴徒の一団がケイロン人やケイロンの資産を襲うという事態も生じた。その反対の極では、爆弾事件は地球側の反ケイロン過激派の陰謀だとする二百人ほどの地球人グループが、集団逃亡を宣言し、軍隊が非常線を張ってこれを押しとどめた。ところが、解散しかけたこのグループに、激昂した反ケイロン派の一団が襲いかかり、結局この争いは、われ関せずといった顔で見守るケイロン人たちの目の前で地球人同士が争い、そこに暴徒鎮圧用の装備に身を固めた地球人の軍隊が割って入るという珍妙な結果に終わった。

急遽《きゆうきよ》召集された議会で、カレンズはふたたびウェルズリーの〝結果的にテロによる無秩序と集団暴力行為を招くことになった恥ずべき宥和政策〟を糾弾し、緊急事態を宣言するよう要求した。嵐のような論戦の中で、ウェルズリーは一歩も退かず、憂慮すべき事件ではあるが、本来緊急事態宣言の対象とされた飛行中の危険に比較すれば、総体的な脅威とは言えないと主張した。そういう極端な手段に訴えるほどの事態ではないというわけだ。しかしウェルズリーとて、あらゆる方面からの、地表にいる地球人を守る方策を求める声を受けて、なんらかの手を打たないわけにはいかなかった。

ポール・レチェットは再度この席で分離政策を掲げ、商業圧力団体《ロビイスト》がカレンズ陣営から脱落したため、一時は多数を制しそうな勢いを見せた。だが、時レチェットに利あらず、発射台から飛び立ったばかりのこの提案は、裏口から追い払われる乞食みたいに惑星の裏側まで落ちのびていく地球人の姿を痛烈に戯画化したボルフタインの発言で、あっさり撃ち落とされてしまった。ケイロンの組織への自然同化運動を代表するラミッソン議員はひたすら自制を訴えたが、彼自身風向きが自分に不利なのは承知していながらみずから一石を投じようという決意よりは、追随者の期待に応えるため話しているという様子が見えみえだった。議場に居並ぶ面々もお義理で聞いているだけで、誰も一顧だにしてはいなかった。

最後になってカレンズが、カナヴェラル市内の一区画に対して公式に領有宣言を発して明確な境界を設け、その内側に地球の法律を公布し施行する案を提示して、全員の合意を求めた。イベリア案の実施には数カ月を要するが、一方この案件を至急通すことは地球人の安全のために必要なのだ、と彼はレチェットを説いた。いずれにせよ、イベリア移住は、選挙による信任を経なければ実施はむずかしい。この領有地内では、内部的に完結した共同体が現在のままの形で機能しつづけるわけだから、選挙の結果によっては後日ほかへ移すことも可能であり、したがってこれはレチェットが主張している政策の方向へ向けて、現実的に当面期待できるかぎりの大きな一歩を踏みだすことにもなるわけだ。この点だけはレチェットも認めないわけにはいかず、結局その線でいくしかないだろうと感じていた。

明らかにカレンズは、少し前からこの案の細目を煮つめていたようだ。彼はケイロンの〝保育園経済〟を領有地内からは排除すると持ちかけて商業ロビーの支持を回復し、また境界線内で行なわれる物品やサービスの交換のすべてに〝〈メイフラワー二世〉銀行〟裏書きの特別発行通貨を用いるよう義務づける計画でその方面の歓心を勝ちとった。この所定領域内に住みあるいは仕事を持つケイロン人の出入りや引き続いての居住は自由だが、ただしそこでは地球の法律を認め、それに従わなければならない。もしこれに違反すれば、彼らにも同じ法が適用される。またもしその運営が外部からの破壊的な影響を受けた場合、同地域は国家の領土としての防備を固めることになる。

ウェルズリーはこれに同意を与えるのは不安だったが、自分が困難な立場にいることもわかっていた。一歩退いて緊急事態提案を引っこめたカレンズは、次にいかにも穏当な妥協案を出してきたわけだが、実はどうやらこの方が本音だったらしいことに、遅まきながらウェルズリーも気づいていた。今ここで脱走になんらかの歯止めをかけないと、ウェルズリーはからっぽの船の統治者といういかがわしい名声のうちに任期の終わりを迎える羽目になりかねないぞというカレンズの指摘に対し、ウェルズリーは効果的な応答を返すことができなかった。脱走者の件は、ウェルズリー陣営にとっても他に劣らず頭痛の種だったのだ。

そう、実はこれこそが、すべての根底をなす問題だったのである。カレンズが言外に匂わせ、全員が反応した――はっきり認めたものはほとんどいなかったが――その示唆とは、彼ら指導階級の既得権の拠りどころである全社会体系が、今や崩壊の危機に立っていること、またはっきりした境界線に囲まれた領有地の魅力は、爆弾を持ったケイロン人の侵入よりも実は地球人の離散の方を防ぐ点にあるということなのだった。かくてカレンズが可能なかぎりの率直さで全員の心の奥にあるものを口にした今、あらゆるロビー、あらゆる派閥が彼の側につき、ウェルズリーもそれを知った。もしここで反対すれば、ウェルズリーは不信任投票で席を追われることになろう。そこで彼も同意を与え、この解決案は満場一致で採択された。

ここでマーシャ・クォーリーが質問に立ち、統治の分離――地表の領土の上に居を構えてその業務を総括し、ウェルズリーに対して責任を負う総督をおくこと――を提案した。二万マイル上空にある幹部会の内部で権限を分割していることは、惑星降下以来何かと不都合な事態を招いており、全代表権を持つ人物がひとり現場にいれば、多くの欠陥が補えるだろうというわけだ。賛成意見が多数を占め、そこでクォーリーはこの新しいポストに副長官スタームを推挙した。しかしスタームは、この職務は地球人‐ケイロン人関係に直結した政策の立案を大幅に含むものであり、その任にあたる外務局長がすでに存在する以上、紛糾の可能性を避ける意味でも両者を統一するのが良識ある道だという理由で就任を辞退し、ハワード・カレンズを推挙した。クォーリーもこれを支持し、投票の結果、絶対多数で可決された。

こうして、新秩序アメリカの、公式には最初の新版図の領有が、惑星ケイロンで公布され、ハワード・カレンズがその長官ということになった。彼は、自分の帝国への最初の足がかりを得たのだ。「いよいよ幕あけだぞ」と彼は、その夜遅くセリアに言った。「今から十年後には、あそこが世界の中心になるんだ。軍が後ろ楯についている以上、ピストル片手のごろつきどもなどにこのわたしが止められるものか」

同じ夜、カナヴェラルにある軍兵舎構内の投光器にあかあかと照らし出された離着陸エリアの一隅で、コールマンはD中隊からの選抜隊とともに整列し、約二十分前にケイロン内海の対岸を飛び立ったケイロンの輸送機が近づいてくるのを、黙って見守っていた。彼の隣にはシロッコが立ち、数ヤード前には、ポートニイ将軍、ウェッサーマン大佐、それに数人の副官が並んでいる。

輸送機は静かに着陸し、出迎えの一隊に近い側のドアが左右にすべって開いた。長身のがっしりした体軀を黒っぽいアノラックに包み、太いベルトをした赤髭のケイロン人が飛びおり、同じ服装だが細身で猫のようにしなやかな体をした男がそれに続いた。機内の明かりが点くと、なお数人の人影が見えた。そのうしろの床の上には、寝袋くらいの大きさのプラスティックの袋が、きちんと二列に並べられていた。

将校たちがふたこと三ことケイロン人と言葉を交わし、それからポートニイとウェッサーマンが輸送機に近づいて内部をあらためた。数秒後、ポートニイ将軍がひとりうなずいて振り返り、後方のシロッコに向かって、もう一度うなずいてみせた。シロッコが合図を送ると、待機していた二台の救急車の一台がケイロン輸送機に近づいた。ふたりの兵士がその後部ドアをあけ、あと四人が輸送機に入りこんで遺体を運びはじめた。ひとつ運び出されてくるたびに、シロッコがそのプラスティックの袋の上端を開き、副官のひとりが遺体の顔を通信《コム》パックのスクリーンに出した写真と照合し、もうひとりが認識番号を手にしたリストでチェックし、そのあと遺体は救急車に運びこまれた。

脱走者は全部で二十四名。そのうち九名はすでに投降したり、ケイロン人との交戦で倒されたりしている。アニタはその中にはいなかった。コールマンが数えた遺体の袋は十五、とすると、彼女はその中のひとつに入っているにちがいない。

そのぞっとしない儀式を数分間見ていたあと、彼はすぐかたわらに悠然と立っている赤い髪のケイロン人に顔を向けた。二十代後半か三十歳を少し出たくらいの年格好だが、その顔には老成のしわが刻まれ、投光器の淡い白い光の中でさえ、陽に灼かれた健康そうな顔色が見てとれた。目は明るく澄んで油断がなく、しかし、内心の感情を表に出してはいない。

「どんなぐあいだったのかね？」コールマンは一歩そっちへ近づくと、低いささやき声でたずねた。

ケイロン人は顔を前に向けたまま、低音のゆっくりした口調で淡々と答えた。「二日間追っかけて、こっちの人数が集まったところで、距離をつめる一方、一隊がやつらを飛びこえて尾根の向こうへ降りて頭を押さえた。やつらが谷へ入るのを待って、両側の出口を銃を持った人数で固め、こっちのいることを知らせた。そして、降伏しろと言ってやった——おとなしく出てくりゃ、ただ引き渡すだけだと言ってな」ケイロン人は、かすかに首をかしげてため息をもらした。「あきらめる潮時ってものを知らない人間がいたんだな」

そのときシロッコが、またひとつの袋の垂れ蓋をめくった。コールマンはその中にアニタの顔を見た。大理石か白蠟《はくろう》のように真白な顔だ。彼は息をのみ、全身を硬直させてじっと見つめた。ケイロン人の目が、ちらりとその表情をとらえた。「知ってる人かい?」

コールマンは、こっくりとうなずいた。「以前はね、だが……」

ケイロン人は一、二秒のあいだ彼を見つめ、どこかのどの奥の方からうめくような声を出した。「おれたちが射ったんじゃない。やつらに、すっかり包囲されているぞと言ってやると、何人かは射ってきた。そのうち五人が、抵抗しないという合図の白旗を振りながら逃げだしてきた。こっちは発砲を控えたんだが、やつらの中の何人かが、走っている仲間をうしろから射ったんだ。あの女はその五人の中のひとりだった」ケイロン人は、ついと顔をそむけて、輸送機の下の影になっている地面へ唾を吐いた。「そのあと、残ったやつの半分が、あとの半分に銃を向けて射ちはじめた――たぶん、仲間を射ったことが原因だったのか、あるいは自分たちも脱けようと思ったのか――最後に残ったのは三人か四人だったな。それまでおれたちは、まったく何もしていなかった。パダウスキーも残ったうちのひとりで、あとの二、三人もほとんど狂っていたみたいだ。あとはたいして手間はかからなかったよ」

あとになって、コールマンはようやく、アニタが遺体袋に入って戻るような羽目になったのは、人生を決めるのに自分の頭を使わず、狂った男についていく道を選んだせいだと考えることができるようになった。ケイロン人は、自分の子供らがあんなふうに遺体袋に入って戦場から帰ってくるのを見ることはあるまいと、彼は思った。彼らは子供たちに、自分らは銃火にさらされることもない頑固な老人たちのために命を捨てるのが高貴なことだなどと教えたりはしないし、赤の他人の妄想を達成させるために大量虐殺の場へ送り出したりもしない。ケイロン人は、そんな戦いかたはしないのだ。

これが、あの爆弾事件はケイロン人となんの関係もないはずだとコールマンが確信していた、その理由だった。キャスと話したとき、彼女は、ケイロン人は絶対にかかわりあっていないことを保証した。それを信頼の表明として受けとめていた彼も、今は彼女が真実を知っていて、そのとおりに言っただけだと信じることができた。パダウスキーの一味に対するケイロン人の対応のしかたが、コールマンが本能的にこうするだろうと考えていたやりかたとぴったり一致したからだ——狙いを定め、最少の労力で、しかも余計なものを巻きこまない外科手術のような正確さでやってのけたのだ。

なぜなら、それが彼らの戦いかただったからだ。彼らは、敵がひとりまたひとりと脱落して勢力を弱めていくのを見守り、残ったものも同士討ちで自滅するのを、じっと待っていた。そのあとはじめて、ケイロン人たちは行動した。

彼らは、〈メイフラワー二世〉でも同じことが起こるのを、見守りながら待ちつづけているのだと、彼はさとった。いつ、どんなふうに、彼らは行動を起こすのだろう？　そして——と彼は考えこんだ——そのとき自分は、どっちの側に立っているのだろうか？

第三部　フェニックス

27

ケイロン人がパダウスキー事件をみずから処理し、また当初の地球人側の狂乱ぶりに対してもなんら組織的な反応を示さなかったせいで、大部分の地球人の心の中から、爆弾事件の罪をケイロン人にかぶせる風潮は急速に薄れていったが、そこから当然出てくるはずの疑問からは、誰もが意識的に目をそらしつづけていた。大勢の口に残った罪の意識と少なからぬ恥辱感の苦いあと味が、地球人過激派を大衆から遠ざけ、ケイロン人との関係はすみやかに正常な状態に戻った。しかしながら、この事件によって一度まわりはじめた車輪は、委細かまわず回転を続け、五日後には、地球の領有地フェニックスの発足が宣言されることとなったのである。

不規則な輪郭を持つ面積四平方マイル強のフェニックスは、中心街と兵営を含むカナヴェラル市のほぼ全域を占め、また本来地球人用に建てられたコルドヴァ村のようなその周辺の住宅地や、この共同体の自給態勢の核とすべく選ばれた工業、商業、および公共の施設群にもわたっていた。それに加えて、フランクリンとは反対方向の平地を主とする十平方マイルの土地が、将来の併合開発予定地に指定された。フランクリン－マンデル半島間の磁気浮揚鉄道《マグレヴ》を使えばケイロン人もフェニックスを通り抜けることは自由で、その見返りにフェニックスは、両者の共同使用となるシャトル基地への道路の通行権を確保した。

　境界線上のゲートには検問所が設けられ、ゲート間には柵や防壁が張りめぐらされ、武装した歩哨が巡回している。そこより内側では地球の法律が施行され、許可なく武器を携帯することは禁止され、そこに住むものは居住登録が必要である。あらゆる住民がきちんと戸籍に載り、投票年齢以上のものは民主的な政治手続きに参加できるわけだから、ここに住むケイロン人たちにも、彼らにはなんの必要もない指導者を選ぶ権利が与えられ、またいずれにせよ選ばれた指導者を受けいれなければならないことになる。

　通貨が導入され、それを唯一の支払い形式として認めるという宣言が出された。フェニックスへ持ちこまれる物品に対しては、税関で、購入価格と地球の同等物の値段との差額プラス輸入加算税が課され、したがって人々はフランクリンで儲けた分を、政府に支払わなければならない。かくて地球の製造業者は、ケイロンの無料の原料が使える利点を失うかわりに、これまでなんとかして製品を捌こうと必死で求めていた独占市場を手に入れた。この市場は、いずれフランクリンが併合されれば大きくひろがるはずだし、その予定がカレンズの計画書のそれほどあとの方におかれていないことも容易に想像できる。だがいっぽう、地球のサーヴィス業者や知的職業人たちは、そういった恩恵にあずかれず、ケイロン人たちが相変わらず無料でシャワーを修繕したり、学校で教えたり、歯の治療をしたりしていることに対して抗議の声をあげ、急遽追加法案を通して、誰でも無償の労力提供はすべて違法だということにした。この愚挙に呆れ果てた地球人たちは、さっそく、すでに逮捕されて笑いながら列をつくっている数百人のケイロン人を前にお手あげ状態の裁判所を、誰それが誰それにこれこれの件で手を貸したといった件で訴訟責めにするという皮肉な手段に訴え、また弁護士の妻たちのグループは、内助の功に対する報酬をリストアップすることで抗議を表明した。

　密輸がうなぎのぼりに流行して、押収品はたちまち倉庫にあふれ、当局としてはその品物を市場へ出すわけにもいかず、途方にくれた税関の役人のぜんぶ引きとってほしいという懇願をケイロン側が拒否したあとは、もう打つ手はなくなってしまった。フェニックスの外にいるケイロン人たちは、これまでと変わらず、どんな注文にも要求にも喜んで応じており、やがて、新しい団地の建築を請け負った地球の建設業者が、帳面づらに現われないケイロン人労働者を使っていることが明るみに出た。これであらゆる業種の経営者たちが、競争相手はいかさまをやっているという確信を抱きはじめ、こうしてほどなく幹部会も衆議会も、討議のたびに、不当利得、裏取引き、不正労使協約、その他考え得るかぎりの詐欺行為に対する糾弾と反駁の渦巻く騒擾の場へと堕していった。

　地球人のあいだに、フェニックスは安全を保証する領地どころか、悪ければ監獄、よくても自主管理の精神病院みたいなものだという認識がひろまるにつれて、それまで冷笑的に見ていた人々はたちまち背を向けはじめた。フランクリンへの遠出が片道旅行になるケースが増えて、アパートはつぎつぎと空室になり、住民の姿が消えていった。パスポートの発行によって地球人の旅行が制限を受ける一方、ケイロン人の方は登録などしていないため、検問所の歩哨にも誰が住民で誰がそうでないのか見分ける方法がなく、好きなように出入りしていた。実のところ、歩哨ももうそんなことを気にかけてはいなかった。彼らの目もすでに外へ向きっぱなしで、交替がやってきてみるともうそこには誰もいないということがしばしば起こった。各ゲートに最少限ひとりのSD隊員をおくよう命令が出たが、この措置も、夜のうちに味方の歩哨を出し抜こうとする地球人に援助の手を伸ばすケイロン人有志の組織が現われてからは、大幅に効果を失っていた。

フェニックスの外被膜を通して拡散が進むにつれ、浸透圧によって〈メイフラワー二世〉から人間が吸いよせられ、間もなく船は人手不足のため地表への物資補給が不可能になった。困り果てたフェニックスの事務官たちは、やむをえずケイロン側から食糧その他必需物資の供給を仰ぐようになり、外部との通貨の相互流通協定など存在しないことはわかっていながら、無理に代価を押しつけて買いとることをはじめた。ケイロン人は差し出される約束手形を愛想よく受けとって、それまでと変わらず供給を続け、地球人の方は、それにかかる税金を自分に支払うというナンセンスをどう処理したものかと腐心するようなありさまだった。

フランクリン併合のことを口にするものは、もはや誰もいなかった。こんな茶番を後生大事に続けようとするハワード・カレンズの当選の可能性はほとんどゼロと言っていいところまで落ちこんでいたし、ポール・レチェットは、イベリアで同じことをやってもやはりこうなることは避けられないと見て、自分の主張を取りさげていた――少なくともそれが表向きの理由であった。こうして皮肉なことに、同化派のラミッソンが大衆の支持を得られそうな基盤を持つ唯一の候補者として浮上してきたわけだが、これは単なる理論上のことで――というのは、彼を支持するはずの人間は、そのように改宗すると同時に蒸発してしまう場合が多かったからだ。ともあれ、選挙の日が近づくにつれてまじめな関心が消失点《バニシング・ポイント》へ向かって後退しつつあることは明白となり、TVの選挙演説さえもが、候補者たちも承知のうえで、うんざり顔のディレクターや、これだけは表情を変えないテレビに仕事をさせることを主目的に行なわれるおざなりな儀式と化していった。

　ところがカレンズだけは、周囲に展開しているこうした冷酷な現実を、少しも感じとっていないかのように見えた。彼は相変わらず、存在してもいない支持者の軍団に向かって最後の努力を熱情をこめて訴え、聞いてもいない聴衆に対して公約と保証を与え、ともに築かんとする栄光にみちた文明世界の壮大な未来像を描きつづけているのだった。フェニックスの中心にある、以前は美術館だった大きないかめしい建物を自分の公邸に選び、そこをさながら小宮殿のように飾り立て、そこに彼は妻と、大事な品々と、よく言うことをきいてくれるケイロン人の使用人たちと一緒におさまっている――そのくせ、王様ごっこを面白がっているようなケイロン人たちの雰囲気には気づいていないのである。あたかもフェニックスを取り巻く境界線が防壁となって、外側の世界を締めだし、内側に彼の捨てきれぬ夢のなごりを守ってくれているかのように――現実が視界から消滅したその世界で、彼の心の中には、まったく違った幻想が構築されていたのだ。

　それでも、彼にはまだ信頼できる味方がいた――多くは、他にどこへも行くあてがなく、保護を求めて寄り集まった人々である。その中には、これまでの自分たちの生活がもう終わりになったことを認めるのをいさぎよしとしない商業界や金融界のお歴々がかなりの人数含まれていた。ケイロン流の悪徳に身をゆだねることに怖気をふるった敬虔な信者たちの一群を率いる〈メイフラワー二世〉の司祭長もいた。また、どの分野にも、何がなんだろうとこれまでのやりかたにしがみついていたい性分の人間は、かなり多かった。だが、中でも特に大きな存在は、ボルフタインだった。彼の生き甲斐である忠誠心の持っていき場は、もはやここ以外にないのだ。その麾下の、ストームベルのSD部隊を実質的に中枢とする軍隊は、まだ大きな力を持っている。こうしたグループの構成員は、とにかく何か信じる対象を求めており、そのためやがて彼らは、フェニックス内部にケイロン人がいることこそ諸悪の根元だとするカレンズの言葉をそのまま、うのみにしてしまった。組織体の中からケイロン人を排除すれば、健康は回復して、逃亡した地球人たちも戻り、すべては正常となって、なんの障害もなく夢の実現に向かって邁進できるというのである。

　土地所有法案が議会を通過し、その全所有権が民政に委譲されて、現在市街として整備されているものでもこれから開発される場所でも、不動産の正式権利証書を、地球人は市場価格で、またケイロン人居住者はほんのわずかばかりの名目金で、買いとることができるようになった――これは口あたりのよさを旨とした妥協案だった。ケイロン人も地球側の企業で働いて通貨を稼げば、今や政府のものとなった自分の家を簡単に買い戻すことができるのだから、新来の地球人のように抵当権を設定して払っていかないでもすむことを感謝すべきだ、というのがその趣旨である。同時に、外国人管理法が制定され、外部のケイロン人がフェニックスへ入るには、賃金を稼ぐための仕事、または公認された金銭的取引き——ともに許可証が発行される——か、もしくは非営利的社交のいずれかに目的を限定した入国ビザを必要とすることになった。かくして、フェニックスに住む、あるいは入ってくるケイロン人は、事実上ケイロン人ではなくなり、問題は解決されるという寸法である。

ビザの特典範囲から逸脱した行動をとったものは永久入領禁止となる。ケイロン人居住者で、三日間の猶予期間を設けた居住登録要請に応じなかったものは追放され、その不動産は没収されて、地球人移住者に格安で転売されることになる。

ほとんどの地球人は、ケイロン人がそんな命令など気にもかけないだろうと確信していたが、しかしまさかカレンズがその威嚇を本気で実行に移すとは思ってもいなかった。これは単なる虚勢——いつまでも眠っていたい連中が徒党を組んで、新たな夜明けの光の中に溶け去っていく夢の最後の数片にすがりつこうとして打った、あとのない死にものぐるいの博打にすぎないはずだ。「あの男は進化論を勉強しときゃよかったんだ」ジェリー・パーナックが、朝食のテーブルでニュースを聞きながら、イヴに向かって言った。「哺乳類をつかまえて、法律の力でそれを爬虫類に戻せると思っているんだからね」

バーナード・ファロウズは、居間のガラス戸によりかかり、裏庭の芝生を見つめながら、いつになったらこんな状態から解放されて、ポート・ノルディで新しい仕事をはじめられるのだろうかと、思いにふけっていた。もうキャスには話してあるし、今にして思えば彼女は彼がそう決心するだろうことを見こしていたのだろう、しごくあっさりと、あそこで知りあった人たちはみんな彼と一緒に働くのを楽しみにしていると答えたのである。なのにここを動けないのは、パーナックとレチェットの意見に彼も同意していたからだ――ケイロン人に対する極端な脅威の可能性が完全に姿を消すまで、事態を理性的に把握する能力のある人間は、いつでも手を貸せるよう残っていてくれなくては困るし、また今やレチェットも相乗りしているラミッソンの同化主義も、古い秩序が自然消滅するまで当分のあいだは支持者が必要だ、というのである。

ジーンも今では、かなりものの見かたが変わってきたようで、ことにパーナックが、大学で生化学――バーナードがこの言葉を耳にしなくなってからもうどれだけになるだろう――の研究を再開できるつてがあることを彼女に告げたことが、それに拍車をかけた。彼は室内を振り返り、彼女が壁のスクリーンの近くのソファに腰をおろしてメアリーに蛋白質の転写を――ジーヴズにその図を出させて――説明しているのを見て、思わず頬をゆるめた。彼女はもう彼以上にその日を待ちこがれている。彼が彼女に、自分がコールマンとまたつきあっており、今のように旅行制限がきびしくなる前にはコールマンがよくジェイと一緒にフランクリンにいるケイロン人の友だちの家を訪れていたことを話したのは、今から数日前だったが、するとジーンは、それはジェイにとっていいことだし、自分もそのケイロン人たちに会ってみたいと答えた。その中には、メアリーに似あいのボーイフレンドがいるかもしれない、と冗談めかして言い、「ただし、いい子でなきゃだめよ」と、バーナードのびっくりした顔に向かってつけ加えた。「そこらを駆けまわってる十代のカサノヴァみたいなのじゃなくてね。それが条件よ」と。

　彼の視線に気づいて彼女は立ちあがると、メアリーの質問はジーヴズにまかせて窓ぎわへやってきた。彼のそばに立ちどまり、芝生の向こうの木立ちを、そして、家々の屋根のはるか向こうに陽を浴びて浮かんでいる山々を眺めながら、「あんな美しいところに住めるのね」と彼女は言った。「もうこんなところでじっと待ってなんかいられない。もうほとんど終わったも同じなのに」

　バーナードはふたたび外へ目をやり、首をふった。「あの船をなんとか武装解除させるまでは、まだだめだよ」ちょっと言葉を切り、もう一度彼女に顔を向けると、「じゃ、もう、何も怖いことはないんだね？」

「怖いことなんて、なかったのね。わたしが怖がってたのは、自分の頭の中身だったのよ。外にある何かじゃなくて」彼女は、じっと夫を見つめた――陽灼けしたたくましい両腕は着ているシャツの白さに映え、その顔はまるで何歳も若がえったかのように、くつろいでいながらもう何年も目にしなかった強い満足感にあふれている――ゆったりと、しかし自信にみちて、ドアのフレームによりかかっているその姿に、彼女はほほえんだ。「カレンズは自分の殻の中にかくれないではいられないんでしょうね。でも、わたしはもう殻なんて要らない」

「よかったな。きみはもう、何が来たってやっていけるよ」

「わたしたち、もう何が来たってやっていけるわ」と、彼女は言いなおした。

28

セリア・カレンズは、金ラメのイブニング・ドレスの上にはおった黒い絹の着物スタイルのコートの乱れをなおすと、椅子の背にもたれて、白い上着の給仕がテーブルの上から夕食の皿を片づけるのを待った。ここでは何もかも非現実的だわ、と彼女は、贅を尽くしたマシュー・スタームのスイート・ルームのインテリアを見まわしながら、もう一度心の奥でつぶやいた。重厚な茶色の皮張り、磨きぬかれた木とくすんだ色の金属、毛脚の長い絨毯、それに全体の押さえた色調が、書斎からのぞいている装釘本の並ぶ書棚と調和して、ひときわ力強く豪奢な雰囲気を醸しだしている。彼女が彼に連絡をとったのは、個人的な相談があったからだ——それだけだった——なのに彼は数分のうちに、「絶対にじゃまの入らない、思い浮かぶどこよりお気に入りの場所」だからということで、自分のスイート・ルームで夕食をともにしようと誘ってきたのである。もの静かだが有無を言わせぬ彼の態度に、なんとなく彼女はその提案を断わりきれなかった。ハワードには、ヴェロニカの——ようやく実現した——離婚の祝いに船へ行って泊まってくると話した。実際にはヴェロニカはフランクリンで、ケイシーやその双生児の兄弟と一緒にそれを祝っているのだが、誰かに訊かれたらセリアのアリバイを裏づけてくれることになっている。だから彼女は、自分でもどういうわけかふしぎに思いながらこうして着飾って、ここに来ているのだった。

栗色のディナー・ジャケットにブラック・タイのスタームは、給仕がふたつのブランデー・グラスを満たして低いテーブルのデカンタのそばに置き、ワゴンを押していってしまうまで、黙ったまま底知れぬ澄んだ褐色の目で彼女を見つめていた。食事のあいだずっと、スタームは地球のことや旅のことを語りつづけ、セリアはいつしか彼のリードに身をまかせたまま、自分の訪問の目的に先方が水を向けてくれるのを、ただひたすら待っていた。ようやくにして彼は腰をあげると、テーブルをまわって、彼女の椅子を引き、立ちあがらせた。またしても、スタームの振りつけで踊るあやつり人形になったような頼りなさを、彼女は感じた。アームチェアに導かれ、グラスを手渡される自分を、彼女はじっと観察していた。ついでスタームは、長椅子《カウチ》の端にゆったりと腰を落ちつけ、自分のグラスを手にとると顔に近づけ、香りを味わった。

「きっとお気に入りますよ」と彼。さっき食後の酒を何にするかスタームにたずねられたとき、セリアはコニャックと答えたのだ。

ひと口ふくんでみる。まろやかで、暖かく、豊潤な味だ。「最高ですわ」と彼女は答えた。

「わずかだが、ストックがあるのでね」スタームが言った。「地球産です――グランド・シャンパーニュ地方の、シャラントのね。サンテミリオン種の葡萄が、どうやらわたしのいちばん好みの香りを出してくれるらしい」正確なフランス語の発音と、子音をくっきりきかせるわざとゆっくりした話しぶりが、奇妙に魅力的だ。

「ブランデーの極上品は、白に限るようですわね」とセリア。「それに、土の中の石灰分も、とても大事なんですってね」

スタームの堂々としたローマ皇帝のような顔が、わが意を得たりというふうに、ぐいと眉をあげてみせた。「これは、なかなかお詳しいようだ。敬服しました。まれな品質が葡萄だけによって得られないのは、残念なことですな」

セリアはグラスごしに微笑を返した。「どうもありがとう。そんなお賞《ほ》めをいただいたのははじめてですわ」

スタームは、しばしグラスをゆっくりとまわしながら、その琥珀色の液体を仔細に吟味していたが、やおら顔をあげた。「しかしあなたは、そんなことを話しあうために、二万マイルもあがってこられたわけではありますまい」

セリアはグラスをテーブルに戻しながら、この時が来ることはわかっていたはずなのに、もう一度自分の考えをつきつめる時間がほしいような気がした。「実は、ケイロン人をフェニックスから追いだすための、最近の脅しのことが心配なの。あれは、みんなが考えているような虚勢じゃないんです。ハワードは、本気でやるつもりらしいんです」

スタームは驚いた気配も見せなかった。「追いだされたくなかったら、法律に従えば、それですむはずだが」

「従うはずがないことは、誰にもわかっているのに。あのことぜんぶが、合法に見せかけただけの、追い出しの口実なんです。むきだしの追放命令とほとんど同じことですわ」

スタームは肩をすくめた。「しかし、そのケイロン人がこのあとどこに住むかを、どうしてそのように気になさる？　彼らには、ほとんど手つかずのこの惑星がある。飢えの怖れはまったくないのですよ」

こういう返答に対する言葉を、セリアは用意していなかった。眉をひそめ、グラスに手を伸ばしながら、「わたしが心配なのは、これに対する彼らの反応なのです。今までのところ、ケイロン人は調子を合わせて遊んでいますけど、これまで家から追いだされたりしたことは一度もないはずです。彼らが躊躇なく暴力的に報復した例も、すでにあります」

「それが怖いと言われる？」

「怖がらずにいられれまして？」

「まずありえないことですよ。完全武装の軍隊がフェニックスを守ってケイロン人を締めだし、軌道上からこの船が援護していれば、彼らに何ができます？　彼らを市内においておく方がはるかに危険だと、わたしは思いますがね」

「それは、分離がうまくいけばそうでしょうけど」とセリアは答えた。「でもそれまでに、何人が殺されるでしょうか？」

「それが気がかりだと？」

「それは――もちろんですわ」

「本当に？」スタームのそのひとことが、彼の疑念のすべてを正確に伝えていた。その声の低さが、彼女に、自分でもそう思っているのかどうか考えなおすことをうながしていた。

「ねえ、セリア、人生の現実というのは、わたしたちのどっちにとっても、別に目新しいものじゃない。誤解を恐れず、打ち明けて話そうじゃありませんか。民衆はそれぞれの人生を生き、それぞれの目的のために働き、その中の少数者がどうなろうとたいした変わりはない。さて、もう一度聞くが、本当は、誰のことが心配なのかね？」

セリアは思わずはっと息を吸い、しばらくそのままじっとしていたが、やがて相手に顔を向けた。「いいわ。あの伍長やパダウスキーがどうなったか、わたしたちは見てきました。ケイロン人は、誰だろうと自分たちに公然と敵意を向けたと見なした相手には、報復するんです。もし追放が強行されたら……そう、誰がつぎの目標になるかは、もうわかりきったことじゃないでしょうか」

「ハワードに自殺行為をやめるよう、わたしに諌《いさ》めてほしいというわけだ」

「それがいい方法だとお考えでしたら」

「どうして、わたしならそれができると思われたのかな？」

「あなたなら説得できます。あなたのおっしゃることなら、彼も受けいれることは、わたし知っています。わたしたち、これでもいろいろと話しあっていますから」

「なるほど」スタームは、じっと彼女の顔を見つめた。ずいぶん長い時間そうしていたようだが、やがて、奇妙な好奇心のこもった声でたずねた。「で、もしわたしが引き受けたら、どうなるのかね、セリア？」

セリアは答えられなかった。その答えは、彼女があけまいとしている跳ね蓋の奥に潜んでいたのだ。彼女はあわてて首をふり、逆に質問した。「どうして、それをお願いするのが不自然なような言いかたをなさるの？」

「夫を救ってほしいと願うのは、不自然でもなんでもない、まことに高貴なお志だ……もしそれが本当なら。しかし、本当なのかね？」

セリアは息をのんだ。スタームの言葉に当然感じていいはずの怒りが湧いてこなかったからだ。「どうしてそんな疑いを？」思わず視線をそらしながら、「そうでなければ、わたしがここへ来るはずはないわ」

スタームは、またたきもせず、彼女を見つめていた。「自分が助かりたいからだ」

「侮辱だわ、それに不穏当よ」

「そうかな？　単にまだ自分では認めたくないというだけのことではないかな？」

セリアは必死で声を冷静に保とうとした。「自分の身の安全だけを気にしているような言われかたは心外です」

スタームは、その答えを見越していたかのように、落ちつき払っていた。「物理的なあなたの身の安全のことを指しているのではない。さっき言ったとおり、わたしもあなたも現実主義者なのだから、誤解されたようなふりをする必要があるなどと思わなくて結構」そこで、彼女の反論を待ちうけるかのように間をおいたが、その態度は、反論などあるはずがないと思っているかのようだった。彼女はグラスをくちびるまで持ちあげ、そして、その手がかすかに震えているのに気づいた。スタームは話をついで、「夢は砕け散った、そうだね、セリア。わたしにはわかっているし、あなたもわかっているし、ハワードも、狂いかけている心の奥底では、それに気づいている。あなたは彼と、ひとつの世界を分かちあうつもりでいた。だが、今あなたの手にあるのは、狂った男と分かちあうひとつの部屋だけだ。世界はちゃんとそこにあるが、あなたはそれを受け入れることができないし、ハワードにはもはやそれを変えるだけの力がない」思わせぶりに両手をひろげてみせ、「だが、あなたに未来がないわけではない」ふたたび言葉を切ると、セリアが目を伏せるのを見つめながらうなずいた。「そう、わたしなら、追放命令を破棄するようウェルズリーを説得することもできるし、ボルフタインに話をつけてフェニックス守備隊を増強させ、あなたが身の危険を感じないようSD部隊にお邸をかためさせることもできよう。しかし、それが本当に、あなたがわたしにしてほしいことなのかな？」

セリアは手の中のグラスに目を落とし、苛立たしげにくちびるをかんだ。「わからない」そうつぶやくのがやっとだった。スタームは心を動かされた様子もなく、ただじっと彼女を見つめている。ついに、彼女は首をふった。「違うわ」

スタームは、しばらく彼女が落ちつくのを待った。「なぜなら、それだと彼らは、ハワードがこの世界を監獄に変えた、その看守になってしまうからだ。あなたがここへ来たのは、彼が自分のものにしようとしていた世界を手に入れるのはわたしだということに気づいたからだ。わたしには、彼にない力があり、だから、わたしと一緒にいれば、あなたも生き残れるからだ」セリアはふたたび顔をあげたが、スタームの目は、どこか遠くの光を見ていた。

「ケイロンは、そこが地球の文化的規範で動くと勘違いした気の弱い連中をからかっていた。だが、その弱虫どもが滅びた今、地球のルールがここでは通用しないことを理解しているものの前に、道はひらけたわけだ。生き残るのは強者であり、ためらいを知らない人間なのだ」

一挙にさまざまなことがわかりはじめ、セリアは目を大きく開いた。「あなたは……」彼女の声は、何かがのどにつまったかのように聞こえた。「あなたには、こうなることがわかっていたのね——ハワードも、フェニックスも……何もかも。はじめから、みんなを、ウェルズリーまで、あなたは操っていたのね。到着のあとどうなるかわかっていながら、それに手を貸したんだわ」

スタームは彼女を見かえし、ユーモアの欠けた微笑を浮かべた。「操っていたとはとうてい言えまい。わたしは単に、彼らが、あなたも一緒だが、既定の路線を進んでいくのを、そのまま放っておいただけだよ」

「でも、その道がどこへ通じるかはわかっていたのに」

「わたしが教えてやったところで、彼らは聞く耳を持たなかっただろう。力で押すどんなやりかたも無駄だということを、実地にやって見せないかぎりはね。だが、もうあなたが理解したように、彼らも理解するだろう」

「いったい——どうしてそんなことが許されると……」

「誰になんの許しを求めるべきだというのかね？　それは地球のルールだ。わたしは自分のを作る」

「議会に対して、民衆に対してよ」

スタームは、ふんと鼻を鳴らした。「どっちも必要ない。ケイロンを押さえる力は民衆をも押さえる」彼の視線が一瞬、彼女の全身を走りぬけた。「また彼らも、あなたと同じく生存本能を持っている以上、必ずついてくるよ」

一瞬、奥に宿る冷酷な計算された残忍さを映して見せながら、韜晦《とうかい》や弁解など当然そこにあるはずのものをかけらほども宿していない彼の目に、セリアはいつしかじっと見入っていた。悪寒が背筋を走った。しかし同時に彼女は、心の中の跳ね蓋が、その奥に幽閉されている、彼女自身まだ直視することを拒んでいるもの、の要求に応じて、開きかけているのを感じた。スタームの目は、自分の言ったことを否定してみろと彼女に挑んでいる。だが彼女には、否定のそぶりすら見せることができないのだった。

ハワードは所有しようとし、彼女は所有物になることを拒んだ。スタームは所有することを求めず、ケイロンに対し君臨しようとしている。妥協は許されない。彼が受けいれるのは無条件降伏だけであり、彼女もそれが、自分が生き残るための唯一の道であることを知った。おそらくここへ着く前からわかっていたことではなかったろうか。

その彼女の心を読んだかのように、スタームがたずねた。「ここへ来る前から、あなたはわたしとベッドをともにすることを予測していたのではないかね？」当然のように、それによって象徴される契約がこれで成立するのだということを隠すそぶりも見せずに、彼は言った。

「わたし……わからない」ハワードに朝のシャトルで帰ると言ってきたことや、ヴェロニカのアパートの鍵がハンドバッグに入っていることを忘れようとつとめながら、彼女は口ごもった。

「今夜帰ると言ってあるのかね……」スタームが、ふと好奇の面持ちでたずねたが、セリアは相手がもう答えを知っているような印象を捨てることができず、首をふった。「では、どこへ泊まると？」

「ボルティモアの友だちのところよ」と彼女は答え、これで降伏の条件は満たされた。そんな必要はないとわかっていながら、何か彼女の中にあるものがそう仕向けたのだ。また、彼女自身に否応なくそう認めさせるのがスタームのやりくちであることもわかっていた。彼女は今、条件をのんだのだ。

「では、あたふたと急いで貴重な夜の価値を下落させる必要もあるまい」とスタームは言い、腰を前にずらして、悠然とした身のこなしでデカンタに手を伸ばした。「極上のコニャックにもまして熟しきったこの一刻だ。もう一杯いかがかな？」

「もちろんいただくわ」セリアはささやき、彼にグラスを渡した。

29

「おれたちがやってやるよ」コールマンは振り向くと大声で呼んだ。「スタニスラウ、ヤング——こっちへ来て、この箱を持ちあげるのに手をかしてくれ」スタニスラウとヤングは銃を背中に革帯で背負いあげ、舗道に立っている分隊の隊列から離れてやってくると、さっきまでその木箱を一緒に持ちあげようとしていたケイロン人の父親とその二十歳前の息子の見守る前で、コールマンと力を合わせてそれを境界線の検問所で待っているトラックにのせた。荷台の奥へ押しこんだはずみに、蓋なしの箱にかぶせてあった防水布がずれ、こまごました家庭用品のあいだから高性能ライフルがのぞいた。ケイロン人はそれを見ると、顔をあげてコールマンの反応をうかがった。コールマンは防水布を投げるようにかぶせなおすと、そっぽを向いた。

やはりその木箱に手をかして持ちあげられないでいた家事ロボットが、荷台の端に自分で登り、腰かけて脚をぶらぶらさせているのをあとに、兵士たちはそのケイロン人父子を、もっと小さい子供ふたりとその母親が待っている地上車の方へ連れていった。その背後にある家の方から、それが没収され政府のものになるという布告をシロッコが壁に打ちつけるタタタタという鋲の音が聞こえてきた。通りの向こう側では、若者を中心とする三十人あまりの地球人の一群が、暴徒鎮圧用装備に身を固めた無表情なSDの一隊に油断なく監視されながら、怒りの視線をこっちに注いでいる。いまや地球人の怒りの対象は、ケイロン人に向けられてはいないのだ。

ケイロン人の父子が道路側から地上車に乗りこむとき、母親の見あげる目が一瞬コールマンと合った。その目に敵意はなかった。「わかってますわ」と、窓ごしに彼女は言った。「あとしばらくは、このお勤めを続けなきゃならないのね。心配しなくていいのよ。わたしたち、しばらく休暇に出るだけ。また戻ってきますわ」コールマンはなんとか微笑らしきものを浮かべてみせた。数秒後、荷台の端にロボットをのせたトラックが発車し、なごり惜しげなふたつの幼い顔を後部の窓に貼りつかせた地上車がそのあとを追っていった。

地球人市民のあいだから怒りのざわめきがあがった。コールマンはそれを無視しようとしながら分隊を整列させ、一方シロッコは、リストに載っている次の家を見つけようと書類をくっている。ケイロン人は、兵隊に向かって当たり散らしても無益なことを知っている。いずれ味方になるかもしれない兵士も、仲間が暴徒に打ちのめされ、痣や傷をつくって運び去られるのを見たら、敵にまわってしまうだろう。ケイロン人のやることは、どれをとってみても、敵を増やさずその勢力を削りとり、戦いの真の相手である固い中心核をむきだしにする方向を目ざしてお膳立てされている。彼にはそれがはっきりわかった。シロッコもわかっているし、部下たちもわかっている。なのに、どうして、大部分の地球人たちにはわからないのだろうか？

道路の向こうのざわめきがふいに高まって、口笛と怒声に変わり、群集はいっせいにこぶしをかざし、ふいにどこからか現われた棒が振りまわされはじめた。目をあげると、ハワード・カレンズが〈メイフラワー二世〉から運びおろして乗っている黒い高級車が一ブロック先の交差点に現われ、道路上をこっちへ近づいてきて、近くに立っている将校たちのそばに停止するところだった。将校たちの中からソープ少佐がそっちへ歩みより、後部座席から顔を出した銀髪のカレンズと何か話しはじめた。誰かが石を投げたが、それは届かず、舗道の上をからからところがって将校たちの足もとをかけぬけた。さらにいくつかが投げられ、数人の地球人は威嚇するように前へ出てきた。

SDの指揮官が部下を退がらせて交差点を遮断するように非常線を布き、シロッコは分隊に警棒と対暴徒用の楯を持つよう命令した。道路の片側で兵士たちが防御隊形をとると、群集は反対側から交差点に向かって押しよせてきた。その先頭を押さえるようシロッコが大声で命令し、分隊は道路を横切って、ちょうどブロックのあいだで暴徒と衝突した。

コールマンの正面に、理性を失った暴徒の心理そのままに顔をみにくくゆがめた大男が、野球のバットを振りまわしながら迫ってきた。猛烈な勢いではあるが、わざも何もない。コールマンは楯でなんなくその一撃を受け流し、警棒の先端で肋骨の下の脇腹を突きあげた。敵は痛みに悲鳴をあげてよろめいた。周囲はもう、わめき声、罵声、それに体のぶつかりあう音でいっぱいだった。何か固いものがヘルメットにぶつかって跳ねかえった。ふたりの若者が、それぞれ棒と鎖を武器に、二方向から向かってくる。コールマンは横ざまにとびのいて一瞬ふたりを同じ方向に並べ、警棒で牽制しながら、肩にあてて全体重をかけた楯の一撃で手前の男をうしろの男の方に突きとばすと、ふたりは折りかさなって倒れた。ヤングの顔の横に何かが当たるのがちらりと目に入ったが、つかみあっているふたりの男が視界をさえぎり、つぎに見えたのは地上に倒れているヤングの姿だった。それを蹴とばそうとしている太った若い男の頭にコールマンは警棒で一発くらわせ、打ち倒した。ぞっとするような叫び声と走る足音を先ぶれにSD部隊が駆けつけるや、暴徒は算を乱して角を曲がって逃げ去り、すべては終わった。

ヤングが頬に受けた傷は、見てくれはひどかったが重傷ではなく、ついでにあごも内出血を起こしており、また逃げ遅れたり軽傷を負った暴徒が四人取り残されていた。中隊の衛生兵が負傷者の手あてをし、そこから少し離れてシロッコとSDの指揮官が話しあっているうちに、コールマンの見守る前で、カレンズの車は動きだし、向きを変えて走り去っていった。いつでもこんなぐあいだったのだ、と、彼は今はっきりとさとった。何千年も昔から、人々は、他の誰かを馭者つきの車で邸へ送り届けるために血を流し、死んでいったのだ。彼らがみずからを犠牲にしたのは、真相を蔽い隠すように念入りに編まれたカーテン——それを見とおすことも、その存在を考えることもできないよう人々を条件づけたカーテン——の向こうが見えなかったからにほかならない。しかし、ケイロン人にはそんな条件づけがなかったのだ。

これまで彼を迷わせてきたこのさかさまの論理は、何も軍人精神だけに特有のものではない。ただ彼のよく知っているものが軍人精神しかなかったというだけのことである。こうした逆転はあらゆる狂気の組織に発生するもので、軍隊はその一部にすぎない——その種の組織は、平和を守るために戦い、人民を解放するために奴隷化する。憎しみや復讐心を慈悲深い神の意志にすりかえ、そのお題目を子供たちの心に組みこむ。寛大さを説きながら異教徒を火あぶりにし拷問にかけ、愛を罪悪とし殺人を美徳とする。そして、釣りあいのとれた心の持ち主には勤まるはずのない職掌を設けて、狂人をその権力の座につけてしまうのだ。ケイロン人がそのカーテンを情け容赦なくひんむいてくれた今、多くのまやかしが白日の下にさらけだされたのである。

つまり、すでに落ちかけているそのカーテンは、操り人形が踊っている舞台の背景幕のようなものだったのだ。幕が落ち、糸が一緒に落ちてしまっても、人形たちは踊りつづけている。糸がなくても踊っていられるのは、もともと操り糸などなかったからだ。あったのはただ、人形たちが人形師に心をつながせた糸だけで、他には何もあったためしはなかった。だが、人形たちが踊りつづけているのに人形師が倒れてしまったのは、その糸が人形の方ではなく人形師を支えていたからだ。

コールマンは、ケイロン人たちがはじめからずっと言おうとしていたことを、今ようやく理解した。

しかし、シロッコと現在フェニックスにいるD中隊の八十パーセントとともに、彼は今の部署にとどまらなければならない。スワイリーが去り、ドリスコルが去り、他にも何人かが姿を消したあと、シロッコは残りのものを集めて、〈メイフラワー二世〉の武装のことを思いださせた。「もし現在の状況から抜けだそうとする連中があの武器を手中にしたら、全惑星の文明を破局に陥れることにもなりかねん。地球上で起こったことを知っているだろう。そうだ、同じ思考の持ち主がここにもおり、しかもそいつらは今パニック状態だ。万一のとき、その種のことが起こるのをとめるために、われわれはなんとしても軍を維持していかなければならん」そういうわけで、みんなは残っているのだった。

ケイロン人は、罪のない周辺の保護膜がはぎとられ、狂った核だけになるまで、じっと待ちつづけるだろう。最後に残るのは二種類だけ――ケイロン人と、カレンズ派だ。自分がどっちの側か、コールマンの心にはすでになんの迷いもない。

オーマー・ブラッドリー兵舎ブロックのD中隊事務室で、ハンロンは弾薬帯をしっかりと締め、ヘルメットをかぶり、M三十二を銃架から手にとった。もう〇二〇〇近く、ここから四分の一マイルほど離れたカレンズの邸宅を警備している歩哨班と交替する時刻である。

「さて、そろそろ行くか」ともに長い一日の勤務に疲れ果てた真赤な目をして、机に両足をのせてぐったりしているシロッコと、片隅で横になっているコールマンに向かい、「なるべく静かにわめいてきますよ。総督閣下のお寝みを邪魔しては、おそれ多いですからな」

シロッコがくたびれた笑顔を浮かべると、

「だがわざわざ靴まで脱いで歩くにはおよばんぞ」とつぶやいた。

「今夜のファロウズ家への招待の話は、取り消されちゃいないんだろうな、スティーヴ？」ハンロンがドアのところで立ちどまり、コールマンの方を振り向いてたずねた。

コールマンはうなずいた。「と思うよ。おまえの勤務明けのころにゃ、たぶんぐっすり眠ってるはずだから、叩き起こしてくれ」

「そうするよ。じゃ、またな」ハンロンが出ていき、外で交替の歩哨班を整列させている彼の声が聞こえてきた。

「そうだ、おまえに見せたいものがある」シロッコがそう言うと足を机からおろし、通信パネル《コム》に向かった。「この夕方早く着いた。傑作だぞ」

「なんですか？」コールマンがたずねた。

シロッコがキーボードに指令を打ちこむと、一秒後、スクリーンに一枚の書類が現われた。コールマンは立ちあがって歩みより、椅子の背にもたれて身をよけるシロッコと入れ違いにのぞきこんだ。それは〈メイフラワー二世〉の技術局次長補レイトン・メリックからの、操船本部‐師団本部経由の通信だった。そこには、下級技術者の予期せぬ昇進が多く続いたため、技術局は二級軍曹コールマンが出した配転要請を〝再考の余地あり〟と判定していると いうことが記されていた。お手数ながら、軍の方で彼の意向を打診してはくれまいか、というわけだ。「下働きが足りなくなったとみえるな」とシロッコ。「どう答えてほしいかね？」

「隊長殿はどう思われます?」とコールマンは答えて、自分の椅子に戻った。シロッコは、こともなげに〝希望せず〟と打ちこみ、画面を消した。

「するとどうするつもりかね?」ふたたび机の上に足をひょいとのせながら、シロッコが質問した。「もうその気はないのか?」

「いや、勉強したいことは山ほどありますよ──MHDにかかわる工業一般です。それからノルディで何かやれるかどうか様子を見ます。そのあと、彼らの話していた新しいところへ移る予定です」

「キャスが手配をしてくれるのか?」

コールマンはうなずいた。「いちおう、最初はね。そのあとは、まあ実力しだいってことでしょう。ここじゃ何が大事かはご存じのとおりですよ」ふと言葉を切り、「ところで、隊長殿の方は?」

シロッコは、もの思わしげに口髭をひねった。「問題は、どんなぐあいにはじめるかだ。おれのやりたいことはわかってるだろう──旅をして、惑星じゅうを見て歩くのさ。グレート・バリアー山脈はヒマラヤに負けないくらい大きいし、オリエナにはグレース峡谷──グランドキャニオンよりでかい──があるし……とにかくいっぱいあるんだ。しかし、自分が楽しむだけじゃなく、何か役に立つこともしなきゃならんだろうが、これから調査の手の入らなきゃならんところも多いと思うしな。まずは手はじめに、スワイリーのやつがドリスコルと消身の術の腕前を見せる前に興味をよせていた地理学団体と接触してみるつもりだよ」

それから、何かを言おうか言うまいか思案するように、ちょっと自分の足先を見つめ、「それにもちろん、シャーリイのこともあるしな」と、さらりとつけ加えた。

「シャーリイって？……サイの母親の？」

「そうだ」

「彼女がどうしたんですか？」

シロッコは、明らかにわざと驚いたふうを装って、眉をあげてみせた。「おや、まだ話してなかったかな？　実は彼女が来てほしいと言うんだ。いや、いったいどうしてあれほど多くのケイロン人の女が、地球人に……」眉をひそめ、鼻をこすりながら適当な言葉を探して、「……未来に子孫を残す手助けを求めようとするのかな」顔をあげると、「彼女は、おれの子供をほしがってるんだよ。どう思うね、スティーヴ？　おい、キャスだって同じなんだろう？」できるだけ軽く扱ってみせようとしているのはわかるが、シロッコの浮きうきした気分は隠しようがなかった。こんなことはこれまでに一度もないので、誰かに話したくてたまらない様子が、コールマンには見えみえだった。が、彼は調子を合わせておくことにした。

「大尉殿も隅におけない人ですな！」大きな声で、「いったいいつからなんです？」シロッコは意味もなく肩をすくめ、両手をひろげてみせた。コールマンは白い歯をみせて、「いや、参りましたな。とにかく――幸運を祈りますよ」

シロッコはまた口髭をいじりはじめた。「それに、おまえのひとり舞台にしておくわけにもいかんからな、どうだ――つまり、上流のかたがたをだよ」そう言うと、言葉には出したくない何かをさぐり出そうとするかのように、奇妙な目つきでコールマンの顔を見つめた。

「なんのことです?」コールマンはたずねた。

シロッコはすぐには答えなかったが、結局、内なる誘惑との戦いに負けたらしい。「スワイリーの話だと、船の中で、おまえはカレンズの奥さんとできてたそうじゃないか」

コールマンはポーカー・フェイスをきめこんだ。「どうしてあいつが?」

シロッコは、おれの知ったことかと言わんばかりに両手を左右にひろげて、「つまり、やつは、去年の七月四日の展示の式場で、彼女がおまえに話しかけるのを見ていた。それがひとつ。おい、覚えがあるんだろう?」

コールマンは記憶をたどるようなふりを続けた。「ええと……そうでしたかな。でも、あのときスワイリーが近くにいたとは思えませんがね」

「まあ、とにかくそこらにいたことは間違いないだろうが」

「でしょうな。で、もうひとつはなんです?」

シロッコは肩をすくめた。「カレンズの奥さんは、どこへいくにもヴェロニカと一緒だから、二人が親友であることはたしかだ。そしてスワイリーは、おれたちみんなでシャーリイのところへいったあのパーティのとき、おまえとヴェロニカのあいだに何かあることを嗅ぎつけて、そのへんから推理したんだよ」シロッコはまた肩をすくめ、「まあ、もちろんおれが口を出す筋あいのことじゃないし、本当かどうか知ろうとも思わんが……」そこで言葉を切ると、一秒ほどコールマンの方へ期待のこもった目を向けた。「本当なのかね?」

「本当だったら、わたしがそうだと言うと思うんですか？」コールマンは反問した。

「言わんだろうな」シロッコは失望のため息とともにそう認めた。が、すぐまたさっと顔をあげると、「取引きをしよう。これがぜんぶ片づいたあとで話してくれ、いいな？」

コールマンはにやりとした。「いいですよ、中隊長殿、話しましょう」短い沈黙のあいだ、ふたりとも同じことを考えていた。「これはどのくらいかかると思いますか？」と、ついコールマンが問いかけた。

「誰にもわからん」シロッコが、まじめな口調になって答えた。「きょうの騒ぎを見たあとじゃ、いずれ彼は両方から見放されるのが落ちだという気がするな」

「あの爆弾を仕掛けたのは彼かもしれないと思いはじめてる人間は大勢います。どう思いますか？」

シロッコも眉根をよせ、鼻のあたまをこすった。「そうだという確信はないね。どうも、あの男は誰かに乗せられている身代わりで、黒幕はまだ姿を見せていないんじゃないかという気がしてならんのだが。ケイロン人もそう思っているはずだよ」

コールマンは考えこみながら、その点を認めてうなずいた。「心あたりは？」

シロッコは肩をすくめた。「ウェルズリーでないことはたしかだ。彼は、真正直にことを運ぶ男だから、ああいった手を思いつくはずがない。それに、あんなことをしてなんの得になる？　彼はただ、有終の美を飾りたいと思っているだけだ。任期もあと数日だしな。ラミッソンもあの種のこととは縁のない人間だし、レチェットも同じだ。だが、あとの連中は、言ってよければだが、みんな狂っているよ。その中の誰かだろうし、全員共謀の可能性もある。それこそ、ケイロン人が探している相手ってわけだ」

「じゃ、まだしばらくかかりそうですな」とコールマン。

「かもしれん。だが誰にわかる？　まあ、軍の中にその手あいが大勢いないことを祈るしかなかろう」

その瞬間、通信《コム》パネルから、けたたましい緊急信号が鳴りひびいた。シロッコははじかれたように机から足をおろすと警報を切り、スクリーンを点けた。緊張した表情のハンロンが画面に現われた。

「事件です」ハンロンがしゃべりだした。「カレンズが死にました。邸内で、六発射ちこまれているのを、われわれが発見しました。明らかに、殺す意図でやったものです」

「歩哨は何をしていた？」シロッコが、ぶっきらぼうにたずねた。

「エマースンとクリーリイが裏手にいたんですが、気を失って溝の中に倒れているのを見つけました。うしろから襲われたものと思われますが、まだ意識が戻らないのでわかりません。でも、生命に別条はないようです。他のものは、まったく事件に気づいていませんでした」

コールマンは、むっつりした表情でそれに聞きいっていたが、「奥さんはどうしてます？」と、シロッコにささやいた。

「カレンズ夫人は？」シロッコがハンロンにたずねた。

「夫人はここにはいません。交通機関をチェックしたところ、夕方早くのシャトルを予約していることがわかりました。たぶん事件の起こる前に船へ行ったものと思います」シロッコのかたわらで、コールマンは大きな安堵の吐息をついた。

「そうか、とにかく大事件だ」とシロッコ。「ブレット、おまえはそこにいて、誰にも何もさわらせんようにな。すぐ師団に連絡をとる。数分のうちに、増援を送る」コールマンの方に向かい、「二個分隊たたき起こして、一方は武装して出動準備、もう一方は待機。エマースンとクリーリイにはすぐ救急車と救護班を呼べ」ハンロンがスクリーンから消えると、シロッコはただちに師団に呼びだしをかけた。「身代わりが倒れたようだな、スティーヴ」もうひとつのパネルで救護班の手配にかかっているコールマンに向かって、彼はささやいた。

「舞台の袖から出てくるのは誰か、見てやろうじゃないか」

30

その朝遅く召集された〈メイフラワー二世〉議会に集まった茫然自失の議員たちの前に立ったウェルズリーの顔には、惑星降下以来日ましにつのる緊張と、つい先刻のニュースから受けたショックが、はっきりと現われていた。そして、まるで人間の抜け殻のような彼と相対する議会もまた、誇り高きこの船が壮大な旅を終えて軌道上に落ちついた日に存在していたそれの形骸と化していた。マーシャ・クォーリーなど数人のメンバーは、ケイロンの影響力がいたるところに浸透して犠牲者が続出した先週のあいだに、なんの前ぶれもなく姿を消してしまっていたし、地表にいて、緊急会議に間に合うよう戻れなかったものも何人かいる。にもかかわらず、ウェルズリーは短い時間のうちに、なんとか定足数をかき集めたのだ。その人々を前にして、彼は自分の意図を話した。抗議と反対の声もいくつか聞かれた。しかし今や議員たちは、すでに大部分が予想していたとおりの結論を聞くべく、心の準備を整えていた。

「わたくしは反対意見にも耳を傾け、考慮もしましたが、大方の見解はすでに固まっているものと思います」ウェルズリーは言った。「われわれが試みてきた政策は、単に目標達成に失敗し、かつその達成の不可能なことが明白となったのみならず、結果的に見て、いずれはここにいるわれわれが標的とされるかもしれぬ脅威の最初の提示として受けとめるべき事態を招き、またわが人民大衆が当の脅威にさらされているわれわれにまったく共感を示さないほどの疎外関係をつくりだすに至りました。かかる政策をどこまでも押し進めようとする政府とは、もはや名ばかりのものにすぎません。

われわれは、今や派遣団全体としての存続を危うくするような状況に直面しており、また当局内の権限分割が続くかぎり、この窮状が悪化の一途をたどるだろうこともまた明白であると考えられます。責任の委譲が許されぬ以上、いまお話ししたわたくしの決断を実行に移せるのは、わたくしただひとりであります」言葉を切り、議場内をぐるりと見わたし、大きく息を吸うと、「派遣団長官に付与された権限にもとづき、ここに緊急事態を宣言いたします。これをもって議会の議事手続き等は、同事態が継続するあいだ一時停止され、またこの宣言によって、同事態継続中わたくしが適当と認めたものを除き、議会各部門にこれまで付与されていた権限のすべてはわたくしが引きつぐことになります」またちょっと言葉を切ったあと、いくらかくだけた口調で彼は続けた。「その期間をできるかぎり短くできるよう、諸氏のご協力をお願い申しあげるしだいです」

誰もが予期していた宣言ではあったが、その予測がはっきりした言葉で裏づけられるまで、議場内の空気は張りつめていた。その言葉が発せられた今、緊張の方も、さざ波のようなざわめきや、紙のこすれる音や、くつろいだ姿勢をとる人々の椅子のきしみなどとともにゆるんでいった。

そのとき、正面のドアの向こうから、次第に高まる行進の靴音が響いてきた。次の瞬間、ドアが勢いよく開け放され、ストームベル将軍を先頭とする将校の一団がＳＤの一隊を率いてずかずかと議場内に入ってきた。兵士たちはただちに散開して、あらゆる出口を固め、議員たちを取り巻くように壁ぎわに立ち並ぶいっぽう、ストームベルと将校たちは中央の通路を進み、フロアの中央へ出ると、立ちつくしているウェルズリーのすぐ前で議場の方へ向きなおった。ボルフタインがばね仕掛けのように立ちあがったが、ＳＤの大佐が拳銃を向けるとその場に凍りついた。ついで、茫然たる表情のまま、彼はどさりと席に腰をおろした。

ストームベルはずんぐりした小男で、頭はきれいに禿げ、目の色は薄く、感情をまったく顔に出さない。鉛筆で線を引いたような細い口髭が、上くちびるの輪郭を描いたみたいに見える。両手を腰にあて、数秒間、前に居並ぶあっけにとられた顔を見わたすと、「本議会を解散する」と、かぼそいが鋭い高い声で彼は宣言した。「派遣団は現在、軍の直接指揮下にある」ボルフタインの方へ顔を向け、「正規軍ならびに特殊任務部隊《ＳＤ》の双方に対するあなたの指揮権は剝奪された。代わってわたしがその任にあたる」

「いったい誰の――」ウェルズリーが声をふるわせて言いかけたが、別の断固たる大きな声がそれをさえぎった。

「わたしの権限でだ」マシュー・スタームが自分の席から立ちあがり、中央のフロアへ出ると、傲然たる態度で議会と向かいあった。「くだらん長談議が続きすぎたようだ。わたしは流暢な演説などぶつつもりはない。時間の浪費はもうたくさんだ。諸君には全員これより用意の宿舎へ護衛つきでお引きとり願い、追って通知するまでそこにいていただく。われわれは大事な仕事を控えているのでね」そう言ってストームベルにうなずいて見せ、彼の合図で護衛が動きだすのを横目に見ながら、「スレッサー提督はここに残って、本船の安全を保持するための討議に加わっていただきたい」

そのとき、麻痺したようにすわりこんでいる議員たちのあいだから、ラミッソンが立ちあがると、ためらいながらも中央の通路の途中まで歩み出、スタームと真正面から向かいあった。「わしは、こういう脅しには従わんぞ」きびしい、抑えた声で、「きみの部下たちに、あのドアから出ていくよう命令したまえ」その言葉とともに彼はくるりと背を向け、かたくなな足どりで、議場後方の正面ドアに向かって歩きだした。

ストームベルはオートマチックを抜くと、ラミッソンの背中に向けた。「一度だけ警告する」と叫ぶ。ラミッソンは歩きつづける。ストームベルが射った。ラミッソンは、ぞっとするような喘ぎとともによろめき、うめき声をあげながら通路にくずれ落ちた。ストームベルは平然と銃をホルスターにおさめ、片手をあげて護衛に命じた。「その男を運び出して、医者の治療を受けさせろ」ふたりのSD兵が前に出ると、ラミッソンの両脇をしっかりと、しかし手荒にならぬよう抱きかかえて外へ出ていった。別のふたりのSD兵がドアをあけて彼らを通し、あとを閉めるとふたたびもとの位置に戻った。

「他に異議のあるかたは？」スタームが周囲を見まわしてたずねる。そのうしろでウェルズリーが、蒼白になってよろめき、どさりと自分の椅子にすわりこんだ。

「すぐに中止しろ」すさまじい形相でボルフタインが言いだした。「軍隊の何割がついてくると思うんだ？」

ストームベルは、軽蔑したようにそっちを振り返ると、「あなたの軍隊は何割が残っているかね？」ときかえした。「ほとんどは地表に降りているし、またかなめとなる部隊の指揮官たちは、もうこちらについている。そのうえ、いちばん肝腎なこの船を押さえているのは、われわれなのだ」

「現在はそれだけだが」とスタームがつけ加えた。「あとのものも、いずれはこっちにつくだろうよ」

ボルフタインはくちびるを舐めながら、必死に考えをめぐらせた。ストームベルが議場から全員退出するようにという命令を繰り返しているあいだ、ボルフタインはスタームを見つめ、じっと目を閉じ、それから片手をあげて首をふった。スタームが不審そうに振り向いた。

「その……どうもまだ、何がどうなったのかわからんのだが」とボルフタイン。「あまりに急なことなのでな。とにかく、これから何をするつもりかね？」しゃべりながら、彼は上衣の内側から通信《コム》パッドをとり出すと、こっそりテーブルの縁《へり》の下にすべらせた。

スタームが苛立たしげにため息をついた。「できるだけやさしく嚙みくだいて説明するとしよう」と彼。「この道化芝居は……」

そのスタームに視線を据えたまま、ボルフタインは指先でフルマイア判事の私用呼びだし番号を叩き、その通信パッド《コム》を、すぐ前のテーブルの上の紙挾みからはみだしている書類の下に、そっとしのびこませた。

コルドヴァ村にあるファロウズの家のラウンジを、ポール・レチェットは取り乱した様子で、端から端までいったりきたり、歩きまわっていた。「ケイロン人があそこまでやるとは思わなかったよ」と彼。「直接の暴力に対して報復するだけだと思っていた。どうして彼らは、すべてが自然に死に絶えていくのを待てなかったのだろう?」

「家をとりあげて住人を追いだすのは、立派な暴力だとお思いになりませんの?」食堂の椅子のひとつから、ジーンがたずねた。ジェイは黙りこくって、テーブルごしに見つめている。「ほかにどうすればいいっておっしゃるの? 彼らは兵隊を無視して責任者と話をつけたんですわ。当然の反応でしょう」

レチェットは首をふった。「よけいなことだったな。あと二、三日待てば、ラミッソンが選挙で当選するのはほとんど確実だったのに。そうなれば、何もかもひとりでに片づいていくはずだった。今度のことで、またこんがらがっちまった。今ごろたぶんウェルズリーは緊急事態を宣言しているだろうし、そうなれば選挙も自動的に無期延期になる。何もかもが何週間も、いや何カ月も逆戻りだよ」

彼はふと足を止めると、思案にくれたように窓の外を眺めた。やがて振り向くと、まずジーンへ、そして、壁のスクリーンの前のソファから見あげているバーナードへ目を向けた。

「たしかに、ジーンのように考えている人間も多いが、反ケイロン運動の起きる要素もいろいろある。それが心配なんだ。しかし、今もしここにいるわれわれが、この機を逃がさず自由市民政府を樹立したら、ウェルズリーはたとえ緊急事態を宣言していても、既成事実としてこれを受けいれ、必然性を認識したときはこっちと手を結んでくれる可能性が大きい――もしかすると彼は、すでにそれを待っているんじゃないかという気もする。そうなれば、誰もが明日には気分を一新して、これまでのごたごたなどすっかり忘れてくれるだろう。だがもう時間は残り少ない。だからわたしは、議会の召集もすっぽかしたんだ。今こそ、あなたがたおふたりに、これまで話しあってきたような線で、手をかしていただきたい。まずやってほしいのは――」レチェットのコムパッドの信号音がその言葉をさえぎった。本能的に彼は、上衣の胸ポケットに目を落とした。「ちょっと失礼」

みんなの見守る中で、彼はパッドをとり出し、親指をはじいてスイッチを入れた。小さなスクリーンにフルマイア判事の顔が現われた。「きみひとりか、ポール？」前おきぬきでフルマイアはたずねた。早口の、鋭い声だった。

「仲間と一緒ですが、かまいません。いったい――」

「外に出ないで、身を隠すように」とフルマイア。「スタームとストームベルが不意打ちをかけおった。SDと、正規軍の一部を――どれだけかはわからんが――手中におさめておる。ここにいる議会のメンバー全員をすでに拘束しており、残りをとらえるために部隊が出動するところだ。たぶんわたしもリストに載っているだろうから、急いで話そう。やつらは通信センターの占拠に向かっており、スレッサーとその部下だけは、船の保安に専念するなら逮捕しないという条件で取引きをすませたところだ。できればきみはすぐフェニックスを出た方がいい。そちらへももしかすると――」そこで突然、映像と音声が途切れた。

「誰なの？」ジーンが、信じられないというように目を大きく見開き、あえいだ。

「フルマイア判事だ」レチェットは眉をひそめながら、もう一度線をつなごうとして番号を押した。スクリーンに現われたのは、〝その番号は通話不能〟のマークだった。彼はただちに交換台呼びだしの番号を打ちこんだ。結果は同じだった。「通常回線は切られたようだ」と彼。「予備チャンネルもだ」

「まあ、どうしましょう」ジーンがつぶやいた。「あの爆弾を持ちだすつもりなのね」

バーナードはむっつりした表情で宙を見つめ、心の中では、レムスの表面にあけられた穴のことを思い描いていた。「止めなければならん」息をつきながら、「なんとかして上へ知らせなければ……スタームに……相手が何を持っているかを教えてやるんだ。あそこにはまだ、何千人もの人間がいるんだから」

「信じてはくれまい」レチェットが、かすれた声で言った。「誰でもまず考えつきそうなはったりとしか思えない話だからな」

ジーンが首をふった。「何かあるはずよ――そう、ケイロン人だわ！　彼らなら、信じさせられる。もし彼らが、自分たちの兵器がどんなものか、どんな威力があるかを、証拠をつけて知らせてやれば、スタームだって本気にするはずよ」

「しかしこっちは、どのケイロン人に話せばいいのかもわからんのだよ」レチェットが指摘した。

バーナードが、つかのま黙りこんだあと言いだした。「キャスならわかるかもしれん。少なくとも、誰に話せばいいかは知っているはずだ。結局のところ、ケイロン人は何億人もいるわけじゃない。ジェリーの話だと、彼女は大学で反物質の研究にたずさわっている人たちとも親しいそうだ。まず彼女に当たってみよう」

ジーンはちらりとスクリーンに目をやり、バーナードに向かって言った。「ジーヴズで……ケイロン人の情報網《ネット》で呼べばいいんじゃない？　あれならまだ安全だと思うわ」

「いや、もう電子回線は信用できん」とレチェット。

「危険かもしれんな」一、二秒考えたあと、バーナードも同意した。「もしスタームとそれに加担する一味が前々から準備していたとしたら、情報網《ネット》のどこかに盗聴機や監視《モニター》プログラムを組みこんでいる可能性を無視するわけにはいかん。ここは、誰かが直接話しにいかなければな」

「誰が？」とジーン。

「そうだな、ポールは外へ出るわけにはいかない。フルマイアが言っていたことを聞いたろう」バーナードは答えた。「してみると、わたしがいくほかあるまい」

「でも、境界線の警備をどうするの？」ジーンはすっかり怯えあがっている様子で、「誰が信用できるか見当がつかないのよ。フルマイアさんも、軍隊のどれだけがどっち側についていているか知らなかったし。いつそのあたりで戦闘がはじまるかもわからない。そんなところへ出ていって、どうなさるつもりなの？」

バーナードは力なく肩をすくめた。「そのとおりだ。冒険だよ——しかし、ほかに方法があるかい？」

張りつめた沈黙がしばし続いた。すると、ジェイが言いだした。「軍隊で、少なくともひとり、信用できる人がいるよ」全員がびっくりしたように彼を見つめた。

バーナードがぱちりと指を鳴らした。「そうか、コールマンだ！　どうして今までそれに気がつかなかったんだろう？」

「コールマンとは誰かね？」レチェットがたずねた。

「わたしたちみんなの友だち、軍隊にいるんです」とジーン。

「そう——だ」バーナードが首をうなずかせながら、ゆっくりと言った。「彼なら状況をつかんでいるだろうし、何か起こっても安全に境界を越えられる方法を知っているだろう」さらに力をこめてうなずき、「それに、絶対に信用できる」

「ぼくが行って探してみる」ジェイが申し出た。「ぼくならあんまり目立たないし。もしSDが出動していても、ぼくを探してるはずがないからね」

バーナードはレチェットの方を見た。レチェットはむずかしい表情で、反対を唱えようとしているかに見えた。が、もう一度あれこれ考えなおした末に、とうとうため息をつきながら、両手をひろげてうなずいた。バーナードはジェイに目を戻した。「ようし、やることはわかるな。もし彼を見つけたら、できるだけ早くここへ来てくれるように言うんだ」

ジェイはぴょんと立ちあがると、上衣をとりにクローゼットへ駆けていった。それを着ながらジーンの方を見ると、「大丈夫だよ、母さん、気をつけるから」

ジーンは無理に笑顔をつくり、「本当に気をつけるのよ」と答えた。

一本の手が、コールマンを、一千年の眠りについていた墓穴から掘り起こそうとしていた。

「軍曹殿、起きてください」天上から響いてくるその最後の審判の声は、ふしぎなことにスタニスラウの声とそっくりだ。「ハンロン軍曹殿が、正面ゲートへ来てほしいとのことです」

「うあ――ああ?……誰だって?……」コールマンはごろりと寝がえりを打ち、毛布が顔からはずれると、まぶしさに身を縮めた。

天使スタニスラウは燦然たる光の中から舞いおりると、簡易ベッドのそばでこの世の姿に戻った。「正面ゲートのところに、軍曹殿に話があるという人が来てるんです。急ぎの用件だそうで」

コールマンは起きあがり、目をこすった。「どうして電話で言ってこないんだ?」

「通常回線がぜんぶだめなんです。船とも……どこへもです。もう一時間ほど前からです」とスタニスラウ。「緊急チャンネルの方も、軍優先に制限されてます」コールマンは毛布をはねのけて足を脇へ垂らし、ズボンをはきはじめた。「どこもかしこも妙なぐあいなんです」スタニスラウが、ブーツを手渡しながら言う。「シャトル基地にSDがわんさと到着して、そこからフェニックスへやってきた部隊があちこちで人をつかまえてるし、B中隊のほとんどは姿が見えないし……いったい何がどうなっているのかさっぱりわからないんです」

「中隊長はどこだ?」コールマンは顔を洗おうと洗面器に向かった。

「中隊事務室です。さっき、ハンロン軍曹殿が起こしたんです。師団で何かあったらしい——なんでも、ポートニイ閣下が追い出されて、ウェッサーマン大佐がSDに銃を向けられて監禁されてるって話なんですがね」

コールマンは顔をふいたタオルをスタニスラウに投げると、衣類戸棚からシャツを引っぱりだした。「すまんが、あとを片づけておいてくれ」と彼。帽子をかぶりながらドアをくぐり、上衣のボタンをかけながら中隊事務室へと急いだ。

三十秒以内にコールマンがそこへ顔を出したとき、中隊事務室は大混乱だった。シロッコ、マドック、それに第一小隊のアームリイ軍曹が、緊急通信《コム》パネルに明滅するランプの灯《ひ》を消そうと奮闘している。「いったいどうしたんです?」と彼はみんなにたずねた。

「何もわからん」シロッコが、ボタンを押し、スクリーンに話しかける合間に答えた。「今シャトルでおりてきた連中の話だと、船で何か途方もないことが起きたらしい——」一方のスクリーンに向かい——「それじゃ、彼の副官を見つけてこっちへ連絡するように伝えろ」それからまたコールマンに——「それで誰か噂の裏を知ってるやつを見つけようとしているんだ」

「ハンロンにゲートへ呼ばれているんです」とコールマン。「四、五分で戻ります」

「よし。終わったらここへ来い」

コールマンは、オーマー・ブラッドリー区を出ると、急ぎ足で正面ゲートに向かった。兵站部区画では輸送機がひっきりなしに発着し、地上車輛からは弾薬箱があわただしく荷おろしされている。兵舎ブロックも、あちこちへ駆けていく隊列と将校たちの号令とで、すっかり活気づいている。数時間前にはまだなかった土嚢積みの堡塁が要所要所に出現しており、さらにいくつもが掘りはじめられていた。

正面ゲートの警備の人数は二倍になっていた。ハンロンが入口の片側に陣どり、出入りする車をチェックする歩哨を見つめている。そのゲートのすぐ外に、ジェイ・ファロウズが立っていた。ハンロンは、コールマンが近づいてくるのを見ると、ふらりと立ちあがった。

「寝不足のところをお寝みの邪魔をしてすまんが、そこのお若いのがおまえに話があるとのことでね」コールマンはジェイの待っているところへ歩みより、ハンロンはまた入口の監視に戻った。

ジェイは熱のこもった低い声で話しはじめた。「父があなたを見つけてこいって。急用なんです。SDの探している人間がひとり、うちにいるんです。スタームは議会の全員を逮捕したので、軍隊をバックに最後通牒をつきつける気でいることは間違いありません。もしそんなことになったら、ケイロン人は、船ごと消してしまうでしょう。父は、何人かでキャスに会いにいって、打つ手があるかどうか相談したいって言ってるんですけど、フェニックスから出るには手助けが要るんです」

コールマンは思わず眉をひそめた。「船を消すって、どうやるんだ?」

「わかりません」とジェイ。「まだはっきりしないことだらけだけど、彼らにその力があることはたしかなんです。急がなきゃならないんですよ、コールマンさん。いつ来てもらえますか?」

「まいったなあ……」コールマンは弱りきって、ひたいに手をあてた。「わかった。それじゃ、できるだけ早くおれは——」そのとき、駆け足で近づいてくる足音がし、ふたりは話をやめて振り向いた。それは中隊事務室にいたアームリイ軍曹だった。

アームリイはコールマンの前に止まると、ハンロンを手招きした。「中隊長が、ふたりともすぐ戻るようにと言ってる」息を切らせながら、「このゲートはおれが引きつぐ。シャトル基地で騒ぎが起きた。ケイロン人を追いだして基地全域を封鎖しろという指令が船からあったんだが、A中隊の一部とそこを固めているソープ少佐が、SDの命令どおりに動くことを拒否したんだ。こっちから二個小隊送れと言ってきている。中隊長は、ハンロンにその部隊を引率させ、おまえは、もし射ちあいになってそれがこっちへひろがってきた場合に備えてブロックを守れってことだ」

コールマンは心の中でうめいた。返事をしようとしたちょうどそのとき、彼はゲートの衛兵所の向こう側に立っているひとりの女の姿に気づいた。ベレー帽をかぶり、明るい色のレインコートの襟を立てて、どうやら人目につかぬように彼の注意を惹こうとしているらしい。

「まったく、なんてこった——」彼は前にいるふたりに向かって、「たのむ、二、三分待ってくれ。ジェイ、ここにいるんだぞ」女性の方へ歩みより、面と向きあうところまでいって、ようやくそれがヴェロニカだとわかった。はじめて見る、茶目っけの影も見えない真剣な彼女の表情だった。

「いま船から来たところなのよ、スティーヴ」彼を門柱の陰に引きよせながら、彼女はささやいた。

「乗船者のチェックをしていないのか?」コールマンは驚いてささやきかえした。

「もちろんしてるわ。もう大混雑よ」

「それじゃ、どうやって——」

「クレイフォード夫妻と知りあいなので、乗員のひとりが通してくれたの。でもそんなことどうでもいい。問題はセリアなの」

いまさらとぼけている場合ではない。コールマンは眉間の縦じわをさらに深め、「彼女がどうしたって? 無事なのか?」

ヴェロニカは激しく二、三度うなずいた。「怪我をしたとかそういうことはないんだけど、ただ困ったことになってるの。スタームとかかわりができちゃって、それでどこへいくにも見張りがついてて、今のままじゃ危険なのよ。スティーヴ。早くあそこから逃がさないと」

コールマンはうなずきながら、両手を大きく上へあげてみせた。「わかった。だが、方法は?」

「きょうこのあと暗くなってから、彼女は書類や身のまわりの品をとりに、地表へ戻ってくるの。やっぱり見張りつきでね。計画はもう立てたんだけど、それには、彼女がくる前にわたしを家に連れていって、あとで彼女を連れだす人が必要なの。それに、わたしがそのあとシャトル基地から抜けだす方法も考えなくちゃならない——あそこはもうすぐ閉鎖されるから。信頼できるのはあなただけ。どうかしら、あと一時間以内のうちに、お仕事から抜けられない？」

コールマンは頭がくらくらするのを感じて身をそらした。ハンロンとアームリイはじりじりしながら待っているし、ジェイは祈るような目つきで見守っている。彼は必死に考えをめぐらせた。なぜセリアがそんなに危険で、なんとか逃げださなければならないのかがはっきりしないが、それはあとになればわかるだろう。また、どうしても二、三時間出かけなければならないと言えば、シロッコはなんとかしてくれるだろうから、その方はまあいい。ケイロン人が船を破壊するという話はむろんいちばん深刻な問題だが、まああと数時間以内に取りかえしがつかなくなるようなことはあるまい。だがいっぽうセリアの方は、何か知らないがヴェロニカとふたりで立てた筋書きどおりに動きだしていて、こっちは遅らせるわけにも変えるわけにもいかない。したがって、まずセリアの件を片づけることが先決だ。ジェイは一度家へ帰して、父親に、コールマンはもうしばらく手が放せないと伝えておいてもらおう。そして、いずれ行くときは、セリアも連れていくことになるから、ジェイの口からファロウズたちに、仲間がふえることを伝えておくこともできる。事実これで、バーナードや、ジェイの言った逃亡者と一緒に、彼女もフェニックスから連れ出せれば、万事好都合というものだ。フェニックスから出る飛行機は、特別の権限でどこかへ向かうもの以外は、狭い空路の範囲内しか飛べないようプログラムされているから、脱出には歩いて境界線を越えるしかない。だがこれについては、中隊事務室にいるシロッコがうまい案を考えてくれるだろうし、コールマン自身ももう何度かフェニックスから出たり入ったりしているから、たいした問題ではない。ヴェロニカをシャトル基地から連れだす方法はハンロンに一任するほかないだろう。

「きみを邸へ連れていく件はなんとかなると思うよ、ヴェロニカ。いま基地がどうなっているのかよくわからないが、もうすぐあっちへいく予定の部隊がある。つまり、ほかのやつらも信用してもらわなくちゃならん。その点はいいかい？」

「あなたがそう言うなら。ほかに選択の余地はないんでしょう？」

「ない」コールマンは振り向くと、ハンロンを手招きした。「ブレット、こちらはヴェロニカ。理由はきかんでほしいが、彼女が今夜遅くシャトル基地から脱出するのに、手助けが要るんだ。どうだろう？」

「なんとかできると思うよ。いつ、どこでだ？」とハンロン。コールマンはヴェロニカの方へ目を向けた。

「二一三〇に第五発射台《ベイ》から離昇するシャトルなんです」彼女が答えた。「その三十分前くらいにわたしはそこから出ていきます。とにかくケイロン領内に入れればいいんです。そこから先は自分でやれますから」

「どこへいくつもりなんだ？」コールマンがたずねた。

「たぶん、ケイシーのところ」ヴェロニカは答えた。

「ケイシーはそのことを知ってるのか？」とコールマン。ヴェロニカは首をふった。コールマンは数秒間考えこんだ。「あのあたりの状況は、ちょっと心配だな」と彼。「基地の南側のすぐ外にある橋を知ってるか？　磁気浮揚鉄道《マグレヴ・チューブ》が、配電支所のそばで小さな谷を渡っているところだ」

「わかると思う。とにかく見つけるわ」

「橋のところまでいって、そこで待つんだ。誰かフランクリンへキャスへの伝言を持たせてやって、ケイシーか誰かがそこへ迎えにいくよう手配する。基地のまわりはSDのパトロールがうろうろしているし、どうなっているかわからない。無茶はしない方がいい」ヴェロニカは大きくうなずいた。

「これから中へ戻って打ちあわせをしなきゃならん」とコールマンは言い、ふたりを連れて衛兵所の方へ向かった。アームリイがふしぎそうな顔でジェイを見ている。「マイク」ドアの前から、コールマンが呼んだ。「このふたりを中へ入れて、コーヒーか何か出してくれないか。ジェイ、ヴェロニカと一緒に中で待て。おれはブレットと一度中隊へ戻らなきゃならんが、すぐに戻るから心配するな。大丈夫、うまくいくよ」

十分後、中隊事務室のうしろの小さな銃器庫の陰で、コールマンはシロッコに、ジェイから聞いた話のすべてと、セリアとヴェロニカに関する必要なことのすべてを伝えた。シロッコはすでにコールマンとハンロンに、ストームベルが軍の指揮権を握ってスタームを支持し、スタームはどうやらカレンズの暗殺がケイロン人による新たな全体への脅威の現われかもしれないという危惧を上級将校たちに訴えることで、残りの部隊も掌握しようとしているらしいことを話しおえていた。

「しかし、スティーヴ、もしおまえの言うことが本当なら、危険なのは船の方じゃないか」シロッコが、口髭を引っぱりながら言った。「だが、その兵器というのはいったいなんで、どうなった場合ケイロン人はそいつを使うんだ？　もっと情報が必要だな」

コールマンは首をふるしかなかった。「わからんのです。ジェイにもわからない。ファロウズとその問題の人物も、それをたしかめようとしているんです」

「最後の対決に備えて、兵力を温存しておかなければならんな」シロッコはつぶやいた。「それに、自由に動くためには、当面ストームベルに同調しておくのがよさそうだ」彼は背を向けると、うしろの壁の方へ歩きだしながらちょっとのあいだ考えこんだが、やがてくるりとこっちを振り返り、うなずいた。「よかろう。ブレット、おまえは今すぐ基地へ出発しろ。ヴェロニカがそのシャトルから出てくるのを待って、あとは自分の判断で基地から逃がしてやれ。それだけに専念するんだ。では、行け」ハンロンはうなずくと、事務室を通り抜けて出ていった。「スティーヴ」とシロッコが、「誰かひとり選んでフランクリンへやれ。

あとはキャスにまかせよう。それがすんだらおまえは消えて、セリアをファロウズのところへ届ける。そこからあとのふたりを連れて、そのまま北検問所と貨物集積場のそばの建設用地裏とのあいだの部署へいけ。深夜から〇四〇〇までそこにはマドックの分隊がいる。連中からSDの注意をそらしておまえたちを出してやれるように話しておく」コールマンはうなずくと、ハンロンの去った方向へ向かおうとした。「ああ、それからな、スティーヴ」何か思いついたようにシロッコが呼びとめた。ドアのところで立ちどまり、振り返るコールマンに、「ファロウズとはごく親しいんだろうな？」

「ずっと前からの知りあいです」とコールマン。

「では、境界を越えても彼らと別れずに、キャスのところまで一緒にいくんだ」とシロッコは言った。「そして、現状がどうなっているのかできるかぎりの情報を仕入れて、できるだけ早く帰ってこい。そうすればわれわれも、このさきどう動けばいいか、方策が立つだろう」

31

状況は急速な進展を見せ、ストームベルは全軍を確実に掌握し、カナヴェラルのシャトル基地は完全に地球側の手に落ちた。午後遅く通信は回復し、軍の警報発令中は待たされていた緊急でない連絡も受けつけられることになった。その通信の中には、カレンズの邸宅を整理し、特に貴重な品をもっと安全な場所へ移すようにという指令も含まれていた。夕暮には、その邸宅のまわりの私道や駐機場に、作業にたずさわるさまざまな飛行機や地上車が続々と集まってきた。そこへ来る必要のない軍の兵員輸送機が、裏手の駐機場を囲む並木のすぐ内側の芝生の上に静かに着陸したことに注意を向けるものは、誰もいなかった。

その中ではスタニスラウが飛行制御システムのスイッチを切り、機内灯もつけないまま、コールマン、マドック、フラー、カースンらのいる後部キャビンに向かった。座席のあいだには、絵を運ぶ大きな木枠がそそり立っており、段ボール箱や道具類や荷造り材料などが足もとに散乱している。彼らに混じって、ヴェロニカが、軍の作業衣の上に戦闘服を着こみ、あの赤く波うっていた赤い髪を襟足が規定どおりに見えるまでにカットして帽子をかぶった姿ですわっていた。マドックががらくたを乗りこえてドアを開き、カースンとフラーを従えて外に出た。スタニスラウは機内に残って、荷おろしを手伝いはじめた。コールマンは、外からさしこむかすかな光の中でさだかには見えないヴェロニカの顔をのぞきこみ、「大丈夫かい？」とたずねた。

彼女はうなずき、少し間をおいてから言った。「ケイシーが見たら、ひきつけを起こしそうね」

冗談を言おうとするのはいい徴候だ。コールマンはにやりと歯を見せて、自分の席から立ちあがると、「では、いこうか」と低くつぶやいた。

全員が外に出ると、カースンとマドックが絵画用の木枠の前後を持ち、スタニスラウが道具箱を、フラーが種々のロープや留め具を、コールマンが書類と目録パッドを手にした。ヴェロニカは包装用フォームラバーの大きなロールを、顔の片側に押しつけるようにして肩にかついだ。このロールの中には、きょうの午後早く彼女を乗員用入口からシャトルに乗せてくれた士官が、何も聞かずに渡してくれたシャトルのスチュワーデスの制服と靴が入っているのだ。彼らは邸の内外を包みこむ混乱の中にまぎれこみ、やがて一階を通り抜けて、二階の、カレンズが私用に使っていたスイート区画に通じるドアの前にふたたび集まってきた。コールマンが手にした書類と見取り図をひろげ、足をとめて周囲を見まわした。数秒後、彼は身ぶりで正面階段の上端に無関心に立っている警備のSDの注意を惹き、ドアへあごをしゃくってみせながら、「寝室や居間はこの中かね？」とたずねた。

「そうだが、そっちにあるものは、カレンズ夫人が自分のものを取りにくるまでさわっちゃいかん」と、警備は答えた。「夫人はもうこっちへ向かっているはずだ」

「そのことならいいんだ」とコールマン。「ちょっと寸法を測るだけだから」返事を待たずに歩みより、ドアをあけて中をのぞき、それからスタニスラウの方を振り返ると、「おおい、ここだ。ジョンソンはどうした?」そのまま室内へ入っていく。スタニスラウが道具箱をおろしてあとに続き、すぐにコールマンが出てきて道具箱のそばにすわりこむと何か探しはじめた。ヴェロニカが現われて大きなロールをかついだまま中へ消え、スタニスラウが出て来、コールマンが巻尺を持って入っていくころ、数ヤード離れた廊下では、木枠を運んでいるカーソンとマドックが角を曲がりきれずに悪戦苦闘していた。見るともなく見ているSD兵の方を指さしてみせ、フラーが階段をあがってきてジョンソンはどこだとたずね、スタニスラウがドアのところへ、フラーはコールマンとすれちがうように中へ入っていった。カーソンが手をすべらせて木枠の一方が床に落ち、スタニスラウがコムパッドを持って入っていき、マドックがカーソンをどなりつけ、フラーが出てきた。

ラウンジのうしろの寝室の奥のドアを抜けたバスルームでは、ヴェロニカがすでに作業衣と靴を脱いで、リネン戸棚のタオルの下に隠しおえていた。スイートの外のドアがぴたりと閉じて外の騒ぎを閉めだし、あたりが静けさに包まれるころには、彼女は靴だけを除いてスチュワーデスの制服を身につけおえていた。続いて彼女は、セリアの化粧道具を使って顔をつくりはじめた。

階下ではマドックがさりげなく邸内を通り抜け、正面玄関の外で、シャトル基地からセリアを乗せてくるヘリの到着の見張りに立った。ほかのものはばらばらに裏口から出て、数分後にはもとの兵員輸送機の中でコールマンのもとに集まった。そのままじっと腰を落ちつけて待ち、フラーとカースンは煙草に火をつけた。「これでうまくいくんですかね、軍曹殿?」スタニスラウがたずねた。「あそこに隠れていて、髪を刈ってやる方がいいんじゃないですか」万一に備えて、彼はその道具も持ってきていたのだ。

コールマンは首をふった。「その必要はないだろう。セリアの髪はうんと短いんだ。あとになれば、家の中にいる人数も減る。うまくいくと思うよ……それまでに、あそこの警備員が交替していて、そいつをおれたちがちょいと廊下の方へ向かせておけばな。それに、どっちにしろそのころには連中、入ってくる人間を見張っているはずだ」

「なら、いいですがね」とスタニスラウ。

「飛行機がくるまで、あとどのくらいです?」カースンがたずねた。

コールマンは時計に目をやった。「予定どおりなら、あと約三十分だ」

飛行機が邸の前へ着くころには、それまでいらいらしていたセリアの気持も、もうあとには退けないのだという冷たい覚悟に道をゆずっていた。彼女は、スタームが、一度家に戻りたいという彼女の願いを女なら当然のこととして受けとめ、どうせひとりでは何もできないし、行き場所もないはずだから、本気で逃げだす気にはなるまいと考えるだろうということに賭けたのである。狙いは図に当たった。護衛にあたった三人のSD兵と女看守《マトロン》は、常に彼女から目を離さず、誰とも話をさせないようにと命令されていたが、囚人として扱われはしなかった。いま彼女のただひとつの気がかりは、ヴェロニカがコールマンと連絡をとりそこねていないか、また何かの理由でコールマンが何もできないかもしれないということだけだった。

飛行中ずっと、彼女はひとこともロをきかず、また護衛が降りるよう言ってくるのを待っているあいだはハンケチを顔に押しあてていた——夫をなくしたばかりで家へ戻る未亡人としては、ごくありきたりな姿だ。機外へ出た彼女を護衛が囲んで正面玄関へ向かって歩きだし、うしろについた護衛はその両手にスーツケースを下げていた。セリアはゆったりした長いコートを着、濃いサングラスをかけ、頭にスカーフをかぶっており、そのスカーフの下には彼女の髪と同じ色のかつらをつけていた。

一行が正面階段を登りきると、先に立っていたふたりの護衛はスイートへのドアの前でその両側を固め、スーツケースを持った護衛とセリアと女看守が中へ入った。護衛はスーツケースを寝室へ運びこむと、蓋をあけてベッドの上に置き、自分はラウンジへ下がって待機した。セリアが戸棚や衣裳だんすから選びだしたものをスーツケースへ入れているあいだに、女看守は奥のドアをあけてバスルームをのぞき、ぐるりと見まわして窓やその他の出口がないかどうか型どおりチェックしたあと、無表情な顔に戻ってラウンジへ通じるドアの内側で通路をふさぐように立つと、あとはセリアが居間のデスクから書類や何かを取りに出たとき体をずらした以外にはまったく身動きもしなかった。セリアは寝室へ戻ると、持ってきた小さなバッグにその書類や小物を入れ、スーツケースを詰めおえた。それから胸をどきどきさせながら、そのバッグを手に持ってバスルームへ入っていき、ドアは閉めなかったが、その姿は女看守の立っている位置からは見えなくなった。

ヴェロニカが静かにシャワー室から出てくるのを見たとき、セリアは泣きだしそうになるのをこらえるのがせいいっぱいだった。戸棚から化粧品の瓶を出すのは相手にまかせて、セリアは靴を脱ぎ、コートをとり、かつらをはずした。微笑を交わしたりうなずきあっている時間はない。ヴェロニカがセリアの靴をはき、スチュワーデス用の靴をセリアのバッグに入れる。かつらは彼女の新しい髪型の上にぴたりとおさまった。制服の上からコートを着、かつらの上からスカーフをかぶるあいだ、セリアは化粧品の瓶類やブラシや歯磨きなどをバッグに入れることで音をごまかした。ヴェロニカが作業衣を隠した戸棚を指してひとつうなずき、自信たっぷりにウィンクしながらセリアのサングラスをかけた。それからヴェロニカがバッグを詰めおえているあいだに、セリアはシャワー室にかくれた。

ヴェロニカがセリアのバッグを片手に、もう片手ではセリアのハンケチを顔に押しあてながらバスルームから出てきたとき、女看守はもう彼女に目を向けようともしなかった。悲嘆にくれる未亡人は、一度足を止めて室内を見まわし、静かに女看守へうなずいて、ドアに向かって歩を進めた。ふたりはラウンジを横切ると、護衛がスーツケースを取ってくるのを待ち、ドアから出て、そこに立っていたあとふたりの護衛と合流した。そして一行は階段を降りはじめた。

セリアは、誰かが忘れものを取りに戻ってきても大丈夫なように、数分間の余裕をおいてからシャワー室を出、ヴェロニカが残していった服を見つけ、さらに数分間かけてそれを着こみ、靴紐を結んだ。髪はかつらをつける前にすでにきっちりまとめてあったが、これで大丈夫と思われるまで鏡の前で何度も帽子をかぶりなおした。あとは脱出の機会を待つだけだと寝室へ出たとき、早くもラウンジの表側のドアが開き、室内はたちまち呼び交わし歩きまわる人間の気配であふれた。数秒後、コールマンがラウンジに通じるドアから現われた。本能的に駆けよろうとするセリアを突き戻すように、ヴェロニカがかついでいたフォームラバーのロールが彼女の顔めがけて飛んできた。「きさまそれでも軍人か」受けとめた彼女に向かって、荒っぽい口調で、「ぐずぐずするな」

まさにぴったりの運びだった。彼女は瞬時に状況を把握し、ロールを肩から背中にかけて背負うと、彼のあとに続いてラウンジに出た。コールマンはもうドアの近くで、兵士たちが出たり入ったりしているさまをうかがっており、やがて唐突に、彼女についてくるようにと合図した。奇妙な夢見心地のうちに、彼女は、大げさではないが典型的なとぼけた会話を交わしているふたりの兵隊にはさまれて階段を降り、いつのまにか外へ出て、裏の駐機場を、他の飛行機や車輛から少し離れたところに降りている兵員輸送機の方へ向けて横切っていた。そして突然、いつ機内に乗りこんだかも覚えがないうちに、彼女はキャビンの座席にすわっていた。暗がりの中からいくつもの人影がすばやく音も立てずに現われ、彼女に続いて飛び乗ってきた。最後のひとりがドアを閉め、エンジンがかかり、彼女はぐっと体が押しあげられるのを感じた。このときやっと、彼女の体は震えだした。

「軍隊は税金の無駄使いだなんてもう誰にも言わせませんよ」隣にすわっているコールマンの微笑が、誰かが煙草に火をつけるつかのまの明かりの中に浮かびあがった。だが、まる一日のあいだほとんど何もしゃべっていない彼女は、すぐにはそれに答えることもできなかった。闇の中で彼の手が、彼女の腕をさぐりあて、短く、しかし力づけるように、ぎゅっと握りしめた。「もう大丈夫」ささやき声で、「安全な行き先ももうきめてあるし、今夜フェニックスを出る手筈も整えてある。わたしも一緒にフランクリンまでついていきます」

「ヴェロニカの方は？」と、小声で彼女。

「われわれの一部隊が基地で待ってます。彼女を基地の外へ出したあとは、ケイロン人側から誰かが迎えに出ます」

セリアは座席に深く沈みこんで目を閉じ、安堵の息をつきながらうなずいた。暗闇の中で誰かが、スタニスラウみたいな男がどうしてこんなものの操縦を知ってるんだと言いだした。別の声が、やつの親父がよく政府からこういうのを盗んだのさと答えた。

コールマンは、しばらくじっとセリアを見つめた。セリアがなぜこれほど必死にスタームから逃げようとしたのか、また、いったい彼女の身にどんな危険があったのか、彼にはまだよくわからないのだ。たしかにハワードみたいな男との生活があまり楽しいものでなかったことは理解できるし、だから、スタームのような強く頼り甲斐のある男に心を惹かれたのも当然かもしれない。だとすれば、ハワードが殺されたあと彼女がスタームのそばにいたのもそれほど不自然ではないし、またそういう状況下で地表へ降りるのだから、その身の安全のために護衛をつけたのは当然のことだろう。だが、四六時中目を離さず、また他人と話もさせないというのは、どうも納得がいかない。ヴェロニカは、セリアはそれ以上何も話そうとしないし、彼女も無理に訊こうとはしなかったと言い、コールマンもそれを信じた――彼女たちの間柄が、彼にもおなじみの、ちょうど自分とシロッコのあいだの友情のようなものだとわかったからだ。しかし、当座の急が一段落し、全員がひと息ついた今、彼は好奇心を抱かずにはいられなかった。

しかしセリアは、今のところ、精神的な疲労で、今にもくずれ落ちそうな風情に見える。彼はため息をつきながら、答えを出すのはもう少しあとにのばそうと心をきめて、座席にゆったりとすわりなおした。

カナヴェラル基地の第五発射台で離昇準備中のシャトルの後部乗客ラウンジで、ヴェロニカはなみなみと注がれたマティーニのグラスを両手で包みこむようにしながら、周囲の人々の動きや護衛たちの様子をじっとうかがっていた。今が潮時だ――乗客がつぎつぎと乗りこんでくるし、乗務員たちもひっきりなしに行き来している。どの顔も見きわめる余裕などありはしない。女看守は明らかに荷造りや荷運びに手を貸すのが仕事ではないと割りきっている様子で、ずっと今まで純粋に受け身の監視役としての距離を保っていた。いまさら彼女がその役割を変える理由もあるまい。

ヴェロニカの手からグラスがすべって中身がコートを濡らし、彼女は小さく息をのんだ。あわててバッグに手を伸ばしながら一挙動で座席から立ちあがる。コートをつまんで体から遠ざけるようにし、片手でしずくを払いながら機の後部へ向かう彼女へ、護衛たちは軽い一瞥を向けただけだった。通路をはさんで隣の座席にすわっていた女看守も立ちあがろうとはしなかった。ここよりうしろにはあと数席と、トイレと、乗員用のロッカーがあるだけなのだ。それから十秒もたたないうちに、毛布を一枚抱えて前部へ向かって通り過ぎたショートカットの赤毛のスチュワーデスは、完全に周囲の背景に溶けこみ、護衛たちはひとりとして、彼女が通ったことを意識にとどめてさえいなかった。

32

ジーンにもらったスカートとセーターを着こんでいくらか彼女らしさを取り戻したセリアは、ファロウズ家の居間のテーブルに向かって腰をかけ、濃いブラック・コーヒーのカップを両手で握りしめていた。蒼ざめた顔を引きつらせ、四十分前にコールマンに連れられて地階にある裏口に到着してから今までほとんど口をきいていない。フランクリン行きの磁気浮《マグ》揚《レヴ》鉄道は運休しており、コルドヴァ村駅も閉鎖されていたが、団地地下のトンネル網はこっそり近づく絶好の通路になってくれた。要らぬ注目を集めることのないよう、コールマンは、兵員輸送機を家の前の芝生におろすことを避けたのである。

「いくらかご気分よくなりまして?」カップにお代わりのコーヒーを注ぎながらジーンがたずねた。セリアは、こくりと首をうなずかせた。「お出かけの前にどこかで横になって、三十分でも休んだ方がいいんじゃありません? ずっとよくなると思いますよ」セリアは首をふった。ジーンはあきらめたようにうなずくと、ポットを保温器の上に戻してから、セリアとメアリーのあいだに腰をおろした。

部屋の反対側の、壁のスクリーン近くの床が一段低くなったところでは、バーナード、レチェット、コールマン、そしてジェイが、話を続けていた。「正確にどんなものがあるのか知らないけど、すごい威力らしいんです」ジェイがコールマンに向かい、「それももうテストずみらしい。月のひとつに、一年前にはなかった新しいクレーターが——直径二、三百マイルのが——できてるんです。そんなもので船を射たれたらどうなるか……」

「そういうことが本当に可能だと言うんだね？」不安と疑念を一緒にした表情で、コールマンが聞きかえした。

「ケイロン人のやりかたは、常にそうだった」とレチェットが言った。「彼らは全力を尽くして、敵方の人間をひとりでも多く誘いだし、効果的に味方につけてしまう。われわれに対しても同じことをしているのではないかな？　そして最後にケイロン式の考えかたに同調できないひと握りの人間が残ったところで、パダウスキーに対してやったようにそれを排除する。彼らの社会も、そんなふうに機能しているんだ。誰がなんと言っても聞こうとしない少数者だけになったら、彼らはもう時間を無駄にはしない。もしスタームが、船にある兵器を使って威嚇的な行動に出たら、彼らは船に対して同じことをやるだろう。わたしはそう確信している。ケイロン人は、もうずっと前から保険をかけていたのだ。それが彼らの典型的な考えかたでもあるんだよ」

コールマンは眉をひそめ、首をふりながらじっと考えこんでいた。「それでも、なんの警告もなしにいきなり射ったりはしないはずだ——船にはまだあれだけ大勢の人間がいるんだから」と彼。「まず何か言って……どういう状況なのかスタームにわからせようとするんじゃないでしょうかね?」

「どうだろうか」バーナードが疑わしげに言った。「地上にいる人間の方が数はずっと多いし、これにはその人々全体の生きかたがかかっているんだ。わざわざ警告などはしないと思うよ。いざというときケイロン人がどんなふうな考えかたをするか、誰にもわかりはしない。あとのことは、こっちがなんとかすべきだと思っているかもしれない」

セリアとジーンがすわっているテーブルごしに、話の内容はほとんどわからないまま黙って聞きいっていたメアリーが、もの問いたげに母親を見上げた。ジーンはほほえみを返して、安心させるように娘の手を握った。

「それで、彼らの兵器っていうのはいったいなんなんです?」ふたたびコールマンがたずねた。「ミサイルが通用しないことは、彼らも知っているはずだ。〈メイフラワー二世〉は、一万マイル前方でミサイルを停めてしまうことができる。地表のビーム兵器じゃ、大気で拡散されるから効果は薄い」懇願するように両手をひろげてみせ、「軌道上にあるのは標準型の通信衛星と観測衛星だけ。ふたつの月はどっちもビームの射程外だ。とすると、ほかに何があるんです?」

「ジェリー・パーナックの話だと、何か反物質と関係のあるもののはずだって」ジェイが言った。「ケイロン人は、素粒子論のまったく新しい領域を開拓したんです。それによると、反物質を大量に経済的に製造できるんです。それを使えば、物質‐反物質消滅爆弾だとか、超強力放射源とか、反物質誘導ビームだとか、たぶん……なんでもできるんじゃないかしら？　とにかく、そんなものらしいんですよ」

反物質という言葉の出たことが、コールマンにあることを思い出させた。彼はソファに深くすわりなおして、記憶の糸を正確にたどろうとした。キャスの口から出た言葉だったはずだ。あとのものは話をやめて、不審げに彼の顔を見ている。ようやくそれが心の表層に浮かんできた。彼はこくりと首を一方にかしげて、バーナードを見やると、「ケイロン人が〈クワン・イン〉を反物質駆動に改造していたことをご存じですか？」とたずねた。

バーナードが、にわかに顔をこわばらせて、前へ身をのりだした。「いや、知らなかった」と彼。「だが、それをこのためにやっていたのか？　だとすると……」語尾がかすれて消え、彼は黙りこんだ。

ジェイとコールマンも、同時に、同じ明白な結論に到達し、たがいに顔を見あわせた。

「それだ」ジェイがつぶやいた。

バーナードの表情は、うつろに沈んでいた。「反物質駆動エンジンの噴射は、その船が始動するとき狙いをはずしでもしたら、近くにある惑星の大陸をひとつ吹っとばすくらいの力はあるだろう」なかば自分に言いきかせるように、ささやき声で、「そいつがずっとこの軌道上に、われわれの目の前にあったんだ。彼らは、それまで誰も夢にも思わなかったほど巨大な放射装置を手に入れた――あそこに、〈メイフラワー二世〉と一緒に、それが浮かんでいるんだ。子供たちや、おかしなロボットが乗ってるもんだから、まったく気がつかなかった」

各人それぞれこの事実を心に納得させるまで、長い沈黙の時が流れた。つまり〈メイフラワー二世〉は、惑星降下以来、それを一瞬に原子にまで分解してしまえるほどの兵器の射程範囲内でケイロンの周囲の軌道をまわっていたわけである。擬装は完璧だった。なにしろ地球人自身がそれをそこにおいたのだから。これは、人類がこれまでに考えおよんだもっとも致命的な兵器なのだ。ケイロン側が、これまで提示されたあらゆる賭けに応じ、あらゆる虚勢を受け流してこられたのもふしぎではない。彼らは相手にいくらでも賭け金をつりあげさせておいて、コールのかかるのを待てばよかったのだ。彼らは最初の手札をそのまま持ちつづけていただけなのだ。もしかすると、チャンがシャーリイのパーティの席で口にしたスミス・アンド・ウェッソンというのは、あながち単なる冗談ではなく、このことを指していたのではあるまいか？

「レムスにひとつ余分の穴があいていることに気がついたのは、ぼくらだけじゃないと思うけど」ようやくジェイが口を開いた。「だって、こっちにも科学者は大勢いるし、ケイロンの研究記録はいくらでも手に入るんだから。ケイロン人は特に物理学のことを隠してたわけでもないし」

「気づいて当然のところだ」バーナードもうなずいた。「しかし、実際にはどうかな？　もし気づいていたら、スタームもああいう行動には出られなかったと思うがね」

ジェイは肩をすくめた。「あんなことをやって、まだ自分に分があると思ってるわけか。まるで狂人だな」

レチェットも、ようやく事情がのみこめたらしく、顔に憂慮の色を浮かべていた。「おそらくあれは、ケイロン人の警告だったんだ。だが誰も気がつかなかった。彼らは、いよいよ最後の手段に訴えるかもしれないぞと言ってきたんじゃないだろうか」

「いったいなんのことです？」コールマンがたずねた。

レチェットは気づかうようにちらりとセリアの方に目を走らせると、「ハワード・カレンズのことさ」と低い声で言った。「あれが最後の警告だったんじゃないかな？　軍隊の騒ぎようを見てみたまえ——もっとも、その奥の意味は見落としているようだが」ジェイに目を向けると、「やはり、他には誰も気づかなかったのだろう。当然かもしれん」

バーナードが椅子に深く身を沈め、長い大きなため息をついた。そして何か言いだそうとしたとき、ジーヴズが、ケイロンの情報ネットから通信が入っていることを告げた。キャスが、フランクリンの自宅からかけてきたのだった。「ケイシーから聞いたんだけど」通話に出たバーナードに向かって、「彼とアダムのふたりが荷物を受けとって、いま家へ帰る途中ですって。たぶんあなたがたも知りたいだろうと思ったもんだから」

みんなの顔に浮かんだ微笑が、重苦しかった部屋の空気を一気にやわらげた。テーブルでは、ジーンが、はっきりここまで聞こえるほどの安堵の息をついた。バーナードは満面に笑みを浮かべてスクリーンに向かい、「ありがとう」と答えた。「みんな喜んでるよ。またすぐ連絡する」キャスが一瞬にっこりしてスクリーンから消えた。

「ヴェロニカよ、うまく逃げたのよ！」ジーンが大喜びで叫んだ。「スティーヴ、いったいどんなふうに仕組んだの？」

「持つべきものは友だちってことですよ」コールマンは低い声でつぶやいた。

「おめでとう、スティーヴ」バーナードはまだほほえみながら、「その護衛のやつら、今ごろどうしているかな」

「まったくいい気分だね」レチェットがつぶやき、ジェイがにやりとし、メアリーもどうやらいいニュースらしいと知って笑顔を浮かべた。

その中で、セリアだけが奇妙に身動きもせず、手にしたカップをじっと見つめて表情も変えずにすわりつづけている。その思いもよらぬ反応に、他のものたちもすぐに口をつぐみ、不安げな視線が彼女に集まった。やがてジーンがためらいがちにたずねた。「ちっとも嬉しそうじゃないけど、セリア、何かまずいことでも？」

セリアはまるで何も聞いていないようだった。彼女の心は、キャスから通話が入る直前のみんなの会話に、釘づけになっていたらしい。短い沈黙のあと、彼女はまだ顔もあげないまま口を開いた。「あれは、ケイロン人の警告なんかじゃないんです」

一同は、とまどった顔を見あわせた。ジーンが首をふり、ふたたびセリアの方を見やった。

「ごめんなさい。なんのことかよくわからないんですけど。どうして――」

「ハワードを殺したのはケイロン人じゃないの」とセリア。「わたしなんです」

部屋の周囲に鋼鉄の扉がいっせいに落下したかのような、轟然《ごうぜん》たる静寂が室内を蔽った。

セリアのひとことは、一同の頭の中から、〈クヮン・イン〉のことも、兵器のことも、反物質のことも、瞬時に吹きとばしてしまった。信じられぬ思いのみんなの注視を浴びながら、彼女はただじっと前方に目をすえている。いくらか躊躇しながらも、全員がそれに続いた。そして、テーブルに歩みよった。レチェットが椅子から立ちあがると、ゆっくりとトが何か言いだそうとしたとき、セリアは、あたかも手にしているカップに話しかけるかのように、目も動かさず、抑揚を欠いたひどくよそよそしい口調で語りだした。「現実に対して心を閉ざしている人と一緒に生活していくことなんて、わたしにはできなかったんです。それがどんなものかは、誰にもわからないでしょう。あの人は、自分の幻想の世界をつくりあげ、それをわたしと分かちあい、それを支える手助けをわたしに求めたんです。そんなこと、できるわけがありません」言葉を切り、ごくりとひと口コーヒーを飲むと、「それでスタームと……あんなことになって……ハワードがそれを知って……」セリアはその回想を記憶から締め出そうとするかのように、ぎゅっと目を閉じた。「彼はすっかり自制をなくして……喧嘩になって、それで……」あとの言葉はもう口から出てこなかった。ややあって開いた彼女の目が、ふたたびうつろに宙を見つめた。「わたし、本当はそのことを彼に知られたかったみたい――そして怒らせたかったの。だって、あれだけ長いあいだ暮らしてきたあとでは、あんなふうになった彼をあっさり捨てて別れるなどできっこないってことが、たぶんわたしも心のどこか奥の方でわかっていたんでしょう。ほかにどうすればよかったのかしら」突然、その目にどっと涙があふれ、彼女はハンケチを顔に押しあてた。

ジーンはくちびるをかみ、つかのま躊躇したあと、片手をなぐさめるようにセリアの肩においた。「そんなふうに考えちゃいけませんわ」励ますように、「あらゆる罪をひとりでかぶろうとなさるのは――」

ふいにセリアは顔をあげ、レチェットを見つめた。「でも、わたしは二発しか射たなかった。兵隊が見つけたときは、六発射ちこまれていたっていうけど。それに、わたしが出ていくまで、家には誰も押し入ってなんかいなかったわ。どういうことでしょう？」

レチェットはじっと彼女に目を向けていたが、その言葉の意味するものにはまだ気づいていないようだ。そのかたわらで、コールマンが、あごをぐっと引き締めた。歯がみをしながら、「誰かがケイロン人のしわざに見せかけたんだな」

バーナードがぽかんと口をあけた。「スタームか？」大きくあえぎ、セリアを見おろしながら、「彼に話したんだね？」

セリアはうなずいた。「あの夕方、船へあがっていってすぐに。取り乱して、ヒステリックになってたんだと思います。でも……ええ、彼には話しました」

レチェットがゆっくりとうなずいた。「そこで彼は、数時間のうちに誰かに命じて、外からの襲撃のように見せかけ、翌朝までに、ケイロン人の脅威を口実とする乗っ取りの案をまとめたわけだ。それでぴったりつじつまが合う。しかし、実際に手をくだしたのは誰だろう？」

「SDどもだ」間髪をいれずコールマンが言った。「あれはプロの仕事でしたよ」

「彼らがそんな仕事を引きうけるかしら？」疑わしげな口調でジーンがたずねた。

コールマンはうなずいた。「もちろん。理屈ぬきで命令に従うよう選抜され訓練されたやつらです。ちゃんとした筋から命令されれば、自分の母親だって射ち殺しかねないやつもいる。それにストームベルも一役買っている。ぴったりですよ」さらにちょっと考えてから、レチェットとバーナードに向かい、「実はパダウスキーの脱走についても、疑わしい点がいっぱいあるんです。内部からの協力がないかぎり、あんなふうにことが運ぶはずがない。われわれの多くは、あれはケイロン人を復讐へ誘いこむための餌として仕組まれたものなんじゃないかと考えています」

レチェットの眉があがり、ついでその眉根のしわはいっそう深くなった。「そのあとは、例の爆弾事件か……」セリアを見おろしながら、「あの背後にいたのもスタームでしょうかな？」

「わかりませんけど、そうだとしても意外じゃありませんわ」とセリアは答えた。「わたしが知っているのは、ハワードのことの真相だけなんですけど……でも……」

「ハワードの件は、ほかに誰か知っていますか？」コールマンがたずねた。「例えば、ヴェロニカは？」

セリアは首をふった。「ここで話すまで、ほかには誰も」

コールマンは長い吐息をついた。いまや彼にも、セリアがなぜ怯えていたか、またなぜスタームが常時彼女を監視させていたかがはっきりと理解できた。おそらく彼は、もっとさし迫った状況をつくりだすためのこうした機会がころがりこんでくることを、期待して待ちうけていたのにちがいない。

「ヴェロニカも、できることは何もなかったでしょう」とセリアは続けた。「わたしは、心の重荷をおろすために贖罪の旅に出てきたわけじゃありません。それよりもっとずっと大事なことを伝えるために来たんです。いま船の実権を握っているのは、このうえなく危険な心の持ち主です――異様に頭が切れて、その才能を完全に使いこなせて、しかも完全に狂っているんです。スタームは自分を絶対に無謬かつ無敵だと信じていて、だから何があっても翻意しようとはしません。軍の残りを味方につけたのも、自分の嘘を信じこませることができたからです。そして、その嘘を暴露できるのは、わたしだけなんです。検屍でもあばくわけにはいかない――死体はもう火葬にされてしまいました」ついさっきコールマンが気づいた事実に接して茫然としている一同の顔を、セリアはひとりずつ目を移しながら、ぐるりと見まわした。

「ええ、わたしの身が危険なこともわかってましたけど、それはどうでもいいんです」とセリアは言った。「わたしなら、まだ彼の嘘をあばくことができます。いま言ったこと、わたしの知っていることのすべてを、わたしは喜んで発表するつもりです――一般大衆にも、軍隊にも、ケイロン人にも――彼を止めることのできる人なら誰にでも。スタームみたいな人間に簡単に牛耳られてしまうようなこの組織が、わたしの夫を狂気に追いこみ、犠牲にしたんです。もうこれ以上犠牲者を出すわけにはいきません。だからわたしは、なんとしてでも逃げだしてこなければならなかったんです」

33

コールマンは真夜中の少し前に、バーナード、レチェット、およびセリアとともにファロウズ家を出た。フェニックスには思ったより多くの人がいて、一行はそれほど警戒する必要もなく、シロッコの指定した場所に到着した。

着くとすぐに彼らはマドックから、わざわざシロッコと打ちあわせをする必要などほとんどなかったことを知らされた。SD兵の大部分はシャトル基地や兵舎やその他重要拠点の防備に呼び戻され、あとに残されて周辺地区に分散した正規軍だけでは、市民の脱出の歯止めにもならず、フェニックスを囲む境界の警備は崩壊状態なのだった。A中隊の中のある一個小隊などは、将校たちがなすすべもなく見守る目の前で隊列を組んだままどこかへいってしまい、わずかな居残り組は地表にとどまっているB中隊の残りと合流してようやく担当の区域を固めていた。SD兵もかなりの数が姿を消している。D中隊がまだおおむね健在なのは、二週間ほど前シロッコが隊員たちに現状を訴えたあと、彼に結びついた個人的な誠意のたまものであった。ケイロンの飛行機がフェニックスの領内に着陸するのを阻止するものは事実上皆無なのだが、ケイロン側は領空侵犯を控え、地球の法規が自壊するにまかせる意向のようだった。マドックは、境界のすぐ外側の建設工事現場を囲んでいる木立ちを指さした。その背後には明かりが見え、ケイロンの飛行機が数機、そこで離着陸を繰り返していた。「それほど歩く必要もありません」と彼は言った。「キャスに電話して、車をよこしてもらいましょう。彼女の番号は？」

境界線のところで一行をひろってくれたアダムとその〝妻〟バーバラと一緒に、フランクリンにあるキャスのアパートに到着してみると、そこには、キャスやケイシーとともにヴェロニカも待っていた。コールマンはすでにみんなを知っていたので、彼とキャスがバーナードとレチェットを初対面の人々に紹介し、いっぽうヴェロニカとセリアは抱きあって再会を喜び、セリアの目には、もう一度涙があふれた。

やがてバーナードとレチェットがケイロン人たちに、〈クワン・イン〉の正体とその兵器としての威力を自分たちも知ったことを話すと、室内の空気は一転して緊張に包まれた。

「地球からやってくる船が重武装していて、最初から公然たる敵対政策をとるかもしれないと仮定せざるをえなかった事情は、わたしにもよくわかります」レチェットが室内を歩きまわりながら言った。「しかし、そうはならなかったわけだし、また船には現在、無辜の人々が大勢残っています。いま支配権を手にしているひと握りの人間はその代表ではなく、また、彼らに対する支持も遠からず消滅するものと思われます。この現状を、どなたかは知らないがあのあなたがたの兵器の引き金を握っている人に、なんとしてでも知ってほしい。避けうるはずの悲劇をいま引き起こしていいという理由はありません」

バーナードと並んですわっている椅子から、コールマンは、部屋の中央近くに立っているキャスに目を向けた。「あなたも、間接にせよ、その問題とかかわりあっているはずだ」と彼。「あなた自身その一員でなくても、少なくとも知りあいのはずだ」

「彼らにどうせよというのですか？」キャスの答えは、コールマンの推測のどちらかが――どっちかはまったくわからないが――正しかったことを裏づけるものだった。彼女の態度は、まるでこのことを予期していたかのように、静かで落ちつきはらっていたが、今の彼女の表情には、コールマンにこれまで一度も見せたことのない強固な意志が現われていた。その口ぶりは、いま論じられている問題が、私的な感情や個人的な配慮の範囲を超えたものであることを、はっきりと表に出していた。

「ひと握りの人間かもしれない」部屋の向こうの隅から、アダムがつけ加えた。「しかし、その連中が船の強力な兵器を手中におさめているんですよ。われわれは彼らにあらゆる翻意の機会を与えてきたし、人間として、できるかぎり多くの人がその支配下から抜けだせるように手を尽くしてきたつもりです。しかし、危機に瀕しているのは、われわれの世界全体なんです。もしいま彼らがその兵器を持ちだして威嚇行動に出るようなことがあれば、船は破壊されるでしょう。この決定はもう変えられません。ずっと前から決められていたことなんです」

ケイシーとバーバラは、一見つつましく控えてはいるものの、やはり同じような考えであることを隠そうとはしなかった。コールマンは、自分がはじめて素顔のケイロン人と向かいあっていることをさとった。本心からのものだったはずの暖かさ、陽気さ、忍耐強さがどこかに影をひそめてみると、その奥には、何者の懇願もとどかぬもっとはるかに貴重な価値を持ったものが横たわっていたのだ。その部分にかぎり、譲歩の余地はないのだった。

「そのとおりです」バーナードはいちおう同意した。「しかし、もしスタームが相手になんの防備もないと考えたら、自分の兵器で恐喝しようとする危険は大きくなるでしょう。もし彼が相手の備えを知れば——詳しく話してやる必要はありません——それだけであきらめてくれるかもしれない。われわれがお願いしているのはそれだけです。船にいる多くの人々のために、なんとかはっきりと、疑いを許さないような形で、警告してやってほしいのです」

「ジェイはたいした苦労もせずに、真相に気づきましたわね」キャスが指摘した。「わたしたちも隠そうとはしていなかったから。船にいる科学者たちだってそれに気づいていて当然なんじゃないかしら？」

「その点はわかりません」バーナードはそう答えるしかなかった。「もし気づいていたのだったら、発表しなかったことになる。しかしそんなことがありうるでしょうか？　もし知っていたら、スタームは今のような行動をとったでしょうか？　それにあなたがたとしては、知らせてやったところでなんの損にもならない。やってみる価値はあるはずです」

キャスは他のケイロン人たちを見まわし、しばしその提案を吟味している様子だったが、コールマンは彼女がすでにこのような事態を予期して——もしかするとレチェットとバーナードから相談があるという話を受けとったときからずっと――心構えをしていたのではないかという気がした。やがて彼女は、携帯コムパッドのおかれたサイドテーブルの方へいき、ふたたびバーナードを振り返ると、「これはわたしに決められることじゃありません」と言った。「でも、この件の関係者が、あなたがたと話しあうために待機していますから」バーナードとレチェットは、けげんな面持ちで顔を見あわせた。キャスはちょっとためらってから、レチェットの方に向かって、「わたしたち、大変申しわけないことをしていたんです。こうなる場合をまったく予想していなかったわけでもないので、あなたがたの話したい相手の人たちは、さっきからこの話を傍受していたんです。あんまり怒らないでくださいね」

彼女がコムパッドに番号を打ちこむと、ただちに部屋の一方の壁が大きなスクリーンになり、六人の人間の半身像が現われた。会議用に仕切られた四つの枠のうち、ふたつにはふたりずつ、あとのふたつにはひとりずつ映っているところを見ると、それぞれが別の場所からきているらしい。キャスは、バーナードの顔をよぎった懸念の色を見てとり、「大丈夫です」と言った。「このチャンネルは絶対に安全ですから」

映像のうちのひとり、あご髭のある黒い髪の男がレオンであることに、コールマンは気づいた。同じ枠の中でその隣にすわっている褐色の肌の女は、画面の下の方に〝セルマ〟という名前だけが記されていた。とすると、六人のうちの少なくとも何人かは、セレーネ北部の北極科学研究所にいるわけだと、コールマンは思った。もうひとつの枠内にいるふたり組は、東洋的な顔立ちのオットーと、黒人のチェスター。あとふたつの枠にひとりずつおさまっているのは、やはり東洋系のグレイシーと、大きな口髭を生やし、もみあげを長く伸ばした金髪の白人スミシイ。いずれも年齢から見て創始者《ファウンダー》であろう。キャスがその人々を順次、肩書きにも職掌にも所在にも触れずに紹介し、地球人側もあえてその点を質問しようとはしなかった。

オットーが代表格らしく最初に口を切ったが、彼はまず地球人たちを安心させたがっているようだった。「警告ぬきで船を破壊するのは、向こうが警告ぬきで戦略兵器の射出と展開にとりかかった場合だけです」と、彼は話しはじめた。「正確にいつという判断をくだすのはむずかしいが、たぶんスタームは、直接行動に移る前に最後通牒をつきつけてくる可能性が、いちばん大きいんじゃないでしょうか。結局、彼にしても、手に入れたい資源を破壊してしまっては、なんの益もないわけですから。われわれとしてはいちおう、その最後通牒への返事として警告をとっておくつもりです。それまでには彼の支持者も減り、うまくいけば、彼もその影響で、理性的に考えるようになるかもしれません」

「しかし、もし彼が最後通牒を出す前に、兵器を軌道上に展開しはじめたら？」バーナードがたずねた。

レオンがスクリーンの枠の中で重々しくうなずいて、同意を示した。「その危険はあります。オットーの言うとおり、正確な時期を見さだめるのはむずかしい。しかしわれわれは、いま申しあげた方針が、大多数の人々がこうむる危険を最小限に押さえるものだと考えています。危険を完全にゼロにすることはできません」彼は長く重苦しい息をついてから、バーナードの問いに答えた。「決定を変えるわけにはいかないようです」

レオンが話しているあいだ、コールマンは、キャスの表情に何か現われはしないかと興味を持って見つめていたが、彼女は眉ひとつ動かさなかった。

ヴェロニカやケイシーと同じソファにいたセリアが、このとき、そこにすわってからはじめて口を開いた。今まで彼女は、バーナードとレチェットの訪問の意味がよくつかめていなかったのである。「どうやるにしても、警告なんて無意味ですわ」と彼女は言った。「今したって、あとでしたって、実際にはなんの違いもありません。彼は無視するでしょう。彼はそういう人間なんです。軍の中枢にがっちり囲まれて、自信をつけて——もう自分は無敵だと思っているんです」

バーナードが、スクリーンの人々に向かって説明した。「彼らがそこまで結束を固めたのは」——ぎごちなくセリアの方を見て——「それは、ハワード・カレンズの身に起こったことのせいなのです。スタームはそれを利用したのです」

「あれは不幸な事故でしたが、われわれにはどうしようもなかった」レオンが答えた。「われわれがやったのではないことを信じてください」バーナードはうなずいた。

長い沈黙のあと、オットーが目をあげて言った。「もう話すことはないようですね」

言うべき言葉はなさそうだった。スクリーンのケイロン人たちがきびしい不屈の表情を見せている前で、地球人たちはあきらめの視線を交わしあった。いま警告して、もしスタームがそれを無視したら、まだかなりの人数を乗せている船に対して武器を用いなければならなくなるかもしれない。しかし、向こうが挑戦してくるのを待つとしたら、警告ぬきで報復するのは、スタームが最後通牒をつきつける前に兵器を動かしはじめた場合だけだ。この基本線は変わらないが、その範囲内でなら、明らかにケイロン側もこちらの提案や説得を受けいれてくれようとしているようだ。

耳を傾けながら真剣に何か考えていたレチェットが、このとき、室内の人々とスクリーンとの両方に向かって話のできる場所へ位置を変え、「ほかにもまだ、何かできることがあるはずです」と話しはじめた。全員が彼に目を向け、つぎの言葉を待った。彼はちょっと両手をあげると、「スタームを永らえさせているのは、ひとえにハワード・カレンズの死のおかげなのではないでしょうか。高い地位にある人々、とくに軍の上層部の中には、あれがケイロン人のしわざだと信じ、つぎは自分の番だと思っている人がかなりいるはずです。それで、相互依存のためスタームのまわりに集まっているのです。しかし、もうひとつ思いもかけぬ事情が、その最後の支えを取りはらう機会を、われわれに与えてくれました」

「どういう事情ですか？」レオンと並んでいるセルマがたずねた。

レチェットは躊躇し、不安げにセリアの方を見た。彼女は、見えるか見えないかのうなずきを返した。レチェットは、ふたたびスクリーンへ向きなおった。「われわれは、ケイロン人が無実だということだけでなく、スターム自身が、人々の判断を誤らせるための証拠を捏造したのだということをも、あわせて証明できるのだと申しあげたい」と彼。

「それによって、あの爆弾事件やパダウスキーの脱走にも彼が関与していた可能性が出てきます」とバーナードが口をそえた。

ケイロン人たちは、にわかに興味をそそられたようだ。「そういうことじゃないかと思っていたよ」ヴェロニカの隣のケイシーが身をのりだした。「しかし、どうやってそれを証明できるんです？」

ぎごちない沈黙が室内を蔽った。やがて、セリアが口を開いた。「彼を殺したのが、わたしだからです。あとの現場の状況は、わたしが家を出たあとで工作されたものです。そして、彼の死を知っていたのはスタームだけでした」

驚きのつぶやきがスクリーンから流れた。居間では、ケイロン人たちが、驚愕の目でセリアを見つめた。セリアは、ショックで信じられないといったヴェロニカの視線を受けとめ、しっかりと見かえした。ヴェロニカは口をきっと結ぶと、これで何も変わるわけではないと言うようにうなずいてみせた。それから手を伸ばすと、セリアの手を握りしめた。

レチェットは、二度目の試練に耐えるセリアの姿を見ているにしのびず、両手をあげて、みんなの注意を自分の方へ呼びもどした。「ところで、これが何を意味するか、おわかりですか？」と彼。室内と、スクリーンからの声が、一瞬に静まった。「もしこの情報が公けになったら、残ったスタームの支持者たちを——これに加担していたごく少数のものは別として——離反させる引き金にはそれで充分でしょう。そうなれば、むろん彼も、万事終わりと観念するはずです。彼はたったひと筋の嘘にすがっているのであって、われわれはその糸を断ち切る真実の証拠を握っているのです。最終的な思いきった手段に訴える前に、試してみるかどうかは、こっちの自由です。でも考えてみると、これはケイロン式の戦略にも合ったやりかたなのではないでしょうか？」

キャスが気づかわしげにセリアへ目を移した。その無言の質問に、セリアはうなずきかえした。「ええ、わたしはそうしたいんです」と彼女。キャスはうなずき、それで納得したらしく、何も言わなかった。

「それで実際には何をすればいいわけですか？」オットーがスクリーンからたずねた。

レチェットは両腕をひろげてみせ、また居間の中を歩きだした。「今の話を発表するためならなんでも……事実をフェニックスに放送し、通信ビームで〈メイフラワー二世〉にも伝えるとか。少なくとも一部の人は聞くでしょう……それは口コミですぐにひろまるでしょう……よくはわからないが……とにかくこの話を大勢の人に、なるべく短時間で、最大の効果をあげるように伝えたいのです」

ケイロン人たちがこの提案を考慮しているあいだ、しばしの静寂が続いた。彼らの表情は、害にはならないがたぶんあまり効果はないだろうと考えているようだった。「それで軍隊が一度に背を向けるでしょうか？」ついにキャスが、疑わしげにたずねた。「パダウスキーと爆弾事件については、なんの証拠もありません。ハワード・カレンズに関するお話は、ある程度の論議を呼ぶでしょうが、それだけで、スタームがいかに狂っているかをみんなに納得させられるでしょうか？　もし今ここで、ぜんぶを一度に証明できればいいのですが——」

「それに、外から流されたわずかなニュースでは、たいした効果は期待できませんよ」と、アダムが指摘した。「噂はもういやになるほど出まわってますからね。くすぶって消えてしまうだけじゃないかな」

「いい案ではある」バーナードがレチェットを振り返った。「しかし、そのためには、キャスの言ったその――衝撃力が必要だ」

「わかっている、わかっているよ」とレチェット。「しかし、証拠はどうしたってそれしかないのだし、やれることもそれだけだ。しかし、やったところで、事態が悪くなるわけじゃない。やってみたらどうかね？」

誰もそれに答えないうちに、コールマンが言った。「もっとうまくやる手がある」全員の目が彼の方を向いた。彼はすばやく周囲を見まわし、「あらゆる人に、同時に――大衆にも軍にも――一度に話を伝える方法があるんです」もう一度、一同を見わたす。みんなは黙って待ちうけた。「船の中の、通信センターを通じて流すんですよ」と彼。「地球側の情報網《ネット》は、軍用ネットや緊急バンドも含めて、全チャンネル、全周波数帯があそこに集中している。そこからなら、その全部を使って放送できます。これ以上に衝撃力を与える方法はありません」彼は椅子に深く背をもたせ、みんなの顔を見ながら反応を待った。

バーナードはうなずいているが、それも但し書きつきといったところらしい。「たしかにそうだ」といちおう同意しながら、「しかし、そいつは地表じゃなく船の中にあるんだぞ。また防備も厳重だろう。悪循環だよ――軍をまわれ右させるにはそこへ入らなきゃならんが、そこへ入るまでは外で軍に阻止される。この環をどうやってぶちこわすんだ？」

「それに、聞いたところでは、命令系統もめちゃめちゃになってるそうじゃないですか」アダムが口をはさんだ。「今、そんな突破作戦を実行に移すことができるんですか？」

コールマンは、その種の質問を待ちうけていたように答えた。「軍の中に、それのできる部隊がひとつだけあるんです。おまけに、上から何も命令が来ない方が、いちばんよく動けるのがね」

「それはどういう部隊ですか？」スクリーンの中からレオンが、疑わしそうに、しかし興味を惹かれた様子でたずねた。

コールマンは、あいまいに笑って、両手をさしのべながら答えた。「ヴェロニカとセリアを連れだしたのと同じ部隊ですよ」

レチェットの目に希望の光が宿った。「本当にそれだけの力があると思うのかね？」

「誰かにできることなら、あの人たちにできないはずはないわ」部屋の反対の隅からヴェロニカが言った。「誰も知らないうちに、フォート・ノックスをからっぽにすることだってできるかもしれない」

「そのとおりね」セリアもあっさり認めた。

全員がふたたびコールマンの方へ、今度は新たな興味を抱いて顔を向けた。部屋の雰囲気ががらりと変わり、それが伝染したかのように、スクリーンの中の人々も身をのりだして聞き入っている。今までのところこれはまだ思いつきの域を出ていないのだが、すでに全員の心をとらえはじめていた。

バーナードはくちびるをゆっくりとこすりながら考えこんでいたが、レチェットと目が合うとその表情が曇った。「この件は、あそこから生放送で流す必要がありますね」ゆっくりした口調で、「猛烈な妨害があるでしょうから、遠くから中継などというややこしい手段は望めませんよ」つまり放送はその現場から行なわなくてはならず、それにはレチェット自身がそこへいかなければならないということである。しかしそれ以上にバーナードが問題にしているのは、セリアも同行しなければならないという点だった——レチェットも察知している。彼女の話は、別の人間の口から語られても無意味なのだ。

レチェットはちょっと口をすぼめて無愛想にうなずき、「やってみよう」と簡単に答えた。つかのま視線を宙にさまよわせ、それからセリアの方へ向けた。他のものも同じことを考え、セリアに何を要求しようとしているのかを知って、その視線を追った。コールマンは、レチェットを見かえす彼女の目に苦悶の色を読みとった。ようやくここまできたというのに、彼女はまたこれから、安全なフランクリンを出てフェニックスへ、そこからシャトル基地へ、そしてはるばる〈メイフラワー二世〉へと戻っていかなければならないことになる。ほかに道はないのだ。

だがセリアはすでに心の準備を整えていた。彼女は、黙ってうなずいた。誰も、何も言わない。室内は水を打ったように静まりかえった。

ついにキャスが、重苦しい空気をやわらげようとするかのように周囲を見まわし、「どうやって部隊を船に乗せるの?」とコールマンにたずねた。

「その方法はシロッコ大尉に一任するつもりさ」と彼は答えた。「基地内のもようは彼のところにすっかり伝わっている。今夜あそこへいった隊がもう戻っているころだ」

「その人が協力してくれることはたしかなのですか?」バーバラがたずねた。

「そもそも彼は全中隊を、こういう事態に備えるために待機させていたんですよ」コールマンは答えた。「今も、知らせを待っています。わたしがここまでついてきたのは、そのためなんです」

セリアが、少し前から、何か考えこんでいた。ちょっと話の途切れるのを待って、彼女は話しはじめた。「どうせ船まで行くんだったら、今まで話してたことより、もっとずっと大きな効果をあげる方法があるかもしれない」そこで言葉を切ったが、誰も口をはさもうとはしなかった。「わたし、拘束された人たちが収容されている場所を知ってるんです。コロンビア区です――通信センターからあまり遠くないところなんです。もしなんとかしてボルフタイン将軍を連れだして計画に参加させることができたら、軍隊への働きかけがずっと楽になるんじゃないかしら」それから、急に思いついたようにつけ加えた。「それに、もしボルフタインだけじゃなく、ウェルズリー氏も救い出せたら、わたしたちには無理な証明も何かできるかもしれません」目をあげて室内を見わたし、最後にその視線をコールマンに向けた。

「でも、本当にそんなことができるかどうかはわからないけど」

「あんたはどう思う?」短い沈黙のあと、バーナードがコールマンにたずねた。「できるだろうか?」

「わかりませんね。状況しだいでしょうな、たぶん。それもやっぱり、シロッコの判断にまかせる方がいい」

全員がもの問いたげに顔を見あわせていたが、どうやらこれ以上つけ加えることはもうなさそうだった。ついにコールマンが椅子から立ちあがった。「それじゃ、行動を起こすのが早ければ早いほど、あらゆる角度から試してみるチャンスも多いでしょうから」他の人々も、ひとり、またふたりと、すわっていた場所から立ちはじめた。コールマン、レチェット、バーナード、そしてセリアは、いとまを告げるためにドアの近くへ集まり、他の人々も見送りに集まって来、ヴェロニカはセリアとしっかり腕を組んだ。

「ひとつだけ、公正を期するために、もう一度繰り返しておきたいことがあります」スクリーンの中からオットーが言いだし、一同は振り返った。「われわれの基本的な決定は、どうしても変えられないということです。もしスタームが威嚇行為に出たら、こちらもそれに応じた行動をとらざるをえないでしょう。あなたがたがそのとき船に乗っていようといまいと、それに変更はないことを承知しておいてください」

レチェットはうなずき、「よくわかっています」と厳しい口調で答えた。

人々が廊下へ出たところで、キャスはスクリーンの前へとってかえし、コムパッドのスイッチに触れた。三つの枠が空白になり、残ったレオンの枠が画面いっぱいにひろがると同時に、セルマが画面から立ち去って彼ひとりが残った。「〈クヮン・イン〉に乗っている人たちの退避をはじめた方がいいわ」キャスが言った。「もうすぐあのあたりも危険になりそうな様子だから」

「ぼくもそうしようと思っていたところだ」とレオンが答えた。むずかしい討議を終えて、ふたりだけで話している今、彼の表情は前よりずっとなごやかになっている。「きみはちっとも変わらないな。子供たちも元気かい？」

「いつもと変わらず元気よ」キャスは笑顔で答えた。「それで、あなたの子供たちは、ラーチ？」

レオンもほほえんだ。「やんちゃ盛りでね、面白いよ」ちょっと言葉を切り、「いい男のようだね。きみにはずっと幸福でいてほしい。彼らが無事に戻ってくることを祈るよ。実に勇敢な人たちだ。尊敬に値する」

「わたしもそう祈ってるわ」感情をこめて、キャスは言った。「もう見送りに出ないと。じゃ、お元気でね、レオン」

「きみもね」スクリーンの映像が消えた。

キャスが廊下に出ると、立ち去る人々がドアから外へ出ていくところだった。別れのあいさつや「幸運を」の言葉が交わされるあいだ、彼女はコールマンのそばへ寄ると、しばしその腕に固くすがりついた。「帰ってきてね」と彼女はささやいた。

彼は安心させるようにその手を握りかえした。「請けあうよ」

「そんなふうにわたしも自信たっぷりでいたいんだけど。でも、危険そうね」

「軍はじまって以来最高の部隊だから、危険なことはないさ」と彼。

「まあ、それ本当？　知らなかったわ。あなた、そんな特別な部隊にいるなんて、ちっとも話してくれなかったじゃないの」

「秘密だったんでね」コールマンはささやいた。それから、もう一度彼女の腕をしっかりと握りしめたあと、背を向けて、他の人々のあとを追っていった。

34

外では空が白みはじめるころ、オーマー・ブラッドリー区の食堂の片隅では、携帯用通信パネルの前にすわりこんだスタニスラウが、スクリーンに現われる文字や記号をむずかしい顔で睨みながら、間歇的に指を動かして命令コードを打ちこんでいた。シロッコが、いつも出動前の質疑《ブリーフィング》に使っている演壇の下からそれを見守り、いっぽう防弾チョッキに作業ズボン姿のD中隊残留人員は、演壇の方へ向かって雑然と並んだ椅子に腰かけて、思い思いに仲間同士話しあったり、あるいはただじっと結果を待ちうけている。この建物に通じるドアや通路にはすべて見張りが立っており、邪魔の入る恐れはない。

シロッコが、中隊を船に乗せて通信センターへ送りこむ計画を立てたのだが、その成否はひとえにスタニスラウが、軍の業務コンピュータに入っている行動予定の中から当日分の配備指令を抽きだして、それに手を加えることができるかどうかにかかっていた。もしこれがうまくいかないと作戦全体が成り立たなくなるというので、レチェットは事前のテストを求め、今もセリアやコールマンとともに、近くに立って見守っている。その点が解決するまでは、シロッコの指令も無期延期といったところだ。

バーナードが興味津々たる面持ちで、スタニスラウの肩ごしに見つめている。バーバラに送ってもらって他の人々と一緒にフェニックスに入った彼は、いったん家に立ちよってジーンにことの成りゆきを話したあと、兵舎を訪れ、コールマンの手引きでこの場にたどり着いたのである。これもまた、渡りに舟の成りゆきだった。シロッコが最終的に練りあげた作戦計画には、〈メイフラワー二世〉の電気系統に詳しい人間が必要で、いちおうコールマンが当たって砕けるのを覚悟でそれを担当することになっていたが、バーナードの方が適任であることはいうまでもない。そういうわけでバーナードも〈メイフラワー二世〉へいくことになったのだ。ジーンにはあとで説明すればいい、と彼は心をきめた。

ボルフタインとウェルズリーを仲間に入れるというセリアの提案には捨てがたい魅力があったが、なにしろ彼らが収容されている部屋へ通じる煌々と明かりのついた広い廊下には、武装したSD兵が二名、常に目を光らせていて、警報を鳴らされずにそこへ近づくことなどとてもできない状態であるため、救出計画を立てるにはもっとこまかい状況分析が必要である。したがって、シロッコも、その件に関しては当面のところ保留という態度をとっていた。

ハンロンが雑談の仲間から離れ、コールマンやセリアやレチェットのいるところへふらりとやってきた。コールマンたちが帰ってきてからというもの、みんな今まで言葉を交わす暇もないほどの忙しさだったのだ。「やあ、スティーヴ、おまえの側の首尾は、どうやらもう聞くまでもないようだが、ヴェロニカの方は、あれだけであとは安全だと思っていいんだろうな」

コールマンはうなずいた。「彼女の友だちが迎えにきて、今はフランクリンにいる。万事うまくいったよ」それからセリアに向かい、「こいつがブレット。ヴェロニカを基地から連れだしてくれた男です」

セリアはなんとか微笑を浮かべてみせた。シロッコは、ハワード・カレンズ事件における彼女の役割を兵士たちに話す必要はないと考え、この作戦の目的は、スタームを葬り去るに足る新事実を放送することにあるとだけ伝えていたのである。「なんとお礼を申しあげていいのかわかりませんわ」と彼女はハンロンに言った。「あなたがたおふたりには、いくら感謝しても足りないくらいです。本当に、これまで思いもおよばなかった人たちの住む新しい世界が、やっと見えはじめてきたような気がします」

「ああ、いや、まだぜんぶ終わったわけじゃありませんよ」とハンロン。その彼の目が、何かほかのことを思い出したように、一瞬きらりと光った。「そうだ、ついでながら、もうひとつおまえに話してやりたいことがあるんだ」コールマンに向かって、「あのシャトル基地で、おれたち、脱走兵をつかまえたんだよ――真夜中少し前、交替直前だったが」

「へえ？　どんなやつを？」コールマンは聞きかえした。

「SD兵が三人と、小太りの中年の女看守さ。柵を乗りこえて逃げようとしたんだが、女がてっぺんでひっかかって、ぎゃあぎゃあ騒いだんでね。おい、それでやつら、いったいどうして逃げる気になったんだと思う？」

「見当もつかんね」コールマンは、にやりと笑って答えた。セリアさえも、下くちびるをかんで笑いをこらえていた。「それで、どうした？　船へ送りかえしたのか？」

ハンロンは首をふって、「いや、どうしてそんなむごいことができる？　女を柵からはずして、四人ともそのまま放してやったよ。たぶんもう今ごろは、フランクリンに入って、今度は街から出る手っとりばやい道を探してるだろうね」

そのときスタニスラウが、勝ち誇った声をあげ、そのすぐうしろにいたバーナードが背を伸ばしてコールマンを振り返ると、「やったぞ！」と叫んだ。一同は自分の目でたしかめようとつめかけ、シロッコも演壇の方から歩いてきた。あとのものもそっちを注目し、食堂の中は一瞬に静まりかえった。スタニスラウの前のスクリーンには、当日の歩兵旅団全部隊の配備一覧表が映しだされていた。

「それはただのコピー・ファイルか、それともスケジュールの原簿が出たのかね？」レチェットがたずねた。

「原簿ですよ」とバーナード。「いつでも書き換えられます。彼がいまたしかめたところです」

「これがお目あてのやつだと思いますがね、中隊長」スタニスラウは、シロッコにそう言いながら、項目のひとつを指さした。シロッコは身をかがめてスクリーンをのぞきこんだ。

この日、大きな移動計画が予定されていることは、すでにわかっていた。その大部分は、シャトル基地内の兵力を増強するため、〈メイフラワー二世〉から砲兵や機甲部隊やその他の装備を輸送するもので、スタームが基地全体を掌握したがった理由は疑いもなくここにあった。どうやら彼は、船から軌道に射出する兵器の援護のもとに、力づくでフランクリンへ進攻するつもりらしい。すでに〈メイフラワー二世〉でのクーデターが完了し、船の治安が確保された今、そこにいたSD部隊は地表作戦の要塞基地となる予定の場所へ送りこまれ、代わって正規軍の一部がそのあとを引きつぐため船へ戻されることになっている。今、スタニスラウが見つけたのは、C中隊に対する、〈メイフラワー二世〉へ移動のため本日一八〇〇にシャトルに乗船せよという命令で、たしかにこれこそシロッコが求めていたものであった。シロッコは、山のような仕事の待っている多忙な一日を前にして、今になっての命令変更に誰も疑問をはさんでいる暇はあるまいという予想に賭けたのである。

「書きなおして見せてくれ」とレチェット。

スタニスラウが何か指令を打ちこむと、即座に、C中隊に関する項目のすべてがD中隊宛てに変わった。コンピュータにそう出ているからには、D中隊は今夕、船へ移動することになり、C中隊は今夜は心おきなくぐっすり眠ればいいわけである。が、スタニスラウは、それをすぐもとの形に戻した。最終的な書き換えは、もう少しあとでやる方が、よけいな質問をするよけいな人間が少なくてすむだろう。

レチェットは満足げにうなずいた。「これで船に乗れるな」と彼。「で、通信センターに入る方法は？」

スタニスラウがさらに指令を打ちこむと、また別の一覧表がスクリーンに現われた。「今夜のコロンビア区内の、SD歩哨隊の配備と時間割です」とスタニスラウ。これには最後の瞬間まで手をつけるのをさし控えなければならない。

「これでご満足ですな？」シロッコが眉をぴくりとあげてレチェットを見た。

レチェットはうなずき、「驚くべきことだ」とつぶやいた。

「よくやったぞ、スタニスラウ」とシロッコが、「あとの本番のときも、同じようにうまくいくよう願いたいね」

「まかしといてくださいよ」とスタニスラウ。

シロッコは演壇に戻り、さっき使っていた見取り図の前に立つと、数秒間、みんなの注目が集まるのを待ち、「さて諸君、まことに喜ばしいことに、わが隊にいる窃盗と偽造とコード破りの名人が、ふたたびその妙技を披露してくれた」と発表した。「これで、さきほど討議した第一段階と第四段階は実行可能と思われる」最前列の一端から、スタニスラウが大きく歯を見せて向きなおると両手を頭の上に組んで、熱のこもったつぶやきと低く押さえた口笛の合唱に応えた——この朝早くに周囲の要らぬ注意を惹かぬよう、音を殺したみんなの喝采だった。

そのざわめきが静まるまでのあいだ、シロッコは室内をぐるりと見わたした。ここにいる六十数名と、周囲の見張りに出ている十名とが、もとは百名近くいたD中隊のうち、最後まで残ってくれた全員なのだ。ひとりひとりが欠かせぬ要員であり、それでも、あらゆる点で手薄にならざるをえないことが、彼にはよくわかっていた。だが、そうした不安を隠しながらも、彼は、世間的な常識や基準に照らせば軍隊から真先に逃げだしてふしぎはないはずの男たちを見ていると、内心感動を覚えずにはいられなかった。とにかくSD部隊を別にすれば、D中隊の残留記録はどこにもひけをとらないのだ。ふつうの言いかたでなら、それは、こんな不適応者や変わり者のよせ集めを指揮下にまとめておいた彼個人の功績ということになるのだろう。しかしシロッコは、常に彼らを不適応者としてではなく、それぞれに奇妙な——中にはかなりおぞましいものもあるが——才能を持った一個の人格としてとらえ、あるがままの彼らを受けいれてきたのであって、それこそが、彼らの本当に望むところだったのである。不適応者とは畢竟相対的な概念にすぎないということを、彼は実感していた。彼らに不適応のラベルを貼った世界とは、つまり彼らを無理に適応させることのできなかった世界なのだ。ケイロンは、無理やり適応させられることを好まず、あるがままの姿で受けいれるかさもなければ放っておいてほしいと望む個性的な人間でいっぱいの世界だ。D中隊の人間は、アルファ・ケンタウリに着く前から——多くは地球を出発する以前から——ある意味ではケイロン人だったのだ。ケイロン人が他人に与えうる最高の財貨は敬意であり、このケイロン人たちは、今ここに残っているという形で、それをシロッコに与えているのだ。彼らの敬意は、いかなる勲章や表彰状や昇進にもまさるものであり、シロッコは今それにずっしりとした誇りを感じていた。なぜなら彼は、以後の行動の結果がどう出るにせよ、彼らが正式にD中隊として集合するのはこれが最後だということを、身にしみて承知していたからである。

「よかろう」と彼は言った。「スタニスラウへの賞讃はそのくらいでいい。本題に戻るとしよう。

まず要点を総括する。第一目標は、通信センターに入って、送信終了までそこを確保し、以後はそのまま軍がすみやかに反応して攻撃をやめるよう祈ることである。いいな？」質問が出ないので、シロッコは続けた。「最大の危険は、地表のＳＤ部隊が再投入されることだが、もしそうなっても、入口はヴァンデンバーグ舷門《ポート》だけだから、それを阻止するためにアームリィの分隊がそこに配備されるわけだ。では、もし阻止しきれなかったらどうする、マイク？」前列を見おろしながら、シロッコが質問した。

「気閘《ロック》を爆破し、ふた手に別れて、モジュールの両端の枢軸地点《ピボット・ポイント》まで退却します」とアームリイが答えた。

「よろしい。ほかに――うん、質問か？」

「彼らは戦闘モジュールの舷門《ポート》にシャトルを寄せて、スピンドルを経由してやってくることも考えられますが」と誰かが指摘した。

「うむ、それについて今から話すところだ」とシロッコは答えた。全員に語りかけるために心もち顔をあげると、「いまヴェラリーニが言ったとおり、彼らは戦闘モジュールから船首を通って入ってくることもありうる。実は、戦闘モジェールをどう扱うかが最大の問題点なのだ。あそこは当然ながら全域にわたって最強の防備を有し、船の他の部分に通じる道は一本しかない。したがってわれわれは、他のすべてが失敗に終わった場合は、そこを直接攻撃する。前もってスティーヴが、最強のチームを組んでスピンドルの船首部分へいき、その通路を固めておく。スティーヴの任務は、出てくるSDを通さないこと、および、それよりも重大なのは、もし作戦が順調にいってスタームとその一党が船を持ちこたえられないと知ったとき、向こうへ逃げこむのを食いとめることだ。スタームとストームベルが戦闘モジュールに入ってそこを切り離すことだけは阻止しなければならん。さもないと、惑星と同様〈メイフラワー二世〉の残りの部分までが脅威にさらされることになる。なんだ、シモンズ？」

「スタームが入らなくても、切り離しはできると思いますが」

「それはやむをえない賭けだ」とシロッコ。「いくらスタームでも、自分がまだ乗っている船を射たせようとはすまい」

「もしスタームが、外側から戦闘モジュールに入ったら？」別の誰かが言った。「ヴァンデンバーグ以外にも、連絡艇《フェリー》やパトロール艇で出られる場所はいくつもありますよ。二、三マイル飛べばいいんですから、地表連絡用のシャトルは必要ありません」

シロッコはしばし躊躇し、それから不承不承うなずいた。「そうなったら、スティーヴの分隊は船首の通路を通って中へ突入するしかあるまいな。しかしそれは、さっきも言ったとおり、最後の手段だ」彼の視線を受け、コールマンは深々とうなずきかえした。

「数人に宇宙服を着せて外に出し、戦闘モジュールの後部を爆破したらどうでしょう？」二列目からカースンが提案した。

「それも考えてはいるんだが。スティーヴが割ける人数によるだろうな。ここでもし、ブレットが、放送の終わったあとコロンビア区から駆けつけることができれば、事情も変わって……」シロッコの声が途切れ、口をぽかんとあけたまま、彼は信じられないといった顔つきで部屋の後方のドアを見つめた。ひとつまたひとつと首が振り向き、あちこちから息をのむ音とつぶやきの声があがり、嬉しげな冷やかしの声につられるようにどよめきが爆発した。

スワイリーが部屋の中へ何歩か入ってきて立ちどまると、分厚い太縁の眼鏡をかけた、例のとおり無表情の表情をたたえた丸々とした顔で、ぐるりと周囲を見まわした。ドリスコルも一緒で、さらに何人もがそのあとに続いている。シロッコは目をぱちぱちさせ、息をのみながら、彼らが思い思いに後方の空いた席にすわるのを見つめていた。ハーディング、ベイカー、ファウスツマン、ヴァンダーハイム……シンプソン、ウェストリー、ジョンソン――みんなだ。全員が帰ってきたのだ。「手助けが要るってきいたもんですから、隊長」ドリスコルが言った。「しろうとにゃまかせておけないってわけでね」野次と不満の声がその言葉を迎えた。

シロッコは、なお一秒ほど経ってから、あわてて自分を取り戻した。「休暇は楽しかったかね、スワイリー？」わざと皮肉をこめた口調で、「職務怠慢、無断外出、敵前逃亡……事実上あらゆる違反だな。じっくり反省したらすわれ。やらねばならんことは山ほどあるから、きょうは少しでも休んでおかなければならん。現在の状況は――」シロッコはそこで言葉を切り、今はじめて目にとめたひとりの兵士をふしぎそうに見つめた――スワイリーの横にまだ立ったままでいる、見たことのない男だ。短い髪に鋭い目つき、きれいに髭を剃った顔に不可解な表情をたたえて、むっつりと腕を胸の前に組んで立っている。「それは誰だ？」とシロッコ。「D中隊のものではないようだが」

「もとSD軍曹のマロイです」スワイリーが答えた。「一カ月ちょっと前に、愛想をつかして辞めた男です。彼はパダウスキー脱走のお膳立てに加わっていたし、ストームベルが爆弾を仕掛けるよう命令したことを証明する書類も持っています。それを公表したいというわけです」ふと肩をすくめ、「どういう計画になっているのかは知りませんが、きっと役に立つぞって気がしたもんですから」

室内には驚きのつぶやきがあがったが、ここにいるものの大部分は、そのことの重大さにはまだ気づいていなかった。コールマンのかたわらで、セリアとレチェットが目を見張り、演壇からはシロッコがさぐるような視線を向けていた。セリアがコールマンの方を振り向くと、「こんなことがあるなんて」とささやいた。「あの伍長さんは誰？」

「D中隊にいる奇蹟を呼ぶ男、ですよ」コールマンは答えたが、この新しい展開を計画に組みこむのに頭がいっぱいで、返事はうわの空だった。彼はシロッコに合図してスワイリーを前の方へ来させたが、それがまた野次と不平の声を呼んだ。シロッコが壇をおり、作戦の質疑はまたもや中断となった。

それから五分後、スワイリーとマロイは部屋の一隅でセリアやレチェットと話しあいをはじめ、コールマンはそこから離れてシロッコとハンロンを相手に戦術の細目を討議していた。

「これで、カースンの言った、戦闘モジュールの駆動部をやるための爆破要員を出す余裕もできたようだな」ハンロンが言った。「そうしておけば、スタームがそっちへ移乗しても、船の残りの部分は、前よりも安全ってもんだ」

「いや、成りゆきを見きわめるまで、選択の自由は残しておきたいね」とコールマン。「だが、おまえの言うとおりだ——宇宙服を着て待機する人員がとれたよ」

「ヴァンデンバーグのアームリイ班の人数も十人はふやせるし、中隊長とおれの通信センター部隊も恰好がついた」とハンロン。「で、まだ何かあったかな？」

「すべて完了——ボルフタインとウェルズリーを連れだすことを除いてはだ」とコールマン。「マロイもいることだし、これであのふたりが出てくれば、もう証拠は大盤石なんだろうが」そして、さっきからこのやりとりに半分耳を傾けながら、部屋のうしろの方へ目を向けて何か考えこんでいるシロッコに向かい、「何かいい案はないでしょうかね？」と声をかけた。

「うむ？……」うわの空でシロッコが返事をした。

「ボルフタインとウェルズリーの件ですが」

「そいつを考えていたんだ……」シロッコの目は、向こうの方でマドックとその仲間にみやげ話をしているドリスコルをじっと見つめている。「あいつが使えそうなんだが」まだ、自分に向かってつぶやくような口調だ。

シロッコの言葉の意味をコールマンが理解するのに、ちょっとかかった。「ですが……なぜ？　いったいどう——」

「ちょっと来てくれ。あいつにきいてみたいことがある」シロッコのあとに、コールマンとハンロンも続いた。三人が近づくと会話はやみ、みんなのいぶかしげな顔が振り向いた。

「おまえがやるのは、トランプ手品だけなのか？」単刀直入にシロッコはドリスコルにたずねた。「それとも、何かほかのこともできるのか？」

ドリスコルはびっくりして彼の顔を見つめた。「はあ、それは、どういう意味で言われるかによりますが」慎重に答えはじめたが、すぐに大きくうなずいて、「しかし、ええ――ほかのこともやれます。そう、かなりいろんなことがね」

シロッコが、ハンロンを振り返った。「ブレット、銃架からガンベルトと小銃を二、三挺とってきてくれんか」と彼。「この男の腕前がどれくらいのものか、ひとつ見てやろうじゃないか。きっと問題解決の役に立ってくれるはずだよ」

35

カズミエラ・ストームベル将軍は失敗を犯さないし、また他人の失敗の責任をとろうともしない。従って彼の部下たちも、早くから失敗を犯してはならないことを知るようになる。彼が課したこの規範と規律を彼らが受けいれることにより、彼はその指揮権と影響力のおよぶ範囲に対していつまでも象徴的存在でありつづけ、また彼の権威の絶大さが常に強調されつづけることになる。軍紀の乱れは、それが絶対的なものではないという意識の現われであり、彼が握る権力の遍在性への認識の欠落を意味する——つまり部下たちが、彼の言葉の重みを忘れはじめたということなのだ。ストームベルはそれが気にくわなかった。彼の存在などどうでもいいというような行動をとる人々が許せなかった。

北アメリカ大陸を支配するに至った膨大な政治軍事マシンの操作法を誤った官僚連は、彼の能力と誠意を認めることができず、あるいは認めようとせず、腰ぬけのおべっか使いどもの息子らや、映画のウェスト・ポイントから出てきたような青い目をした将軍の子分らにばかり地位と名誉を振舞うといったふうだったから、地球からのレーザー通信で、核戦争がアフリカ全土を壊滅させ、中央アジアで大規模な軍事衝突が起こったというニュースを伝えられても、彼は地球の人々に対しなんの同情も感じてはいなかった。いま彼らはその代償を払っているのであり、また、彼らを高位につけた愚かものどももその愚行の報いを受けている――それだけのことだ。

ウェルズリーと議会もまた彼を、正規の学歴を持たず名門の出でもないという理由で、ボルフタインの下位につけることにより、その不正を恒久化しようとした。精強ではあるが小規模で重要性もないと見られる特殊部隊の指揮官に任ずることで、お茶を濁そうとしたのだ。そして同じように報いを受けた。今や彼らも、彼の存在を思い知らされたことだろう。ラミッソンの死を、彼は毫《ごう》も悔いてはいない。それはどんな言葉よりも痛烈な教訓になった。心残りがあるとすれば、それは全員を射殺してしまえなかったことだ。

スタームに対しては恨みも親しみも感じていないが、これは個人的、感情的な思いいれにかき乱されない間柄の方が能率よく仕事のできる彼にとっては、ぴったりの状況だった。この協力関係に政略上以外の何かがあるなどという幻想を抱いてはいない。相互に補いあい利用しあいながら根底になんの対立もなく、よくバランスのとれた機械の半分ずつが、かみあっていながらたがいに独立しているような関係なのだと自認することで、ストームベルはある程度の満足と、そしてある種の高揚をも感じていた。スタームはこの惑星を手に入れたがっているが、それには強力な兵備が必要であり、いっぽうストームベルはその強力な兵備の役割を果たすことが喜びであって、所有者となる野心もなければ、それに伴うごたごたを引き受ける好みもない。

スタームが名目上は主役を演じているものの、ストームベルとしては自分がその下位に見られることは許しがたく、したがって機械の彼の方の半分は、完全に、正確に、非の打ちどころのない動きを示すことが必要である。したがって特にこういう特別な事態のもとでの失敗は、二重に耐えがたいものとなる。だがとにかく、なんとも不可解かつ腹立たしいことに、護送係とその囚人とが、時間どおりに基地へ到着したのみならず現実に帰りのシャトルにまで乗って——それ以前の行程のもっと危険な個所を無事に通過して——いながら、あとかたもなく消滅してしまったことは事実であった。確実に一度は乗船し、席についていたのに、離昇のほんの数分前になって、乗務員のひとりが、彼らの姿の見えないことに気づいたのである。搭乗ゲートのSD警備員は全員がセリア・カレンズの顔を知っており、かつ彼女には特に注意するよう指示されていたのに、護衛たちがどういうわけか彼女が見えないといってシャトルから飛びだしてきたときまで、姿を見かけたものはひとりもいなかった。そのあと間もなく護衛たちも基地の中に姿を消し、二度と戻ってはこなかった。それ以後、基地周辺で彼らを見たものはいない。境界線でも見つかっていない。飛行機で逃がしたものもいない。その夜いっぱい徹底的な捜索が行なわれたが、その行方は杳《よう》として知れなかった。ありえないことだが、とにかくそれは起こったのだ。

スタームは決して無意味なから騒ぎや責任追及に時間とエネルギーを浪費する人物ではないが、ストームベルは彼が忘れてはくれないことを知っている——ストームベルの方も忘れはしない。背後にケイロン人がいることは疑う余地がない。なにしろ正規軍を瓦解に追いこみ、彼自身の部隊の一部すら取り崩した影の立役者なのだ。かつて彼の進路を阻んだり、彼をこけにしようとした連中と同様、ケイロン人たちも報いを受けることになるだろう。彼の部隊のフランクリン侵入に対して誰かが抵抗を試みた瞬間、彼らは代償を払わされる。彼の命令は明白このうえもないものであった。

「カナヴェラルの強化は予定どおり進んでおり、深夜までには完了する予定です」コロンビア地区の政治センターで開かれた昼の会議で、彼はスタームに報告した。「フェニックスの大部分は、われわれが予測したとおり放棄せざるを得なかったものの、要衝は確保でき、また正規軍の損失もチェックされました。戦闘モジュール、コロンビア区、およびヴァンデンバーグの守備隊を除き、SD軍の地表への移動は夕刻までに終了します。明日の作戦は予定どおり実施可能。〇五一三に〈クヮン・イン〉への攻撃、その直後に援護兵器群が軌道上に展開、夜明けとともにフランクリン進攻開始です」

スタームはストームベルに冷ややかな視線を向けると、その言葉の要点をひとつずつ吟味しながらゆっくりとうなずき、それから、部屋の一隅に助言役たちとともにすわっていた主任科学者のひとりガウリッツを振り返ると、「〈クヮン・イン〉の方は大丈夫だろうね」とたずねた。「全作戦の成否がかかっているのだからな。絶対に間違いないかね？」

ガウリッツは大きくうなずいた。「駆動部に加えられた改造が、反物質再結合システムであることは疑う余地がありません。レムスのクレーターの観測で得られた放射レベルとスペクトル型はすべて、それが反物質反応によって生じたものであるという仮定に合致しています。ガンマ線による元素転換の形跡、中性子励起による同位元素の分布、残留放射パターンの——」

スタームは片手をあげて、「わかった、わかった、それはもう聞いたよ」

ガウリッツはあわててうなずくと、制御パネルに指を走らせて、部屋の主《メイン》スクリーンに〈クワン・イン〉の姿を映しだした。そのありとあらゆる舷門《ポート》には、ケイロンのシャトルが係留され、なお何隻もが数マイル離れて、進入の順を待っているらしい。「けさ撮ってきたこの写真も証拠のひとつになるでしょう」と彼。「どうやらケイロン側は、あの船をからにしようとしているようで、つまり、行動に備えているものと思われます」

スタームは黙ってその画面を見つめている。ややあって、同席していた大佐のひとりが言いだした。「あの船体はもう充分に調べました。補助噴射管とか、副次的な武器にあたるたぐいのものは何もありません。あの船が射てるのは、船尾の皿《ディッシュ》からまうしろの方向だけです。ミサイル八基をもってすれば少なくとも一基が命中する確率は九十八パーセント。十六基なら失敗の確率はゼロに等しいことがおわかりと思います」

〈クワン・イン〉の軌道の方が低いため〈メイフラワー二世〉とは同期しておらず、ために両船は三時間十五分ごとに三十二分間、おたがいケイロンによって遮蔽される。〝破壊者《デヴァステイター》〟と名づけられたミサイル十六基は、〈メイフラワー二世〉が〈クワン・イン〉の報復攻撃を避けていられるあいだに戦闘モジュールから発射されることになっていた。その一群は惑星をかすめるコースをとって、ケイロンの縁から現われ上昇していくように、またもう一群はその数分前に発射されて大まわりのコースをとり、宇宙のさまざまな方角から〈クワン・イン〉めがけて引っかえしてくるようプログラムされており、飛行時間の差でぜんぶが一度に目標へ収束するようになっている。〈クワン・イン〉ほどの重量を持つ船には急激な操船は無理だから、コンピュータで出した最悪の場合のシミュレーションでも、いかなる防衛策がとられようと、攻撃側が圧倒的に有利という結果が出ていた。

「計算もシミュレーションも再確認したんだろうな？」スタームが、ガウリッツの方を見ながら念を押した。

「何度も、徹底的に。万が一にも〈メイフラワー二世〉が攻撃にさらされるおそれはありません」ガウリッツが答えた。

おもな論点はもう出尽くしていた。予定時間表の確認が終わると、ストームベルは室内の端末装置に暗号を打ちこみ、コロンビア区モジュールの最下層にある通信センター内の高機密保持コンピュータにすでに入っている暫定指令群の状況《ステイタス》を一段階上へ進めた。

それと同じころ、同じ階にあるそれより低い機密レベルの業務コンピュータの記憶ユニットの内部で、当日分指令ルーチンに入っているC中隊向けの事項が、突然ふしぎにもD中隊向けに変わった。同時に、追って指示あるまで兵舎で待機せよというD中隊への命令が、C中隊への命令に変身した。それから十分後、フェニックスでは、ひとりの係官が当惑しながらも、この急な変更をC中隊の指揮をとるブレイクニー大尉に通知した。詮索する気などさらさらないブレイクニーは、その係官に確認の返事を送ると、大喜びでベッドに戻った。

〈メイフラワー二世〉の業務コンピュータの内部では、記録に残されない形の命令が外部から伝送されて活動をはじめ、通報を走査して、C中隊に割りあてられた親コードを持ったものをひとつ見つけると、すみやかにそれを消去した。

36

その夕刻もまだ早い時刻に、シロッコはカナヴェラル・シャトル基地内の運輸管制官事務所に出頭し、命令によりD中隊が乗船のため到着した旨を告げた。人員数は朝のうちに通知がとどいており、管制官はわずかに眉をあげてみせる以上のことはせずにコンピュータで変更を確認した。彼にとっては、軍がどの中隊を船に移そうと、人数が予定どおりであるかぎりどうでもいいことだった。それから一時間後、中隊は整然と隊列を組んでシャトルから出、ヴァンデンバーグの舷門《ポート》ロビーを抜けて、〈メイフラワー二世〉に入るとそれぞれの持ち場へ、目立たぬように散っていった。地表からの交替要員が所定の場所に姿を見せないことに誰かが気づくのは時間の問題だから、とにかく今は拙速が第一である。

コロンビア区担当班はいくつもの小グループに分かれ、リング循環カプセルで、モジュール内の各駅に、まちまちの時刻に到着した。コールマン、ハンロン、それにドリスコルは、おそらくまだスタームの手配書の上位に載っていると思われるため顔を見られにくい服装をしたレチェットと一緒だった。数分後、カースンほか三名と落ちあい、総勢八人となった一行は、政治センターの建物のすぐ下の、公共レベルにあるレストラン〈フランソワーズ〉へ、裏道を選んで近づいていった。

政治センターへのあらゆる入口には警備が立っている。シロッコは、隊員にSDの制服を着せ、レチェットとセリアをともなって公然と正面入口へ出頭し、ふたりの重要な逃亡者を逮捕し連行してきたふりをして通り抜ける方法を提案したのだが、マロイはそんなごまかしなどSDの保安システムには通用しないといってその案を蹴り、代わってレチェットの出した、より地味だが危険の少ない方法が採用されることになった。長年にわたり〈フランソワーズ〉の常連客だった彼は、その支配人ともごく親しく、そこで働く人たちを交えて、閉店後遅くまで政治を論じあったりしていた。その人々は、みんなレチェットと懇意であり、頼りになる連中であることは間違いない。レストランの調理場は、ここよりひとつ上の層にあり、そこでは政治センターに勤務する人々の簡易食堂の料理も作っていることを、レチェットは指摘した。だから、配膳用エレベーターか、洗濯物用の落とし《シュート》か、塵芥用ダクトか——とにかく何かが、〈フランソワーズ〉の裏口から内部へ続いているはずなのである。

一行は、〈フランソワーズ〉とその近所の施設の裏手を通っているほとんど使われていない通路に到着し、そこで兵士たちは周囲の建物の入口や階段の影に身をひそめ、レチェットひとりがレストランの裏口に通じる階段を身軽に駆けあがった。数秒後、ドアが開き、レチェットはその内側へ姿を消した。数分後、ふたたびドアが開き、レチェットが顔を出して、右を、左を、そして頭上をうかがい、ついですばやく一同を手招きした。

政治センターにそそり立つ塔のひとつの上階の、他から遮断された一画で、若いころロンドンからアメリカに移住してコンピュータの誤りで派遣団に徴用された白い上衣の給仕が、調子っぱずれの口笛を吹きながら、汚れた皿を山積みにしたワゴンを押して、この区画で行なわれる会議や会合やその他の催しに出す料理や酒を取りよせるための施設に向かっていた。最近の世情をどう考えるべきか、彼にはわからなかったし、またどうせそんなことは気にもしていなかった。何がどうなろうと、彼には同じだった。はじめのうちはウェルズリーがここにいて、チキンサラダとデザート十二人前という注文が出たものだ。そのあと、ウェルズリーが引っこんでスタームが入りこみ、やはりチキンサラダとデザート十二人前という注文が出ている。彼としては注文を出すのが誰だろうと——

一本の手が背後から伸びて彼の口を押さえ、彼はあっというまに配膳室の隣の食料品貯蔵庫に引きずりこまれた。鋼鉄のようなその手が彼を押さえているあいだに、戦闘服姿の兵士がひとりとびだし、廊下からワゴンを引っぱりこんでドアを閉めた。そこには、一人の民間人とさらに何人もの兵士がいた。誰もがむっつりした表情で、ふざけている雰囲気はみじんも感じられない。

ドアが閉まるとすぐ、口を押さえていた手がわずかにゆるんだ。「この野郎！　何しやがんだ！　てめえら——」誰かに脇腹をぐいとこづかれて、彼は口をつぐんだ。

「八E通路沿いの部屋に監禁されている人たちがいるな」ふたりの軍曹のうち、背の低い方が、かすかにアイルランド訛りの残った口調でささやいた。「その食事はおまえが運ぶのか

?」給仕はごくりと唾をのんで激しくうなずいた。「夕食は何時だ?」

「いまから十分後でさ」と給仕。「もう隣の部屋で受けとらなきゃなんねえ」そのうしろではすでにひとりの兵士が上衣を脱ぎ、ベルトをはずしている。

「すぐその服を脱ぐんだ」アイルランド訛りの軍曹が命令した。「脱ぎながら、運んでいく手順を説明しろ」

SD兵がふたり、巌《いわお》のように身じろぎもせず警備に立っている拘禁室のドアに通じる八E通路へ、そこからずっと離れた角を曲がって、完全に給仕の恰好になったドリスコルが、夕食の料理の皿を山のように盛ったワゴンを押しながら現われた。通路の途中までできたとき、急にキャスターがゆるんだらしく、ワゴンがかすかに一方へ向きを変えたが、ドリスコルは舵をとりなおして、警備の前までいくと立ちどまった。ひとりが彼のバッジをあらため、もうひとりの方へうなずくと、そっちの男がドアの鍵をあけた。ドリスコルがワゴンを動かしはじめると、それはまた曲がって手前の護衛にぶつかり、いいかげんに蓋をしてあった鉢《トリーン》からスープがはねて、しずくが警備兵の制服に飛んだ。

「あ、しまった!」ドリスコルはあわててナプキンを取り、それを拭こうとしたが、取るときそのナプキンの端がこぼれたスープにひたったらしく、ドアから振り向いた第二の警備兵の上衣の裾にもスープがついた。

ドリスコルは情けない声をあげて拭き取ろうとしたが、乱暴に押しのけられた。「失せろ、この間抜けめが」その兵士がうなった。狼狽しきったドリスコルは、ワゴンの把手《とって》を握りしめ、そそくさと室内に消えた。

警備兵たちが向きなおったとき、すでにふたりの軍曹を先頭にした一隊の兵士が、角を曲がってまっしぐらにこっちへ突進してくるところだった。SD兵たちは本能的に腰の拳銃に手をやったが、ホルスターはからっぽになっていた。彼らはうろたえ、背後の壁にある警報ボタンを押そうとするまでの三秒の遅れがすべてを決した。ハンロンとコールマンが残った距離を駆けぬけるには、三秒で充分だったのだ。

室内では、監禁されている人々が、ドアの外のくぐもった物音に驚いて周囲を見まわしていた。夕食を運んできた給仕がドアをあけると、戦闘服を着た兵士たちがなだれこんできた。ウェルズリーは、その中にレチェットがいるのを見て、息をのみ、「ポール！」と叫んだ。「どこに隠れていたんだ？　つかまらなかったのはきみだけだよ。どうやって——」レチェットは手を振ってそれを制した。「静かに」驚いて集まってくる人々に向かって、「大成功だよ」もう一度手を振って、ボルフタインにもこっちへくるよう合図する。ドアのあたりでは、兵士たちが気を失っているふたりの警備兵を室内へ引きずりこみ、兵士の中のふたりはすでにSDの制服を身につけおえ、その手に給仕が、持っているナプキンの中から取り出した拳銃を渡していた。「あまり時間がない」レチェットは、ウェルズリーとボルフタインに向かい、「これからあなたがたを下の通信センターへ連れていかなければならん。状況の概略を話すから聞いてほしい……」

　五分もたたないうちに一同は、カースンほか一名の兵士をあとの囚人たちとともに残し、廊下には何ごともなかったように身じろぎもしない警備兵ふたりを立たせて、そこを出発した。ハンロンはウェルズリー、ボルフタイン、それにレチェットとともに通信センターからほど近い倉庫のところへいき、その中に身をひそめた。コールマンとドリスコルは最下層の機械区画へ向かった――そこにある大きな非常用の防護扉には、見張りはついていないが外からは開かないよう厳重に封鎖され、警報装置の回線が政治センターに隣接する公共オフィス群専用エレベーターのモーター室まで通じている。コールマンは念入りに配線を調べ、警報を解除した。もう一度調べなおしてから、扉の近くで待っているとドリスコルに向かってうなずいてみせる。ドリスコルは掛け金をはずすと、コールマンが息をつめて見守る前で、その扉を開いた。警報は鳴らなかった。ドアの外にはシロッコが、技術者のつなぎを着て工具箱を持ったバーナードと一緒に待っていた。

「上出来だぞ、スティーヴ」シロッコがそうつぶやきながら足を踏み入れ、続いてひとりまたひとりと影から現われた人影がひそやかに彼のうしろを通って中へすべりこんできた。

「〝驚異の人《アメージング》ドリスコル〟の出来ばえはどうだったかね？」

「これまでで最高でしたよ。外の方はうまくいってますか？」

「そのようだ。ボルフタインとウェルズリーは？」シロッコのうしろから、マロイとフラーにつきそわれたセリアが入ってきた。そのあとに、野戦用の通信《コム》パックを手にしたスタニスラウが続いている。

コールマンはうなずいた。「ハンロンとレチェットと一緒に例の倉庫のところへいきました。別れるまで、上の方は静かなもんでしたよ」

最後のひとりが入ってくるころ、シロッコはマロイに向かって、「よし、場所はわかっているな。ハンロンたちももういき着いているころだ」マロイがうなずく。「あなたももうしばらく兵隊の真似をしていてください」とシロッコが、セリアに、「みごとですよ。あとちょっとの辛抱です」セリアは黙ったままかすかに微笑すると、兵隊たちと一緒に部屋の奥の方へ進んでいった。そうこうするうち、スタニスラウは早くも通信《コム》パックをセットし、スクリーンに映像を呼びだしていた。きょういっぱいの手順はすでに頭に入っているので、彼はたちまちのうちに政治センター内部のSD部隊の警備スケジュールを手にいれた。

さて、次がいちばんの難関である。スタニスラウが得た情報によると、もっとも警備が厳重なのは、外からこの政治センターへ入る各入口——これはすでに迂回に成功した——で、内部の通信センターそのものへ通じる三つの道——正面と裏口にある待ちあわせロビーと横手の従業員入口——はそれほどでもなく、それぞれ三人の保安要員が詰めているだけであることがわかった。だが、問題は彼らの持つ物理的阻止力ではなく、通信センターを外部から遮断する電気仕掛けの防護扉の閉鎖スイッチと警報ボタンを彼らが握っているという点である。もし少しでも怪しいそぶりを見せたら、シロッコの中隊は外に締めだされて目的達成の希望は絶たれ、数分後には駆けつけてくるはずの支援部隊を前に、徹底抗戦か降伏かのきびしい選択を迫られることになろう。だが反面、もしシロッコとその一隊が中へ入れれば、状況は完全に逆転するのだ。

したがってこれを突破するため必要なのは、何人かが少なくともひとつの警備部署まで疑いを抱かれずに到達することである——それも、武器を持ってだ。相手が武装警備兵なのだから、丸腰でおいそれと通れるわけがない。マロイはここでもまたSD兵になりすますという案を一笑に付していた。それに代わりうる唯一の案は、アームリイが出したものだった——この建物内でも、正規軍の兵士がSD兵と同じく警備にあたっているところから、スタニスラウのでっちあげ情報をバックにD中隊から交替要員を出してやろうという、一種のはったりである。たしかにきわどい策ではあるが、三つの入口で別々に同時に試みれば可能性は大きくなるし、とにかくこれが必要最小限の人員を間近まで近づける方法であるにはちがいない。最後にはシロッコも賛成したのだった。いちおうそこまでいけたら、あとはもう臨機応変に行動するだけだ。ここでいちばんの危険は、同じ階にあり数百フィートしか離れていない正面入口裏手の警備部隊控室から、SDの増援部隊が駆けつけてくることで、こっちが放送をすませ状況を支配下におくまでは、それをなんとかしのがなければならない。バーナード・ファロウズがここまでやってきたのは、その役割を果たすためであった。

スタニスラウが通信《コム》パックから立ちあがり、変更が完了したことを告げた。シロッコはスクリーンをのぞきこみ、修正部分を確認してうなずくと、まだ開いたままの非常防護扉のところで待っているコールマンとドリスコルに向かって、「よかろう、最後の一投がころがりだしたぞ」と言った。「さあいけ。幸運を祈る」

「あなたも」とコールマンは答え、ドリスコルとともに非常扉をくぐって政治センターを出ていった。これからスピンドルの船首部へ行き、すべてが順調に進んでいればすでに船のあちこちを経由して集まってくる人員を戦闘モジュール封鎖に備えて組織にかかっているはずのスワイリーと合流するのである。

シロッコはその背後に扉を閉め、万一のとき急いで脱出できるように簡単な掛け金をひとつだけおろすと、背後に残っているひと握りの人数を振り返った。「さあ行くぞ」

彼らは、先にいったものたちと同じ道をたどって機械区画を横切り、計器室を通って、鋼鉄の階段をふたつ登り、コールマンとドリスコルが降りてくる途中あけておいた隔壁ハッチをぬけて、旅の終了後はずっと使われていない事務室の背後からふたたび政治センター本体のビルに入った。ここからさきは、誰かが先に通っていった形跡はない。ここでグループは三つに分かれた。

スタニスラウほか二名は、ビルの使用されている部分に入ってからは慎重に身をかくしながら移動し、通信センターの正面ロビーに近い例の倉庫にたどり着いて、すでにセリア、マロイ、フラーの三人の到着で人数のふえていたハンロンの一行と合流した。シロッコはあと三名を連れて、裏のロビーに近い一角で、もう一つのグループと落ちあった。そしてバーナードは、ただひとり道具箱を手に、通信センターとこの建物の正面玄関を結ぶ廊下に向かって、ぶらぶらと歩いていった。

十五分後、通信センターの裏のロビーへ向かう通路に面したあるオフィスの中では、怒りに身をふるわせているマネージャーと怯えきったふたりの女性事務員が、さっき小銃と迫撃砲を持って乱入してきた兵隊たちのひとりに見張られながら、手を頭の上に組んで床の上にすわっていた。「何をするつもりなんだ？」マネージャーが苛立ちと恐怖の入り混じった声でたずねた。「こんなことに巻きこまれたくはないんだがね」

「黙っておとなしくしてりゃ、巻きぞえの心配はない」シロッコが、わずかに開いたドアの隙間に目をつけたまま、つぶやくように言った。「ちょっと場所を借りるだけだ」短い沈黙のあと、シロッコがふいに緊張して身がまえた。「来るぞ……軍曹と、あとふたりだ」とささやく。「用意しろ。コーヒー・メーカーの前で男が立ち話をしている。あいつらもつかまえなければならん。ファウスツマン、おまえがそっちを担当しろ」床にすわらされている三人を見張るひとりだけを残して、あとのものは彼のうしろで身がまえた。外の通路では、裏のロビーの警備の交替に向かう三人のSD兵が、ドアのすぐ前にさしかかった。

「動くな！」シロッコが拳銃を抜きざま、迫撃砲を小脇にかかえたステュワートを従えて、彼らの前に立ちはだかった。SDが反応するより早く、あと二挺の銃がうしろから突きつけられた。三人は数秒のうちに武装解除され、シロッコが拳銃を横に振って彼らを開いたドアの中へ連れこむと同時に、ファウスツマンがコーヒー・メーカーのそばから、あっけにとられているふたりの民間人を追い立ててきた。ドアが閉まるか閉まらないうちに、女性がふたり角を曲がって現われたが、何も気づかず、おしゃべりをしながら通り過ぎていった。その直後、シロッコはふたりの一等兵を従えて、ふたたびオフィスを出、通路の中央で隊形を整えると、裏のロビーの方向へ歩調をそろえて行進していった。

裏のロビーの警備部署にいたSDの伍長は、正規軍の交替班を連れて現われた大尉に勤務日誌《ログ》の提出を求められて肝をつぶした。「ここに正規軍を配置するという話は聞いていませんが」伍長の声は、疑うというよりむしろ面くらっている感じだった。

シロッコは肩をすくめて、「わたしに聞かれても困る。SDが大勢カナヴェラルに降りてしまったからじゃないかね。こっちはただ命令どおりに来たまでだよ」

「いつ変更になったのですか、大尉殿？」

「知らんね。最近のことだと思うが」

「いちおうその命令を確認させていただきます」あとふたりのSDが交替班に目を光らせているかたわらで、伍長はスクリーンに向きなおった。数秒後、彼はぴくりと眉をあげた。

「おっしゃるとおりです。いいでしょう、間違いありません」あとのふたりもいくらか気をゆるめたようだ。伍長は勤務日誌《ログ》をスクリーンに出し、自班の担当終了の符号《サイン》を入れると、

「あっちもこっちも警戒をゆるめる方針のようですな」シロッコが担当開始の手続きを打ちこむのを見ながら言った。

「そのようだな」とシロッコ。彼がデスクのうしろに入り、D中隊のふたりが入口両脇の定位置に立つと、SD兵たちは何か話しあいながら立ち去っていった。

SDの姿が見えなくなるとすぐに、ロビーの向こう側にあるエレベーターのうしろの非常

口から、つぎつぎと人影が飛びだし、すばやく、音も立てずに、通信センターの中へと消えていった。

一方、正面の主《メイン》ロビーのSD軍曹は、まことに念入りな男だった。「コンピュータが何を言おうと、おれは知らんぞ、ハンロン。こんなことがあるはずはない。確認をとってみなければならん」銃をかまえて数歩うしろに立っているふたりのSD兵をちらりと振り返り、「当直《OOD》と話してみるあいだ、目を離すなよ」それから、前のパネルに向きなおるとスイッチを入れながら、上目づかいにハンロンを見すえた。「おい、その場を動くんじゃないぞ」ハンロンは身がまえたものの、どうすることもできなかった。他のSD兵との距離はすでに目測していたが、あれだけ離れて銃を向けられていては……。

だが、突然ハンロンの背後、ロビーの入口から、断固たる威厳にみちた声が命令した。「通話はまかりならん！」まさに呼びだしボタンを押そうとしていた軍曹は目をあげ、驚きに口をがくんとあけた。ウェルズリーとレチェットを左右に従えたボルフタインが大股に歩みよってくるところで、後方には整然たる隊形を組んだ兵士の一隊がつき従っている。セリアとマロイの顔も見える。ふたりのSD兵は不安げに顔を見あわせた。

SDの軍曹は腰を浮かせ、「閣下、わたくしは何も——ただ——」

ボルフタインはデスクの正面に足をとめ、厳然と立ちはだかった。「何を勘違いしておるのか。わしはまだ派遣団の最高軍事司令官であり、おまえは何があろうとわしの命令に従えばよいのだ。そこをどきたまえ」

軍曹はさらに一瞬躊躇したが、ついでふたりの警備兵に向かい、うなずいてみせた。ボルフタインとその一隊が堂々と通りぬけていったあと、ハンロンはすぐにふたりの部下を配置して入口を固めた。まもなくロビー脇の階段吹き抜けからD中隊の別の分隊が姿を現わし、途中で出くわした当惑顔の秘書や事務員数人を連れたまま、通信センターの中へ消えていった。

しかし、脇の通用口のところへは、事態を救ってくれるボルフタインは現われなかった。

「そんなことは聞いておらんぞ」警備の呼びだしに答えてスクリーンに現われた当直のSD将校は答えた。「その命令は間違っとる。そいつらを逮捕しろ」デスクに向かっていた警備兵は拳銃を抜くと、十フィートほど離れたところにハーディングやメリンジャーとともに足どめされて立っているマドックに向けた。同時に、それより後方に立っていたふたりのSD兵も、自動小銃をかまえた。

「伏せ！」マドックが叫び、三人が火線を避けるため横っ飛びに身を投げると同時に、ずっと後方の廊下の角から発射された発煙弾が入口で爆発した。入口付近から掃射される銃弾をくぐって、物陰から躍り出たD中隊の一分隊が煙の中を突進したが、その先頭がまだ二十フィートも手前にいるうちに鋼鉄製の扉が轟音とともに進路をふさぎ、政治センター全域で警報が鳴りだした。

身を起こしたマドックは、退きはじめる煙の中で、メリンジャーが死亡し、他にふたりが負傷していることを知った。今や安全をはかるには、正面ロビーのハンロン隊が成功していることに望みを託して、彼が入口を閉鎖せざるをえなくなる前にそこへいきつくしかない。「四人連れて先にいけ」彼はハーディングに叫んだ。「SDに出会ったら射て。われわれが今ここにいることはもう知られているんだからな」他のものたちに向かい、「そこのふたりを連れておれと一緒にこい。そっちのふたり、クロスビーと一緒に後衛につけ。ようし、いくぞ」

しかしSD兵たちはすでに政治センター正面入口裏手の警備部隊控室から続々とあふれだして、民間人たちが壁にはりつくように道をあけ、オフィスからは残業中の職員が何ごとかとのぞき見る中を、通信施設に向かって廊下を駆けつけてきた。そのさわぎをよそに、床の修理蓋をあけて中の配電盤をのぞきこんでいたつなぎ姿の技術者がスイッチを入れると、廊下の途中の分厚い防火扉ががらがらと閉まってSD部隊の行く手をふさいだ。先頭にたっていたSDの少佐はしばし茫然とそれを見つめて立ちつくし、続く兵士たちは当惑顔でそのまわりに集まった。「正面階段まで戻れ」少佐がわめいた。「第三層まであがって、反対側から降りるんだ」

防火扉の反対側では、バーナードが工具をその場に放りだし、通信センターの正面ロビーめざして——警報の鳴ったのがそこでないことを祈りながら——駆けもどっていった。ハンロンとスタニスラウが数人とともに入口の外で待っていた。バーナードが到着するのとほとんど同時に、職員通用口から退却した一隊の、ハーディングをはじめとする前衛が横手の廊下から姿を見せ、すぐあとにマドックと、ふたりの負傷兵を連れた本隊が続いた。ハンロンが彼らをせきたてて通信センターに入れ、防護扉を降ろした直後、近くの吹き抜け階段に大勢の靴音が反響しはじめた。

センターの中では、技術者や事務職員たちが、武装した部隊の侵入と、おまけにその中にウェルズリーやセリア・カレンズやポール・レチェットがいることから受けたショックから、いまだに回復できないでいた。ぴかぴかのカバーのついた装置類やコンソールの前に立ちすくんでいる彼らを尻目に、兵士たちはすばやく室内の防備を固めた。ついでウェルズリーが主制御室の中央に進み出て周囲を見まわした。「ここの責任者はだれかね？」それは、これまで聞きなれていた彼の口調に較べ、はるかに決意と確信にみちた声だった。

オフィスのひとつに通じるドアの近くに集まっていた一群の中から、長袖シャツ姿の白髪の男が進み出て、「わたしです」と名のった。「マクファースン——通信および資料センターの所長です」ちょっと間をおいて、彼はつけ加えた。「なんなりとお申しつけください」

ウェルズリーは大きくうなずくと、身ぶりでレチェットをうながした。「一刻を争う問題です」レチェットは前おきぬきでしゃべりだした。「民間、公共、軍用、および緊急用ネットワークの全チャンネルを即刻使用したい……」

戦闘モジュールは、全長一マイルにおよぶ大量殺戮＝大規模破壊兵器の集積体で、スピンドルの断ち切られたような船首部が構成する基台の上に腰をすえており、それをまたぐように前方へ伸びている二本の柱は、ラムスクープ・コーンとその磁場発生機を支えるとともに、船がラムスピードで航行しているあいだ宇宙空間から取りこまれてくる水素を船体内の処理反応炉に送りこむための導管《ダクト》をもその中におさめている。なめらかで、機能的で、威嚇的で、ミサイル収納庫や、防禦用ビーム放射機や、遠隔操作の軌道周回兵器システムの射出孔などに全周を取り巻かれたこの戦闘モジュールには、〈メイフラワー二世〉の戦略兵器すべてが集中しており、また必要があれば本船から分離して、独立した完全自給自足の軍艦としての機能を果たすこともできるのだ。

戦闘モジュールは〈メイフラワー二世〉の公共の場の一部をなすものではなく、したがって設計の当初から、そこへ入るための通路の限定と防備は、基本構想のひとつとなっていた。人員や補給物資をそこへ送りこむ径路は、〃補給側路《フィーダー・ランプ》〃と呼ばれる伸縮式の巨大な四本のチューブで、船本体から出て、戦闘モジュールの前端近くにふたつ、後端近くにふたつある舷門《ポート》と一体になった小さな円形の接合ドームにつながっている。このフィーダー・ランプのうち、前部の一対は、二本のラムスクープ支持柱が前の端で合体する球形の構造物から出て、後方内側向きに伸びており、後部の一対は、スピンドルの前端の〃ヘキサゴン〃と呼ばれる文字どおり六角形をなす部分から出て前方内側向きに伸び出している。フィーダー・ランプ内を通りぬけるのは、さほど問題もなさそうだが、それが内蔵する管状通路、貨物コンベア、弾薬輸送軌条など、スピンドルから出る道のすべては、このヘキサゴンの内部にある重装甲隔壁のただひとつの開孔である厳重に防備された気閘《ロック》のところへ集まってきている。隔壁の手前には、ロックに向かって、長さ三百フィートを超える先細り形の支持プラットホームが伸び、大梁や構造支柱や、モーター類や起重機類や、導管《ダクト》、管《パイプ》、線渠《コンジット》、保守用の梯子、キャットウォークなどのジャングルのような前室を通った各種チューブ類はその上に集束する。隔壁を通過ないし迂回する道はほかにはない。ヘキサゴンより前に進むにはこのロックを抜けるしかないのである。

　難攻不落ってやつだ、と思いながらもコールマンは、この巨大な前室の後端近くに高くそびえる支持大梁の影に身を伏せ、ロックに接近する方法を考えていた。頭上から周囲にかけてこの区域を見張っている監視所は、全域を十字砲火で蔽えそうだし、隠された自動ないし遠隔操作の弾幕も設置されているにちがいない。こうして遠くにいれば遮蔽物も多いが、突撃は自殺行為だ。それにあの防護扉は、いったん閉じたら戦術ミサイルでも使わなければ歯が立つまいから、そこへ到達したところでなんの意味もない。さらに彼は、いまヘキサゴン後部で宇宙服をつけて待機している爆破班も、無意味なような気がしてきた――モジュールの外部の入口も、ここと同様に効果的な防備を備えているだろうからだ。彼には、こういうものを設計した人間の思考の働きかたが、手にとるようにわかるのだった。

「これじゃせいぜい、まずＡＰミサイルをまとめて射ちこんで、そいつが穴をあけてくれるように祈ることくらいしかできんな」彼はすぐ隣で、増力装置を目にあてて隔壁をうかがっているスワイリーにささやいた。「それがうまくいったら、あいつの中を焼夷弾で総なめにして、噴きだす煙にまぎれて侵入する手だ」

「それだって、破れるのはこっち側の扉だけですよ」装置を目から離しながら、スワイリーが答えた。「扉は二枚ある。こっちのを片づけても、向こうのを閉じられたらおしまいじゃないですか」

「それはそうだが、いちおうあそこまでたどり着けば、うしろから監視所を片づけて、第二の扉を吹っとばせるくらいの火器を持ちこむこともできるだろうが」

「それで？」とスワイリー。「そのあとずっと、同じようにしてフィーダー・ランプを通り抜けて戦闘モジュールまで進んでいかなきゃならんのですよ。何人か生き残ってそこまでたどり着いても、その向こうのロックを吹っとばす前に、あっちは悠々と飛び立っていっちまいますね」

「ほかにいい案があるのか？」今度の問いにはスワイリーも答えようがなさそうだった。

そのとき、ふたりの通話機が、ともに緊急ブザーを鳴らし、迷路のように入り組んだ空間のそこかしこから電子やサイレンによる警報がいっせいに鳴りだした。ふたりは思わず顔を見あわせた。コールマンが自分の通話機を胸ポケットから出して、ふたりで見られるように前へ出して持ち、スワイリーが自分のスイッチを切っているうちに、ブザーはやんだ。数秒後、ウェルズリー、ボルフタイン、それにレチェットの顔が、小さなスクリーンの上に現われた。コールマンはしばし目を閉じ、長い大きな安堵のため息をついた。「やったんだ」ささやくような声で、「全員、あそこへ入ったんだ」

「これは重大な発表であります。〈メイフラワー二世〉派遣団全員のひとりひとりにかかわることです」ウェルズリーが、はっきりした、しかしどことなく不吉な口調で話しはじめた。「わたくしは今、あなたがたに、派遣団長官としての立場と権限においてお話ししております。ここには、全軍の最高司令官であるボルフタイン将軍もおられます。最近、もっとも卑しむべき、もっとも罪深き反逆が企てられました。その企ては、いま、失敗に終わりました。しかしそれによって、ケイロン人の名誉を毀損するがごとき中傷が行なわれ、われわれの中の腐敗分子の政治的野望達成に奉仕する暴力行為が煽動され、そして、罪なき人々に対する冷血きわまりない計画的殺人が、わが同胞の手でなされました。すなわち、申すまでもないことですが……」

「これできっと、船のこっち側と地表は味方につくでしょう」スワイリーが言った。「軍が協力してくれて、スタームがあっちへ入る前につかまえてくれれば、もう向こうへ攻めこむ必要もなくなる」

コールマンは顔をあげると、接近不可能な隔壁のロックとその周辺をもう一度見まわし、攻撃した場合必然的に生じただろう修羅場を、ふたたび心に思い描いてみた——それでいったいどっちの誰が、どんな大事なものを手に入れるというのか？　自分は、向こうの防御陣に配備されている連中と喧嘩しているわけではないし、向こうも彼や部下たちと喧嘩しているわけではない。なのになぜ自分は、銃を持ってここに伏せ、彼らを殺す最良の方法を考え出そうとしているのだろうか？　なぜなら、向こうの連中もまた銃をかまえ、こっちを殺す最良の方法を考えようと頭をしぼっているだろうからだ。どちら側にも、なぜこんなことをしなければならないのか、知っているものはひとりもいない。ただ単に、今までずっとこうだったからというだけのことなのだ——

通話機のスクリーンには、セリアがアップで映り、震えがちだが、決意をこめた声で話しはじめていた。しかし、聞いているコールマンは、半分うわの空だった。彼は、自分もケイロン人と同じように考えてみようとしていたのである。

37

ヘキサゴンの装甲隔壁の背後にある地区戦闘指揮所で、特殊任務部隊《SD》のレズリー少佐は、いま聞いたばかりの話のショックで、いまだに何も考えられない状態だった。コロンビア区からの映像を出している通信《コム》パネルのスクリーンをじっと見つめながら――そこではほんの数分前、ＳＤの警備司令官が休戦の白旗を揚げてボルフタインと話しあうため通信センターに入ったところだったが――彼は頭の中でせめぎあうふたつの感情を必死に整理しようとしていた。レズリーの副官であるジャーヴィス大尉と、部下のショウレッツ中尉は、無言で指揮所内を見まわしていたが、当直の兵士たちは目をそむけたまま、それぞれ自分なりに考えをまとめようとしているようだ。彼にとっては、はじめての経験とはいえ、相反するふたつの命令のどちらを選択すべきかは、たいした難問ではなかった。命令の優先順位は明確そのものだし、地位を強奪し指揮権を悪用した手あいの言うことに従う義務はないからだ。が、問題は、彼自身がどっちの側につきたいのかという点であった。ボルフタインは信用状を振りかざしているだけだが、スタームは武器をかまえているのである。

ジャーヴィスが、向こうの壁のスクリーンを見つめながら言った。「ヴァンデンバーグの戦闘はもう終わりそうです。第一と第三舷門《ポート》の味方はまだ持ちこたえていますが、あとは正規軍に協力しています。正規軍はモジュール全域を確保したようです。もうあそこを通って援軍がやってくる見こみはありません」

「地表から最近の情報は？」ショウレッツがたずねた。

「混乱しているが、兵舎は静かだ」ジャーヴィスが彼に向かって、「カナヴェラル基地のあちこちで銃撃戦がはじまっている。あそこにある重火器を手に入れようとして争っているらしい。発射台のひとつでシャトルが炎上している」

レズリー少佐はゆっくりと首をふり、うつろな目つきを前に向けたまま、「こんなことになるなんて」とつぶやいた。「敵同士でもないのに。射ちあいになるなんて」

ジャーヴィスとショウレッツは、ちらりと顔を見あわせた。ついでジャーヴィスの目は、新たなニュースを流しはじめたスクリーンの方へ移った。「ピータースンが、政治センターにいるボルフタインと会いに出てきたぞ」肩ごしに、つぶやくように、「どうやらコロンビア区も結着がついたようだ。これで、リング全体が向こうの手に落ちたことになる」

「とすると、つぎはこのスピンドルですな」とショウレッツ。ふたりはまたレズリーの方を見たが、まだどちらも何も言わないうちに、主《メイン》パネルが鋭いブザーの音を鳴らし、戦闘モジュールのブリッジから呼びだしがかかっていることを告げた。

レズリーが無意識にそれを受けると、ストームベルの幕僚のひとりオールドセン大佐の顔がスクリーンに現われた。表情は固く、決意を見せてはいるが、動揺は隠せない様子で、

「少佐、侵入防止システム発動。気閘《ロック》の内扉外扉を閉鎖し、人員を配置せよ」と命じた。「ロック閉鎖の前に侵入を試みるものがあれば全力をあげて阻止せよ。隔壁の防備が完了しだい、また何があろうと五分以内に報告せよ、わかったな？」

ちょうどそのとき、地域警報が指揮所内に鳴り響いた。数秒のうちに、各部署へ向かう兵士たちの足音が、うしろの通路や階段の方から聞こえてきた。当直員のひとりが、すでにそれらからの報告を受けとるためのスイッチをつぎつぎに入れはじめている。ショウレッツが立ちあがり、隔壁の外の観測室へ向かおうとしたところへ、そっちの方から当直の将校が戻ってきた。「ロックへ近づく一隊があります」と彼は報告した。「正規軍です――兵力は三十名か、それ以上です」

スクリーンから見つめるオールドセン大佐をほったらかして、レズリーは立ちあがると、指揮所と監視所を隔てる鋼鉄の隔壁に開いたドアをぬけて、窓のひとつから眼下のロックを見おろした。ドアのところからその姿を見守るショウレッツのうしろでは、無視されたオールドセンの苛立った声がわめいている。「レズリー少佐、まださがってよいとは言っておらんぞ。すぐ戻ってこい。いったい何があったのだ？　その警報はなんだ？　レズリー、聞いているのか？」

しかしレズリーはそれに耳もかさず、下方にひろがるプラットホームにじっと目をこらした。ロックの上にある投光器に照らされて、向こうへいくほど幅が広くなるそのプラットホームの奥は、前室の暗がりの中へとかすんでいる。その薄暗い奥の方から、移動チューブや貨物軌条ぞいに、大勢の人影が、遠くではまばらに散開し、プラットホームが狭くなるにつれて間をつめながら、ゆっくりとこっちへ近づいてくるのだ。慎重に動いてはいるが、こっそりというよりは足もとに気をつけているふうで、意識的に物陰に隠れることを避けているかに見える。それに、抱えている武器の銃口は下へ向けられており、威嚇的な態度はまったく感じられない。

「全部署に兵員配置完了、待機中」当直兵のひとりが指揮所内の持ち場から叫んだ。

「レーザー砲待機中、砲撃準備よし」別の声が報告した。

「侵入者防止システム準備完了、発動準備よし」

「ロック待機中、閉鎖準備よし」

人影はもう頭上からの照明の範囲に踏みこみ、なおいっそう歩度を落としてゆっくり動いているのが、はっきりと見てとれた。彼らが正規軍の歩兵であることをレズリーは確認した。背の高い軍曹と、眼鏡をかけた伍長が、他のものたちより数歩先を歩いている。そのふたりが、ついに足を止めて、何かを待っているかのようにたたずみ、あとに続く一隊も、その場に静止した。監視窓から見おろすレズリーは、思わずあごを引きしめた。この連中は、彼がさっきから格闘を続けている問題に対して出される答えに、自分たちの命を賭けているのだった。

うしろのドアのところに立っているショウレツの横から、ジャーヴィスがふいに顔をのぞかせた。「戦闘装備の三個中隊が、リングからスピンドルに到着、前進中、さらに多数の部隊が続いて移動中です」と報告する。「また戦闘モジュールからは、船尾側フィーダー・ランプの中を接近中の一隊があります。ロック閉鎖のため戻ってくるものと思われます」

レズリーはそっちを振り向いたが、ふたりは何も言わなかった。これ以上、言うことはないのだ。ここでロックを閉じ、戦闘モジュールの武装の庇護に身をゆだねることもできる。あるいは、下に到着した正規軍の力を借りて、戦闘モジュールからやってくるSD部隊を堰き止め、援軍の到着までロックをあけておくこともできよう。いよいよ決断しなければならないときが来たのだ。

彼は、セリア・カレンズの顔を思い浮かべた。彼女はいったん身の安全のため姿を消したはずなのに、またはるばる政治センターのまっただ中まで戻ってきた。真実を知らせるために、すべてを賭けたのだ。それから彼はもう一度、下方の軍曹、伍長、そしてそれに続く人々が、道理の通ることを祈りながら黙って立っているのをじっと見つめた。彼らもまた、セリアをはじめとする人々のやったことを無駄にしないため、持てるすべてを賭けている。レズリーがここで失うことになるかもしれないものなど、この人たちがすでに賭けているものに較べれば、ものの数でもなかった。

「兵員全員に、武器をおろすよう伝えろ」と彼は静かにジャーヴィスに告げた。「侵入防止システムを解除、ロックは平常状態に戻せ。全員をロック外扉まで前進させ、戦闘モジュールからの攻撃に備えろ。ショウレツ、下にいるあの連中を入れてやれ。今はできるかぎりの人手がほしい」そう言うと、彼はくるりと踵を返して、大股に監視所を出、下のロックへ降りていった。

　ジャーヴィスとショウレッツは目と目を見あわせた。ついでジャーヴィスが、ほっと安堵の息をもらした。ショウレッツはにやりと笑いを返すと、指揮所にとってかえし、通信《コム》パネルの上にかがみこんだ。「中尉」スクリーン上のオールドセンが憤然たる面持ちで詰問した。「レズリー少佐はどこだ？　わたしの命令――」ショウレッツはスイッチのひとひねりでその映像を消すと同時にロック区域指揮用の拡声機の音声回路を入れた。「了解した、諸君、われわれは武器をおろす」パネルから突きでているマイクロフォンに向かって、「できるだけ急いでここへあがってきてほしい。向こうのフィーダー・ランプからやっかいなものがこっちへ向かってるんだ」

　ショウレッツが話しおえると同時に、表示灯が政治センターから呼びだしが入っていることを知らせた。彼が応じると、大きな口髭をたくわえた正規軍の大尉がスクリーンに現われた。

「前線防衛指揮所」とショウレッツ。

「第二歩兵旅団D中隊指揮官のシロッコだ。指揮官はおられるか？」

「申しわけありませんが、いまロックの方へ降りていかれました」

「副官は？」シロッコがたずねた。

「ロック外扉に出ています」

　シロッコの顔が曇った。「いいか、現在船首を占領のため前進中の一隊がある。無意味な流血は避けたい。ロックをあけておいてもらいたいのだ。こちらにおられるボルフタイン将軍が、そちらの指揮者に直接話したいと言われるのだが」

「わたくしが代わってお聞きします」ショウレッツは答えた。「将軍に、よいニュースがあると申しあげてください」

下のロックのところでは、コールマンとスワイリーがレズリー少佐と向かいあっているうしろを、D中隊の分遣隊員が、スピンドル内の低重力に合わせたゆっくりと宙を飛ぶような足どりで、ロック外扉付近に展開中のSD隊と合流しに向かっていくところだった。「思いきったことをしたもんだな、軍曹」とレズリーが言った。

「五分五分の賭けでしたよ」コールマンは答えた。「ほかの方法じゃ、可能性はゼロだったでしょう」

「すばらしい考えだったよ」

「こういう考えかたを、みんなこれから学ばなきゃならないんです」

レズリーは一瞬相手の顔を見つめ、そしてうなずいた。「現在、戦闘モジュールからの一隊が、後部フィーダー・ランプを通って攻撃に向かってくるところだ。こっちでランプ内の動力を切って、輸送機関を利用できないようにしているから、われわれだけでもそっちの援軍が到着するまで食いとめておくことはできるだろう。どれくらいかかるんだ？」話しながら彼らは足早に内扉を抜け、外扉へ向かった。その外で、通路はいくつかのトンネルに分岐し、フィーダー・ランプやラムスクープ支持構造に向かっている。

「援軍はどのあたりまで来ているんですか？」コールマンがたずねた。

「数分前からスピンドルに到着しはじめているよ」レズリーは、いささか驚いた様子で、

「そのことを、どうして今まで知らなかったんだ？」

「つまりその……ひどく奇抜な作戦だったものですから」

前方ではジャーヴィスが、すでにあらゆるトンネルの開孔に兵の配置を終え、ただし最大の人数を戦闘モジュールからSD部隊が近づいてくるフィーダー・ランプからの出口においていた。自分はトンネルの中を見とおして直接指揮のとれる装甲プラットホームの上にあがっていた。レズリー、コールマン、およびスワイリーは、ドリスコルはじめD中隊の数人が武器を持ってうずくまっている支柱のうしろに近づいた。数秒後、兵士たちのあいだに張りつめた期待がみなぎった。

と、トンネルの開孔のいちばん近くにいた数人が顔をあげ、けげんそうに顔を見あわせた。監視プラットホームの上で胸壁ごしに見守っていたジャーヴィスも、つかのま躊躇したようだが、やがてゆっくりと背筋を伸ばした。ひとり、またひとりと、兵士たちは銃をおろし、ジャーヴィスもロックの床へ駆けおりてきた。

煤で顔を真黒にし、片袖を血に染めたSDの少佐がひとり、ふらつきながらトンネルの出口に現われた。すぐそれに続いて、頭から血を流しているひとりを交えたひどい姿の四人が姿を見せた。ジャーヴィスとその部下たちが手をかすため前へ飛びだしていき、レズリーや他のものも遮蔽から出てきた。

レズリーとその少佐は顔見知りだったようだ。「ブラッド」とレズリーが、「いったいど

うしたんだ？　こっちは一戦まじえる気でいたんだぞ」

「そいつはもう戦闘モジュールでやってきたよ」ブラッドが息を切らしながら言った。「放送のあと、おれの隊はあそこを接収しようとしたんだが、あちら側にいる方が安全だと思って動こうとしないやつが多すぎてね。こっちは抜けだしてくるのがせいいっぱいだったよ」

「抜けだせたのは、何人くらいだ？」レズリーがたずねた。

「はっきりしないが……五十人くらいかな。大部分は、このランプの先の接合ドームのロックを守るために残っている」

「すると、ここから戦闘モジュールまでは、なんの邪魔もされずにいけるってことですか？」とコールマンはたずねた。

ブラッドはうなずいた。「しかし、あそこはストームベルの部下が守っている。戦闘モジュールへ入るにはロックを爆破しなければならん」

レズリーがジャーヴィスを振り向いた。「チューブの動力を入れろ。急いでこっちの人数を送りこむんだ。減圧に備えるため全員に宇宙服を着せろ。ブラッドの部下は、ランプからこっちへ戻せ」

「わたしの隊の一部はもう宇宙服をつけています」とコールマン。「そこの車は使えますか？」ランプへ通じている線路から分岐した待避線に並んでいる人員輸送車を指さし、ジャーヴィスがうなずくと、スワイリーに向かって、「あの分隊を乗せて前へ送りだせ」スワイリーとジャーヴィスが急いで駆け去っていった。

「正規軍がスピンドルを通ってこっちへ向かっているんだ」レズリーがブラッドに向かって言った。「もう今にも到着するだろう」

「一刻も早く来てくれることを祈ろう」とブラッドは答えた。「スタームは、今もミサイル攻撃の準備を進めている——それも、大きなやつだ」

コールマンは、ブラッドの言ったことの意味を理解するより先に、胃の腑にひやりと何かが触れるのを感じた。「スタームが？」麻痺したように、彼は繰り返した。突然からからになったくちびるを舌でしめしながら、彼はふたりのSD少佐を交互に眺めやった。「すると、もう彼はあの中に？」

レズリーはうなずいて、「夕方からずっとあの中にいる。一八〇〇にストームベルと一緒にきて、幕僚と作戦会議に入ったんだ。彼らはぜんぶあそこに……」コールマンの表情に、彼は眉をひそめた。「誰も知らなかったのか？」

コールマンは、のろのろと首をふった。考えなければならぬことはあまりにも多く、時間はあまりにも少ない。いつもそうなのだ。事態が最高潮に達すると、いつでもきまって、当然すぎるためにみんなが見逃がしていたことが必ずひとつ出てくる。全員が、スタームが戦闘モジュールに入るのをどうやって阻止するかに気をとられすぎて、彼がはじめからそこにいるかもしれないという当然の可能性には、誰ひとり気づかなかったのである。

「ミサイルの攻撃目標はなんですか？」かすれた声でコールマンがたずねた。

「そいつは知らん」とブラッド。「そこまでトップレベルの内容は、わたしの耳にはとどいていない。しかし、使われるのは中ないし長距離ミサイルで、何かの理由から宇宙船の軌道周期と同期させなければならんという話だったな」

コールマンはうめいた。目標は、〈クワン・イン〉しかありえない。もしその攻撃が成功すれば、この惑星に残される唯一の戦略兵器はスタームが握っていることになり、そうなればもうどんな圧制も思いのままだろう。またもし失敗すれば、〈クワン・イン〉がケイロンの縁から姿を現わして報復に転じたとき、スタームとそのわずかな取り巻きのために、〈メイフラワー二世〉全体が道連れにされてしまうことになる。ロックの外では、大気圧ゼロ用の戦闘宇宙服を着こんだ兵士たちを乗せた最初の輸送車が、ブラッドたちの現われたトンネルの奥へ、今しも消えていこうとするところだった。

「きみは何かを知っているようだな」レズリーがコールマンに言った。「地表に何か、まだ発表されていないことでもあるのかね？」

「いえ……」コールマンは、心ここにあらずといった態で首をふった。「今すぐ説明できるようなことではないんですが、つまり――」

SDの軍曹が、レズリーのうしろから口をはさんだ。「援軍が到着します、少佐殿。輸送車が出てきます」振り向く一同のかたわらを、宇宙服に身を固めた兵士たちと兵器を満載した車輛の一台目が、ロックの内扉と外扉のあいだをゆっくりと通過し、係員の合図を受けて、停止することなくスピードをあげながら通り過ぎていった。さらに、自信と決意をみなぎらせた兵員を乗せた輸送車が続々と到着しはじめ、レズリーの命令で、それらは戦闘モジュールへあらゆる道から侵入するため、あと三つのフィーダー・ランプへも振り分けられていった。

コールマンの通話機が鳴りだした。かけてきたのは、通信センターのバーナード・ファロウズだった。「みごとにやってのけたね」と彼。「しかし、まだ終わってはいない。スタームの居場所がようやくわかったよ」

「わたしの方もみつけました」コールマンは答えた。「でも、それだけじゃない。彼は今にもミサイルを射ち出しそうです。目標は、〈クワン・イン〉にちがいありません」

バーナードはむずかしい顔つきでうなずいたが、そこにはなぜか狼狽の色は見られなかった。明らかに彼は、この知らせをなかば予期していたのだ。「ボルフタインはその場合の可能性も検討していたんだ」と彼。「〈クワン・イン〉が縁のうしろにかくれるまであと四十分ある。それまではスタームも発射しないと思うよ」

「ケイロン側が、それまで待ってくれるでしょうか?」コールマンは反問した。「彼らは、彼が中に入っていることや、それが何を意味するかを知っているんですか?」

バーナードは首をふった。「いいや。接触を保ってはいるんだが、ウェルズリーにその件は口どめされてしまってね」コールマンはうなずいた。彼もまた、彼らに先制攻撃を決意させるような危険は冒したくないと考えたのだろう。バーナードは続けて、「ウェルズリーは戦闘モジュールとも接触しようとしているんだが、スタームは答えようとしない。思うに彼は、攻撃に入るまで、モジュールを船につけておくつもりだろう――言葉を変えれば、スタームが攻撃に失敗して逆に撃破されたら、われわれもみんな吹っとんでしまうということだ。同じことが、ケイロン人が先にボタンを押すことを決意した場合にも言える。彼は今や四十分の秒読みに入っていると考えなければならんわけだ。ハンロンとアームリイは追っつけそっちに着くはずだし、シロッコも二、三分前にここを出た。ボルフタインは、集められるかぎりの人員を送りこもうとしている。それで見こみはあるだろうか?」

対戦車ミサイル発射管《ランチャー》その他の破壊兵器を抱えた戦闘宇宙服姿の歩兵でいっぱいの車輛が、すべるようにロックを通り抜け、戦闘モジュールの前部ランプへ通じる支線へ、大きく揺れながら入っていった。「そうですね、フィーダー・ランプのうち一本は、もう自由に通行できますし、あと三本にも進入を開始しています」コールマンは答えた。「すでに戦闘モジュールの中でも小競りあいがあり、かなりの人数がこっちへ出てきました。わが方が四つの入口を同時に爆破して侵入するのを防ぎとめるだけの人員が向こうに残っていないことを願うしかありませんね。ボルフタイン将軍には、見つかるかぎりの重火器を、手に入りしだいどんどん送ってよこすようにと、それだけ伝えてください」

38

戦闘モジュールでその船尾第二舷門《ポート》の防衛を担当するSDの大尉は、気閘《ロック》内扉の中央部が鮮紅色の光を放ちはじめるのを見て、前衛部隊をその近くから後退させた。兵士たちはすでに宇宙服を身につけ、モジュール内部へ通じる隔壁を閉鎖したうえで孤立したロック周辺の数区画は減圧されている。周囲を見とおすロック制御室の装甲ガラス壁のうしろから見守る彼の横手に、後方から一台目の遠隔操縦自動砲《リモートコントロール・オートマチック・カノン》がせりだしてきた。「自動砲《RCC》、用意急げ」宇宙帽の通話機に声を吹きこむ。「イエロー分隊援護配置に。グリーンおよびレッド分隊は縦断隔壁ロックまで後退」

「最後の一兵まで死守せよ」ブリッジから成りゆきを見ているオールドセン大佐が、指令スクリーンのひとつに向かって言った。「もうすぐモジュール分離の準備は完了する」

「必要とあればそうします」大尉はきっぱりと答えた。

突然、高性能徹甲ミサイルの斉射でロック構造全体が内側に爆発した。衝撃波を伝える空気はないが、床と壁はびりびりと震動した。数人が破片に当たって倒れ、その一秒後にはロックが吹っとんだあとの穴から続けざまに射ちこまれる榴散弾で、さらに多くの死傷者が出た。が、残った兵士たちは、穴の外に見える接合ドームから残骸をわけて進んでくる宇宙服姿に向かって射ちはじめた。自動砲の一門が、ロックの扉の残骸に引っかけられて横向きになり、もう一門の前面をふさいでいる。「レッド分隊後退」大尉が叫んだ。「砲を――」

ミサイルのもう一斉射が尾を引いてロックから飛びこみ、内部の壁や構造物ではじけて、動きだした兵士の半数を一掃してしまった。生き残って残骸のあいだをよろめき歩くものも、雨あられと注ぐ高性能弾《HF》やM三十二の連射や対人殺傷弾でつぎつぎと傷つき倒れていく。ついに残兵は散を乱して総くずれになった。「全員後退！　集合地点は――」ガラス壁が直撃弾を受けて内側に砕け散り、間髪をいれず五百ポンド焼夷弾頭をつけた誘導弾が、船尾第二舷門《ポート》周辺におけるあらゆる抵抗に終止符を打った。

戦闘モジュールのブリッジで、オールドセン大佐は、目の前でふっつりと消えたスクリーンから顔をそむけた。その隣のスクリーンはまだ生きており、縦断隔壁沿いのずっと後方の持ち場にいる別のSD士官が状況を報告してくる。「船尾第二からの連絡が切れました」オールドセンは、陰鬱な表情のスタームに向かって言った。「あと数分のうちに、敵は乗りこんでくるでしょう」

「〈クワン・イン〉が掩蔽されるまでの時間は？」スタームは、切り離し準備を指揮しているストームベルを振り返ってたずねた。彼としては、第一撃の射出まで〈メイフラワー二世〉を楯に利用するつもりだったのだが、思いもかけないことに船の大部分はもはや彼の手を離れ、おまけにレズリーの裏切りによってこの戦闘モジュールにまで攻撃部隊が殺到した今となっては、その優先順位を変えざるをえなかった。〈クヮン・イン〉を破壊できたとしても、そのあいだに戦闘モジュールを失ったのではなんにもならない。

「あと八分間」ストームベルが答えた。「しかし、向こうの反動皿《ディッシュ》は、まだあちらを向いている。いつでも分離できます」

「射たれる前にケイロンの陰に入れることはたしかなんだな？」

「〈クヮン・イン〉は、そう急に方向転換はできません」とストームベルは答えた。「分離したらすぐに〈メイフラワー二世〉の前方へ最大出力で加速すれば、〈クヮン・イン〉が狙いをつけるよりはるか前に惑星のうしろに入れます。あとは、対称の位置を保つ軌道に乗ればそれでよろしい」

「船首第一舷門《ポート》の部隊が降伏しました」別の報告をうけたオールドセンが、こわばった声で告げた。「戦闘は終結。ニコルソンは控えも含めた全部隊を率いて投降しました。もう一刻の猶予もなりません」

スタームの目が怒りに燃えた。「戦闘を放棄した全将校の履歴をあとで見せてほしいな」とストームベルに向かって、「政治センターにいたやつら、ヴァンデンバーグの責任者、ヘキサゴンのレズリー、今のやつ——全員のだ」彼の声は平静だったが、その冷たさにはかえって鬼気迫るものがあった。「いずれこの償いはさせてやる。将軍、ただちに戦闘モジュールを分離して所定の作戦に移る」

ストームベルが命令を伝え、戦闘モジュールは補助操船エンジンから炎を噴きながら、

〈メイフラワー二世〉のラムスクープを支える二本の柱のあいだからゆらりと外へすべり出た。フィーダー・ランプを引っこめる手間を省いたため、ひん曲がった鋼鉄が船殻から引きはがされる響きがモジュールの船尾一帯を震わせた。ランプの中の一本は、まず大きく曲げられ、そのままもみくしゃになった。そして全長の中央あたりの、空気の満たされている部分が引きちぎられ、そこから人員や装備がどっと空間に吐き出された。幸運なものたち――宇宙服を着ていた――は、服の通信機から遭難信号帯域の電波を出すことで探知してもらえる望みがあったが、それ以外のものは何を考える暇もないうちに全身が破裂してしまった。

「いずれここへ戻るときには、攻守ところを変えていよう」モジュールの主駆動《メイン・ドライヴ》が火を吐き、〈メイフラワー二世〉の船首から離れて前方へ向かう加速度を全身に感じながら、スタームはブリッジの側近たちに向かって言った。「だが、まずわれわれは、ケイロン人と取り引きせねばならん……友人同士としてな。ところで、〈クワン・イン〉はどうしているかね？」

「反応する様子はない」とストームベルが、ここ数時間来はじめての、緊張のほぐれた声を出した。「まあ結果的には、不意打ちをくらわしたということになるのでしょうな」スクリーンに映しだされる軌道と進路の図の数値にちらりと目をやり、「これでもう、やつらはわれわれに指一本触れることもできなくなったわけだ」

スタームは満足げにゆっくりとうなずいた。「まあ上首尾だろう。諸君、これでわれわれが今や絶対的な優位に立てたことがおわかりと思う」

〈メイフラワー二世〉の通信センターでは、ボルフタインやウェルズリーをはじめ、船内と地表における各種活動の統合にあたっていた人々が、周囲のスクリーンから流れ出る地獄絵図に、息をつめて見入っていた。ずたずたになった一本のフィーダー・ランプからは宇宙服姿が放りだされて宙に舞い、ほかのランプは、接合ドームが引きはがされて内部がむきだしになっている。そのいずれもが戦闘の傷痕を残しており、そのうちのひとつでは一部が吹っ飛ばされてしまっていた。そこから、兵器や、破片や、装備類が、あらゆる方向に噴きだし、いたるところに宇宙服姿の兵士が命綱一本を頼りに引っかかっている。「人員輸送船、修理用ポッド、連絡艇《フェリー》、そのほか出せるものはぜんぶ出せ」ボルフタインが幕僚のひとりに命じた。「ヴァンデンバーグからでもどこからでもかまわんから集めるんだ。ひとり残らず収容しなきゃならん。ピータースン、スレッサー提督に、船を放棄する場合に備えて、積んでいる全シャトルの飛行準備をさせるよう伝えろ。カナヴェラルからも、あと何機ここへ来られるか知りたい」

「閣下、ヴァンデンバーグのクレイフォード副提督から連絡が入っています」声が呼びかけた。

「閣下、第八チャンネルでケイロン側が事情の説明を求めています」

「船首のレズリー少佐から連絡です、閣下」

「戦闘モジュールは速度と進路をそのまま保ち、ちょうど今〈クワン・イン〉に対する掩蔽域に入りました」

そのボルフタインからあまり遠くないところでは、ウェルズリーとレチェットが、大型スクリーンを通して、ケイロン人のオットーおよびチェスターと話しあっていた。その後方、センターのモニター・コンソールの前では、バーナードとセリアと担当の通信士が、それよりは小さなふたつのスクリーンを見つめている——その片方にはキャスの顔が、もう片方には、一本のフィーダー・ランプの端の、かつては接合ドームだったものの惨憺《さんたん》たる内部が映しだされていた。

その後者では、焼け焦げた宇宙服姿のハンロンが、こっちへ突きでているよじれた金属構造材につかまって、あいた方の手でもつれた二本の命綱をたぐっており、うしろのひび割れた接合ドームの縁でも、兵士たちがつぎつぎと生存者を引きあげては、フィーダー・ランプの入口へ登らせていた。「今度こそあいつだぞ」ハンロンの声がスクリーンの横の格子《グリル》から流れた。「やっぱりそうだ……見てくれは悪いが、中身はぴんぴんしてる」命綱のもうひと引きで、その姿が画面に入ってきた。バーナードとセリアは、ヘルメットの中に毛編み帽《ウオツチキヤツプ》をかぶって汗みどろだが怪我をしている様子もないコールマンの顔を認めて、安堵の息をもらした。コールマンは、ハンロンがつかまっているのと同じ構造材の別の場所に身を落ちつけると、自分の命綱をはずしてもう一本とのもつれをほどき、それからハンロンに手をかしてもうひとりの宇宙服姿をたぐりよせた。今度のはさかさまになって画面に現われ、そのまん丸い情けなさそうな顔には、分厚い眼鏡が傾いたままなんとか鼻にひっかかっていた。

「ハンロンが彼を助けたよ」バーナードが、キャスの映っているスクリーンに呼びかけた。

「元気なようだ。それからふたりでスワイリーも助けた。彼も大丈夫らしい」

キャスは一瞬ぎゅっと目を閉じ、ついで、画面には出ていないヴェロニカ、アダム、ケイシー、そしてバーバラに伝えた。「スティーヴが見つかったわ。元気ですって」

バーナードとセリアのうしろでは、レチェットがオットーに話している。「戦略兵器はぜんぶあのモジュールの中です。船のあとの部分には、脅威となるようなものは何もありません」

「わかっています」とオットー。

「こうするほかなかったんだ」レチェットの横からウェルズリーが強調した。「いくらなんでも、あの兵器があんな連中の手に渡っていることを、あんたがたに打ち明けるわけにはいかなかった。伏せておくことにしたのはわたしだ。他のものに責任はない」

「わたしでもたぶんそうしたと思います」とオットーは言った。

そのとき、通信管制官が叫んだ。「戦闘モジュールから通信が入っています」たちまち通信センター全体が静まりかえり、壁の高いところにある大型スクリーンのひとつに、高級士官たちを従えたスタームとストームベルの姿が現われた。スタームは冷たく悠然とかまえているが、目には嘲笑うような勝利の色が浮かんでいる。ストームベルは両脚《でく》を開いて立ち、腕を胸の前に組み、昂然とあげた顔はまったく無表情だ。他の士官たちは木偶のようにただ前方を見つめている。数秒後、ウェルズリー、レチェット、そしてボルフタインがフロアの中央に進み、立ったままスクリーンを見上げた。

スタームを見つめるセリアの顔はこわばり、紙のお面のように血の気を失っていた。「戦闘モジュールと回線がつながったんだ」バーナードがキャスにささやいた。

「わかってるわ」とキャスが答えた。「オットーとチェスターにも、こっちの通信衛星を通じてつながってるの。三元中継なのよ」

「おみごとだったな、ウェルズリー」大型スクリーンからスタームが語りかけた。「実際、あなたの驚くべき機略縦横ぶりには、わたしも賞讃を送らざるをえない。しかしながら、そちらの目から見て残念なことには、せっかくの作戦も水泡に帰したようだな」ついで彼がスクリーンに出ていない何かの方へ視線を向けたのは、おそらくオットーとチェスターの映像を見やったのだろう。「また、やはりきみらの目から見ると残念なことに、われわれは〈クワン・イン〉の秘密を、ずっと前に解いてしまっていたのだよ」

「バーナード」キャスがモニター・コンソールのスクリーンから声をひそめて呼びかけた。

彼は振り向いて、彼女を見つめた。「何です？」

「〈メイフラワー二世〉のモジュールの中には、上面が透明天蓋で、その外側に鋼鉄のシャッターのついてるのがあったと思うけど」とキャス。

バーナードは、その言葉の意味をはかりかねて、眉根をよせた。「ああ……だがどうして……いったい——」

キャスの声は低いままだったが、危急の色を帯びた。「そのシャッターがぜんぶ閉まってるかどうかたしかめて。今すぐに」バーナードがふしぎそうに首をふり、また質問しようとするのへ、「とにかく閉めて」とキャスは押さえつけるように言った。「もう時間がないの」

バーナードは、なお一瞬彼女を見つめたが、やがてうなずくと、セリアの隣にすわっている通信士の方を振り向いた。「ここにスレッサー提督を呼び出せるかね？」通信士はうなずき、すわりなおすと、番号を打ちこみはじめた。

フロアの中央で、ウェルズリーが質問した。「何が欲しいのかね？」

「よろしい」スタームは満足げに、「わたしも協力的関係を保持したいと思っているのだ」そう言うと、ケイロン人の方に顔を向けた。「われわれみんな、相互に理解しあう意志があるものと考えさせていただこう」

「うかがいましょう」オットーが抑揚を欠いた口調で答えた。

「わたしから現況を説明する方が、たぶんおたがいにとってためになるだろう」と、スタームは申し出た。「われわれはここで、完全無欠な戦略兵器庫を手にしている。そこに秘められた威力は今さら話すまでもなかろうし、またこれに対抗しうる唯一の兵器も、今は無力化されている。一方、〈クワン・イン〉に対するわれわれの攻撃能力は少しも損なわれておらず、したがってきみらも、それが破壊されるのは避けられない運命と認めているだろう。もはやケイロン全土の生殺与奪はわれわれの意のままだし、〈メイフラワー二世〉は無防備状態だ。この事実が何を意味するかは明々白々である」

スタームは数秒間、自分の言葉の意味がみんなの心にしみわたるのを待ち、それから、相手の立場が絶望的なことを思い知らせようとするかのように、軽く両手を前にあげてみせた。

「しかし、目的もなく貴重な資源を破壊するのはわたしの望むところではないし、またそのような浪費は誰にも許されぬことだ。こうしてあらゆる力を手中にした以上、取引きなどする必要はないのだが、わたしはあえてそうしたいと思う。承認と忠誠への見かえりとして、わたしは、力による庇護を提供しよう。わたしは無条件の要求を出せる立場にいながら、提案という形式を選んだのだ。したがって、よろしいか、このわたしの申し出は、きわめて寛大なものと考えてほしい」

「スレッサー提督がお出になりました」通信士がバーナードに耳うちした。

バーナードはうなずきかえすと、前へかがみこみ、低い声でモニター・スクリーンに出ているその顔に向かって話しはじめた。「提督、緊急の用件です。透明天蓋部分の外側のシャッターがぜんぶ閉まっているかどうか、至急確認してください」

スレッサーは、バーナードがかつてのメリックの部下であることに気づくと、「なぜだね?」と当惑したようにききかえした。「そんなところで何をしているんだ……ファロウズ、と言ったな?」

「わたしにも理由はわかりませんが、大事なことだと……ケイロン側からそのように要請されたのです」

スレッサーの眉根のしわは、さらに深くなった。彼は躊躇し、しばし考えこみ、やおらうなずいた。「わかった、そうしよう」そして画面から立ち去った。

「おかしな申し出ですな」オットーが言いだした。「庇護を提供すると言われるが、いま誰もがまず求めたいのは、あなたから身を守るための庇護でしょう。結局あなたが言われたのは、自分が武器を一手に握っているぞというだけのことだ。どうも奇妙な論理概念をお持ちのようですな」

はじめてスタームの顔を、ちらりと怒りの色がよぎった。「この状況を、きみの頭のよさを自慢するために利用するのはやめるように忠告しておく」と彼。ひと呼吸おいて心を静めると、前よりさらにゆっくりした口調で話を続けた。「地球がいま引き裂かれかけているのは、そこに強力な指導者が生まれず、ために」――片手を顔の前にあげ、ぐいと空を握ってみせながら――「壮大なる統一と力の達成の可能性の芽を歴史全体を通じて摘みつづけてきたつまらぬ対立や嫉妬をそこから一掃することができなかったからだ。地球で常に擾乱が絶えないのは、いかに有能な指導者の努力も手がおよばぬ全地球的規模の混沌という遺産をそれが受けついでいるからなのだ。ケイロンの未来の姿を、きみらは、そんなふうにしてしまいたいのか？

この惑星は、現在までそのような運命をまぬがれてきたが、人口はいずれもっと増えていく。しかし、地球の轍《てつ》を踏まぬよう、分裂の病いがはびこりその毒がひろがらぬうちに、強力で統一のとれた揺るぎない秩序の種をまくチャンスは、まだ残されている。すでに地球から解き放されたこの悪の力は、東亜連邦《EAF》の尖兵という形をとって、ケイロンまであと二年の距離まで迫っている。わずか二年後には、この惑星を奴隷化しようとするものの支配に屈服するか、あるいはケイロンを難攻不落のものとする統一された力をもってそれに立ち向かうか、そのいずれかの選択が、きみらに委ねられているのだ。弱者となるか強者となるか——追従か尊厳か、隷属か自由か、恥辱か名誉か、屈服か自立かだ。弱者と強者。わたしの提案は、後者となることだ」

　スタームの目が夢見るような光をたたえ、息づかいが目に見えて早くなった。「わたしはこの世界を、地球がついになりえなかった強大な勢力に仕立ててみせよう——たとえ東亜連邦《EAF》の大艦隊が押しよせても近づけないほどの、不可侵の要塞にだ。そしてこのケンタウリ系に、不滅の星間帝国を建設してさしあげよう。ひとりの指導者のもとに全人民が一体となるのだ……ただひとつの意志、ただひとつの行動、ただひとつの目的を分かちあうのだ。もはや弱者同士が生存を賭けて闘いあう必要はない。弱者はその統一から生まれる力によって保護され、彼らを保護する強者はその統一によって無敵となる。これが……わたしの提案する世界のありかたなのだ」

「そのあなたによる保護と、怖るべき東亜連邦《EAF》による支配とやらは、どこがどう違うのです?」チェスターがたずねた。

　この反応にスタームはむっとしたようだ。「侵略者に立ち向かうための保障を、ひそかな征服の野心のようにとらないでもらいたい」と彼は答えた。

　オットーは首をふった。「もし地球が引き裂かれかけているとしたら、それは、今あなたがわれわれに押しつけようとしているのと同じようなひとりよがりの予言を、地球の人々がみずから易々諾々と信じてしまったせいでしょうな、スタームさん。しかし、われわれはそうはいかない。東亜連邦《EAF》の恒星船に乗っている人々からわれわれを守るための庇護をあなたに求める気はないし、また彼らも同様、われわれから身を守るための彼らのスタームなど必要としてはいない。そういった力は、われわれとは無縁のものです。隣同士がたがいに自分の家を要塞化することは、力でしょうか、それとも被害妄想でしょうか？　全星系を要塞化するつもりだなどと言うあなたは、よほどの不安感をお持ちとしか思えませんね」

　スタームは口をぐっとへの字に結んだ。「東亜連邦《EAF》は、征服を信条としているのだ」と彼。「彼らは、力に結びつかぬいかなる言葉も理解しようとはしない。彼らには、それ以外のどんな手段も通用しないのだ」

「いいえ、スタームさん、彼らだって、世界じゅうのあらゆる人たちがしゃべっている言葉は理解できるはずです」チェスターが言った。「われわれは、彼らに対しても、すでにあなたがたに対して使ったのと同じやりかたで、対処していくつもりです」

「それがどういう結果を招くかわかっているのか？」スタームが詰問した。

　オットーは、ユーモアのみじんもない笑いを浮かべた。「あなたを囲んでいるひと握りの狂人たちを見てごらんなさい。ほかの人たちはみんなどうしたのです？　あなたの軍隊はどこへいってしまったのです？　彼らはみんなもうケイロン人なんですよ。その人々に対してあなたが提供できるのは、あなた自身で彼らの心の中につくりだす恐怖からの庇護だけ。しかし、すでにケイロン人の心を持っている彼らにその手は効かない。みんなもう、その恐怖は自分のものではなく、あなたのものだということに気づいているからです。庇護が必要なのは彼らではなく、あなたなのです」

スタームの顔面の筋肉が引きつった。激怒を押さえようという努力で全身を震わせながら、「わたしは取引きしたいと思っていた」と彼はきしるような声で言った。「だがどうやら、その真面目な意図も、きみらの心にはとどかなかったようだな。よかろう、こうなればもういたしかたない。きみらの決意をうながすには、実行してみせるしかないだろう」ストームベルに向かい、「将軍、北セレーネのケイロン科学基地に照準を合わせてあるミサイルの現況を教えてくれたまえ」

「準備完了、即時発射可能」ストームベルは淡々と答えた。「発射から十三分後に到達し、高度二千フィートで空中爆発するようプログラムされています。弾頭は二十メガトン相当、射出後の回収と不発化は不可能」

「考えなおす最後の機会だぞ」スクリーンの中から振り向きながら、スタームが言った。

「考えなおすことなど何もない」平静に、オットーは答えた。

スタームの顔が黒ずみ、口がみにくくゆがんだ。目を大きく見開いたその顔は、まるでおとなしやかな仮面が剝がれ落ちたかのように見え、一瞬バーナードは、いまいる場所からでさえ、完全に狂ったその心の奥底を直接のぞきこんでいるような思いにかられた。思わず身ぶるいが出た。かたわらのセリアが、ぎゅっと彼の腕を握りしめた。「将軍」とスタームは命じた。「六十秒後にミサイル発射」

ストームベルが背後のどこかへ向けて合図を送り、そして報告した。「六十秒の秒読み開始しました」

「秒読みはいつでも停止できる」スタームが言った。

ウェルズリーもボルフタインもレチェットも、もはやなすすべもなく、フロアの中央で化石化したように立ちつくすばかりだ。「彼、本当にやる気だわ」セリアがすっかり怯えきってバーナードにささやいた。

バーナードは抗議するように首をふり、視線をそこからもぎ離して、まだキャスの顔を映しているスクリーンに向けた。「こんなことをさせといちゃいけない」哀願するように、「セレーネのあそこには、きみの肉親もいるじゃないか。これは最初の見せしめにすぎないんだ。つぎにはもっとひどいことになる」

「させておく気はないわ」キャスが言った。

「しかし、させてるじゃないか。どうやって押さえるんだ？」

「もうあなたがたにも、ほとんどわかってるはずよ」

バーナードはまた首をふった。「なんのことかわからない。〈クワン・イン〉からは射てないはずだ。戦闘モジュールからは掩蔽された位置にいるんだからね」

「どこにいたって射てないわ」とキャスが答えた。「まだ改造は終わっていないのよ。そのことは、前にお話ししたと思うけど」

バーナードは眉をひそめたまま、ぼんやりと彼女を見つめた。何もかもまったく意味をなさない。「だって——反物質駆動が……それがそっちの武器なんじゃないのか？」

「そんなこと、一度も言ってません」とキャスは答えた。「あなたがたがそう思っただけよ。スタームもそう思ったようね」彼女の言っていることの意味がふいにわかりはじめ、バーナードはその重大さに思わずぽかんと口をあけた。キャスの表情は重々しいが、しかしその瞳の奥には、はじけそうな笑いの影がうかがわれた。「科学的な研究の内容をごまかすことはとうていできないわ」と彼女。「またそれにはちゃんとした目的があるように見えなければならないので、反物質駆動がちょうどそこにぴったりだったわけ。でも、〈クヮン・イン〉改造計画は、かなり前から優先リストではずっと下になっていたんです」

信じられぬ思いで、バーナードは大きく目を見開いた。「しかし、〈クヮン・イン〉がまだ未完成だとしたら、レムスにクレーターをつくったのはいったい何なんだ？」

「ジェイに訊かれたときジーヴズが答えたとおりよ——磁気による反物質閉じこめ装置の事故。だから、ケイロンからなるべく離れた場所に保管するという判断は正解だったわけね。ああなったらもう隠しとおせるものじゃないし、ここでも〈クヮン・イン〉が必要になったってわけ」

「まさか——あんな話、まったく本気にしていなかったのに」バーナードが弱々しい声でつぶやいた。

「でも、それはあなたが悪いのよ。こっちは正直に話したんですからね」

二十万マイル彼方に浮かぶ、ごつごつしたあばただらけのケイロンのもうひとつの月、ロムルスの表面で、外側を周囲の地形に合わせて擬装した巨大な蔽いがぱっくりとふたつに割れて左右に開き、その下から、堅い岩盤の中へ二マイルも伸びている直径二百フィートほどの竪坑《シャフト》の口がのぞいた。そのシャフトの基底部を取り巻く数個の格納函《チェンバー》内の加速機を兼ねた貯蔵リングは、光速に近いスピードでその中をぐるぐる回転する高密度の反物質流ですでに満たされていた。

同期制御コンピュータが指令を出し、各リングはつぎつぎと接線方向にシャフトの中へ、凝縮されたその物質消滅ビームを送り出し、それはケイロンの観測衛星から送られるデータによって制御されている巨大な偏回コイルを抜けて、まっしぐらに宇宙空間へ飛び出していった。

ビームは空間を切り裂いて、一秒とちょっとで、ケイロン上空の軌道に乗っている戦闘モジュールに到達し、そこに出現した小型の新しい太陽は、惑星の夜側を真昼のように照らしだした。いっせいに放射されたガンマ線は上層大気をイオン化し、ケイロンの夜空は長さ数千マイルにおよぶ無数の光条にあかあかと輝いた。〈メイフラワー二世〉外部の敏感な放射線探知装置はすべて焼け切れ、電気的大変動で杜絶した地表との連絡が回復したのはおよそ十二時間後のことであった。

39

〈メイフラワー二世〉政治センターの議事ホールを見わたす壇上中央の派遣団長官席から、ウェルズリーは最後の演説を行なうために立ちあがった。その演説の中で、彼は船がアルファ・ケンタウリ系に到着してから現在までに起こったさまざまな出来ごとを概括的に語り、そこから得られた教訓と、それ以後人々の心に生じた思考の変容とを長い時間をかけて述べ、それらの教訓を守るために生命を捧げた人々を悼み、そして、今この惑星上で生活している人々をひとしなみに、はっきり〝ケイロン人〟と規定したうえで、その人々の前にひらけている未来への展望を、ことこまかに綴って聞かせた。

その模様は生中継で全船内へ、また全惑星通信ネットを通じて放送され、また議事ホール自体にも、これまでかつてなかったほどの傍聴人がつめかけていた。姿を隠していた議員たちも、きょうのために全員戻ってきており、空席になっているのは、副長官、外務局長、特殊任務部隊《SD》司令官、それに、スタームと運命をともにする道を選んだふたりの議員の席だけだった。シロッコを先頭に、軍を代表して出席した正装のD中隊全員が、議場の空間のなかばを埋めている。バーナード・ファロウズはスレッサー提督の要請に答えて、〈メイフラワー二世〉を高等宇宙工科大学として使う地球人およびケイロン人実習生の管理要員編成に手をかすため、六カ月間だけ復職することになり、ふたたび制服に身を包んで技術部の新主任として乗員代表の列に並んでいる。ジーン・ファロウズとジェイとメアリーは、セリア、ヴェロニカ、ジェリー・パーナック、イヴ・ヴェリッティなどとともに特別招待者席の最前列に並び、そのすぐうしろにはキャスとその家族や、オットー、チェスター、レオン、その他セレーネの基地をはじめ各地から集まってきた人々の顔も見えた。ウェルズリーが描いてみせた未来の国を裏づけ、反映するかのように、地球人とケイロン人をグループに分ける区分などは何もない。それに加えて、両方の世界から、大勢の子供たちもここに出席していた。

ウェルズリーは正式なスピーチを終えると、立ったまま周囲を見まわしながら、しばしホールの空気がやわらぐのを待った。このわずか数日のあいだにも、彼の顔には目立って赤みが戻り、姿勢も前よりよくなり、余裕が出てきて、長年背負ってきた重荷をいよいよふるい落とそうとしていることが、その態度のすべてにうかがわれた。やがて彼の口の一端がきゅっと上にあがり、最前列から見つめている人々は、彼の目の中に、まるでいたずらでもたくらんでいるかのような不可解な光がかすかにきらめくのを認めた。

「さて、今からわたくしは、最後の勤めを果たしたいと思います」彼がそう言って、ちょっと間をおくと、何か思いがけぬことが起ころうとしているのを感じとった全聴衆は、興味もあらわに彼の言葉を待った。「ここでみなさんに思いだしていただきたいのですが、あの緊急事態宣言はまだ解除されておりません。ですから、公的にはわれわれみんなの支持を受けた形で、緊急事態は依然として効力を保持しつづけており、その条項によれば、議会は議事を停止し、その議決権はすべてわたくしひとりの手に握られたままということになります」人々の当惑の表情がその発言を迎え、驚きのつぶやきがさざ波のように議場内にひろがった。「ごらんのとおり、派遣団副長官の職は空席です」とウェルズリー。「よって、派遣団長官であるわたくしに現在付与されている議会の全権限をもって、わたくしはここにポール・レチェット氏を副長官に推薦し、支持し、任命し、たった今からそれを発効させることにします」彼は議員席のひとつで少なからず面くらっている表情のレチェットの方を振り向くと、「おめでとう、ポール。さっそくですまないが、きみの正式な席にすわってもらえまいか」そう言って、自分の隣の空席をさし示した。レチェットは立ちあがり、ウェルズリーの奇行には自分もみんなと同じく当惑しているのだというふうに、他の議員たちにしきりと首をふってみせながら、椅子のうしろを中央にまわって前へ出、副長官の席に腰をおろした。ウェルズリーは最後にもう一度議場をゆっくりと見わたした。「さてここで、同じ権限にもとづき、わたくしはわたくし自身の解任と引退を申し出るとともにこれを受理いたします。これまでみなさんのために働けたことを欣快とし、かつ名誉に思います。ありがとう」その言葉とともに彼は席を立ち、壇をおりて、一隅の空席へと歩いていった。

レチェットは隣の長官席を見、そしてまだ途方にくれたように左右を見まわしているうちに、ひとりまたひとりとその意味に気づいた議員たちのあいだから、はじめは承認のつぶやきとさざ波に似た拍手が起こった。拍手はやがて熱烈な喝采に高まり、その中でついにレチェットは、ややぎごちないながらも満面に笑みをたたえて立ちあがると、緊急事態条項によって自動的に彼のものとなった派遣団長官の席の前へ位置を移した。レチェットの任期が分《ふん》単位で測られる程度のものにすぎないことはわかっていたが、こうすることが、ウェルズリーのたっての願いだったのである。

レチェットは歓声の静まるのを待ちながら、なんとか感情を押さえて、この瞬間にふさわしくいかめしい態度をつくろうとした。が、この場には簡潔さ、率直さもまたふさわしい。「ご任命を名誉と思い、つつしんでお受けするとともに、任期中は全力を尽くして皆様のお役に立てるよう献身する所存です」と彼は話しはじめた。「その目的に従い、わたくしは最初の職権行使として、議会に、停止中であった全権限を復活させ、また現時点において緊急事態を解除することを宣言いたします」前のよりはやや短めの拍手がこれを迎えた。「つぎに、本議会の投票にかけたい提案がふたつあります」とレチェットは続けて、「ただしその前に、派遣団の軍最高司令官から、ひとことお話しいただきたいと思います」彼は腰をおろすと議席のボルフタインの方へ顔を向け、片手をさしのべて、その場で話すよう将軍に合図した。

ボルフタインはびっくりしたように、二、三秒ためらっていたが、すぐにレチェットの意図を汲みとってうなずいた。彼はゆっくりと立ちあがると、言葉を選びながら話しはじめた。「勇気、決断力、そして戦闘能力にかけて衆人の認める、この優秀な軍隊の指揮を、これまでとってきたことを、わたくしは心から誇りに思います」と彼。「われわれが彼らに負うところは、言葉にはとうてい尽くせぬものであり、今ここでくどくど申しあげることはいたしません。彼ら全員が、言うなれば軍のもっとも良き伝統に忠実にその勤めを果たし、またその中の多数が、任務の要請を越えた勇敢な働きを見せてくれました」一度言葉を切り、さらに厳粛な表情になると、「このことを忘れることはできませんし、また忘れられるものでもありませんが、しかしながら、新たに垣間見えつつある未来の姿に、われわれ全員が身を委ねようとしている今、すでに訣別を告げた過去の世界に奉仕するために存在していた組織を永続させておく余地はもはやなくなりました。よってここに、全軍人は以後派遣団軍命令に服従する義務を解かれ、最大の栄誉をもって解任され、また軍組織はただちに解体されるものとします」ボルフタインが着席するあいだ、議場は水を打ったように静まりかえっていた。

地球人の多くにとっては、これが、過去との訣別を最終的に実感した瞬間であった。かずかずの展望と期待を掲げる未来が登場する一方には、慣れ親しんだ多くのものを犠牲にして受けいれなければならない新しく思いがけぬ変化というものもあるのだ。

しばしその感慨が過ぎ去るのを待って、レチェットはふたたび立ちあがった。「最初の決議案件として、先般、領地フェニックスに関して制定されましたあらゆる政令、権利、および法規を撤回し、同領地の司法権を本議会にゆだねた布告を取り消し、現在フェニックスと称されている地域を正式に、かつ全面的に以前の状態に戻すことを提案いたします」

「動議に賛成」即座に声がかかった。

「賛成のかたは?」レチェットがうながした。全議員の手があがった。「反対のかたは?」

ひとりもいない。「決議案は可決されました」レチェットが宣言し、フェニックスはふたたび公式にケイロンの一部となった。

居並ぶ期待のこもった顔を、レチェットはゆっくりと見わたした。このあとに何が来るかは、もう全員が知っている。「第二の決議案件として、本議会は、正式に回復されたその全権限、全権威をもって、みずから永久的かつ不可逆的に解散することを提案いたします」この動議も満場一致で通った。

ケイロンの植民地化はこうして過去のものとなった。

エピローグ

〈メイフラワー二世〉のラムスクープ・コーンは、その磁場発生機およびヘキサゴンから伸びてそれを支える二本の柱もろとも姿を消していた。そのあとには、前端が半球形になったほぼ円柱形の新たな船首が突きだし、そこに追加のシャトル発着所《ベイ》や、一連の連絡艇や付属艇の係留所や、ボートや水泳のための円柱形のプールを含む巨大な低重力レクリエーション施設や、高級技術教育と科学研究のためのセンターなどが設けられている。船尾の方はさらに大きな変貌を遂げ、もとの核融合駆動に代わって、〈クワン・イン〉での実験に成功したプロトタイプをひとまわり大きくした反物質駆動システムが取りつけられていた。

コールマンは、バーナード・ファロウズの指揮するチームの技術プロジェクト・リーダーとして、この新しい駆動システムの建造に専念してきた。その彼が今、キャスと、ふたりのあいだにできた四歳のアレックスとともに、新しい船首部の中央コンコースで行なわれる除幕式に出席するため船を訪れている。そこには、五年前に一緒だった人々の多くも顔をそろえていた。その間に連絡が途絶えたものはほとんどなかったが、これだけ大勢が同時に同じ場所に集まるのは、年一回の親睦会を除けば珍しいことだった。この式にはD中隊の人々も大部分が出てきている――シロッコはシャーリイと双生児の娘を連れて。現在フランクリンの格闘技学校で教えているハンロンはジャネットとふたりの子供を連れて。ドリスコルは今やケイロンの大きな興行のひとつになったマジック・ショウのツアーから休暇をとって。スタニスラウは今ではコンピュータ・ソフトウェアの権威だし、スワイリーはアメリカの暗黒街ものを主とする映画の監督と製作にたずさわっていて、彼の行くところ常に二、三人のきれいな女の子がついてきている……等、等。ジーン・ファロウズは現在、パーナックが相変わらず〝スモール・バン〟の研究を続けている同じ大学で、生化学関係の研究チームを率いている。メアリーもそこで生物学を勉強している。二十歳になったジェイにはもう息子がひとりあり、彼がフランクリン――今ではかなり大きな市街地になった――に走らせた旧式の鉄道は今や実物大の蒸気機関車数台を擁して、そこを訪れる人たちが必ず一度は乗ってみる観光名物兼歴史的骨董品となった。建築設計をやっているヴェロニカも、ケイシーやアダムやバーバラも来ている。セリアは船には来ていないが、レチェットと一緒に住んでいる海岸の家で、そのもようを見守っている。一方、ウェルズリーは、かつての自分の船がふたたび就航するにあたって新しい船名を授かるのを見るために、オクシデナの農場からわざわざ出向いてきていた。

　出席している人々の中には、五年前には見えなかった顔もある……あのあと東亜連邦《EAF》の恒星船で、またそれより一年後にヨーロッパからの派遣団として、このアルファ・ケンタウリに到着した人々だ。彼らはかつて中国人、インド人、日本人、インドネシア人、あるいはロシア人、ドイツ人、フランス人、スペイン人、イタリア人等々であった……が、今はみんな単にケイロン人である。彼らもやはり、旧い社会組織は、どのように変型してみても、高度の技術、無限の資源、そして普遍的な富に適した文化形態とはなりえないことを知ったのだ。旧い組織が過去からの遺産として抱えてきた自滅的な要素はあまりにも大きすぎた。新しい社会は、それとはまったく別途に建設されなければならない――それは、憎悪、偏見、貪欲、脅迫、支配、それに不条理といった信条を世代から世代へと伝えてきた機構から数光年の空間を隔てて、独自のスタートを切ってこそ成立するものなのだ。

レチェットが長官としての短い任期を終えてから約一週間後、地球からのレーザー通信は、全惑星を呑みこむ大破壊《ホロコースト》勃発のニュースを伝えてきた。ついで信号は途絶え、以来五年間、そこからはなんの音沙汰もない。あちこちに人々が細々と命脈を保っていることは間違いないだろうが、高度の文明を確立する人類の最初の試みはこうして挫折した……ただし完全な失敗だったとはいえまい――当初の目的だけは達成したのだから。その試みは人類を、原始的な動物の段階から、動物ではなく人間としての資質を進化させうるレベルにまで押しあげ、みずからの種を虚空に投げあげ、はるか彼方の星にそれが根づき、育ち、花咲くのを見た。そしてそののち、当然来たるべき死を迎えたのだった。

だがその新しい種の後裔は、ふたたび地球へ戻り、そこに根づくことだろう。今から六カ月後には改装も終わり、船ははじめての地球調査のため、帰りの航行に虚空へ乗りだしていくのだ。この旅には、往路の三分の一程度の時間しかかからないだろう。派遣団の長官はレチェット、技術局の主任はファロウズ、そしてその下ではアダムが科学研究チームのひとつを率いる予定だ。コールマンもまた、技術士官として乗ることになっている。キャスの地球を見たいという夢もかなえられるだろう。アレックスは、ケイロンに戻ってくるとき、今のジェイくらいの年齢になっているだろう。そしてさらに数多くの昔なじみの顔が、あるいは郷愁から、あるいは五年間の惑星の生活に落ちつかなくなって、かつて二十年にわたってわが家であったこの船で、ふたたび宇宙へ乗りだそうとしているのである。

興奮と期待にキャスが目を輝かせる前で、最後のスピーチが終わった。しいんと静まりかえった会場の中を、レチェットは進み出て壇場にあがると、リボンに鋏を入れ、彼が指揮することになる船の就役を正式に宣言した。キャスはコールマンの腕を握りしめ、そのかたわらではラーチ二世が、アレックスを前腕に乗せると、幕が落ちてまばゆいブロンズの板が現われるのが見やすいように高くさしあげた。その板に刻まれている高さ二フィートの文字——〈ヘンリー・B・コングリーヴ〉——それが地球の子らを故郷へ運ぶ船の新しい名前であった。

ケイロン人社会と「囚人のジレンマ」問題

SF作家
山本　弘

二〇四〇年、アルファ・ケンタウリ系に到達した無人探査船〈クワン・イン〉は、居住に適した地球型惑星ケイロンを発見。ただちにロボットたちによって植民地の建設が進められると同時に、コンピュータに記録されていた人類の遺伝情報を元に、一万人の子供たちが人工的に生み出される。ロボットによって養育された彼らは、地球の古い常識や因習にとらわれることなく、独自の社会を築き上げてゆく。

四〇年後、地球から植民船〈メイフラワー二世〉で到着した人々が目にしたのは、一〇万人以上に増えたケイロン人たちと、地球とはまったく異なる形態に進歩したユニークな理想社会だった……。

ジェイムズ・P・ホーガンが一九八二年に発表した本作は、一種のファースト・コンタクトものと言えよう。ケイロン人は地球人の子孫ではあるが、その社会や文化や思考方法は

「異星人」と呼んでいいほど異質である。〈メイフラワー二世〉に乗ってやって来た地球の古い文化は、この接触によってあっけなく崩壊してゆく。

SFには未来社会や異星人社会がしばしば登場するが、それらの多くは現代の地球のそれの延長か、過去の社会体制（ローマ帝国や中世ヨーロッパなど）の焼き直しにすぎない。しかしホーガンは、地球上にまったく例のない独創的な社会体制を創造するという難問に挑戦し、見事にクリヤーしてみせた。

この作品はSFとして、また娯楽小説として一級である。読者は、前半は〈メイフラワー二世〉の人々の視点から読み進みながら、少しずつ明らかになってゆくケイロン人社会の秘密に驚嘆し、当惑するだろう。しだいに深まってゆく地球人とケイロン人の軋轢。渦巻く陰謀。クライマックスの戦闘シーンはスリリングで、ラストにはさわやかなカタルシスが待ち受ける。

ハードSF派なら、動くスペースコロニーとも言うべき巨大宇宙船〈メイフラワー二世〉の緻密な描写もさることながら、24章で語られるトゥイードル理論のもっともらしさに惹かれるだろう。まったく架空であるにもかかわらず、見事に筋が通っているのだ。これがストーリーにほとんど関係がないというのが、なんとももったいない。

さて、ここから先はネタバレを含むので、できれば作品を読み終えたうえで目を通していただきたい。

この小説を読まれた方は誰でも、「こんな社会が本当に実現するのだろうか？」という疑問を抱かれるだろう。しかし、それは無意味な問いだ。

これはSFであり、SFとは架空の状況をシミュレートするものなのだ。タイムトラベルSFを批判するのに「タイムマシンなんて不可能だ」と言い出す人間はいないだろう。設定やストーリーに矛盾がある場合には批判の対象となるだろうが、タイムマシンそのものを否定するのは見当ちがいである。

ホーガンはケイロン人社会が現実に可能だとは主張していない。彼が想定しているのは、地球人の遺伝子を受け継いではいるが、遠く離れた惑星上で、地球の因習と隔絶した環境下で育った人々である。現実にそんな環境で子供を育てることが不可能である以上、ケイロン人社会が実現可能とも不可能とも証明できない。

ケイロン人社会の基盤が地球と決定的に異なるのは、次の二点である。

第一に、ケイロンには人口に比べて資源や土地が豊富にあるうえ、単純な肉体労働はロボットが行なう。無尽蔵の資源と安価な労働力があるため、食糧も消費材も無料で供給される。金は無用の長物であり、土地や財産に対する執着も生まれない。彼らのステイタスは、ロボットが供給してはくれないもの——人間としての能力に求められる。ケイロン人はおのれの才能を磨くことに競争心を燃やすのだ。

第二に、ケイロン人はロボットによって育てられる。これが実は重要である。人間の両親から宗教思想や有害な偏見、固定観念を吹きこまれていないだけでなく、10章の少女とロボットの会話でも分かるように、幼い頃から「自分の頭で考えること」の重要性を叩きこまれているのだ。13章で、地球から来た牧師の説教を、子供たちが単純な論理で一蹴するあたりは、実に痛快である。牧師の主張は幼稚な詭弁にすぎないが、地球ではこれに騙される大人がいかに多いことか！

ケイロン人のユートピアを支えているのは、「愛」や「理想」などではなく（そんなものが無力なのは地球上で証明済みである）、彼らの論理なのである。彼らは「囚人のジレンマ」問題の有効な戦略を選択しているのだ。

あなたは犯罪者で、逮捕されて独房に拘留され、裁判を待つばかりである。あなたには共犯者がいて、別の独房に拘留されているが、話し合う手段はない。そこに検事が現われ、こんな取り引きを持ちかけてくる。「このままお前たちがだんまりを決めこむなら、二人とも懲役二年は確実だ。しかし、お前が相棒の罪をあばく証言をしてくれるなら、お前は無罪放免にしてやろう。その代わり、相棒は五年はムショに食らいこむことになるがな」しかし検事は、同じ取り引きをあなたの相棒にも持ちかけているという。もし二人が互いに相手の罪をあばき合えば、無罪放免どころか、罪はいっそう重くなり、二人とも懲役四年は確実だろう。

あなたには相棒が検事の取り引きに乗るかどうかは分からない。無罪になることに賭けて、相棒を裏切るべきだろうか？　しかし、相棒も同じことを考えたなら、二人とも懲役四年になる。では、相棒が裏切らないことに賭けて、口をつぐむべきだろうか？　その場合、もし相棒が裏切ったなら、あなたは懲役五年になる……。

これが「囚人のジレンマ」と呼ばれる問題である。

選択の機会が一回しかない場合、この問題には最適解がない。「相棒は俺と同じことを考えるはずだ」と考えて、協調を選択する（口をつぐむ）のは、一見すると正しいように思えるが、相棒も「相棒（あなた）は俺と同じことを考えるはずだ」と考えたなら、彼はあなたが裏切らないと信じて裏切ってくるかもしれない。同様に、裏切りを選択するのも正しいとは言えない。相棒もあなたと同じことを考えたなら、二人とも懲役期間が倍になってしまうのだから。

しかし現実世界では、選択の機会は何度も訪れる。人と人、組織と組織、国家と国家の関係は、一度きりではない。先の犯罪者の例にしても、出所してから相棒と再会する場合を考えると、決断はおのずと違ってくるはずだ。

一九七九年、ミシガン大学アンアーバー校のロバート・アクセルロッドは、「利己主義者の世界で協調は発生するか？」をテーマにしたコンピュータ・トーナメントを実施した。「囚人のジレンマ」を模したゲームを想定し、どのような戦略が最適か、多くのゲーム理論家からプログラムを募ったのである。

ゲームのルールは単純。すべてのプログラムは他のすべてのプログラム、および自分自身と各二〇〇回ずつ対戦を行なう。プログラムはC（協調）かD（裏切り）を選択する。両者ともCを選択すれば、どちらも三点を得る。どちらか一方がDを選択したなら、Dの側が五点、相手は〇点である。両者ともDを選択したなら、どちらも一点しか得られない。

驚くべきことに、ゲームに参加した一五のプログラムのうち、最高得点を得たのは、たった四行しかない「しっぺ返し（Tit for Tat）」と呼ばれるプログラムだった。その戦略は次の通り。

「最初の出会いでは協調する。二回目以降の出会いでは前回の相手をまねる」

こんな単純な戦略がなぜ優勝するのか？　この結果は明らかに直感に反している。このゲームでは、相手を裏切ることによって相手より高い得点を得られるはずではないか。しかし、「しっぺ返し」は決して自分からは裏切らない（相手が裏切ってきたなら報復するが、相手が協調してくるならいつまでも協調を続ける）。そんな非好戦的なプログラムがなぜ勝てるのか？

実は「しっぺ返し」は個々の勝負には決して勝てない。常に相手と同等の点数しか稼げないのだから当然である。しかし、大負けすることもない。攻撃してきた相手には必ず同等のダメージを与えるからだ。一方、「礼儀正しくない」（自分から裏切りをしかける）タイプのプログラムは、個々の勝負には勝てても、他の「礼儀正しくない」プログラムや、「しっぺ返し」のように報復するタイプのプログラムとの裏切り合戦で消耗するため、点を稼げない。その間に「しっぺ返し」は、他の「礼儀正しい」（自分から裏切りをしかけない）プログラムと協調し、着実に点を稼ぐ。

アクセルロッドはこの結果を発表し、二回目のトーナメントの参加者を募った。六カ国から計一六二のプログラムが寄せられた。中には「しっぺ返し」の評判を聞いて、その改良型を送ってきた者や、「しっぺ返し」の裏をかこうとするプログラムを送ってきた者もいた。

しかし、結果はまたも「しっぺ返し」の優勝だった。それどころか、上位一五位までのうち、「礼儀正しくない」プログラムはたったひとつしかなかった。高得点をおさめたプログラムの大半が「しっぺ返し」と同様、自分から裏切りをしかけない「礼儀正しい」タイプだったのである。

このゲームに進化論的要素を加えて繰り返すと、さらに興味深い結果になる。一回のゲームごとに、前回のゲームでの得点数に比例して、そのプログラムがコピーされるのだ。高得点のプログラムは環境に適応したと解釈され、多くの子孫を残す。低い得点しか取れなかったプログラムは子孫を残せず、絶滅する。

最初に絶滅するのは、当然のことながら、「オールC」（常に協調を選択する）のようなマヌケなプログラムである。これらは「オールD」（常に裏切りを選択する）のような「礼儀正しくない」プログラムによって一方的に攻撃され、絶滅する。しかし、弱いプログラムがいなくなると、それを食い物にして繁栄していた「礼儀正しくない」プログラムも得点を稼げなくなり、絶滅に追いやられる。結果的に生き残り、繁栄するのは、「しっぺ返し」のような「礼儀正しい」プログラムだけなのである。

その後も多くの研究者によって同様のトーナメントが行なわれており、現在では「しっぺ返し」は必ずしも最強ではないということが判明している。たとえば、「しっぺ返し」の改良型のひとつ、「寛容なしっぺ返し（Generous TfT）」と呼ばれるプログラムが、「しっぺ返し」を破った例がある。これは三分の一の確率で「オールC」として振る舞うというもので、通常の「しっぺ返し」が他の報復型プログラムとの際限のない裏切り合戦に陥るのに対し、「三回に一回ぐらいは許してやる」ことでそれを回避する。同じく「しっぺ返し」の改良型「グラデュアル（Gradual）」も、トーナメントで優勝したことがある。通常の「しっぺ返し」が一回の裏切りに対して一回しか報復しないのに対し、「グラデュアル」は相手が裏切った回数を覚えていて、裏切られるたびにその回数だけ報復する。懲りない相手には相応の罰を与えるわけだ。

何にせよ、「しっぺ返し」やその改良型が、「囚人のジレンマ」ゲームにおいては（最適戦略ではないものの）かなり有利であることは確かと言えよう。

さて、こうしたシミュレーションの結果を即座に現実世界にあてはめたい誘惑にかられるが、そこにはいくつかの問題がある。

こうしたトーナメントでは、参加者は「しっぺ返し」が強いことを知っており、「オールC」や「オールD」のような愚かな戦略をエントリーしてくる者はいない。そのため、最初から協調型の世界が出現する。しかし現実世界では、ゲーム理論を理解しない者、合理的な選択のできない者が多い。短期的な利益にこだわって長期的な利益を失う者や、まったく自分の利益にならない攻撃をしかけてくる者は、あなたの周囲にもいるだろう。中には、何度裏切られても隣国に報復しようとしない国家などという、信じられないものさえ存在する！「囚人のジレンマ」ゲームにおいても、「オールC」や「オールD」が最初から多数存在する環境では、「オールD」が序盤で圧勝してしまい、「しっぺ返し」ですら繁栄する隙がない。「しっぺ返し」が繁栄するためには、最初に総数の六％以上の「しっぺ返し」型プログラムが存在しなくてはならないとされている。

また、「しっぺ返し」は攻撃してきた相手に同等のダメージを与えるだけの力を持っていなければならない。報復する力のない「しっぺ返し」は「オールC」と同じであり、生き残れない。そして現実世界では力を持たない者が多い……。

一九世紀の有名なインチキ興行師P・T・バーナムは、「カモは次々に生まれてくる」という名言を吐いたが、際限なく「オールC」が生まれてくる環境では、それをカモにする「オールD」も繁栄を続けることができるのだ。

ホーガンがアクセルロッドのコンピュータ・トーナメントのことを知っていたかどうかは定かではない。しかし、ケイロン人社会が「しっぺ返し」型戦略が正しく機能するのに最適の環境であることが理解できるだろう。

ケイロン人はみな論理的である。協調を重視する彼らのモラルは、決して政治思想や、ましてや宗教などという非論理的なものが基盤になってはいない。彼らは利己主義者であり、自分が最大の利益を得るにはどんな戦略が有利かを理解できる能力を持っているのだ。

自分以外の大多数が「しっぺ返し」戦略を選択している状況では、自分も協調的な戦略を選択するのが有効である。そしてケイロン人は、他のケイロン人も自分と同じく論理的に思考し、有効な戦略を選択することを知っている。だからこそ「オールC」や「礼儀正しくない」戦略を選択しないのだ。

もちろん、中には少数ではあるが、協調を選択しない者もいる。18章のジェイとペンキ屋の会話にあるように、彼らは最小限の保護を受けはするが、他人に迷惑をかけないかぎり、ただ放置される（ここでもケイロン人は相手の手をまねるだけである）。しかし、他人に危害を加える者はそうはいかない。彼らを待ち受ける運命は、16章でケイロン人の口から語られる。

「ふつうは結局誰かがそいつを撃ち殺すことになりますね。だからそれほど大問題にまで発展しないですむんです」

警察や法律が存在せず、誰もが銃で他人を撃ち殺すことが許される社会！　これはショッキングではあるが、筋は通っている。ケイロン人は個人が他人に報復する権利と能力を有している。それは「しっぺ返し」が機能するのに必要不可欠なのだ。

そんなのは物騒ではないかと不安に思うのは、我々がケイロン人のように思考することに慣れていないからだ。ケイロンでは金目当ての犯罪など起こりようがないし、危険な異常者は早いうちに射殺されるので、じきに淘汰される。ケイロンにおける殺人や傷害事件の多くは、感情のもつれによるものだろう。だったら撃ち殺されないようにする方法は簡単――他人に恨まれないよう、協調して生きることだ。

これは結末の伏線にもなっている。ケイロン人は無抵抗の平和主義者ではない。彼らは決して自分から手を出そうとはしないが、敵に対する報復手段を隠し持っている。力がなければ、彼らの戦略は有効ではないからだ。無論、第一撃が加えられるのを手をこまねいて待っているのは現実的ではない。充分な準備を整えたうえで、まず相手に協調を持ちかけ、それでも相手が攻撃の意志をひるがえさないと判明した瞬間、即座に自衛のための先制攻撃を行なう……。

37章で、コールマンたちの前に立ちふさがる最大の難関は、まさに「囚人のジレンマ」問題そのものである。それを突破するのに、コールマンがケイロン流のやり方を試す場面は、実に感動的だ。

「こういう考えかたを、みんなこれから学ばなきゃならないんです」

他にも本書には、心に染みる警句、名文句が随所にちりばめられている。

「人間の心は無限の資源だって言ったけど、でもそれは無駄使いしないとしての話だ」（13章）

「ほかならぬ自分が戦わなければならないとなると、戦い取る価値のあるものなんて、びっくりするくらいわずかしかないもんです」（16章）

「もし、信仰体系の基礎が、その表面の見せかけとは逆の、死や、憎しみや、老衰や、非人間化や、屈辱などに対する病的な強迫観念にあるものだったら、わたしたちに宗教はありません……でももし、その意義が、生命や、愛や、成長や、目的の達成や、人間の創造性などに対する讃仰《さんぎょう》を謳いあげることにあるなら、そう、ケイロン人も宗教を持っていると言っていいでしょう」（18章）

「彼らは子供たちに、自分らは銃火にさらされることもない頑固な老人たちのために命を捨てるのが高貴なことだなどと教えたりはしないし、赤の他人の妄想を達成させるために大量虐殺の場へ送り出したりもしない」（26章）

繰り返すが、本書はSFである。作りごとである。ケイロン人社会は地球上では実現不可能である。

しかしそれでも、本書を読まれた方には、何らかの真実が伝わったことと思う。

本書は、一九八四年十一月にハヤカワ文庫ＳＦより
刊行された『断絶への航海』の新装版です。

訳者略歴　1926年生，2010年没，ＳＦ研究家・作家・翻訳家　主訳書『リングワールド』『中性子星』ニーヴン，『プロテウス・オペレーション』ホーガン（以上早川書房刊）他多数

HM=Hayakawa Mystery
SF=Science Fiction
JA=Japanese Author
NV=Novel
NF=Nonfiction
FT=Fantasy

断絶《だんぜつ》への航海《こうかい》

〈SF1504〉

二〇〇五年二月二十八日　発行
二〇一〇年七月　十五　日　二刷

（定価はカバーに表示してあります）

著者　ジェイムズ・P・ホーガン
訳者　小《こ》隅《ずみ》　黎《れい》
発行者　早川　浩
発行所　株式会社　早川書房

郵便番号　一〇一 - 〇〇四六
東京都千代田区神田多町二ノ二
電話　〇三 - 三二五二 - 三一一一（大代表）
振替　〇〇一六〇 - 三 - 四七七九九
http://www.hayakawa-online.co.jp

乱丁・落丁本は小社制作部宛お送り下さい。
送料小社負担にてお取りかえいたします。

印刷・中央精版印刷株式会社　製本・株式会社川島製本所
Printed and bound in Japan
ISBN978-4-15-011504-3 C0197

＊本書は活字が大きく読みやすい〈トールサイズ〉です